VIVER NO LIMITE

Do Autor (pela Bertrand Brasil):

*O Mito da Desterritorialização:
Do "Fim dos Territórios" à Multiterritorialidade*

*Regional-Global: Dilemas da Região e da Regionalização
na Geografia Contemporânea*

Vidal, Vidais: Textos de Geografia Humana, Regional e Política
(com Guilherme Ribeiro e Sergio Nunes Pereira)

ROGÉRIO HAESBAERT

VIVER NO LIMITE

Território e multi/transterritorialidade
em tempos de in-segurança e contenção

Rio de Janeiro | 2014

Copyright © Rogério Haesbaert da Costa, 2014

Capa: Oporto design, com fotos do autor

Editoração: FA Studio

Texto revisado segundo o novo
Acordo Ortográfico da Língua Portuguesa

2014
Impresso no Brasil
Printed in Brazil

Cip-Brasil. Catalogação na publicação.
Sindicato Nacional dos Editores de Livros, RJ.

H157v	Haesbaert, Rogério
	Viver no limite: território e multi/transterritorialidade em tempos de in-segurança e contenção / Rogério Haesbaert. — 1. ed. — Rio de Janeiro: Bertrand Brasil, 2014.
	320 p.: il.; 23 cm.
	ISBN 978-85-286-1577-7
	1. Territorialidade humana. 2. Geografia humana. I. Título.
14-15635	CDD: 304.2
	CDU: 316.74:502.2

Todos os direitos reservados pela:
EDITORA BERTRAND BRASIL LTDA.
Rua Argentina, 171 — 2º andar — São Cristóvão
20921-380 — Rio de Janeiro — RJ
Tel.: (0xx21) 2585-2070 — Fax: (0xx21) 2585-2087

Não é permitida a reprodução total ou parcial desta obra, por quaisquer meios, sem a prévia autorização por escrito da Editora.

Atendimento e venda direta ao leitor:
mdireto@record.com.br ou (0xx21) 2585-2002

Para Carlos Walter e Valter:
pela inteligência inspiradora, o comprometimento político e a carinhosa amizade

(...) gostaria que, assim como a pintura, a música e o teatro, as teorias e os saberes históricos ultrapassassem as formas tradicionais e impregnassem em profundidade a vida cotidiana. E gostaria de proceder de maneira que as pessoas pudessem utilizá-los e empregá-los livremente para seu prazer, para as necessidades de suas vidas, para regular os problemas com os quais se defrontam e para suas lutas.
(Foucault, 2011 [1976]:66-67)

SUMÁRIO

CONSIDERAÇÕES INICIAIS   11

I | TERRITÓRIO E MULTITERRITORIALIDADE ENTRE OS CONCEITOS DA GEOGRAFIA   17

    1. Por uma constelação geográfica de conceitos   19
    2. Território e multiterritorialidade em questão   53
    3. Sentido global de lugar e multiterritorialidade   87
    4. Lógica territorial zonal: limites e potencialidades   103
    5. O território e a nova des-territorialização do Estado   125

II | BIOPOLÍTICA, IN-SEGURANÇA E CONTENÇÃO TERRITORIAL   151

    6. Sociedades biopolíticas de in-segurança e des-controle dos territórios   153
    7. Precarização, reclusão e exclusão territorial   181
    8. Contenção territorial: "campos" e novos muros   207
    9. Cidade vigiada, cidade i-mobilizada: Rio de Janeiro do *Big Brother* aos novos muros   229
    10. Viver no limite: da transterritorialidade ao contornamento   271

BIBLIOGRAFIA   303

CONSIDERAÇÕES INICIAIS

> *(...) onde nós estamos — o lugar que ocupamos (...) — tem tudo a ver com o que e quem somos (e, enfim, que nós somos). Estar no mundo, estar situado, é estar em um lugar.*[1]
> (Casey, 1993: xiii, xv, destaque do autor)

O debate sobre o espaço, o território e outros conceitos geográficos ganha destaque nas últimas décadas, sobretudo no bojo da chamada "virada" ou "giro espacial" (*spatial turn*) nas Ciências Sociais, notadamente as de origem anglo-saxônica. Correntes influenciadas pelos chamados Estudos Culturais, como a de matriz pós ou decolonial, passaram a considerar a própria contextualização geográfica e histórica como definidora dos nossos modos de pensar o mundo e de fazer teoria.[2]

A leitura espacial ou geográfica passa a compor com outras leituras que, em diferentes perspectivas teóricas, tentam explicar o desdobramento das mudanças contemporâneas em termos de suas diversas "crises" e/ou "reestruturações" — incluindo, a nível econômico, a "crise do trabalho" e a reestruturação produtiva, no âmbito do poder, a chamada crise do Estado-nação, e a crise identitária, em suas mais diversas manifestações. Cabe-nos

---

[1] Tradução livre. No original: "where we are — the place we occupy (...) — has everything to do with what and who we are (and finally, *that* we are). To be in the world, to be situated at all, is to be in place."

[2] A esse respeito ver, por exemplo, Mignolo (2004) e suas "localizações epistemológicas" ou "epistemologia fronteiriça", e Souza Santos (2006) e sua "hermenêutica diatópica".

indagar, entretanto, em meio a toda essa ebulição social, por que um certo privilégio ao espaço, até então bastante negligenciado?

Entre os grandes pensadores da segunda metade do século XX, sem dúvida um dos que tiveram maior sensibilidade para com as questões espaciais foi Michel Foucault, sempre lembrado quando se fala dessa mudança de uma perspectiva dominantemente temporal para uma perspectiva espacial da sociedade. Para Foucault, numa afirmação reiterada por muitos autores, ao longo do século XX — e especialmente na sua metade final, poderíamos acrescentar — a preocupação com o espaço passou a suplantar aquela, dominante há muito, que colocava o tempo como o centro e muitas vezes como a própria razão de ser do debate filosófico e, de forma mais implícita, como a dimensão dominante dentro dos estudos sobre a sociedade. Segundo ele, passamos da "grande obsessão" pela história, no século XIX, para uma época que "talvez seja a época do espaço". A emergência do espaço com tamanha força dar-se-ia porque estaríamos vivendo agora a "época da simultaneidade", da "justaposição", "do perto e do distante, do lado a lado, do disperso" (Foucault, 1986:22).

Nas palavras de Edward Saïd:

> *A visão que Foucault tinha das coisas (...) era espacial, o que torna um pouco mais fácil entender sua predileção pela análise de espaços, territórios, esferas e sítios descontínuos, mas reais — bibliotecas, escolas, hospitais, prisões —, em vez de uma tendência a falar principalmente de continuidades, temporalidades e ausências, como seria de esperar de um historiador* (Saïd, 2003 [2001]:94).

Numa visão mais simplista, o espaço era visto como aquilo que é fixo, estático, destituído de movimento, domínio implícito do conservador e do reacionário, entrave ao "progresso" e responsável mesmo pela "desaceleração da história", como indicava o primeiro Fernand Braudel em seu "tempo de longa duração" como "tempo geográfico" (Braudel, 1983 [1946]). Alguns irão associar essa visão mais estática com a leitura provavelmente mais difundida de espaço, que faz alusão apenas a um espaço absoluto, bastante distinta das abordagens ditas relativa e relacional, discutidas por autores como David Harvey (1980, 2012) e Doreen Massey (2005).

Algumas evidências justificam esse olhar algumas vezes até mesmo superestimado sobre a dimensão espacial da sociedade. Por exemplo, a descrença em "valores temporais", como o de progresso histórico e desenvolvimento cumulativo, com toda a crise da racionalidade instrumental moderna e de seu pretenso domínio irrestrito sobre a dinâmica da natureza. Tudo isso fez com que abordássemos com outro olhar o espaço que nos envolve, ainda que isso tenha se dado inicialmente mais pela ótica ambiental ou ecológica. O domínio da simultaneidade e da justaposição, alegados por Foucault, foi também uma consequência do novo padrão tecnológico, informacional, que passou a marcar nosso tempo.

Poderíamos crer que, concomitantemente e de forma paradoxal, vivenciamos a "aniquilação do espaço [enquanto simples distância física] pelo tempo",[3] como já antevia Marx, e a "aniquilação do tempo" [enquanto distância-duração] transformado em "tempo real", instantâneo, tempo "de fato" porque materializado no espaço presente, regendo assim um certo "império do presente", das coexistências e do "distante que se tornou próximo" pela instantaneidade dos contatos virtuais. Mas esse mesmo domínio da telemática e dos contatos instantâneos levou à emergência de um crescente mundo ou espaço "virtual" (em outras palavras, um ciberespaço) onde a materialidade — ou, se quisermos, numa visão simplificada, a espacialidade concreta — não teria mais o peso que tivera até aqui. Como entender tamanhos paradoxos, numa época em que se chegou a defender tanto o "fim da História" (Fukuyama, 1992) quanto o "fim da Geografia" (Virilio, 1997)?

É claro, e já estamos mais do que convencidos disso, o mundo não se "desmaterializa" — ou, num sentido simplista de território (como sinônimo de espaço material), não se desterritorializa — nem o tempo histórico está deixando de ser (re)configurado, na sua multiplicidade de ritmos e velocidades. Se ainda restava alguma dúvida, ela se foi a partir do mega-atentado de 2001 às torres gêmeas de Nova York, um dos principais referenciais ao mesmo tempo materiais e simbólicos do capitalismo globalizado, da manutenção (e mesmo do fortalecimento) do poder estratégico

---

[3] Para uma crítica à leitura simplista dessa "aniquilação do espaço pelo tempo", ver nosso trabalho em Haesbaert, 2004 (especialmente o capítulo 4) e Massey, 2005.

ligado às principais fontes de energia (ver o caso do gás e do petróleo russos em relação à União Europeia) e da emergência de questões ecológicas de grande amplitude, como o aquecimento global.

O que ocorre é que temos uma nova realidade ao mesmo tempo altamente tecnificada/informatizada e dependente de redes materiais de alimentação/energia (que se esgota). Dentro desse novo contexto, a relação espaço-tempo, a realização espaço-temporal da sociedade, torna-se muito mais complexa, marcada por múltiplas formas de organização territorial e, assim, por uma intensificação daquilo que denominamos multiterritorialidade (Haesbaert, 2004).

É essa, de algum modo, a problemática central enfrentada por este livro: a multiplicidade contemporânea de tempo-espaços, mobilidades e fixações, aberturas e fechamentos territoriais, e que reforçam práticas ligadas a uma percepção de crescente incerteza e insegurança, uma espécie de "vida no limite" ou "nas fronteiras". Como argumentou Prigogine (1996), enquanto "a ciência clássica privilegiava a ordem, a estabilidade", "em todos os níveis de observação reconhecemos agora o papel primordial das flutuações e da instabilidade", as quais aparecem associadas às noções de "escolhas múltiplas" e "horizontes de previsibilidade limitada" (p. 12). Assim, "as leis fundamentais exprimem agora possibilidades e não mais certezas" (p. 13). Contudo, Prigogine também afirma que isso não significa pensar apenas em termos de incerteza e acaso:

> *O acaso puro é tanto uma negação da realidade e de nossa exigência de compreender o mundo quanto o determinismo o é. O que procuramos construir é um caminho estreito entre essas duas concepções que levam igualmente à alienação, a de um mundo regido por leis que não deixam nenhum lugar para a novidade e a de um mundo absurdo, acausal, onde nada pode ser previsto nem descrito em termos gerais* (Prigogine, 1996:198).

É importante lembrar que este é um livro que foi construído a partir da ampla revisão e reestruturação de diversos artigos, alguns anteriormente publicados. Ao reunirmos a maior parte de nossa produção na última década, percebemos a possibilidade clara de articulação entre diversos artigos e/ou capítulos de livros que, ainda que não deliberadamente, constituíram uma linha de reflexões coerente e com desdobramentos suficientemente concatenados para, reescritos, se transformarem num trabalho de maior consistência.

O livro inicia com uma primeira parte de caráter mais explicitamente conceitual, focalizando o território entre os demais conceitos trabalhados pela Geografia — território (e multiterritorialidade) que é o principal conceito retomado e desdobrado na segunda parte do livro. Começamos por uma discussão ampla sobre a possibilidade de uma "constelação" ou família de conceitos, que resultou na proposição de uma teia conceitual em que se situam, relacionalmente, os principais conceitos trabalhados pela Geografia e que, hoje, interessam às mais diferentes áreas das Ciências Sociais. A seguir, introduzimos o debate, a ser retomado na sequência de artigos, sobre o território e a multiterritorialidade, que também, no capítulo seguinte, são discutidos em relação ao conceito de lugar, na perspectiva da Geografia anglo-saxônica, através de um diálogo com o trabalho da geógrafa Doreen Massey, com quem desenvolvemos intensa interlocução a partir de sua supervisão de nosso pós-doutorado. A discussão conceitual mais ampla se completa com a abordagem da relevância, questionada por alguns, da lógica zonal ou de áreas no tratamento do território e o novo papel des-territorializador do Estado, um dos principais articuladores dessa lógica zonal de controle.

Num segundo bloco de capítulos, analisamos os processos de des-territorialização a partir da perspectiva da in-segurança e da biopolítica que marcam a sociedade contemporânea. Começamos pelo debate mais amplo sobre as atuais sociedades de in-segurança definidas a partir dos mecanismos biopolíticos identificados por Foucault. É desse contexto que, no nosso ponto de vista, emergem dinâmicas de territorialização específicas que, para além da simples precarização e reclusão territorial, envolvem o que denominamos de contenção e exclusão territorial — bastante evidentes no caso de uma megalópole como o Rio de Janeiro, analisada enquanto cidade vigiada e "i-mobilizada", mas, ao mesmo tempo, também "contornada" pelas formas com que a população reage a esses dispositivos de controle. Uma reflexão específica sobre essas formas de contornamento e transterritorialidade, abrindo para futuros desdobramentos, encerra este livro.

Gostaria de agradecer ao CNPq pela bolsa de pesquisa que permitiu a realização deste trabalho. Agradeço também a todos os companheiros que, através de seminários, congressos, conferências ou simples conversas informais, auxiliaram na construção dessas ideias. Um obrigado especial àqueles que, ao longo da construção destes textos, entre alunos de graduação, mestrandos, doutorandos, pós-doutorandos e colegas docentes, participaram de nosso grupo de debates vinculado ao NUREG (Núcleo de Estudos sobre Regionalização e Globalização). Suas contribuições foram fundamentais. Contamos novamente com eles e com outros colegas para a leitura-ação crítica que é a única razão de ser de um texto: servir como instrumento para novos debates intelectuais e, sobretudo, como ferramenta para novas práticas que o reavaliem a partir de sua apropriação concreta em ações políticas efetivamente transformadoras.

I.
TERRITÓRIO E MULTITERRITORIALIDADE ENTRE OS CONCEITOS DA GEOGRAFIA

1

POR UMA CONSTELAÇÃO
GEOGRÁFICA DE CONCEITOS[4]

Formar conceitos é uma maneira de viver, e não de matar a vida: é uma maneira de viver em uma relativa mobilidade, e não uma tentativa de imobilizar a vida; é mostrar, entre esses milhares de seres vivos que informam seu meio e se informam a partir dele, uma inovação que se poderá julgar como se queira, ínfima ou considerável: um tipo bem particular de informação.

(Foucault, 2000:363-364)

(...) apesar de datados, assinados e batizados, os conceitos têm sua maneira de não morrer, e todavia são submetidos a exigências de renovação, de substituição, de mutação, que dão à filosofia uma história e também uma geografia agitadas (...).

(Deleuze e Guattari, 1992:17)

---

[4] Este capítulo é uma versão revista e ampliada dos artigos "Espaço como categoria e sua constelação de conceitos" e "Espaço-terra-território: o dilema conceitual numa perspectiva latino-americana", publicados, respectivamente, em Tonini et al. (org.), "O ensino da Geografia e suas composições curriculares" (Porto Alegre, UFRGS, 2011) e Bethônico, M. (ed.) "Provisões: uma conferência visual [World of Matter]" (Belo Horizonte, Instituto Cidades Criativas, 2013).

Nosso objetivo neste primeiro capítulo é discutir, ainda que de forma introdutória, a relevância dos conceitos ligados à análise espacial e elaborar uma proposta preliminar de "constelação de conceitos" em Geografia, inspirada, entre outros autores, nas proposições de Gilles Deleuze e Felix Guattari, especialmente em seu livro *O que é a Filosofia?* (1992 [1991]). Essa inspiração poderia ser questionada pelo fato de os autores se reportarem à construção de conceitos no âmbito mais estrito da Filosofia. Eles chegam mesmo a propor que o que define a Filosofia é a construção de conceitos: "a filosofia é a arte de formar, de inventar, de fabricar conceitos" (p. 10), "a filosofia, rigorosamente, é a disciplina que consiste em *criar* conceitos" (p. 13).

Se a Filosofia deve sua existência enquanto disciplina à criação do conceito, sendo o filósofo um "conceito em potência" (p. 13), e se a ciência não tem como objeto conceitos, mas funções ("functivos"), como a Geografia, considerada uma "ciência social" (por alguns geógrafos, pelo menos, desde os anos 1930),[5] poderia também criar conceitos?

Em primeiro lugar, é muito discutível definir a Geografia, hoje, como simples ciência social, tamanha a importância (re)adquirida pelas relações sociedade/natureza no núcleo de suas problemáticas e pelos próprios debates contemporâneos sobre a definição de espaço geográfico que demandam a consideração de sua dimensão natural. Em segundo lugar, não seremos, nesse caso, tão fiéis a Deleuze e Guattari, e admitiremos, como a grande maioria dos autores, que a Ciência também vive de conceitos, embora conceitos de outra natureza (reconhecendo, como o fazem aqueles autores, que há uma "diferença de natureza" entre os objetos da Filosofia e os da Ciência), mas que não se resumem a uma "lógica ordinária", "tradicional" ou representacional do conceito (utilizando os termos de Patton, 2013 [2000], em sua releitura de Deleuze).

---

[5] Já em 1933 Walter Christaller afirmava, pelo menos na perspectiva econômica da Geografia por ele privilegiada: "acreditamos que a geografia dos assentamentos [*geography of settlements* — o tradutor para o inglês ressalta em nota que o termo alemão *Siedlungsgeography* implica estudar a ordem ou regularidade pela qual qualquer área é ocupada/povoada] é *uma disciplina das ciências sociais*" (Christaller, 1966 [1933]:397, grifos meus).

A propósito, vale a pena destacar que Deleuze e Guattari não fazem distinção entre ciências exatas e naturais e ciências humanas e/ou sociais. Patton, por sua vez, ao discutir Deleuze, faz uso de exemplificações de conceitos no campo das Ciências Sociais (Ciência Política, mais especificamente) para expor a posição deleuzeana. Desse modo, consideramos plenamente justificável falar aqui de conceitos em Geografia mesmo tomando como inspiração várias colocações feitas por Deleuze e Guattari para a área mais específica da Filosofia.

Nosso debate inicia pela problematização do conceito ou, como preferem alguns, *categoria* central da Geografia, o espaço, elaborando a seguir uma proposta introdutória de "constelação" (como diriam Deleuze e Guattari) dentro da qual se situam os principais conceitos trabalhados pela Geografia (e que será objeto de desdobramento no futuro). É importante destacar que nossa perspectiva será construída especialmente a partir da realidade geográfica em que estamos inseridos, isto é, das questões levantadas no nosso contexto latino-americano (questões essas que, especialmente no que se refere ao conceito de território, serão explicitadas a partir do próximo capítulo).

Comecemos, então, por uma breve discussão sobre o sentido de "categoria". No senso comum, categoria significa simplesmente um conjunto de espécies do mesmo gênero — isto é, que compõem, assim, uma mesma "categoria", ou seja, são espécies reunidas a partir de um determinado nível de generalização. Filosoficamente, sabemos que a origem do debate se encontra em Aristóteles, quando este define as diferentes classes de predicados do ser, que ele identifica como sendo: substância, quantidade, qualidade, relação, lugar, tempo, situação, ação, paixão e possessão ou hábito. Destas, é claro que nos interessam mais de perto "lugar", "tempo" e "situação", pois adquirem uma clara conotação histórica e geográfica. Em Aristóteles, espaço é identificado como lugar, e este é considerado "o limite adjacente do corpo que o contém, considerando que esse corpo não esteja em movimento" (Jammer, 1993:54). Como focalizaremos criticamente mais à frente, estabelece-se aí uma interpretação problemática de espaço/lugar imersa no imóvel, no fixo, na ausência de movimento.

Já na Idade Média, "categoria" adquire a condição de "gêneros supremos das coisas", ou o mais elevado gênero de coisas do mundo. O *Dicionário Cambridge de Filosofia* afirma que "mente" ou espírito e "matéria", em

Descartes, fazem parte dessa categorização filosófica mais ampla. Kant, por sua vez, definirá categorias como "conceitos do entendimento puro" ou "conceitos fundamentais *a priori* do conhecimento", mediante os quais se torna possível o conhecimento da realidade fenomênica.[6] Outro kantiano, o filósofo francês Renouvier, proporá duas categorias fundamentais, tempo e espaço, como "leis primeiras e irredutíveis do conhecimento, leis fundamentais que lhe determinam a forma e lhe regem o movimento" (Lalande, 1993:141-142).

Ainda que em outras ocasiões nossa definição de categoria tenha sido mais ampla, podendo incluir formas distintas de abordar um conceito (quando, por exemplo, falamos de um conceito como "categoria de análise" e "categoria da prática"),[7] enfatizaremos neste capítulo a ideia mais estrita de categoria como uma espécie de conceito mais amplo ou geral — um pouco (descontado o viés idealista) como na posição kantiana há pouco aludida. Nesse sentido, em Geografia podemos propor "espaço" como categoria, nosso conceito mais geral, e que se impõe frente aos demais conceitos — região, território, lugar, paisagem... Esses comporiam assim a "constelação" ou "família" (como preferia Milton Santos) geográfica de conceitos.

Numa leitura metafórica bastante simples, mas didática, essa constelação seria composta por uma espécie de conjunto de planetas girando em torno de uma estrela, cuja luz seria o espaço — cada astro-conceito só existindo na medida em que compõe o mesmo sistema (aberto), devendo seu movimento ("translação") e seu potencial de esclarecimento (sua "luz" ou capacidade de iluminação) à relação que mantém com a categoria central, o espaço. Cada conceito, ele próprio, através de nova projeção dessa luz, iluminaria também outras derivações conceituais ou elementos que girariam em função dele, seus "satélites".

Espaço, bem sabemos, em sentido mais amplo, tem pelo menos duas grandes formas de abordagem: enquanto espaço absoluto e enquanto espaço relativo. No primeiro caso, absoluto significa "independente", que

---

[6] Na visão clássica kantiana, "todos os conhecimentos, isto é, todas as representações conscientemente referidas a um objeto, são ou *intuições* ou *conceitos*. A intuição é uma *representação singular*, o conceito, uma *representação universal* ou *representação refletida*" (Kant, 2003, p. 181, grifos do autor).

[7] Tal como o fizemos em Haesbaert, 2010a, no tratamento do conceito de região.

não depende de outros, da existência de objetos ou, no seu extremo, independe da existência da própria materialidade, considerada finita frente ao caráter infinito do espaço. Assim, numa visão idealista de espaço absoluto, o espaço teria uma existência independente da matéria, servindo como referente *a priori* a partir do qual intervimos no mundo empírico. Geralmente os filósofos aos quais essa concepção está associada são Immanuel Kant e Isaac Newton.

Newton reconhecia a existência tanto do espaço absoluto quanto do relativo, mas este estava subordinado ao primeiro, considerado a realidade ("absoluta") para além das aparências, estas relacionadas, assim, ao espaço relativo. Segundo Casey (1998), Newton considerava o espaço absoluto como imóvel, contraposto à mobilidade, sem relação com algo exterior (por exemplo, simples localização), não necessitando de um sistema adicional de referência e inteligível (por contraposição a "sensível").

O espaço relativo, que muitos associam à figura do filósofo Leibniz, implica valorizar a relação *entre* os objetos, seu movimento, portanto. David Harvey sintetizou de forma muito didática essa distinção, acrescentando ainda sua própria versão do que ele denominou de "espaço relacional", um espaço considerado não apenas enquanto relação *entre* objetos, mas também como relações *contidas* nos próprios objetos, inerentes a eles. Assim, diz ele:

> *Se tomarmos o espaço como absoluto, ele se torna uma coisa em si mesma, com uma existência independente da matéria. Ele possui então uma estrutura que podemos utilizar para classificar ou para individualizar fenômenos. A caracterização de um espaço relativo propõe que ele deve ser entendido como uma relação entre objetos, a qual existe somente porque os objetos existem e se relacionam. Há outra acepção segundo a qual o espaço pode ser tomado como relativo, e proponho chamá-lo espaço relacional — espaço tomado, à maneira de Leibniz, como estando contido em objetos, no sentido de que um objeto existe somente na medida em que contém e representa dentro de si próprio as relações com outros objetos* (Harvey, 1980:4-5, destaque do autor).

Fica claro, então, que o espaço enquanto categoria pode assumir a condição de espaço absoluto, relativo e/ou relacional. O próprio Harvey (2012

[2006]), mais recentemente, fez questão de afirmar que não se trata de excluir uma condição em relação à outra, mas de mostrar sua interação. Ele propõe até mesmo um quadro-síntese abordando essas três concepções, aliadas às proposições de Henri Lefebvre de espaço percebido (as "práticas espaciais"), concebido (as representações do espaço — conhecimentos, signos, códigos concebidos por cientistas, urbanistas, tecnocratas) e vivido (espaços de representação, de "simbolismos complexos", de usuários, artistas, escritores).

Um conceito, nunca é demais lembrar, não é unicamente uma "representação" do real, e menos ainda no sentido mais simples (empirista-positivista) de reconhecimento e fixação de significado, plena "revelação" de um real que ele conseguiria traduzir "em sua essência". Um conceito não seria também, no extremo oposto, unicamente uma idealidade que caberia impor sobre a realidade concreta, num idealismo de objetividade às avessas, onde a "verdade" estaria mais no campo conceitual ou dos "modelos" teóricos (como em algumas proposições da Geografia neopositivista) do que no real efetivo. Embora reconhecendo seu caráter abstrato, o conceito não é nem simples reflexo ou espelho nem uma pura idealização *a priori* e "correta".

Em outras palavras, o conceito, ao longo da história de sua filiação teórico-filosófica, se estende no interior de um amplo *continuum* que vai desde a posição estritamente empirista e/ou realista de alguns que o consideram como um retrato fiel da "realidade" e que, ao ser enunciado, parece carregar consigo o próprio "real" (o que pode incluir também o "concreto pensado" de muitos materialistas), até, no outro extremo, a posição racionalista e/ou idealista em que o conceito não passa de um produto do nosso pensamento, "verdade" instaurada agora unicamente na capacidade reflexiva de nossa mente, e que não tem outra fonte de elaboração se não a construção teórica do investigador. Aí, em alguns casos, num viés mais estritamente metodológico, o conceito pode não passar de um instrumental ou técnica, um "operacionalizador" que não tem outro compromisso se não o de servir ao pesquisador enquanto instrumento de análise.

Na Geografia, posições como essas aparecem muito claramente, por exemplo, em relação a um de nossos conceitos centrais, o de região (que será retomado mais à frente). É bem conhecido o contraponto entre a visão de "um certo" Vidal de la Blache, mais empirista objetivo, cuja "região-personagem" aparecia inscrita na própria morfologia da paisagem,[8] e um Hartshorne mais racionalista,[9] para quem "uma 'região' é uma área de localização específica, de certo modo distinta de outras áreas, estendendo-se até onde alcance essa distinção. A *natureza da distinção* é determinada pelo pesquisador que empregar o termo" (Hartshorne, 1978:138, grifos do autor).

Hartshorne foi depois "radicalizado" por posturas neopositivistas que viam a região como simples classe de área, numa analogia entre regionalização e classificação de espaços, totalmente variável, portanto, conforme o critério adotado pelo pesquisador. Neste último caso, para além da alegada visão idealista objetiva, defendida por muitos, trata-se, no fim das contas, de uma posição bastante subjetiva, pois restringe o valor do conceito ao próprio universo do sujeito pesquisador.[10]

---

[8] Dizemos "um certo" Vidal de la Blache porque se trata de um autor que propôs diversas conceituações de região, incluindo a própria "região nodal" (sobre a multiplicidade de concepções de região em Vidal, ver Ozouf-Marignier e Robic, 2007[1995], e Haesbaert, 2012). É em seus primeiros escritos que encontramos a região autoevidente, "algo vivo a que o geógrafo deve pretender reproduzir" e onde "a natureza nos adverte contra as divisões artificiais" (Vidal de la Blache, 2012 [1888]:205). Mesmo entre autores considerados como tendo sido influenciados por La Blache já aparece explicitamente a região como "artifício lógico". Camille Vallaux, por exemplo, afirmava: "para que a síntese descritiva das regiões" pudesse atender a todas as nossas expectativas, seria necessário que os "fatos da Geografia física e humana" concordassem plenamente entre si. Como isso está longe de ocorrer, pelo menos para muitas partes do globo "a síntese regional" não é "nada mais do que um artifício lógico e um método de ensino" ["un artifice logique et un procédé d'enseignement"] (Vallaux, 1929:164).

[9] Também aqui é importante lembrar que não se trata de "um único" Hartshorne. Nesse caso, nos referimos mais ao Hartshorne do *Perspectives on the Nature of Geography* (editado em português como *Propósitos sobre a Natureza da Geografia*), de 1959, do que ao de *The Nature of Geography*, de 1939.

[10] O geógrafo Walter Christaller, por exemplo, afirmava: "é necessário desenvolver os conceitos imprescindíveis para posterior descrição e análise da realidade" (apud Mendoza et al., 1982:108-109), tendo a teoria "uma validade independente da realidade, uma validade baseada em sua lógica e coerência interna", quase como se a realidade fosse o domínio do "equívoco" e nossas teorias ou modelos fossem a "verdade" ou, no seu extremo, até mesmo o (modelo) "justo" a ser buscado e implementado, confundindo assim o analítico e o normativo.

Conceito e problemática vivida

Muitas vezes afirmamos que o conceito "reapresenta" — e, por isso, já nasce com uma carga de novidade — ou, em outras palavras, justamente para torná-la compreensível, "condensa" ou sintetiza uma realidade. Porém, ao mesmo tempo que tenta expressar ou condensar um fenômeno, de alguma forma, ainda que implícita, justamente por nunca se confundir com um fenômeno ou problema, também ajuda a (re)criá-lo, a propô-lo sob novas bases.

O conhecimento permitido pelo conceito não se opõe à vida — como lembra Deleuze, pensar significa descobrir, inventar novas possibilidades de vida. Analisando a obra de G. Canguilhem, Foucault comenta que ele quer reencontrar "o que foi feito do conceito *na vida*", isto é:

> (...) do conceito enquanto ele é um dos modos dessa informação que todo vivente extrai de seu meio e pela qual, inversamente, ele estrutura seu meio. O fato de o homem viver em um meio conceitualmente arquitetado não prova que ele se desviou da vida por qualquer esquecimento ou que um drama histórico o separou dela, mas somente que ele vive de uma certa maneira, que ele tem, com seu meio, uma tal relação que ele não tem sobre ele um ponto de vista fixo, que ele é móvel sobre um território indefinido ou muito amplamente definido, que ele tem que se deslocar para recolher informações, que tem que mover as coisas, uma em relação às outras, para torná-las úteis. Formar conceitos é uma maneira de viver, e não de matar a vida, é uma maneira de viver em uma relativa mobilidade, e não uma tentativa de imobilizar a vida, é mostrar, entre milhares de seres vivos que informam seu meio e se informam a partir dele, uma inovação que se poderá julgar como se queira, ínfima ou considerável: um tipo bem particular de informação (Foucault, 2000:363-364).

Foucault enaltece Canguilhem como o "filósofo do erro", pois "no limite, a vida — daí seu caráter radical — é o que é capaz de erro", o homem como "um vivente que nunca se encontra completamente adaptado", "condenado a 'errar' e a se 'enganar'". Daí, então, admitindo "que o conceito é a resposta que a própria vida dá a esse acaso, é preciso convir que o erro é a raiz do que constituiu o pensamento humano e sua história" (Foucault, 2000:364).

Assim:

> *A oposição do verdadeiro e do falso, os valores que são atribuídos a um e a outro, os efeitos de poder que as diferentes sociedades e instituições associam a essa partilha, tudo isso talvez seja apenas a resposta mais tardia a essa possibilidade de erro intrínseca à vida. Se a história das ciências é descontínua, ou seja, se ela só pode ser analisada com uma série de "correções", como uma nova distribuição que nunca libera finalmente e para sempre o momento terminal da verdade, é que ainda ali o "erro" constitui não o esquecimento ou o atraso da realização prometida, mas a dimensão peculiar da vida dos homens e indispensável ao tempo da espécie* (Foucault, 2000:365).

Se o erro é essa "dimensão peculiar da vida dos homens", a problematização é tão importante quanto a busca de respostas ou soluções, já que estas podem constituir a própria recolocação de um problema em novas bases. Antes do conceito, portanto, temos a vida e suas problemáticas. Montaigne (2001) já alertava que antes de perguntar "como é que isso acontece" temos que nos indagar "mas [efetivamente] acontece?". Cada conceito parte de uma questão particular e, ao problematizar o real, de certa forma desestabiliza conhecimentos herdados, diante da permanente transformação em que estamos mergulhados.

Milton Santos dirá que os conceitos são questões postas à realidade. A própria questão entre verdadeiro e falso, segundo Deleuze (1999), deve ser colocada não apenas à solução, como também ao problema: um "verdadeiro" problema, um problema bem colocado já constitui, de algum modo, sua solução. Ele denomina de "preconceito social" a colocação de problemas prontos à espera que encontremos apenas sua solução:

> *(...) o professor é quem "dá" os problemas, cabendo ao aluno a tarefa de descobrir-lhes a solução. Desse modo, somos mantidos numa espécie de escravidão. A verdadeira liberdade está em um poder de decisão, de constituição dos próprios problemas: esse poder, "semidivino", implica tanto o esvaecimento de falsos problemas quanto o surgimento criador de verdadeiros* (Deleuze, 1999:9).

Deleuze dirá também, comentando Foucault, que "a verdade é inseparável do processo que a estabelece", e o "verdadeiro só se dá ao saber através de 'problematizações' e que as problemáticas só se criam a partir de 'práticas, práticas de ver e práticas de dizer'", com uma disjunção entre o ver e o falar, o visível e o enunciável (Deleuze, 1988:72-73).

O geógrafo Claude Raffestin, nas "Notas Prévias" de seu *Por uma Geografia do Poder*, afirma que "teríamos desejado mais livros que questionassem do que livros que respondessem. É pelo questionamento, e não pelas respostas, que se alcança a medida do conhecimento" (1993:8). Bergson, por sua vez, defendia que um problema bem colocado de algum modo já estaria praticamente resolvido: "colocação e solução do problema estão quase se equivalendo: os verdadeiros grandes problemas são colocados apenas quando resolvidos" (Bergson, apud Deleuze, 1999:9). Deleuze aqui lembra também de Marx, em sua célebre frase de que "a humanidade coloca tão-só os problemas que é capaz de resolver". E acrescenta:

> (...) é a solução que conta, mas o problema tem sempre a solução que ele merece em função da maneira pela qual é colocado, das condições sob as quais é determinado como problema, dos meios e dos termos de que dispõe para colocá-lo. Nesse sentido, a história dos homens, tanto do ponto de vista da teoria quanto da prática, é a da constituição de problemas (Deleuze, 1999:9).

É claro que essa "constituição de problemas" é geo-historicamente situada, pois cada momento da história em cada espaço geográfico (re)coloca seus próprios problemas. Toda proposição conceitual, portanto, profundamente mutável, é sempre contextualizada geográfica e historicamente através de sujeitos específicos que a mobilizam e como que "lhe dão vida". Como indicam Deleuze e Guattari na citação com que abrimos este capítulo, os conceitos devem ser constantemente reavaliados, transformados e, quando utilizados, demarcada claramente sua "paternidade", reconhecendo-se não apenas o(s) autor(es) que o formulou(aram), mas também o contexto geo-histórico dentro do qual ou para o qual foram elaborados.

Os autores se reportam à própria Grécia antiga e referem-se a uma geo-história nos moldes braudelianos para compreender um fenômeno como o nascimento da Filosofia. Assim, propõem:

> *A filosofia é uma geo-filosofia, exatamente como a história é uma geo-história, do ponto de vista de Braudel* (p. 125). (...) *Se a filosofia aparece na Grécia,*

é em função de uma contingência mais do que de uma necessidade, de um ambiente ou de um meio mais do que de uma origem, (...) de uma geografia mais do que de uma historiografia (...) (Deleuze e Guattari, 1992:126).

Para Patton, por sua vez, os conceitos têm uma história, que pode incluir sua história como componentes de outros conceitos e suas relações com problemas particulares. Os conceitos sempre são criados em relação com problemas específicos: "Um conceito carece de significado na medida em que não está conectado com outros conceitos e não está vinculado a um problema que resolve ou ajuda a resolver" (Deleuze e Guattari). A história dos conceitos inclui, portanto, as variações que sofrem em sua migração de um problema a outro (Patton, 2013:26).

Algumas problemáticas constituem o "foco" central do conceito, que sempre evidencia determinadas questões ou relações, deixando outras em segundo plano, reconhecendo sua presença, mas deixando-as como que fora de foco. Por exemplo, enquanto "espaço" coloca seu foco no caráter de coexistência e coetaneidade dos fenômenos (sem, obviamente, reduzir-se a ele), "território" discute a problemática do poder em sua relação indissociável com a produção do espaço.

Conceitos geográficos como espaço e território revelam um pouco esse ir e vir dos problemas a que se referem e sua diferenciação ao longo da história. As obras de Casey (1998), pelo viés filosófico, em relação ao espaço (que ele geralmente denomina "lugar", demonstrando, também aqui, que o mais importante não é a palavra que sintetiza um conceito, mas seu conteúdo teórico-filosófico) e de Elden (2013), pelo viés geográfico, em relação ao território, constituem exemplos de abordagens histórico-conceituais onde, ainda que nem sempre de maneira explícita, fica evidente que é a problemática em relação a espaço e território que transforma suas concepções ao longo do tempo. Se Elden, por exemplo, ao final de seu livro, propõe território como uma "tecnologia política", é também porque questões contemporâneas de certa forma impõem essa leitura — ela permite explorar melhor questões, como a própria crise (e reformulação) das tecnologias estatais de controle da sociedade pelo espaço.

Além de uma revelação do já dado, do já produzido, o conceito também indica um caminho, uma conexão (ou uma série de conexões), um devir. No sentido deleuzeano, o conceito é também um "transformador" (Holland,

1996), na medida em que pode interferir na realidade a que pretende dar conta, operando não só como produto, mas também como produtor. Como afirma Gallo (2003):

> (...) um conceito nunca é a coisa mesma (esse horizonte sempre buscado e jamais alcançado pela fenomenologia, de adequação imediatizada da consciência com o mundo-aí). (...) Todo conceito é, pois, sempre, um acontecimento, um dizer o acontecimento; portanto, se não diz a coisa ou a essência, mas o evento, o conceito é sempre devir (p. 41) (...) é um operador, algo que faz acontecer, que produz (...) o conceito é justamente aquilo que nos põe a pensar. Se o conceito é produto, ele é também produtor: produtor de novos pensamentos, produtor de novos conceitos e, sobretudo, produtor de acontecimentos, na medida em que é o conceito que recorta o acontecimento, que [de alguma maneira] o torna possível (p. 43).

Em abordagem anterior, destacamos:

> Ao contrário da ciência, que busca especificar e estabilizar domínios específicos do real, os conceitos na filosofia intervêm em problemáticas para desestabilizar, criando novas conexões não só com outros conceitos, como com o próprio contexto histórico-geográfico. Trata-se, pois, de saber mais como o conceito "funciona" ou o que se pode "fazer" com ele do que propriamente explicar seu significado. Assim, os conceitos "não possuem um conteúdo independente, autônomo, a não ser o que eles adquirem através do uso num contexto" (Holland, 1996:240; Haesbaert, 2004:110-111).

Todo conceito, em síntese, sem se confundir com ela, possui também uma natureza política — como todo campo do saber, ele está mergulhado em relações de poder, num sentido foucaultiano. Nas palavras de Patton, concordando com Nietzsche:

> (...) a criação de conceitos novos é uma atividade eminentemente política. Seu fim não deveria ser meramente o reconhecimento de estados de coisas existentes ou a justificação de opiniões e formas de vida existentes, mas a absoluta desterritorialização do presente no pensamento (Patton, 2013:26).

Mesmo não concordando com um caráter "absoluto" da desterritorialização (ainda quando ela é concebida como se dando exclusivamente "no pensamento"), é claro que os conceitos não apenas evidenciam um determinado real-histórico, desvendando — e reapresentando — algo já produzido (o fazer-se do presente olhando para o passado, para o já feito). Eles também envolvem a atividade criadora e reproblematizadora (o presente mirando o futuro), possibilitam "produzir realidade", reinventando o real ao proporem sobre ele — e com ele — novas questões.

Ainda que reconheçamos três modalidades de categorias ou conceitos — analíticas, da prática e normativas, estamos cientes também da sua indissociabilidade. Enquanto uma categoria analítica é, sobretudo, um instrumento no processo de investigação do pesquisador — ou um conceito no seu sentido mais difundido, a categoria da prática é um "conceito" — ou noção — do senso comum, utilizado nas práticas cotidianas do discurso ordinário, e a categoria normativa tem como objetivo primeiro indicar um caminho, tem um caráter mais propositivo que analítico, como nos conceitos de região e território utilizados pelo Estado enquanto agente planejador. É claro que o pesquisador ou o intelectual não pode prescindir do conhecimento de suas categorias de análise enquanto utilizadas (e recriadas) também nas ações do senso comum, assim como o planejador não pode desconhecer a força das concepções analíticas propostas pelos investigadores, nem a (re)leitura feita pelos próprios habitantes que serão objeto de sua ação interventora. Embora cada contexto mantenha sua especificidade (porque a natureza dos problemas e os objetivos geralmente são distintos), seu entrecruzamento é sempre também necessário e mutuamente enriquecedor.

Finalmente, deve-se questionar a lógica tradicional que propõe que só existem conceitos quando há distinção, separação, "entidades ideais que servem para identificar classes regulares", uma "lógica da disjunção exclusiva" em que "as coisas caem ou não sob elas" (Patton, 2013:31).[11]

---

[11] A esse respeito, Patton cita Nietzsche em "Sobre verdade e mentira em sentido extramoral": "Uma palavra se converte em um conceito na medida em que tem que se conformar com inumeráveis casos mais ou menos similares. Uma folha é sempre diferente de outra, de modo que o conceito 'folha' se forma descartando arbitrariamente essas diferenças individuais e esquecendo os aspectos distintivos" (Nietzsche, apud

Os conceitos não só não podem ser tratados isoladamente, como nunca constituem unidades homogêneas, sempre são múltiplos, tanto no sentido interno, com seus elementos, suas sobreposições e sua flexibilidade em torno de uma problemática ou foco central, quanto no sentido externo, na relação com outros conceitos dentro de uma constelação ou sistema mais amplo — permanecendo sempre abertos, portanto, a novas conexões potencialmente realizáveis.

Uma constelação de conceitos

Como afirmam Deleuze e Guattari (1992:31), "(...) não há conceito simples. (...) Em primeiro lugar, cada conceito remete a outros conceitos, não somente em sua história, mas em seu devir ou suas conexões presentes" — em sua geografia, poderíamos acrescentar. Assim, o conceito não nega todo um complexo conjunto de outros conceitos que jogam seu foco sobre outras problemáticas e dimensões e que, no conjunto, formam uma complexa família de conceitos, dentro da correspondência a um determinado campo de pensamento filosófico. Podemos então definir, no interior da Geografia, uma constelação ou sistema de conceitos que, mergulhados na categoria espaço, se ordenam e se reordenam constantemente a partir das problemáticas que enfrentamos e das bases teórico-filosóficas que acionamos para melhor defini-las e enfrentá-las — sempre cientes de que a percepção clara da problemática é o ponto de partida fundamental.

Na dimensão analítico-racionalista do grande "sistema de conceitos" proposto por Milton Santos — ou, em seus próprios termos, da família de "categorias analíticas" (Santos, 1996) — temos, primeiro, a noção-mestre, o espaço geográfico, definido a princípio como um "conjunto de fixos e de fluxos" ou de "configuração territorial" e "relações sociais" (pp. 50-51) e depois como um "conjunto indissociável de sistemas de objetos e sistemas

---

Patton, 2013:31). Ao contrário, diz Patton (inspirado também em Derrida), os conceitos implicam tanto repetição do mesmo ("mesmidade horizontal") quanto alteração desse mesmo ("diferença vertical") na "singularidade do fato". Em síntese, "os conceitos implicam ao mesmo tempo repetição do mesmo e realização ou exemplificação do mesmo em diferentes casos particulares" (Patton, 2013:32).

de ações" (1996:19). Internamente, essa noção comporta categorias analíticas (aqui, "conceitos" em sentido estrito), como "paisagem", "configuração territorial", "divisão territorial do trabalho", "rugosidades" etc. Em relação à "questão dos recortes espaciais" é que ele irá falar de região, lugar, redes e escalas. Para o autor, categoria e conceito são tratados como sinônimos, pois o que inicialmente ele considera como sendo "categorias analíticas internas" logo depois são tratadas como "conceitos constitutivos e operacionais, próprios à realidade do espaço geográfico" (Santos, 1996:19).

Como para Milton Santos os conceitos devem sempre "fazer sistema" e, de modo mais pretensioso, construir (uma) teoria, é evidente que nunca poderemos tomar um de seus conceitos — paisagem, por exemplo — de modo isolado. Seria muito perigoso, inclusive, "avaliar" um conceito como paisagem em sua obra sem considerá-lo dentro de toda a família (que implica certa hierarquia) de conceitos e as relações de filiação a que está subordinado.

Ao mesmo tempo que se tornam heterogêneos por suas relações internas — tanto no interior do próprio conceito (pelos distintos elementos que o constituem) quanto na relação com outros conceitos do mesmo sistema (ou constelação) —, os conceitos convivem com a multiplicidade de noções para além do universo de sua disciplina e de seu objeto.[12] Como exemplo, em nosso caso, propomos um esboço de sistema ou constelação de conceitos, sempre com um grau de abertura para a construção de novas conexões conceituais, produzido a partir das preocupações básicas da Geografia e centrado no conceito de espaço. Espaço entendido como produção social na interface entre aquilo que o filósofo Henri Lefebvre reconhece como o percebido, o vivido e o concebido — um espaço das representações, um espaço da vivência e um conjunto de representações do espaço. Acrescentaríamos, ainda, para maior coerência e explicitação de nossa abordagem geográfica,

---

[12] Assim, em relação à Geografia, numa leitura mais realista, afirma Santos: "(...) as categorias de análise, formando sistema, devem esposar o conteúdo existencial, isto é, devem refletir a própria ontologia do espaço, a partir de estruturas internas a ele. A coerência externa se dá por intermédio das estruturas exteriores consideradas abrangentes e que definem a sociedade e o planeta, tomados como noções comuns a toda a História e a todas as disciplinas sociais e sem as quais o entendimento das categorias analíticas internas seria impossível" (1996:19).

que essas perspectivas espaciais dizem respeito sempre também ao espaço enquanto base natural das (re)produções sociais.

Para uma representação gráfica simples dessa constelação, propomos manter um jogo circular de conceitos em torno do espaço (e da região ou dos processos de regionalização), reproduzindo a metáfora, já aqui comentada, do "sistema" de planetas em torno de uma "estrela", como ilustrado na Figura 1. Um detalhamento maior da "constelação" aparece no esquema logo após a figura e que será comentado na sequência.

FIGURA 1
Uma constelação geográfica de conceitos

Conceitos (e/ou categorias) geográficos fundamentais

ESPAÇO-TEMPO
(categoria mestre)

ESPAÇO GEOGRÁFICO
(dimensão espacial da sociedade, indissociável de sua relação com a natureza)

REGIÃO/REGIONALIZAÇÃO
Questão: Diferenciação/Des-Articulação (analítica e/ou prática)
do Espaço Geográfico
(diferenças de natureza e de grau, incluindo a divisão espacial do trabalho)

I-Lógicas de des-articulação do espaço geográfico
Lógica espacial zonal: ZONA (ou ÁREA)
Lógica espacial reticular: REDE
Ilógica Espacial: AGLOMERADO

Questões/"focos" em relação às distintas dimensões espaciais *privilegiadas*
relações sociedade-natureza: AMBIENTE
relações de poder: TERRITÓRIO/DES-RE-TERRITORIALIZAÇÃO
relações simbólico-culturais:
espaço "vivido" – LUGAR
espaço enquanto representação – PAISAGEM

No centro da constelação aparecem os conceitos ou categorias-mestras espaço-tempo e, no caso específico da Geografia, o espaço em sua condição de espaço geográfico, aquele focalizado sobre a dimensão espacial da sociedade, que inclui, evidentemente, a indissociabilidade entre o social e o natural. Espaço geográfico aparece ligado à categoria "espaço(-tempo)", no sentido filosófico mais amplo, posicionando-se assim ao lado de outros espaços — ou melhor, de outras abordagens ou olhares sobre o espaço, como a das Ciências Exatas (Física, Matemática), ou das Ciências Naturais (como a Biologia e a Geologia).

A relação indissociável entre espaço e tempo ou, no caso da Geografia, entre a espacialidade e a temporalidade do mundo que a sociedade produz pela transformação da natureza, implica reconhecer que a única distinção possível entre Geografia e História, se quisermos manter a individualidade disciplinar, envolve o reconhecimento de duas perspectivas sobre a realidade social. Enquanto o olhar geográfico se estenderia *mais* sobre o mundo em sua coexistência ou simultaneidade (a condição de estar "lado a lado", de conviver ou, como afirma Massey [2008a], de ser coetâneo), o olhar histórico enfatizaria o caráter consecutivo ou sequencial dos fenômenos (a condição de estar "um depois do outro"). De alguma forma, mas buscando também superá-la, essa distinção lembra a expressão de Kant, ainda em 1802, citada por Hartshorne:

> *A História difere da Geografia apenas na consideração de tempo e área. A primeira é o relato de fenômenos que seguem um ao outro e têm relação com o tempo. A segunda é um relato de fenômenos um ao lado do outro no espaço* (Kant, apud Hartshorne, 1939:135).

Numa outra abordagem, de matriz fenomenológica, e com considerações mais amplas e integradoras sobre a relação espaço-tempo, destacamos, com Merleau-Ponty:

> *(...) a coexistência, que com efeito define o espaço, não é alheia ao tempo, ela é a pertença de dois fenômenos à mesma vaga temporal. Quanto à relação entre o objeto percebido e minha percepção, ela não os liga no espaço e fora do tempo: eles são contemporâneos. A "ordem dos coexistentes" não pode ser separada da "ordem dos sucessivos", ou, antes, o tempo não é apenas a consciência de uma sucessão. A percepção me dá um "campo de presença" no sentido amplo, que se estende segundo duas dimensões: a dimensão aqui-ali e a dimensão passado-presente-futuro. A segunda permite compreender a primeira* (Merleau-Ponty, 1999:357).

Essa "mútua compreensão" espaço-temporal implica abandonar qualquer distinção dicotômica entre, por exemplo, espaço como simples materialidade e tempo como pura imaterialidade, espaço como fixo, conservação, e tempo como movimento, transformação. É assim que Grossberg (1996), em uma posição deleuzeana, propõe uma "filosofia espacial materialista" (p. 180). Para o autor, Deleuze e Guattari recusam a distinção kantiana entre fenômeno (experiência, discurso, significado) e númeno (o real), recusam-se a reduzir a realidade a uma simples dimensão, seja semiótica, social, psicanalítica ou material. A realidade é vista:

> (...) como "assemblages" [agenciamentos] ou "aparatuses" [dispositivos] de multiplicidades — é constituída pelas relações entre linhas de força (medidas escalares de efeitos). É uma questão de história, mas [no sentido] de orientações, direções, entradas e saídas. É questão de uma geografia de devires, uma pragmática do múltiplo. (...) Devir é a espacialização da transformação; recusa-se não apenas a privilegiar o tempo, mas a separar espaço e tempo. É uma questão de temporalizar o espaço e de espacializar o tempo. Deleuze e Guattari tomam a realidade como, ao mesmo tempo, real (produtiva) e contingente (produzida) — realidade produzindo realidade — e a produção da realidade é a prática do poder (Grossberg, 1996:181).

Trata-se, pois, de reconhecer tanto o espaço quanto o tempo, em suas mútuas implicações, como processos. Por outro lado, o fato de o espaço geográfico ser tomado num nível mais amplo de generalização não significa que ele seja abordado, à maneira idealista, como abstração ou *a priori* intuitivo (pré-conceitual, de alguma forma) da nossa consciência. Nem tampouco no sentido absoluto materialista, que interpreta o espaço como realidade ou objeto físico-material independente de ou externo a suas relações. Nesse caso, podemos ter a concepção de espaço como mero conjunto dos objetos físicos (naturais *e* sociais) ou ainda como "matéria-prima" ou "base natural" ("primeira natureza", numa linguagem marxista) sobre a qual se desdobra o trabalho e a produção de significados sociais (como, de certa forma, considera Claude Raffestin [1993] em sua diferenciação entre espaço e território — que criticamos em Haesbaert, 2009:165).

O espaço geográfico, na verdade, partindo de uma posição relacional, envolve, como queria Milton Santos, tanto o universo dos objetos quanto dos sujeitos e suas ações, tanto a dimensão dos elementos (aparentemente) fixos quanto móveis, tanto a dimensão material quanto a dimensão imaterial. Na expressão de Henri Lefebvre, "o conceito de espaço denota e conota todos os espaços possíveis, abstratos ou 'reais', mentais e sociais. Entre outros, ele contém estes dois aspectos: o espaço de representação — a representação do espaço" (1986:345; tradução livre). Nesse sentido, todo espaço geográfico é *também* ação, movimento e representação simbólica. Daí um geógrafo como Nigel Thrift chegar a propor uma nova categoria, que de tal forma não separe espaço de tempo a ponto de expressar-se através de um novo termo, "espaçotempo", sem o hífen.

Essa leitura relacional de espaço, que privilegia sua dimensão mutável, sua fluidez e sua dinâmica, fica muito explícita nas reflexões de Massey (2008a) quando define espaço como "o produto de inter-relações", "a esfera da coexistência da multiplicidade" e "sempre em construção" (p. 29). Assim, para ela:

> *Conceituar o espaço como aberto, múltiplo e relacional, não acabado e sempre em devir, é um pré-requisito para que a história* [o tempo] *seja aberta e, assim, um pré-requisito para a possibilidade da política* (p. 95).

Se mudança requer interação, e interação envolve alteridade, coexistência de Outros, enfim, "espaço", essa multiplicidade espacial é condição para a geração da temporalidade. Nesse sentido, "o 'papel do espaço' poderia ser caracterizado como fornecendo a condição para a existência dessas relações que geram o tempo" (Massey, 2008a:90).

O espaço enquanto "esfera de uma multiplicidade de trajetórias" (Massey, 2008a:176) é, sobretudo, conjunto de interações ou, como preferimos, de des-articulações (Haesbaert, 2010a), sempre com um maior ou menor grau de abertura para a realização de novas articulações ou conexões. Se o espaço é múltiplo, como enfatiza Massey, ele também se encontra envolvido por diversos mecanismos ou processos que pretendem padronizá-lo, de alguma forma homogeneizá-lo, como a modernidade capitalista tem tentado (sem pleno sucesso, é evidente) nesses últimos dois séculos. Assim, é fundamental que nos coloquemos uma primeira grande questão sobre o espaço, e que é justamente a questão que se buscou envolver pelo conceito de região e pelos processos ou métodos de regionalização: a diferenciação, a multiplicidade do espaço. Em que sentido podemos falar de "diferença" no/do espaço geográfico?

As grandes categorias espaço-tempo e espaço geográfico "iluminam" todo o sistema geográfico de conceitos. A partir da grande problemática espacial que diz respeito à sua diferenciação — ou às suas distintas formas de des-articulação — surge o primeiro círculo de "translação" que é configurado pelo conceito de região. Região, assim, pode ser considerada um conceito envolvido com as distintas i-lógicas de construção do espaço geográfico, seja aquelas de caráter predominantemente zonal ou em área (a clássica "diferenciação de áreas" da Geografia de tradição empirista), seja as de caráter predominantemente reticular (que começaram a ser destacadas com a noção de nodalidade do geógrafo Mackinder, mas que só se afirmaram de fato com a chamada Geografia neopositivista ou quantitativa). Isso, é claro, reconhecendo em outro plano abordagens de região que também podem ser enfocadas a partir do espaço vivido (a identidade regional — aqui enfatizada pelo conceito de lugar) e dos regionalismos como movimentos políticos (aqui priorizados na dimensão do território).

Fundamental em qualquer estudo geográfico que se preze é a relação entre essas duas lógicas que denominamos lógica de dominância zonal e lógica de dominância reticular na construção do espaço — e que, como demonstrado pelo esquema, estão diretamente ligadas aos processos de construção de territórios, lugares, paisagens (embora estes enfoquem bem mais do que a concepção racional de "lógica", explicitando a dimensão simbólica e/ou vivida)... A própria história do Ocidente capitalista é, de certa forma, produto de uma sucessão de processos ora de controle mais zonal — quando a interferência do Estado é maior, por exemplo —, ora de controle mais reticular — quando do domínio das redes mercantis ou financeiras das grandes empresas.[13]

Em primeiro lugar, devemos destacar que todo espaço é construído, concomitantemente, através de três elementos (Raffestin falaria em "invariantes territoriais") básicos: a linha, que numa leitura relacional se transforma em fluxo, o ponto, que deve ser visto como polo ou nó de conexões, e a área ou "malha", já que para o domínio de zonas ou superfícies contínuas há sempre a necessidade de construção de uma malha de linhas interconectadas ou redes — ou melhor, como na superfície de um tecido, aquilo que numa escala observamos como área ou zona em outra, de maior detalhe, pode ser vista como malha, teia de "fios" ou linhas (que, neste caso, podem ser lidos como dutos e/ou fluxos).

Assim, a rede é um constituinte indissociável da própria zona ou área. Sem rede não há controle de uma área (a começar que uma rede pode ser encarada, por exemplo, como um conjunto coordenado de postos

---

[13] A esse respeito, ver, por exemplo, o jogo entre "territorialismo" e "capitalismo" em Arrighi (1996), que voltaremos a tratar nos capítulos 2 e 5.

fronteiriços), e de certa forma toda rede, geograficamente falando, exige áreas ou zonas, ainda que de pequena dimensão (que pode ser até uma antena), para efetivar seus fluxos e conexões. Assim, nessa perspectiva mais analítica, rede enquanto conceito não se coloca no mesmo patamar de território, lugar e paisagem, mas de "zona" ou "área", pois tem um sentido mais amplo e (também) operacional como componente indissociável de nossa concepção relacional de espaço, quando sua manifestação se dá a partir da dominância de uma lógica reticular — daí a possibilidade de falar hoje em território-rede, lugar-rede etc. Sem esquecer, é claro, a longa tradição dos estudos sobre redes técnico-econômicas.

Região, assim, especialmente se tomada como categoria de análise, implica um nível mais amplo do que conceitos como território e lugar. Em termos mais gerais, ela problematiza a diferenciação espacial, tanto no sentido das diferenças de natureza, mais qualitativas, quanto das diferenças de grau ("desigualdades"), mais quantitativas, e podem seguir tanto o princípio da (relativa) uniformidade ou homogeneidade, no caso do predomínio da lógica espacial zonal, quanto da coesão (funcional e/ou simbólica), no caso do predomínio da lógica reticular.[14]

Na verdade, a região, tal como a escala na abordagem feita por Moore (2008), pode ser vista tanto como "categoria [ou conceito] de análise" quanto como "categoria da prática", amplamente difundida no senso comum. Como já enunciamos, ao longo da história da Geografia vimos se alternarem visões tanto de região como evidência empírica (como na típica "região-paisagem" como produto material ou "morfológico" das relações homem/meio) quanto como instrumento de análise (como em Hartshorne, 1978 [1959]).

De qualquer forma, por tradição, como bem demonstra a chamada Geografia Regional em sua distinção histórica em relação à Geografia Geral ou Sistemática, a região acaba sendo tratada principalmente como instrumento analítico, estabelecido a partir de critérios definidos pelo pesquisador. O que não impede, é claro, que, tal como no caso da escala, se vivencie, nas próprias práticas sociais, "políticas de região", ou seja, que se acione a região em nome de ações concretas, como ocorre claramente no

---

[14] Para um maior detalhamento desse debate, ver Haesbaert, 2010a, especialmente as pp. 127-137.

caso da construção dos regionalismos políticos e das identidades regionais. Como afirma Moore (2008) em relação à escala (e a cuja reflexão podemos agregar a região):

> (...) a tendência à partição do mundo social em contêineres espaciais hierarquicamente ordenados [regiões] é o que nós queremos explicar — e não explicar os fenômenos através desses contêineres (p. 212). (...) Em resumo, ainda que concorde (...) que a escala [ou a região] é uma realidade epistemológica e não ontológica, a aparente incongruência de ficções ontológicas, tais como escala [poderíamos dizer também região?] local, urbana, nacional ou global, tem tamanho poder de influência na política espacial que clama por maior atenção no sentido de como a escala [ou a região] opera como uma categoria da prática. Além disso, não é necessário manter um comprometimento com a existência das escalas para analisar a política da escala. Tal como é possível investigar práticas nacionalistas sem assumir que as nações são entidades reais, é possível desenvolver teorias de política de escalas [regiões] sem escalas [regiões] (Moore, 2008:212-213, tradução livre).

Com relação à região, como já ressaltamos, não se pode ignorar que, dentro do imenso leque de conceituações em que se situa, temos um ir e vir entre a região como instrumento (ou "categoria") de análise — cujo ápice aparece na "região como classe de área" da Geografia neopositivista, e região como evidência empírica, efetiva (ou, em termos um pouco diferentes, no mínimo como "categoria da prática") — neste caso, um exemplo reconfigurado, numa ótica marxista, é o da região como produto do regionalismo político e das identidades regionais (próxima do que reconhecemos em nosso estudo sobre a Campanha Gaúcha [Haesbaert, 1988]).

No nosso ponto de vista, uma saída para esse dilema seria considerar a região não como uma simples construção intelectual ou um artifício ("regiões *da* mente", diria Agnew, 1999), que resultaria numa generalização (e abstração) demasiado ampla, de caráter estritamente metodológico (recortes espaciais em qualquer escala e segundo quaisquer critérios, por exemplo), nem como mero "fato" ou evidência empírica a ser objetivamente reconhecida ("regiões *na* mente", nos termos de John Agnew) — como se cada pesquisador, ao "reconhecer" a região num trabalho de campo, por exemplo, tivesse que identificar exatamente a mesma região reconhecida por outros, já que ela seria uma espécie de "dado".

Na forma como propusemos abordar em Haesbaert (2010a), consideramos a região como "*arte*fato" (ou com hífen: "arte-fato") — numa espécie de mescla entre "artifício" e "fato". Assim, ela pode ser tratada, em certo sentido, como um instrumento analítico e recurso metodológico, mas que não identifica "recortes" espaciais de qualquer gênero, buscando o reconhecimento de coesões ou coerências espaciais (na conjugação entre seu caráter ora mais material, ora mais simbólico) capazes de manifestar, pelo menos em parte, o efetivo jogo das dinâmicas sociais que produzem uma determinada articulação diferenciada do espaço.

A grande questão, hoje ainda mais do que antes, é que essas "coesões" regionais podem não se dar de maneira contínua e podem variar consideravelmente de acordo com os sujeitos sociais (grupos, classes) em jogo. Nesse sentido, muitas "regionalizações", manifestando organizações em rede, podem se sobrepor e se entrecruzar em desenhos que vão desde "regiões com buracos" (como diriam Massey et al., 1988, ao priorizarem as relações "de exclusão" e/ou de desarticulação dentro da região) até espaços relativamente sem coesão regional claramente identificável, dominados por aquilo que denominamos "ilógica" espacial dos aglomerados[15] — quando é impossível distinguir lógicas zonais e/ou reticulares mais claramente delineadas.

Passemos agora, ainda que de forma sucinta, àqueles que consideramos nossos conceitos fundamentais num nível de menor amplitude, na medida em que cada um deles tende a abordar o espaço enfatizando ou focalizando problemáticas em cada uma de suas dimensões fundamentais. Propomos denominar de foco conceitual a priorização que cada conceito dá em relação ao espaço geográfico (e suas "regiões"). A vantagem aqui é que quando falamos em foco, ao mesmo tempo que estamos dando ênfase a uma determinada perspectiva ou forma de olhar, de abordar nossa questão ou "objeto" (termo perigoso, na medida em que, numa leitura relacional, pretendemos superar a dicotomia sujeito/objeto), não ignoramos as demais possibilidades de "focalização" — o que implica sempre a existência de outros elementos que, ainda que "fora de foco", ali continuam presentes.[16]

---

[15] Discutimos a concepção de aglomerado em Haesbaert (2004) (especialmente no item 7.2), e retomaremos o debate no capítulo 7.
[16] Agradeço nesse debate as contribuições de Valter do Carmo Cruz.

Ao tratarmos o espaço geográfico a partir de nossos conceitos fundamentais, destacamos, ou melhor, focalizamos algumas de suas propriedades e/ou dimensões, nunca esquecendo que o que define nossa focalização, o privilegiamento de uma dessas dimensões, são as questões ou problemáticas que buscamos enfrentar. Assim, quando enfatizamos ou focalizamos esse espaço através de questões ligadas às relações ou práticas de poder (que é também — e às vezes sobretudo — poder econômico), estaremos de alguma forma nos referindo ao espaço enquanto *território*.

Já quando colocamos nosso foco sobre a ótica espacial das relações sociais que envolvem questões de caráter mais simbólico, cultural ou mesmo subjetivas naquilo que Lefebvre denominou de espaços concebido e vivido, estaremos trabalhando com conceitos como *paisagem* — que, nitidamente, hoje, prioriza o campo das representações — ou *lugar* — que, apesar da sua maior amplitude na Geografia anglo-saxônica, em que chega a se confundir com outros conceitos, como o de território (relação que será aprofundada no capítulo 3) — acaba sempre envolvendo questões que se manifestam em torno dos processos de construção identitária e/ou do espaço vivido. Sem dúvida, finalmente, se destacamos questões de ordem ecológica ou mais diretamente (mas nunca exclusivamente) ligadas às relações sociedade-natureza, o conceito de ambiente (ou de meio ambiente) é aquele que terá uma posição preponderante.

Apenas para precisar um pouco mais a definição e os cruzamentos e, muitas vezes, até as contradições e ambivalências entre e no interior de conceitos, exemplificaremos com o que se passa com território e lugar.[17] Não é por ter seu foco mais claramente posicionado sobre as questões que envolvem as relações espaciais de poder (implícito aqui que "espaciais", num sentido geográfico, significa também sociais) que os processos de territorialização se referem apenas a relações de poder num sentido estrito — ou que apenas o conceito de território abrigue essa perspectiva (basta ver a própria origem etimológica de "região", frequentemente ignorada, que vem de *regere*, "reger", no sentido de dirigir ou comandar).

---

[17] Lembrando que serão conceitos cujo debate, especialmente no caso de território (mas também "meio"), será desdobrado em outros capítulos deste livro. O aprofundamento da constelação de conceitos aqui apresentada, com discussões envolvendo todos esses conceitos, é proposta para outro trabalho, já há tempos esboçado (ver, por exemplo, Haesbaert, 2002, pp. 129-142).

Se nos reportarmos ao conceito, digamos, "extrageográfico" (em termos disciplinares) de poder, veremos que ele adquire conotações que se estendem desde uma perspectiva mais tradicional e estrita, de caráter dito contratualista, vinculada ao papel jurídico-administrativo do Estado moderno (e ao contrato social que ele subentende), até uma abordagem muito ampla e relacional, que entende o poder como inerente a toda relação social (como na visão de Michel Foucault). Assim, o território tanto pode ser lido a partir das relações de poder nessa ótica restrita à figura macro do Estado (enfatizado por autores como Poulantzas [1978] e Alliès [1980]), como pode ser ampliado também a toda a microfísica de um poder muito mais capilarizado, estendido a todas as esferas da sociedade (como fazem, por exemplo, Deleuze e Guattari [1972, 1980] e Sack [1986]).

Nesse sentido, o território — ou, melhor ainda, os processos de desterritorialização, para enfatizar a dinâmica que constantemente o recompõe —, como o próprio poder, não pode ser tratado simplesmente na esfera das relações jurídico-administrativas, embora nelas encontre, é claro, uma das questões fundamentais a ser analisada. Se o poder, como afirma Foucault, implica sempre resistência, que nunca é exterior a ele, os grupos subalternos ou "dominados" na verdade estão sempre também (re)construindo suas territorialidades, ainda que relativamente ocultas, dentro desse movimento desigual de dominação e resistência.

As relações de poder são, assim, imanentes a todas as demais: econômicas, epistemológicas, culturais, de gênero... Nesse sentido é que o poder, para muito além da figura do Estado — e de suas territorialidades —, envolve esferas, como a cultural e a econômica. É verdade que, se partimos da tradição do diálogo interdisciplinar majoritário, podemos dizer que conceitos geográficos como região e território acabam dialogando mais, respectivamente, com a Economia (através da chamada Economia Regional) e com a Ciência Política (inclusive no âmbito das Relações Internacionais). Entretanto, como já vimos, nem região se restringe à esfera do econômico (até porque "economia" só se explica pela imbricação cada vez maior com as esferas política e cultural, e porque as coesões e/ou articulações regionais se dão também de maneira crescente, na esfera cultural-simbólica), nem território fica restrito às relações políticas referidas à figura do Estado e do sistema jurídico-legal.

Grande parte do poder, hoje, envolve sujeitos que se contrapõem ou entram num jogo muito complexo com a estrutura estatal, principalmente através de circuitos ilegais, como é o caso do narcotráfico. O poder, não sendo tratado como "objeto" ou "coisa", que alguns grupos ou classes detêm e outros não, num sentido absoluto, e não sendo apenas dominação, coercitiva, mas também ideologia, símbolos (o que nos remete à concepção de hegemonia, num sentido gramsciano), permite falar num amplo espectro de diferentes sujeitos e espaços de territorialização.

Ao contrário de território, visualizado sempre muito mais na forma de "extenso", área ou zona (ou, em noções mais recentes, como território-rede), lugar (do latim *locus*) nasce através da concepção absoluta de um "ponto no extenso" que se transforma numa espécie de "átomo" ou "elemento de base do espaço geográfico", segundo Brunet (Brunet, Ferras e Théry, 1993:298), ou, relacionalmente, na "menor unidade espacial complexa da sociedade", como quer Lussault (em Lévy e Lussault, 2003:561). Por não enfatizar a extensão, mas o ponto, Jacques Lévy propõe o lugar como o espaço em que se pode prescindir do fator distância (ou onde a distância, de algum modo, seria "anulada"). Haveria lugar, diz ele, "quando ao menos duas realidades estão presentes sobre o mesmo ponto de uma extensão" (em Lévy e Lussault, 2003:560). Um fator fundamental na sua definição seria, assim, a copresença.

Roger Brunet afirma que, mesmo quando reconhecido como um ponto, o lugar é "um ponto singular, identificável e identificado, distinto dos outros" (em Brunet, Ferras e Théry, 1993:298). Isso nos leva a considerar uma certa tradição cultural do lugar, vinculado ao campo das significações e da existência, de nossos espaços enquanto espaços vividos. É assim que, principalmente na Geografia anglo-saxônica, lugar adquire uma grande centralidade a partir da ideia de "localização significativa" (Agnew, 1987; Creswell, 2004). Muito mais do que simples local (enquanto unidade de extensão geográfica mínima) ou localização (o "onde" de um fenômeno), o lugar compreende um conjunto material na realização de relações sociais e também os vínculos mais subjetivos de um determinado "sentido de lugar".

Mais que uma coisa ou materialidade, o lugar é "um modo de entendimento do mundo" — "não tanto uma qualidade das coisas no mundo, mas um aspecto do modo como escolhemos pensar sobre ele" (Creswell,

2004:12). Nesse sentido, lugar e paisagem se aproximam, mas com a diferença de que, enquanto a paisagem em geral enfatiza um sentido e uma perspectiva, a do olhar (e das representações aí inseridas), indicando um certo distanciamento, no lugar estamos "mergulhados" em todos os sentidos da nossa experiência, do "vivido".

O lugar, assim, diz respeito ao mesmo tempo à significação e à experimentação concreta do mundo (Creswell, 2004). Essa ligação entre lugar e existência, experiência vivida, é destacada também fora da Geografia por filósofos como Heidegger (1954) e Malpas (1999). Numa visão "abrasileirada" do lugar, Oliveira (2012) enfatiza a leitura de sua dimensão significativa "a partir da experiência, do habitar, do falar e dos ritmos e transformações" que fazem o lugar ser "experienciado como *aconchego* que levamos dentro de nós" (p. 15, grifo nosso).

Foi o sentido ou sentimento de lugar — em outras palavras, a construção de uma identidade com o espaço — que levou geógrafos, hoje considerados clássicos, como Relph (1976) e Tuan (1983 [1977]), a enfatizarem uma dimensão mais subjetiva, existencial e fenomenológica ao trabalharem com lugar. Esses geógrafos "humanistas" se contrapunham às noções de espaço abstratas e ao mesmo tempo com pretensões objetivistas propagadas pela Geografia quantitativa neopositivista. Yu Fu-Tuan chegou mesmo a contrapor "espaço" e "lugar", afirmando que "espaço é mais abstrato do que 'lugar'". O "espaço indiferenciado" se transforma em lugar "à medida que o conhecemos melhor e o dotamos de valor" (Tuan, 1983:6).

Ainda recentemente, Relph (2012) propôs que "lugar é um microcosmo. É onde cada um de nós se relaciona com o mundo e onde o mundo se relaciona conosco". Seu "núcleo de significado" se estende "em suas ligações inextricáveis com o ser, com a nossa própria existência" (p. 31). Tuan (1983) dirá que, se concebemos o espaço "como algo que permite movimento, então lugar é pausa; cada pausa no movimento, torna possível que localização se transforme em lugar" (p. 6). Num mundo em constante movimento não poderia ser desenvolvido um sentimento ou um sentido de lugar.

Doreen Massey (2000 [1991]) será a autora mais importante na contestação a essa que ela denomina uma posição conservadora do lugar. Reconhecendo o "recrudescimento de alguns sentidos muito problemáticos de lugar [como algo fechado, internamente coerente e bem estabelecido, uma "comunidade de segurança"], dos nacionalismos reacionários aos localismos competitivos", ela propõe "pensar no que possa ser um sentido adequadamente progressista de lugar" (p. 181) e vê-lo como "um lugar-encontro, o local de interseções de um conjunto particular de atividades espaciais, de conexões e inter-relações, de influências e movimentos" (p. 184). O "ponto" ou a "extensão" do lugar absoluto se transforma no "polo" de conexões do lugar relacional, profundamente envolvido nas redes de um mundo em processo de globalização.

O lugar, como o território, torna-se muito mais complexo pela crescente mobilidade e, desse modo, pelas redes que cada vez mais se impõem na sua construção. As diferentes lógicas espaciais, zonais e reticulares se imbricam assim para moldar distintas configurações de territórios e lugares. Da mesma forma, considerados analiticamente, esses conceitos jamais poderão ser "fechados" em espécies de *gavetas* claramente distinguíveis. Longe das abordagens (neo)positivistas de caráter classificatório, trata-se aqui, como já destacamos, de uma mudança de foco, carregada de contatos e interlocuções. Assim, como em toda constelação, sistema ou família de conceitos, eles se cruzam, se interpenetram e se sobrepõem, num jogo muito mais complexo do que essas indicações gerais permitem destacar, e que cada realidade concreta acaba mais ainda evidenciando.

A importância dos conceitos e o combate a sua fetichização

A título de colocações finais, voltamos a enfatizar que todo conceito — e, mais ainda, uma categoria-chave, como "espaço" — deve sempre ser visto dentro da constelação conceitual de que faz parte, e a qual lhe dá sentido, considerando que cada uma dessas constelações está inserida num determinado campo de proposições filosóficas que, por sua vez, são concebidas dentro de um contexto geo-histórico determinado que é, afinal de contas, a fonte das problemáticas que demandarão, originariamente, nossos conceitos.

Os conceitos não apenas mudam ao longo do tempo, ou seja, são datados, como afirmam Deleuze e Guattari na citação que abre este capítulo, mas também são sempre construídos dentro de uma intrincada rede de relações com outros conceitos que acaba por definir uma posição teórica em sentido mais amplo. No caminho até chegarmos à escolha de uma base teórico-conceitual consistente há uma estrada tortuosa e que, especialmente em tempos de incerteza como os nossos, deve ser muito bem pensada — à luz, nunca é demais lembrar, dos problemas e questões que, mais do que simples decorrência de nossas práticas vividas, são também recriados ao longo do próprio percurso de elaboração conceitual. Sem nunca cair, é claro, naquilo que, de forma às vezes exacerbada nos adverte Gusmão (2012), constitui o "fetichismo do conceito".

Segundo Evandro Cabral de Mello, no prefácio ao livro de Gusmão, sua crítica:

> (...) dirige-se justificadamente contra o abuso da invenção de conceitos em detrimento daqueles que afloram na linguagem cotidiana e no senso comum ao sabor das situações concretas. O resultado de tal mania é a fetichização do conceito, que privilegia meras deduções feitas a partir dele em detrimento da "explicação causal empiricamente orientada da vida social, em toda sua riqueza e complexidade, algo que requer sempre inventários exaustivos de variáveis contextuais e um uso qualificado do conhecimento em geral" (p. 11). (...) Ninguém nega a utilidade dos conceitos gerais forjados pela sociologia; apenas questiona sua multiplicação abusiva, a qual, em vez de facilitar a síntese, só faz complicá-la, multiplicando tarefas desnecessariamente. (...) os conceitos sociológicos, por sofisticados que sejam, não dispensam as explicações conteudísticas, isto é, as representações e as narrativas, como indica o exemplo de Marx ao escrever O dezoito de Brumário (...) (p. 13).

Ainda que nossa(s) categoria(s) e/ou nosso(s) conceito(s) não encontrem exatamente uma solução, ou uma resposta precisa, o simples fato de elucidarem ou de tornarem mais claras nossas questões pode ser considerado um avanço. Afinal, vivemos um tempo em que saber colocar boas questões, desdobrar (e, por que não, também recriar) questões consistentes nunca foi tão importante — e o conceito, não esqueçamos, também pode se encontrar a serviço da criação, da construção de um devir. Gallo, inspirado em Gilles Deleuze, afirma até mesmo que:

> (...) a criação de conceitos é uma forma de transformar o mundo; os conceitos são as ferramentas que permitem ao filósofo criar um mundo à sua

maneira. Por outro lado, os conceitos podem ainda ser armas para a ação de outros, filósofos ou não, que dispõem deles para fazer a crítica do mundo, para instaurar outros mundos. (...) Que não se faça uma leitura idealista do conceito: não se trata de afirmar que é uma ideia (conceito) que funda a realidade; num sentido completamente outro, o conceito é imanente à realidade, brota dela e serve justamente para fazê-la compreensível. (...) o conceito é sempre uma intervenção no mundo, seja para conservá-lo, seja para mudá-lo (Gallo, 2003:35-36).

Embora se deva ter muito cuidado com o "criar um mundo à sua maneira" a partir dos conceitos (com o risco de fetichizá-los), não há dúvida que eles são, em primeiro lugar, "ferramentas". Como afirma Cruz (2010), também inspirado em Deleuze:

O que precisamos é construir uma forma alternativa de uso dos conceitos, trabalhar as teorias e os conceitos como dispositivo, uma "caixa de ferramentas". (...) O pesquisador como artesão intelectual, como qualquer trabalhador, precisa de instrumentos, de ferramentas (teorias e conceitos) para realizar sua ação; essas ferramentas podem ser adquiridas, emprestadas, aperfeiçoadas, deformadas ou até "roubadas" de outros autores, assim como podem ser criadas, inventadas de acordo com os problemas e questões enfrentadas por cada um na sua labuta de pesquisar. É preciso encontrar outro modo de lidar com as teorias e os conceitos, de torná-los efetivamente uma "caixa de ferramentas" (p. 2).

Mais que uma re-apresentação reconhecedora/diferenciadora do real, o conceito é um instrumento, uma medi-ação (no sentido concomitante de "meio-ação") a que recorremos para sua compreensão, mas que de forma alguma se restringe a esse caráter "mediador" ou de "intermediário". Não se trata, é claro, de separar conceito/teoria e realidade. O conceito sempre, *também*, acaba por participar do "real", é imanente a ele, diria Deleuze. E grifamos "também" porque não se trata de excluir a visão do conceito como instrumento de conhecimento do "já-dado" (radicalizada na abordagem idealista do conceito ou da teoria como *a priori*, precedendo e/ou impondo-se sobre a realidade). Queremos, igualmente, enfatizar sua condição, seu potencial (político) de implicação no devir histórico.

Relembrando uma famosa expressão de Merleau-Ponty, para quem "a verdadeira filosofia consiste em reaprender a ver o mundo" e profundamente inspirado em Deleuze, Gallo vê o conceito como uma "aventura do pensamento" que permite "um reaprendizado do vivido, uma ressignificação do mundo" (Gallo, 2003:39). A partir desse debate, podemos sintetizar afirmando que:

- todo conceito, como bem enfatizamos, advém de um problema ou questão, seja ele novo (muito mais raro) ou refeito/recolocado;
- todo conceito é sempre "situado" — tanto em termos do contexto social, histórico-geográfico, concreto (como ocorre com os conceitos "latino" de território e "anglo-saxão" de lugar, analisados no capítulo 3) quanto em relação à história das ideias e aos seus sujeitos-autores;[18]
- todo conceito é heterogêneo, múltiplo, não é simples, é "um todo fragmentário", com vários componentes (Deleuze e Guattari, 1992:27), ao mesmo tempo que remete sempre a outros problemas e, consequentemente, a outros conceitos (formando sistemas ou "constelações" de conceitos);
- todo conceito é incorporal, ainda que "se encarne ou se efetue nos corpos" (Deleuze e Guattari, 1992:33), não podendo assim ser confundido com as próprias coisas; é absoluto e relativo ao mesmo tempo.[19]

O mais importante — e isto nos lembra o próprio Marx — não é simplesmente usarmos nossos conceitos para compreender o mundo e, assim, simplesmente "conservá-lo" — importa, de fato, não sendo politicamente conservadores, reconstruí-lo, efetivamente transformá-lo. Daí

---

[18] Ver, por exemplo, o trabalho concomitante, nos anos 1980-90, dos conceitos de território na visão comportamental de Malmberg (1980), na abordagem econômico-política de Milton Santos (1994) e na leitura cultural de Bonnemaison (1997).

[19] "(...) relativo a seus próprios componentes, aos outros conceitos, (...) aos problemas que se supõe deva resolver, mas absoluto pela condensação que opera, pelo lugar que ocupa sobre o plano, pelas condições que impõe ao problema. É absoluto como todo, mas relativo enquanto fragmentário" (Deleuze e Guattari, 1992:34).

a importância de expandirmos a utilização dos conceitos para além do restrito círculo acadêmico, fazendo deles, de fato, "armas para a ação de outros", como afirma Gallo. Até porque o senso comum e suas categorias da prática não são simplesmente algo a ser superado, como almejava uma visão clássica de "ciência". Nas palavras de Gusmão (2012):

> *O conhecimento do senso comum relativo à psicologia humana e aos fenômenos sociais, longe de se resumir num saber incompleto, trivial e pouco confiável, etapa preliminar, na hipótese mais otimista, do conhecimento científico, como sugerem os cientificistas, explícitos ou enrustidos, reúne antes, na verdade, um acervo de observações e análises cujo elevado valor cognitivo se coloca realmente acima da dúvida sensata (p.12).*

Como veremos a seguir, com o conceito de território, hoje, acaba acontecendo algo semelhante: nossos conceitos, moldados para enfrentar problemáticas no campo das práticas do poder, acabam sendo re-apropriados e re-feitos na própria prática e luta política de diferentes grupos sociais que, num rico contexto latino-americano de formulação de resistências, devem cada vez mais ser ouvidos — não apenas pela política hegemônica que por muito tempo os invisibilizou, mas também pelo próprio mundo acadêmico que, muitas vezes apenas a distância, pretende "compreendê-los".

2

TERRITÓRIO E MULTITERRITORIALIDADE EM QUESTÃO[20]

Nos últimos tempos, a problemática do território, a partir da própria luta pela terra, transformou-se numa questão central no contexto latino-americano. Poderíamos mesmo afirmar, numa leitura mais ampla e genérica, não dualista, que se desdobram pelo menos dois grandes "paradigmas" de abordagem das questões territoriais, um que podemos denominar de hegemônico, capitaneado sobretudo pelas grandes empresas (com o frequente apoio do Estado), e outro, contra-hegemônico, liderado sobretudo, numa linguagem gramsciana, pelos grupos subalternos.

O paradigma territorial hegemônico vê o espaço como mera extensão ou superfície a ser transposta e substrato a ser explorado, a terra-território como instrumento de dominação, recurso basicamente funcional, dentro de uma economia ainda fundamentada no modelo extrativo-agro-exportador. Mesmo em Estados tidos como dotados de políticas

---

[20] Este capítulo tem como base o artigo "Território e multiterritorialidade: um debate", publicado originalmente na revista *GEOgraphia* nº 17 (Niterói: Programa de Pós-Graduação em Geografia, 2007). Uma primeira versão desse artigo, intitulada "Dos múltiplos territórios à multiterritorialidade", foi apresentada no I Seminário Nacional sobre Múltiplas Territorialidades, promovido pelo Programa de Pós-Graduação em Geografia da UFRGS, Curso de Geografia da ULBRA e AGB-Porto Alegre, em 23 de setembro de 2004.

mais preocupadas com as questões sociais e a redistribuição de renda — Venezuela (com o petróleo), Bolívia (com o estanho) e Equador —, mais de 90% de suas exportações provêm do setor primário, e mesmo países mais industrializados, como o Brasil, têm visto crescer muito as *commodities* em sua pauta de exportações. Alguns chegam a caracterizar esse padrão político-econômico como um neodesenvolvimentismo extrativista.[21]

Aquilo que propomos denominar de paradigma territorial contra-hegemônico, ao contrário dessa visão mais absoluta, homogeneizante e universal do espaço, o vê antes de tudo como um espaço vivido, densificado pelas múltiplas relações sociais e culturais que fazem do vínculo sociedade-"terra" (ou natureza, se quisermos) um laço muito mais denso, em que os homens não são vistos apenas como sujeitos a sujeitar seu meio, mas como inter-agentes que compõem esse próprio meio e cujo "bem viver" (como afirmam os indígenas andinos) depende dessa interação.

A questão, entretanto, tanto quanto uma problemática de caráter político-econômico, num sentido mais concreto e pragmático, envolve ainda uma dimensão teórico-conceitual, e o uso que esses grupos fazem do território enquanto uma categoria da prática tem que ser muito bem avaliado — do contrário, o território se transforma numa verdadeira panaceia que, por seu uso indiscriminado e sem rigor, acaba não tendo a capacidade problematizadora, explicativa e mesmo mobilizadora que poderia ter. Propomos, assim, iniciar nossa discussão conceitual a partir da distinção, necessária, mas raramente explicitada, entre território como categoria de análise, como categoria da prática e como categoria normativa — distinção esta que se dá, sobretudo, a partir dos distintos sujeitos que estão envolvidos na questão.[22]

Por seu uso cada vez mais disseminado entre os intelectuais, não só da Geografia, mas de várias outras áreas das Ciências Sociais (e mesmo físico-naturais, como no caso da territorialidade animal trabalhada pela

---

[21] Sobre o tema, ver, por exemplo, Gundynas (2009) e Acosta (2011).

[22] Vale ressaltar que aprofundaremos esse debate em nosso atual projeto de investigação, recentemente aprovado pelo CNPq, que aborda as concepções de território e região enquanto "categorias da prática social", sobretudo no modo como são acionadas na luta política pelos diferentes movimentos sociais, em especial na realidade latino-americana.

Etologia), ocorre uma frequente confusão entre território e outros conceitos, especialmente espaço. Como já discutido no capítulo anterior, tomamos o pressuposto de que espaço, enquanto espaço geográfico, ou seja, aquele que parte da abordagem sobre a relação sociedade/natureza, é mais amplo que território — este sendo visto como um olhar sobre o espaço geográfico que coloca seu foco nas relações de poder, isto é, enfatiza as relações espaço/poder. Como este, junto com a multiterritorialidade, corresponde ao debate central deste capítulo, voltaremos a ele, com detalhes, logo mais à frente.

Enquanto categoria da prática, território é de uso frequente, especialmente entre os movimentos sociais de grupos subalternos, como o movimento dos agricultores sem-terra e sem-teto e dos povos tradicionais (indígenas e quilombolas, sobretudo). Isso fica muito evidente em manifestações políticas como a "Marcha Indígena pelo Território e a Dignidade", realizada na Bolívia, em 1990, ou a mais recente "Marcha pela Soberania Popular, o Território e os Recursos Naturais", também na Bolívia, em 2002. Um dos primeiros movimentos a colocar explicitamente o território entre suas reivindicações foi o movimento zapatista, em Chiapas. A comandante Kéli, por exemplo, afirmava que, para os povos do campo, "a terra e o *território* são mais do que apenas fontes de trabalho e alimentos, são também cultura, comunidade, história, ancestrais, sonhos, futuro, vida e mãe", e Dom Andrés alegava que as lutas populares defendiam um "conceito amplo de *território*", capaz de contrariar os interesses estreitos da "reestruturação do *território*" impostos pela "ofensiva global de parte do capital" (grifos nossos).

Como categoria normativa, ou seja, respondendo não tanto ao que o território *é*, mas ao que o território *deve* ser, a partir de determinados interesses político-econômicos, temos tanto empresas privadas, que defendem a valorização de produtos a partir de uma determinada "base territorial" (ou "regional"), quanto o Estado, em suas inúmeras políticas de ordenamento territorial. Empresas alegam que até o *design* de um produto deve "aproximar o consumidor do território" (Krucken, 2009). A política de definição de territórios ou regiões de procedência para concessão de certificados de "indicação geográfica", através do controle de suas áreas de origem, é cada vez mais comum, já tendo no Brasil vários produtos com territórios claramente definidos, como os vinhos do Vale dos Vinhedos e os calçados do Vale dos Sinos, no Rio Grande do Sul, o café do cerrado mineiro etc.

Quanto às políticas estatais de base territorial, são vários os exemplos no caso brasileiro, com destaque para a Política Nacional de Ordenamento Territorial (PNOT), do Ministério da Integração Nacional, de 2004, o Programa dos Territórios da Cidadania, do Ministério do Desenvolvimento Agrário, de 2008, e o de Educação Escolar Indígena, que define Territórios Etnoeducacionais, do Ministério da Educação, de 2009. Pela distribuição geográfica desses dois últimos,[23] verifica-se a problemática definição desses territórios, seja para atacar dilemas mais amplos, como o da precarização social (a localização dos Territórios da Cidadania, de base predominantemente rural, mostra uma clara opção por áreas mais periféricas, deixando de lado a concentração da pobreza nas grandes cidades, por exemplo), seja para reunir grupos culturais muito diferenciados (como nos poucos — em relação à multiplicidade de grupos existentes — Territórios Etnoeducacionais definidos pelo Estado, alguns reunindo várias nações indígenas com disputas históricas entre si). No caso dos indígenas, fica evidente a diversidade de territorialidades em jogo e a dificuldade de impor-lhes um modelo ou padrão exclusivista e uniforme de território.

A seu modo e em distintos graus de intensidade, os grupos indígenas já viviam uma multiterritorialidade. Verificamos assim que qualquer conceito, na multiplicidade de suas definições, envolve, em primeiro lugar, a consideração de problemáticas específicas, sejam elas de ordem acadêmica/ intelectual (o conceito prioritariamente como instrumento de análise), política hegemônica (nesse caso, no planejamento estatal ou em logísticas empresariais), política subalterna (no caso da contraposição de territorialidades "vividas" por grupos subalternos) ou simples uso pelo senso comum. São distintos saberes que aí se cruzam, e com os quais se associam os múltiplos grupos culturais e contextos geo-históricos em que os conceitos são concebidos. Mesmo que aqui priorizemos o debate acadêmico sobre o conceito de território, reconhecemos a relevância dessas múltiplas

---

[23] Esses mapas podem ser visualizados em: www.territoriosdacidadania.gov.br/dotlnr/ clubs/territoriosrurais/onecommunity (territórios da cidadania) e http://6ccr.pgr.mpf. mp.br/institucional/grupos-de-trabalho/educacao/documentos/mapa-dos-territorios-etnoeducacionais-pactuados/view?searchterm=None (territórios etnoeducacionais).

possibilidades abertas, tanto em termos de sua construção teórica quanto de sua utilização prático-política.

Território(s) e territorialidade(s)

Para falar em multiterritorialidade precisamos, em primeiro lugar, esclarecer o que entendemos por território e por territorialidade. Desde sua origem, o território nasce com uma dupla conotação, material e simbólica, pois etimologicamente aparece tão próximo de *terra-territorium* quanto de *terreo-territor* (terror, aterrorizar), ou seja, tem a ver com dominação (jurídico-política) da terra e com a inspiração do terror, do medo — especialmente para aqueles que, com essa dominação, ficam alijados da terra, ou no *territorium* são impedidos de entrar. Ao mesmo tempo, por outro lado, podemos dizer que, para aqueles que têm o privilégio de plenamente usufruí-lo, o território pode inspirar a identificação (positiva) e a efetiva apropriação (em termos lefebvreanos).

Território, assim, em qualquer acepção, tem a ver com poder, mas não apenas com o tradicional poder político. Ele diz respeito tanto ao poder no sentido mais explícito, de dominação, quanto ao poder no sentido mais implícito ou simbólico, de apropriação. Lefebvre distingue apropriação de dominação ("possessão", "propriedade"), o primeiro sendo um processo muito mais simbólico, carregado das marcas do vivido, do valor de uso, o segundo mais objetivo, funcional e vinculado ao valor de troca. Segundo o autor:

> *O uso reaparece em acentuado conflito com a troca no espaço, pois ele implica "apropriação" e não "propriedade". Ora, a própria apropriação implica tempo e tempos, um ritmo ou ritmos, símbolos e uma prática. Tanto mais o espaço é funcionalizado, tanto mais ele é dominado pelos "agentes" que o manipulam tornando-o unifuncional, menos ele se presta à apropriação. Por quê? Porque ele se coloca fora do tempo vivido, aquele dos usuários, tempo diverso e complexo* (Lefebvre, 1986:411-412, destaque do autor).

Como decorrência desse raciocínio, é interessante observar que, enquanto "espaço-tempo vivido", o território é sempre múltiplo, "diverso e complexo", ao contrário do território "unifuncional" proposto e reproduzido pela lógica capitalista hegemônica, especialmente através da figura do Estado territorial moderno. Este, por princípio, é defensor de uma lógica territorial padrão que, ao contrário de outras formas de ordenação territorial (como a do espaço feudal, que o antecedeu na Europa), não admite multiplicidade/sobreposição de jurisdições e/ou de territorialidades.

Podemos então afirmar que o território, imerso em relações de dominação e/ou de apropriação sociedade-espaço, "desdobra-se ao longo de um *continuum* que vai da dominação político-econômica mais 'concreta' e 'funcional' à apropriação mais subjetiva e/ou 'cultural-simbólica'" (Haesbaert, 2004:95-96). Segundo Lefebvre, dominação e apropriação deveriam caminhar juntas, ou melhor, esta última deveria prevalecer sobre a primeira, mas a dinâmica de acumulação capitalista fez com que a primeira sobrepujasse quase completamente a segunda, sufocando as possibilidades de uma efetiva "reapropriação" dos espaços, dominados pelo aparato estatal-empresarial e/ou completamente transformados, pelo valor contábil, em mercadoria.

Embora Lefebvre se refira sempre a espaço, e não a território, é fácil perceber que não se trata de espaço num sentido genérico e abstrato, muito menos de um espaço natural-concreto. Trata-se, isto sim, de um espaço-processo, um espaço socialmente construído. Diferentemente de autores como Raffestin (1993 [1980]), para quem o espaço (físico-natural) é uma espécie de "matéria-prima" para os processos de territorialização, como se o espaço antecedesse a construção do território, para Lefebvre o espaço, em sua tríplice constituição (enquanto espaço concebido, percebido e vivido), é sempre socialmente produzido. De certo modo, o que diferencia a produção do espaço lefebvreana das dinâmicas de territorialização aqui abordadas é uma simples questão de foco, centralizado mais, aqui, nas relações de poder que constituem aquele espaço.

Se o espaço social aparece de maneira difusa por toda a sociedade e pode, assim, ser trabalhado de forma mais ampla, como já ressaltamos no capítulo anterior, o território e as dinâmicas de des-territorialização (sempre de mão dupla) devem ser distinguidos através dos sujeitos que efetivamente exercem poder, que de fato controlam esse(s) espaço(s) e, consequentemente, os processos sociais que o(s) compõe(m). Assim, o ponto crucial a ser enfatizado é aquele que se refere às relações sociais enquanto relações de poder — e como todas elas são, de algum modo, numa perspectiva foucaultiana, relações de poder, este deve ser qualificado, pois, dependendo da perspectiva teórica, pode compreender desde o "antipoder" da violência[24] até as formas mais sutis do poder simbólico.

Enquanto *continuum* dentro de um processo de dominação e/ou apropriação, o território e a territorialização devem ser trabalhados na multiplicidade de suas manifestações, que é também e, sobretudo, multiplicidade de poderes, neles incorporados através dos múltiplos sujeitos envolvidos — tanto no sentido de quem sujeita quanto de quem é sujeitado, tanto no sentido das lutas hegemônicas quanto das lutas subalternas de resistência —, pois poder sem resistência, por menor que ela seja, não existe. Assim, devemos primeiramente distinguir os territórios de acordo com aqueles que os constroem, sejam eles indivíduos, grupos sociais/culturais, o Estado, empresas, instituições como a Igreja etc. Os objetivos do controle social através de sua territorialização variam conforme a sociedade ou cultura, o grupo e, muitas vezes, com o próprio indivíduo (incluindo, por exemplo, as diferenças de gênero e etária ou geracional). De algum modo, controla-se uma "área geográfica", ou seja, cria-se o "território", visando "atingir/afetar, influenciar ou controlar pessoas, fenômenos e relacionamentos" (Sack, 1986:6).

A territorialidade, além de incorporar uma dimensão mais estritamente política, diz respeito também às relações econômicas e culturais, pois está "intimamente ligada ao modo como as pessoas utilizam a terra, como elas próprias se organizam no espaço e como dão significado ao lugar". Embora priorize a dimensão físico-funcional (o controle da acessibilidade), Sack (1986) igualmente afirma:

A territorialidade, como um componente do poder, não é apenas um meio para criar e manter a ordem, mas é uma estratégia para criar e manter

---

[24] Enquanto autores como Castoriadis propõem uma noção muito ampla de poder, envolvendo toda instituição da sociedade, distinguindo-o da "política" enquanto "questionamento explícito da instituição estabelecida da sociedade" (1992:135), outros, como Hannah Arendt, restringem o poder ao poder "legítimo", socialmente reconhecido, o que exclui a violência — é justamente "a perda de poder", diz ela, que "traz a tentação de substituí-lo pela violência" (Arendt, 2004:131).

grande parte do contexto geográfico através do qual nós experimentamos o mundo e o dotamos de significado (p. 219).

Portanto, todo território é, ao mesmo tempo e obrigatoriamente, em diferentes amálgamas, funcional e simbólico, pois as relações de poder têm no espaço um componente indissociável tanto na realização de "funções" quanto de "significados". O território é funcional especialmente pelo seu papel enquanto recurso, a começar por sua relação com os chamados recursos naturais — "matérias-primas" que variam em importância de acordo com o(s) modelo(s) de sociedade(s) vigente(s) —, como é o caso do petróleo no atual modelo energético dominante. A tendência preponderante — e muitas vezes até mesmo exclusiva — dentro das modernas sociedades capitalistas, especialmente no que se refere à chamada esfera produtiva do capital, é ver o território em termos de dominação (privada) do espaço a fim de controlá-lo e criar valor a partir tanto da especulação com o preço (e a monopolização) da terra quanto dos recursos que ela oferece.

Para Raffestin, "um recurso não é uma coisa", a matéria em si, ele "é uma relação cuja conquista faz emergir propriedades necessárias à satisfação de necessidades" (1993:8). Como "meio para atingir um fim" (p. 225), não é uma relação estável, pois surge e desaparece na história das técnicas e da consequente produção de necessidades humanas. Milton Santos, sob a inspiração (nem sempre explícita) de Jean Gottman (1973), propõe distinguir o território como recurso, prerrogativa dos "atores hegemônicos", e o território como abrigo, dos "atores hegemonizados" (Santos et al., 2000:12). Se recurso é "um meio para obter um fim" (a acumulação e o lucro, para o capitalista, que pode se abstrair da identificação com o espaço em que estes são realizados), para os "hegemonizados" o território, podemos dizer, seria "um fim em si mesmo"[25] — para eles, assim, "perder seu território" significa, efetivamente, em mais de um sentido, "desaparecer", como propuseram, numa visão mais culturalista, Bonnemaison e Cambrèzy (1996).

Para muitos "hegemonizados" ou, como preferimos, subalternizados, o território adquire muitas vezes tamanha força que combina com igual

---

[25] Agradecemos nesta reflexão as sugestões do geógrafo Carlos Walter Porto-Gonçalves.

intensidade funcionalidade e identidade. O território, nesse caso, como defendem Bonnemaison e Cambrèzy (1996), "não diz respeito apenas à função ou ao ter, mas ao ser". É interessante como essas dimensões aparecem geminadas, sem nenhuma lógica *a priori* para indicar a preponderância de uma sobre a outra: muitas vezes, por exemplo, é entre aqueles que estão mais destituídos de seus recursos materiais que aparecem formas as mais vigorosas de apego a identidades territoriais ou "territorialismos".

Assim, dentro da enorme diversidade de manifestações dos processos de territorialização, poderíamos falar em duas grandes referências "extremas" (quase "tipos ideais") frente às quais podemos investigar o território: uma, mais funcional, priorizada na maior parte das abordagens, e outra, mais simbólica, que vem adquirindo maior importância nos últimos tempos, pelo próprio fortalecimento da dimensão simbólica do poder. Enquanto espécie de tipos ideais, elas nunca se manifestam em estado puro, ou seja, todo território "funcional" tem sempre alguma carga simbólica, por menos expressiva que pareça, e todo território "simbólico" tem sempre algum caráter funcional, por menos explícito que seja. Num esquema genérico e bastante simplificado dos extremos desse já aludido *continuum* entre funcionalidade e simbolismo dos territórios, podemos caracterizá-los da seguinte forma:

Território de dominância funcional	**Território de dominância simbólica**
Processos de Dominação (Lefebvre) "Territórios da desigualdade"	Processos de Apropriação (Lefebvre) "Territórios da diferença"
Território "sem territorialidade" (empiricamente impossível)	*Territorialidade "sem território" (p. ex.: "Terra Prometida" dos judeus)*
Princípio da desigualdade e da exclusividade (no seu extremo: unifuncionalidade)	*Princípio da diferença (múltiplas identidades)*
Território como recurso, valor de troca (controle físico, recurso, produção)	*Território como símbolo, valor de uso ("abrigo", "lar", segurança afetiva)*

Embora a princípio pareça caber ao geógrafo manter sempre "os pés no chão" e enfatizar a dimensão material do território, a realidade contemporânea, dominada pelo mundo das imagens e das representações, acabou incorporando com certa ênfase no próprio âmbito das proposições geográficas uma visão "mais idealista" de território. Para os geógrafos Bonnemaison e Cambrèzy (1996), por exemplo, vivemos hoje sob uma "lógica culturalista" ou "pós-moderna" de base identitária e reticular que se impõe sobre a lógica funcional e zonal (estatal) moderna. Por isso, "o território é primeiro um valor", estabelecendo-se claramente "uma relação forte, ou mesmo uma relação espiritual" com nossos espaços de vida. Numa distinção bastante questionável, o próprio "território cultural" precederia os territórios "político" e "econômico" (p. 10).

É necessário lembrar que Bonnemaison (1997) inspirou-se aqui em sua tese sobre a Ilha de Tanna, no arquipélago de Vanuatu, sociedade bem pouco "pós-moderna", onde o território ("cultural") não é um produto dessa sociedade, mas uma entidade que a precede e a funda, os habitantes locais autodefinindo-se como *man-ples*, "homens-lugares" (p. 77). Na verdade, como fica muito nítido nesse seu grande trabalho empírico, trata-se mais de uma territorialidade — ou mesmo, em suas palavras, de uma "ideologia do território" — do que do território em sentido estrito. Cabe aqui, então, distinguirmos território e territorialidade — especialmente para reconhecermos que esta, independente ou não da efetivação de um território, tem papel cada vez mais relevante.

Segundo o autor, os habitantes de Tanna não "possuem" o território, mas se identificam com ele. Todos os conflitos, antigos ou recentes, são moldados por uma espécie de "ideologia do território" que remonta aos mitos sobre a criação do povo local. Embora em bases muito distintas e num jogo de influências sociais muito diverso das sociedades tradicionais, teríamos hoje um certo retorno às "ideologias territorialistas" que, em pleno mundo globalizado, manifestam-se com crescente importância, a territorialidade, num sentido simbólico, impondo-se como argumento para a construção efetiva do território — ou o território tornando-se, provavelmente, como afirmam Bonnemaison e Cambrèzy (1996:14), o mais eficaz de todos os construtores de identidade.

O caso dos chamados povos tradicionais, hoje, no Brasil, ou o dos "povos originários", em outros países da América Latina, é bastante representativo nesse debate. O reconhecimento do seu "direito ao território", efetivado pelo Estado (no caso brasileiro, através da Constituição de 1988), leva muitos grupos a se "redescobrirem", ou melhor, a reconstruírem sua identidade a partir da sua relação com um território delimitado e juridicamente legitimado. É quase como se a definição territorial significasse, em muitos casos, a própria construção identitária, tamanha a relação, indissociável, que podem desdobrar uma com a outra. Nesse caso, é evidente que o acionamento de uma identidade, muitas vezes sufocada ou praticamente esquecida, é a garantia de um "empoderamento" (no sentido genérico de fortalecimento de relações de poder) muito bem representado pelo reconhecimento de um território de usufruto e "propriedade" comum.

Muitos desses grupos sociais, em suas mobilizações políticas, buscam a construção de territorialidades alternativas em que a concepção de território é reelaborada a partir de suas próprias experiências vividas. Assim, a partir da Marcha pela Dignidade e o Território, realizada na Bolívia em 1990, a socióloga aimará Silvia Cusicanqui afirma:

> (...) la noción de territorio tiene una dimensión de autopoiesis del espacio, de creación de espacios que son reconocidos como espacios habitados, como espacios vivos, como marcas de la relación entre humanos y naturaleza, la noción de territorio es más una semiopraxis del territorio que una concepción nominalista o política o basada en fronteras. (...) Es un espacio productivo pero a la vez un espacio de autogobierno, es un espacio en que se reproduce la vida a traves de un pacto tácito entre humanidad y todo el mundo inanimado.[26]

Para Cusicanqui, o território de muitos ameríndios bolivianos se opõe à visão "antropocéntrica, racional y instrumental" do território estatal e/ou capitalista, que tem sempre uma leitura produtivista/desenvolvimentista do território (como "terra"), propondo uma "visão cosmocêntrica

---

[26] Fonte: http://teresanalvarez.com.ar/etnicidad-estrategica-nacion-y-colonialismo/#axzz2peYnZQPb (palestra "Etnicidad estratégica, nación y colonialismo en América Latina", proferida por Silvia Cusicanqui no *IV Congreso Internacional sobre Dinámicas de inclusión y exclusión en América Latina*, Guadalajara, México, setembro de 2013), acessado em 4/01/2014.

e relacional" muito ampla, que em tudo difere de uma leitura funcional e utilitarista dominante entre os grupos hegemônicos.

No jogo contemporâneo dos processos de destruição e reconstrução territorial fica muito claro o ir e vir entre territórios mais impregnados de um sentido funcional, de controle físico de processos e aqueles onde a dimensão simbólica — a territorialidade para alguns — adquire um papel fundamental. Cabe, portanto, aprofundar o debate sobre os vínculos e as possíveis distinções entre as noções de território e de territorialidade.

Alguns autores, numa visão mais estreita, reduzem a territorialidade à dimensão simbólico-cultural do território, especialmente no que tange aos processos de identificação territorial. Na maioria das vezes, porém, eles não fazem essa distinção, e a territorialidade é concebida abstratamente, numa perspectiva mais epistemológica, como "aquilo que faz de qualquer território um território" (Souza, 1995:99), ou seja, as propriedades gerais reconhecidamente necessárias à existência do território — que variam, é claro, de acordo com o conceito de território que estivermos propondo.

A territorialidade, no nosso ponto de vista, não é apenas "algo abstrato", num sentido que muitas vezes se reduz ao caráter de abstração analítica, epistemológica. Ela é também uma dimensão imaterial, no sentido de que, enquanto "imagem" ou símbolo de um território, existe e pode inserir-se eficazmente como uma estratégia político-cultural, mesmo que o território, pelo menos nos moldes a que se refere, não esteja concretamente manifestado — como no conhecido exemplo da "Terra Prometida" dos judeus, territorialidade que os acompanhou e impulsionou através dos tempos, ainda que não houvesse, concretamente, uma construção territorial correspondente.

Realizando uma revisão teórica sobre as diversas formas com que a concepção de territorialidade foi — ou continua sendo — proposta, podemos sintetizar através do seguinte elenco de posições:

1. Territorialidade como abstração num enfoque mais epistemológico: condição genérica (teórica) para a existência do território (dependendo, assim, do conceito de território proposto)
2. Territorialidade num sentido mais efetivo, seja ele material ou imaterial:

a. Como materialidade (p. ex.: controle físico do acesso através do espaço material, como indica Robert Sack)
b. Como imaterialidade (p. ex.: controle simbólico, através de uma identidade territorial ou "comunidade territorial imaginada")
c. Como "espaço vivido" (frente aos espaços — nesse caso, territórios, formais-institucionais), conjugando materialidade e imaterialidade.

Como essas concepções devem estar sempre associadas a concepções de território correspondentes, é igualmente relevante mapear as distintas possibilidades de se trabalhar com a relação entre território e territorialidade, que se estende desde a indistinção até a completa separação entre eles. Agrupando essas leituras, teríamos desde a territorialidade como uma concepção mais ampla do que território até a territorialidade como algo mais restrito, uma simples "dimensão" do território, passando pela abordagem diferenciadora, que separa e distingue claramente territorialidade e território. Daí:

a. Territorialidade como concepção mais ampla que território, que o engloba (a todo território corresponderia uma territorialidade, mas nem toda territorialidade teria, necessariamente, um território — materialmente construído), territorialidade tanto como uma propriedade de territórios efetivamente construídos quanto como "condição" (teórica ou simbólica) para a sua efetivação.
b. Territorialidade praticamente como sinônimo de território: a territorialidade como qualidade inerente à existência do território, condição de sua existência efetiva.
c. Territorialidade como concepção claramente distinta de território, em dois sentidos:
   1. territorialidade como domínio da imaterialidade, como concepção distinta de território, que seria necessariamente material, concreto; a territorialidade seria definida na conjugação das concepções 1 e 2b, acima, ou seja, enquanto "abstração" analítica e enquanto dimensão imaterial ou identidade territorial.

2. territorialidade como domínio do "vivido" (concepção 2c) ou do não institucionalizado, frente ao território como espaço formal-institucionalizado (implicando assim uma visão mais estreita de território, a partir de sua dimensão jurídico-política, formal)

d. Territorialidade como uma das dimensões do território, a dimensão simbólica (ou a "identidade territorial"), conforme utilizado algumas vezes no âmbito da Antropologia (nesse caso a territorialidade seria tratada exclusivamente no sentido 2b, anteriormente identificado).

Assim, quando falamos em "territorialidade sem território", devemos tomar cuidado para esclarecer a que concepção de territorialidade ou a que relação entre território e territorialidade estamos nos referindo. Optamos aqui por tratar a territorialidade num sentido mais amplo do que território (relação 1), mas sempre com o cuidado de identificar, a cada momento, se estamos nos referindo à territorialidade como condição genérica para a existência de um território, tenha ele existência efetiva ou não (concepção 1), ou se estamos nos reportando à dimensão simbólica (concepção 2b) ou "vivida" do território (concepção 2c).

Enquanto geógrafos, o que parece diferenciar nossa definição de território em relação a outras disciplinas é que jamais caracterizamos território apenas pela sua dimensão simbólica — ao contrário da territorialidade, ele sempre envolve, obrigatoriamente, uma dimensão material-concreta. Assim, distinguimos duas dimensões principais do território, uma mais funcional e outra mais simbólica. Por isso, no esquema em que propusemos "território de dominância funcional" e "território de dominância simbólica", identificamos como possibilidade, num extremo (pois o esquema deve ser visto dentro de um *continuum*), a territorialidade "sem território", embora, no outro extremo, um território "sem territorialidade" seja empírica — e teoricamente — inconcebível.

Envolvendo sempre relações de poder, é evidente que nossa concepção de território também inclui o poder no seu sentido simbólico (tal como proposto por Bourdieu, 1989). É justamente por fazer uma separação demasiado rígida entre território a partir de relações de poder num sentido mais concreto, "funcional", e território a partir de relações de poder mais simbólico que muitos ignoram a riqueza das múltiplas territorialidades em que estamos mergulhados. Propusemos, assim, definir território:

> *(...) a partir da concepção de espaço como um híbrido — híbrido entre sociedade e natureza, entre política, economia e cultura, e entre materialidade e "idealidade", numa complexa interação tempo-espaço, como nos induzem a pensar geógrafos como Jean Gottman e Milton Santos, na indissociação entre movimento e (relativa) estabilidade —, recebam estes os nomes de fixos e fluxos, circulação e "iconografias"* [na acepção de Jean Gottman], *ou o que melhor nos aprouver. (...) o território pode ser concebido a partir da imbricação de múltiplas relações de poder, do poder mais material das relações econômico-políticas ao poder mais simbólico das relações de ordem mais estritamente cultural* (Haesbaert, 2004:79).

Na verdade, hoje mais do que nunca na história do capitalismo, a "sociedade do espetáculo" (na famosa expressão cunhada por Guy Débord) instituiu o amálgama, também no interior da "funcionalidade" capitalista, dos processos culturais de identificação e (re)criação de identidades. Compramos um produto muitas vezes mais pela sua imagem (valor simbólico) do que pela sua função (material). O marketing em torno dessas imagens criadas sobre os objetos ampliou-se de tal forma que o próprio espaço geográfico, enquanto paisagem, é também transformado em mercadoria e vendido, como ocorre no "mercado de cidades" global (e também de regiões, podemos acrescentar). O "território simbólico" invade e refaz as "funções", num caráter complexo e indissociável em relação à funcionalidade dos territórios, ou seja, a dominação lefebvreana torna-se, mais do que nunca, também simbólica — um simbólico, porém, que não advém do espaço vivido da maioria, mas da reconstrução identitária em função dos interesses dos grupos hegemônicos.

Mais importante, portanto, do que essa caracterização problemática, porque genérica e com riscos de se tornar dicotômica, é perceber a historicidade do território, sua variação conforme o contexto histórico e geográfico — inclusive, como já ressaltamos, dentro dos diversos períodos e regiões do capitalismo em que são produzidos. Os objetivos dos processos de territorialização, ou seja, de dominação e/ou de apropriação do espaço, variam muito ao longo dos tempos e dos espaços.

Assim, como já nos referimos, grande parte das sociedades tradicionais conjugava a construção material ("funcional") do território como abrigo e base de recursos com uma profunda identificação que recheava o espaço de referentes simbólicos fundamentais à manutenção de sua cultura. Já na moderna sociedade disciplinar (até o século XIX pelo menos) dominava a funcionalidade de um "confinamento disciplinar" individualizante através do espaço — não dissociada, é claro, da construção das identidades-suporte da modernidade, a do indivíduo e a da nação (ou da "nação [enquanto]-Estado"). Mais recentemente, nas sociedades ditas de controle ou, para nós, "de segurança" (e, para outros, num outro sentido, pós-modernas), vigora, como veremos na segunda parte deste livro, o controle e/ou a contenção da mobilidade, dos fluxos (redes) e, consequentemente, das conexões. O território passa, gradativamente, de um território mais zonal ou de controle de áreas (lógica típica do Estado-nação) para um território-rede ou de controle de redes (típico da grande lógica empresarial capitalista). Aí, o movimento ou a mobilidade (e seu controle) passa a ser um elemento fundamental na construção do território.

Podemos, simplificadamente, falar em cinco grandes "fins" ou objetivos da territorialização, que podem ser acumulados e/ou distintamente valorizados ao longo do tempo:

- abrigo e segurança física ("aconchego", numa linguagem mais fenomenológica);
- fonte de recursos materiais e/ou meio de produção que pode fortalecer o poder político-econômico de certos grupos e/ou classes sociais;
- identificação de grupos sociais (fortalecendo seu poder simbólico) através de referentes espaciais (a começar pela própria construção de fronteiras);
- controle e/ou disciplinarização através da definição de espaços individualizados (com o consequente fortalecimento da ideia de indivíduo, no caso do mundo moderno);
- controle e/ou direcionamento da circulação, de fluxos, através de conexões e redes (principalmente fluxos de pessoas, mercadorias e informações).

É importante que ressaltemos agora, então, dentro dessa multiplicidade territorial em que estamos inseridos, quais os traços fundamentais que distinguem a atual fase des-reterritorializadora de caráter dito mais flexível do capitalismo e da modernidade (para alguns, "pós-modernidade"; para outros, "modernidade radicalizada" [Giddens, 1991] ou mesmo "líquida" [Bauman, 2001]). Entendemos que uma marca fundamental é, ao lado da existência de múltiplos tipos de território, a experiência cada vez mais intensa daquilo que denominamos multiterritorialidade.

Múltiplos territórios

Inicialmente é necessário distinguir aquilo que denominamos "múltiplos territórios" e "multiterritorialidade" — a multiplicidade de territórios como uma condição *sine qua non*, necessária, mas não suficiente, para a manifestação da multiterritorialidade. Rompendo com o dualismo entre fixidez e mobilidade, território e rede, propusemos uma primeira distinção, muito importante na constituição dos "múltiplos territórios" do capitalismo, entre territórios-zona, mais tradicionais, e territórios-rede, mais envolvidos pela fluidez e a mobilidade. Mais do que suas formas, entretanto, importa o tipo de poder e os sujeitos neles envolvidos.

Poderíamos mesmo, generalizando muito, afirmar que o capitalismo se funda, geograficamente e a partir de uma perspectiva hegemônica, sob dois grandes padrões territoriais — um mais típico da lógica estatal tradicional, preocupada com o controle de fluxos pelo controle de áreas, quase sempre contínuas e de fronteiras claramente definidas; outro mais relacionado à lógica empresarial, também controladora de fluxos, porém prioritariamente através de sua "canalização" em dutos e nódulos de conexão (as redes), de alcance, em última instância, global.

Arrighi (1996), de forma geograficamente questionável, distinguiu dois "modos opostos de governo ou de lógica do poder" em relação à dinâmica entre capital (ou espaço econômico) e a "organização relativamente estável do espaço político", duas estratégias geopolíticas (e geoeconômicas) que ele, de modo controverso, denomina de "capitalismo" e "territorialismo":

> *Os governantes territorialistas identificam o poder com a extensão e a densidade populacional de seus domínios, concebendo a riqueza/o capital como*

um meio ou um subproduto da busca de expansão territorial. Os governantes capitalistas, ao contrário, identificam o poder com a extensão de seu controle sobre os recursos escassos e consideram as aquisições territoriais um meio e um subproduto da acumulação de capital (Arrighi, 1996:33).

Essas duas lógicas de poder dentro do sistema mundial de acumulação aparecem também associadas a dinâmicas espaciais distintas — uma, o "capitalismo" em sentido estrito, seria marcada sobretudo pelo "espaço dos fluxos" das grandes organizações empresariais, enquanto a outra, o "territorialismo", marcado pela lógica estatal, seria o domínio do "espaço dos lugares".[27]

O autor destaca, contudo, que são duas lógicas não excludentes, pois historicamente funcionariam em conjunto, "relacionadas entre si num dado contexto espaço-temporal" (p. 34). Desde o exemplo dado por Arrighi como "protótipo do Estado capitalista", a Veneza do final da Idade Média e outras cidades-Estado do norte italiano, percebe-se com clareza a constituição de territórios-rede onde o controle era exercido tanto sobre o que o autor denomina de "enclaves anômalos" (as cidades-Estado), *loci* principais das poderosas oligarquias mercantis, quanto sobre suas redes de atuação, que envolviam o domínio direto ou indireto (pelo comércio) sobre outras áreas (territórios-zona) e o domínio das rotas marítimas que permitiam a sua interconexão.

Bourdin (2001), comentando Balligand e Maquart, afirma:

(...) sempre houve territórios descontínuos, os dos comerciantes e seus balcões, os das peregrinações e de suas igrejas de romaria, "territórios-rede" de que o Império de Veneza oferece uma perfeita ilustração. Hoje, esse tipo de território domina, dando um outro significado aos recortes tradicionais, sobretudo políticos (p. 167).

Assim, dentro da diversidade territorial do nosso tempo, devemos levar em conta, em primeiro lugar, essa distinção — mas nunca dissociação

---

[27] "Historicamente, o capitalismo, como sistema mundial de acumulação e governo, desenvolveu-se simultaneamente nos dois espaços. No espaço-de-lugares (...) ele triunfou ao se identificar com certos Estados. No espaço-de-fluxos, em contraste, triunfou por não se identificar com nenhum Estado em particular, mas por construir organizações empresariais não territoriais que abrangiam o mundo inteiro" (p. 84).

— entre uma lógica territorial zonal e uma lógica territorial reticular.[28] Em diferentes níveis de intensidade, elas sempre estiveram intimamente associadas. Assim, devemos falar em "dominância" de uma lógica sobre a outra dependendo do momento histórico e/ou do sujeito que está em jogo. Assim, o modelo dos territórios-zona estatais que marcam a grande colcha de retalhos política, pretensamente uniterritorial (no sentido de só admitir a forma estatal de controle político-espacial) do mundo moderno, e que nunca esteve tão universalizado como nos nossos dias, deve conviver não só, internamente, com as redes que concedem maior solidez ou integração interna a esses territórios, como também, externamente, com novos circuitos de poder que desenham complexas territorialidades em rede, como no caso dos territórios-rede do narcotráfico e do terrorismo globalizados.

Ao contrário de algumas interpretações, contudo, não se trata da imposição inexorável de uma lógica reticular dentro de uma genérica "sociedade em rede". Não se trata de defender, de forma simples, a preponderância dessa forma de organização territorial. Como veremos em detalhe no capítulo 4, a lógica zonal, embora admitindo distintas formas de delimitação (limites com maior ou menor grau de definição) e imersa em distintas relações de poder, teve sua especificidade ressaltada em meio a uma dominância dos processos marcados pela lógica espacial reticular. Parece recorrente na história humana a existência de relações sociais (de poder) que demandam o domínio de espaços contínuos e mais ou menos delimitados onde se "legisle" em nome de todos os integrantes desses espaços ou territórios.[29] As organizações em rede, como sabemos, nunca preenchem o espaço social em seu conjunto, inserindo-se assim, de alguma forma, dentro de dinâmicas sociais excludentes. A defesa de um "espaço de todos" (ou o "espaço banal" de François Perroux relido por Milton Santos), de

---

[28] Para uma discussão mais aprofundada dessa temática, bem como da noção de território-rede, ver o item 7.1 (Territórios, redes e territórios-rede) em Haesbaert, 2004, pp. 279-311.

[29] Ainda que essa "legislação" seja de exceção, como discutido por Agamben (2002a), e esteja inserida em processos de formas renovadas de reclusão ou, num termo mais adequado, contenção territorial (conceito discutido mais adiante neste livro), por referir-se a uma lógica territorial reticular ("contenção de fluxos") mais do que zonal.

um território efetivamente a serviço de processos crescentes de democratização, não pode se restringir apenas à modalidade de territórios-rede.

Dentro dessa complexa imbricação entre redes e áreas ou zonas enquanto duas dimensões fundamentais constituintes do território (para Raffestin, duas das três "invariantes" territoriais — a terceira seriam os polos ou nós, que no nosso ponto de vista são, juntamente com os "dutos" e/ou fluxos, constituintes indissociáveis das redes) —, devemos destacar a enorme variedade de tipos e níveis de controle e/ou contenção territorial. Se o território é moldado dentro de relações de poder, em sentido lato, ele envolve sempre, também, no dizer de Robert Sack, o controle de uma área (e/ou de uma rede, deveríamos acrescentar) pelo controle da sua acessibilidade. Esse controle, contudo, dependendo do tipo (mais funcional ou mais simbólico, por exemplo) e dos sujeitos que o promovem (a grande empresa, o Estado, grupos étnico-culturais, de gênero etc.), adquire níveis de intensidade os mais diversos. Assim, com base em discussões que realizamos em trabalhos anteriores, propomos identificar "múltiplos territórios" — ou melhor, "múltiplas territorializações" — como:

a. Territorializações (para quem efetivamente exerce seu controle) de caráter mais desterritorializante (para quem lhes fica subordinado), "espaços de indistinção" entre legal e ilegal, exceção e regra (Agamben, 2002a), "desidentificadores" e destituidores de cidadania, como os campos de refugiados e outros espaços através dos quais se tenta conter a massa de precarizados, genericamente definidos por Agamben como "campos" (tendo no seu extremo os campos de concentração).[30]

b. Territorializações mais fechadas, quase "uniterritoriais" no sentido de imporem a correspondência entre poder político e identidade cultural, ligadas ao fenômeno do territorialismo, como nos territórios político-administrativos defendidos por grupos étnicos que se pretendem culturalmente homogêneos, não admitindo uma pluralidade territorial de poderes e identidades.

---

[30] Para uma maior discussão sobre "campos" e/ou "territórios de exceção", ver a segunda parte (especialmente o capítulo 8) deste livro.

c. Territorializações político-funcionais mais tradicionais, como a do Estado-nação, que, pelo menos quando referido mais ao território do que ao "sangue" (do contrário, equivaleria ao caso anterior), mesmo admitindo certa pluralidade cultural (sob a bandeira de uma mesma nação enquanto "comunidade [territorialmente] imaginada" [Anderson, 1989]), não admite a pluralidade de poderes.

d. Territorializações mais flexíveis, que admitem a sobreposição territorial, seja de forma sucessiva (como nos territórios temporários ou espaços multifuncionais na área central das grandes cidades) ou simultânea (como na sobreposição "encaixada" de territorialidades político-administrativas relativamente autônomas).

e. Territorializações efetivamente múltiplas — uma multiterritorialidade em sentido estrito, construída por grupos que se territorializam na conexão flexível de territórios-rede multifuncionais, multigestionários e multi-identitários, como no caso de alguns grupos pertencentes a diásporas de migrantes.

Precisamos então, a partir daí, distinguir entre "múltiplos territórios" e "multiterritorialidade". O antropólogo colombiano Zambrano (2001), numa perspectiva semelhante, traz contribuições interessantes. Ele distingue "territórios plurais" de "pluralidade de territórios".[31] Com base na complicada realidade sociopolítica e cultural da Colômbia, Zambrano reconhece a multiplicidade de territórios através dos próprios movimentos sociais e das lutas travadas por diferentes grupos e instituições. Assim, ele afirma:

No âmbito político, o pertencimento gera o sentido de domínio sobre um lugar, sentido que estimula o aparecimento de formas de autoridade e tributação

---

[31] O autor parte de uma definição de território como "o espaço terrestre, real ou [?] imaginado, que um povo (etnia ou nação) ocupa ou utiliza de alguma maneira, sobre o qual gera sentido de pertencimento, que confronta com o de outros, e organiza de acordo com os padrões de diferenciação produtiva (riqueza econômica), social (origem de parentesco) e sexo/gênero (divisão sexual dos espaços) e [sobre o qual] exerce jurisdição" (Zambrano, 2001:29).

> *sobre o espaço, configurando a real perspectiva territorial: percepções de atores diversos, geralmente alheios aos contornos territoriais locais (Estado, guerrilhas, ONGs etc.) que inserem suas visões, confrontando-se com as dos residentes (organização social, formas de parentesco, uso do espaço etc.) que devem lutar pela hegemonia de um modo particular de exercer legitimamente o domínio ou estabelecê-lo com as pautas de dominação intervenientes que lhes são alheias. A propriedade da terra como fundamento do território é deslocada pela noção de soberania que é ação de domínio sobre o espaço de pertencimento, real ou imaginado. Sem as amarras da propriedade, o territorial surge com mais nitidez enquanto espaço de relações políticas entre as distintas representações que legitimam as ações de domínio sobre ele (...). A jurisdição tem fronteiras difusas que não são físicas, isto é, são desterritorializadas, política e socialmente falando, razão pela qual o sentido de domínio se translada com os atores que deixam suas marcas nas localidades. Aparecem assim as jurisdições guerrilheiras, paramilitares, municipais, indígenas, afro-colombianas, ecológicas, judiciais, eclesiásticas etc., num mesmo lugar, configurando nele uma arena própria para a luta territorial* (p. 17, tradução livre).

Ainda que questionemos esse caráter "desterritorializado" das jurisdições (cujo termo pode muitas vezes ser substituído por "territorialidades") e a clara dominância do modelo estatal de jurisdição, é evidente o reconhecimento, na análise do autor, de uma multiplicidade de territórios — e também, num sentido mais amplo, territorialidades — que podem conviver num mesmo espaço, alimentando ou não as lutas pelo território. É o próprio Zambrano quem afirma, mais adiante, que o espaço pode ser concebido como "um cenário de pugna entre territorialidades, isto é, entre jurisdições, reais e imaginadas, que incidem sobre os territórios estruturados e habitados". Sugere então que "os territórios plurais são uma multiplicidade de espaços diversos, culturais, sociais e políticos, com conteúdos jurisdicionais em tensão, que produzem formas particulares de identidade territorial" (p. 18), um pouco como se todo território formalmente instituído implicasse o convívio de múltiplas territorialidades.

Distingue-se assim "pluralidade de territórios" e "territórios plurais", que, longe de uma "armadilha semântica", permite enfocar, segundo o autor, duas qualificações distintas:

A pluralidade de territórios indica sua multiplicidade: "a superfície terrestre como suporte está sujeita a um processo permanente de organização/diferenciação, processo central para a reprodução sistêmica. (...)" Os territórios plurais, além de conceberem a multiplicidade descrita anteriormente, concebem todo espaço terrestre ocupado por distintas representações sobre ele, que tendem a legitimar a jurisdição sobre os habitantes que nele residem, configurando a série de relações sociais entre as diferentes percepções de domínio. (...) Os territórios plurais permitem perceber, em cada unidade do múltiplo, a pluralidade de percepções territoriais estruturadas [a cotidianeidade dos habitantes], *estruturando* [processo de construção] *e estruturantes* [p. ex.: judiciais, eclesiásticas e algumas guerrilheiras, formadas pela progressiva ação dos movimentos sociais] (pp. 29-30).

Contendo a pluralidade de territórios, os territórios plurais se manifestariam pelo menos de duas formas (p. 31):

- multiplicidade de territórios: território plural, como reunião de vários territórios (e territorialidades, poderíamos acrescentar);
- pluralidade de jurisdições: território plural por abranger diferentes jurisdições (incorporando-as parcialmente ou por sobreposição).

A pluralidade de territórios pode estar compreendida de duas formas nos "territórios plurais" (noção mais próxima de nossa concepção de multiterritorialidade) — uma, vista a partir do "território plural" como conjunto justaposto de diversos territórios compreendidos no seu interior; outra, a partir do "território plural" como conjunto superposto de vários territórios (ou territorialidades) cuja abrangência pode ir bem além dos seus limites físicos.

É como se fossem duas perspectivas distintas: na primeira, o olhar vai mais dos limites do "território plural" para o seu interior; na segunda, o olhar privilegia as relações desse território com aqueles que se encontram para além ou "acima" dele. Tanto num caso como no outro, o convívio de múltiplas territorialidades implica sempre disputas. Como afirma Zambrano, "o território se conquista"; sendo assim, "luta social convertida em espaço" (2001:31). Trata-se, aí, de duas manifestações daquilo que desdobraremos no próximo item como multiterritorialidade — tanto pela justaposição (sucessão) quanto pela sobreposição (simultaneidade) territorial. Se o território é "luta social" enquanto "conquista pelo espaço", como indica Zambrano, essa luta territorial envolve sempre, como já destacamos, jogos mais concretos, materiais-funcionais, e jogos mais simbólicos de poder.

Multiterritorialidade

Para entendermos a multiterritorialidade contemporânea é preciso remontar às suas "origens". Na verdade, especialmente levando em conta as concepções de território e de territórios múltiplos anteriormente discutidas, podemos afirmar que sempre vivemos uma multiterritorialidade:

> (...) a existência do que estamos denominando multiterritorialidade, pelo menos no sentido de experimentar vários territórios [e/ou territorialidades] ao mesmo tempo e de, a partir daí, formular uma territorialização efetivamente múltipla, não é exatamente uma novidade, pelo simples fato de que, se o processo de territorialização parte do nível individual ou de pequenos grupos, toda relação social implica uma interação territorial, um entrecruzamento de diferentes territórios. Em certo sentido, teríamos vivido sempre uma "multiterritorialidade" (Haesbaert, 2004:344).

Fica evidente, a partir daí, a necessidade de distinguir, inicialmente, multiterritorialidade num sentido amplo, ligada à propriedade genérica da multiplicidade territorial (que, por sua vez, faz eco à multiplicidade do espaço, no sentido enfatizado por Massey, em 2004), e multiterritorialidade num sentido mais estrito, que envolve a experiência efetiva de múltiplos territórios e/ou territorialidades — reconhecidas as distinções anteriormente apresentadas.

Um dos primeiros cientistas sociais a falar de multipertencimento territorial e multiterritorialidade, ainda que sem aprofundá-la, foi o sociólogo francês Yves Barel. Ele parte de uma noção demasiado ampla e "sociologizante" de território, definido como o "não social dentro do qual o social puro deve imergir para adquirir existência" (Barel, 1986:131), para afirmar que:

> (...) o homem, por ser um animal político e um animal social, é também um animal territorializador. Diferentemente, talvez, de outras espécies animais,

seu trabalho de territorialização apresenta, contudo, uma particularidade marcante: a relação entre o indivíduo ou o grupo humano e o território não é uma relação biunívoca. Isso significa que nada impede esse indivíduo ou esse grupo de produzir e de "habitar" mais de um território. (...) é raro que apenas um território seja suficiente para assumir corretamente todas as dimensões de uma vida individual ou de um grupo. O indivíduo, por exemplo, vive ao mesmo tempo ao seu "nível", ao nível de sua família, de um grupo, de uma nação. Existe, portanto, multipertencimento territorial (p. 135).

Trata-se, contudo, daquilo que podemos denominar multiterritorialidade em um sentido mais tradicional, resultante de uma sobreposição lógica de territórios, hierarquicamente articulados, "encaixados". Os exemplos citados por Barel, um pouco como na espacialidade diferencial de Yves Lacoste, comentada a seguir, deixam claro que se trata de uma multiterritorialidade pelo encaixe de territórios em diferentes dimensões ou escalas.

Assim, Barel dá como exemplo de "multiterritorialidade contemporânea" a política de emprego — exemplo coerente com sua ampla concepção de território. A luta contra o desemprego não pode mais ficar subordinada às iniciativas de caráter estatal-nacional, pois se trata de um fenômeno internacional ou mesmo global. As políticas nacionais, assim, "se tornam políticas locais, frequentemente ineficazes por causa de seu localismo" (pp. 137-138).

Seria então a multiterritorialidade uma questão de escala ou, nos termos de Lacoste, uma questão de espacialidade diferencial? Nesse sentido, é interessante que reflitamos um pouco sobre as relações entre multiterritorialidade e espacialidade diferencial. Lacoste (1988) ressalta a diferença entre a espacialidade aldeã ou rural e a espacialidade urbana. Mesmo sem usar o termo, ele já antecipa a "compressão tempo-espaço" de Harvey (1992), profundamente diferenciada conforme as "geometrias de poder" (Massey, 1993) em que estão situados os grupos sociais. Assim, afirma que "nos dias de hoje, (...) tudo aquilo que está longe sobre a carta é bem perto por determinado meio de circulação. (...) Hoje, nós nos defrontamos com espaços completamente diferentes, caso sejamos pedestres ou automobilistas (ou, com mais razão ainda, se somarmos o avião)". Na nossa vida cotidiana, referimo-nos, "mais ou menos confusamente, a representações do espaço de tamanhos extremamente não semelhantes (...) ou, antes, a pedaços de representação espacial superpostos, em que as configurações são muito diferentes umas das outras".

Essa multiescalaridade das práticas — e representações — socioespaciais implica a vivência de múltiplos "papéis" que "se inscrevem cada um em migalhas de espaço", descontínuo, multiescalar:

> *Vivemos, a partir do momento atual, numa espacialidade diferencial feita de uma multiplicidade de representações espaciais, de dimensões muito diversas, que correspondem a toda uma série de práticas e de ideias, mais ou menos dissociadas (...)* (Lacoste, 1988:49).

O autor reconhece então as diferentes representações do espaço referidas à nossa mobilidade mais restrita, cotidiana (em nível de bairro, cidade, deslocamentos de fim de semana); as configurações espaciais não coincidentes das redes das quais dependemos (redes administrativas, de comercialização, de influência urbana, financeiras) e as representações espaciais de escala mais ampla, veiculadas pela mídia e pelo turismo, e que frequentemente abarcam o globo no seu conjunto. Assim:

> *O desenvolvimento desse processo de espacialidade diferencial se traduz por essa proliferação de representações espaciais, pela multiplicação das preocupações concernentes ao espaço (nem que seja por causa da multiplicação dos deslocamentos). Mas esse espaço do qual todo mundo fala, ao qual nos referimos todo o tempo, é cada vez mais difícil de apreender globalmente para se perceber suas relações com uma política global* (Lacoste, 1988:50).

A dificuldade em "apreender globalmente" nossa experiência espacial contemporânea, destacada por Lacoste, tem a ver com a descontinuidade dos espaços — e dos territórios, organizados muito mais em rede do que em termos de áreas. Provém daí um sério dilema político, a ser retomado em outra oportunidade: como organizar movimentos políticos de resistência através de um espaço tão fragmentado e, em tese, multiescalar e... desarticulado?

Se para Lacoste "as práticas sociais se tornaram mais ou menos confusamente multiescalares" (pp. 48-49), muitos, contudo, encarregam-se de desfazer a confusão desse novelo e, retomando seus fios, tecer sua própria rede, ou melhor, seu(s) próprio(s) território(s)-rede(s) — que implicam, sem dúvida, assim, a vivência de uma multiterritorialidade, pois o território-rede em geral resulta da conjugação, em uma escala diferente, de territórios-zona, descontínuos. Além disso, mais do que de superposição espacial, como enfatiza o autor, trata-se hoje, principalmente com o novo aparato tecnológico-informacional à nossa disposição, de uma multiterritorialidade não apenas por deslocamento físico, como também por "conectividade virtual", a capacidade de interagirmos a distância, influenciando e, de alguma forma, interagindo com e integrando outros territórios.

Distinguimos então pelo menos duas grandes perspectivas de abordagem da multiterritorialidade:

> (...) aquela que diz respeito a uma multiterritorialidade "moderna", zonal ou de territórios de redes, embrionária, e que se refere à multiterritorialidade "pós-moderna", reticular ou de territórios-rede propriamente ditos, ou seja, a multiterritorialidade em sentido estrito (Haesbaert, 2004:348).

A multiterritorialidade contemporânea inclui assim uma mudança não apenas quantitativa — pela maior diversidade de territórios que se colocam a nosso dispor (ou pelo menos das classes e grupos mais privilegiados) —, mas também qualitativa, na medida em que temos hoje a possibilidade de combinar de uma forma inédita a intervenção e, de certa forma, a vivência, concomitante, de uma enorme gama de diferentes territórios e/ou territorialidades.

A chamada condição pós-moderna inclui assim uma multiterritorialidade:

> (...) resultante do domínio de um novo tipo de território, o território-rede em sentido estrito (...). Aqui, a perspectiva euclidiana de um espaço-superfície contínuo praticamente sucumbe à descontinuidade, à fragmentação e à simultaneidade de territórios que não podemos mais distinguir claramente onde começam e onde terminam ou, ainda, onde irão "eclodir", pois formações rizomáticas também são possíveis (...) (Haesbaert, 2004:348).

Essa flexibilidade territorial do mundo dito pós-moderno, embora não seja uma marca universalmente difundida (longe disso), permite que alguns grupos, em geral os mais privilegiados, usufruam de uma multiplicidade inédita de territórios, seja no sentido da sua sobreposição num mesmo local, seja da sua conexão em rede por vários pontos do mundo. Aqui podemos lembrar a multiterritorialidade mais funcional da organização terrorista Al Qaeda (Haesbaert, 2002b) e a multiterritorialidade funcional e com grande carga simbólica de algumas diásporas globalizadas.

Ao contrário da "extraterritorialidade" dos *globetrotters* ou "turistas" globalizados de Bauman (1999), destacamos sua multiterritorialidade. Partindo do pressuposto de que todo poder social é um poder sobre o espaço, os sociólogos Pinçon e Pinçon-Charlot (2000) afirmam que a burguesia contemporânea (reconhecida a polêmica do conceito) se reproduz ao mesmo tempo pela proximidade residencial (em bairros e/ou condomínios seguros e plenos de amenidades) — território-zona no seu sentido mais tradicional — e pela multiterritorialidade, ou seja, pelo usufruto de múltiplos territórios, reveladores de uma dupla inserção social, tanto no sentido de uma profunda memória familiar quanto de uma intensa vida mundana. Essa multiterritorialidade também seria visível através do caráter de "classe internacional", tanto no sentido da internacionalização da vida profissional ou de negócios quanto de lazer, via turismo internacional.

O sociólogo Ulrich Beck (1999) chega mesmo a forjar o termo "topoligamia" para se referir a esse fenômeno de "casamento com diversos lugares", para ele muito difundido, mas que aqui enfatizamos como um fenômeno mais característico dos grupos mais privilegiados. Citando o caso de uma senhora que divide anualmente sua vida entre uma casa na Alemanha e outra no Quênia, ele constata que ela "tem uma vida *topoligâmica*, está afeiçoada a coisas que parecem excludentes, África e Tutzing. Topoligamia transnacional, estar casado com lugares que pertencem a mundos distintos: esta é a porta de entrada da globalidade da vida de cada um (...)" (p. 135). Num sentido mais amplo do que o nosso para multiterritorialidade, ele trabalha com processos de "pluri" ou "multilocalização", "a alternância e a escolha dos lugares" como "padrinhos da globalização" (p. 137).

É importante acrescentar a essa mobilidade física extremamente facilitada de que usufrui a classe hegemônica contemporânea, que podemos denominar, num sentido de mobilidade física, uma "multiterritorialidade sucessiva", a sua "mobilidade virtual" ou uma "multiterritorialidade simultânea". Como diz Bauman, a maioria das pessoas "está em movimento mesmo se fisicamente parada" (1999:85). Para estas, o espaço enquanto distância parece ter pouca importância. Por outro lado, a acessibilidade geográfica ampliada de que dispõe a elite planetária não impede que ela tenha não só que se "proteger" em termos de espaço residencial, como também de manter as conexões, físicas e/ou informacionais, entre os múltiplos territórios que, combinados, conformam sua multiterritorialidade.

Como afirmamos em trabalho anterior (Haesbaert, 2004), dentro dessas novas articulações espaciais em rede surgem territórios-rede flexíveis, onde o que importa é ter acesso, ou aos meios que possibilitem a maior mobilidade física dentro da(s) rede(s), ou aos pontos de conexão que permitam "jogar" com as múltiplas modalidades de territorialidade existentes, criando a partir daí uma nova (multi)territorialidade. Trata-se assim de vivenciar essas múltiplas modalidades, de forma simultânea (no caso da mobilidade "virtual", por exemplo) ou sucessiva (no caso da mobilidade física), num mesmo conjunto que, no caso dos indivíduos ou de alguns grupos, pode favorecer, mais uma vez (agora não mais na forma de territórios-zona contínuos), um novo tipo de "experiência espacial integrada". Essa nova experiência, que é a experiência da multiterritorialidade em sentido estrito, inclui:

- uma dimensão tecnológico-informacional de crescente complexidade, em torno daquilo que podemos denominar uma reterritorialização via ciberespaço (e não uma desterritorialização, como defende Pierre Lévy [1996, 1999]), e que resulta na extrema valorização da maior densidade informacional extremamente seletiva de alguns pontos altamente estratégicos do espaço;
- como decorrência dessa nova base tecnológico-informacional, uma compressão espaço-tempo de múltiplos alcances ou "geometrias de poder" (com o fenômeno do alcance planetário instantâneo ou em "tempo real"), com contatos globais de alto grau de instabilidade e imprevisibilidade;
- uma dimensão cultural-simbólica cada vez mais importante dos processos de territorialização, com a identificação territorial ocorrendo muitas vezes no/com o próprio movimento e, no seu extremo, referida à própria escala planetária como um todo (até mesmo na forma de uma "Terra-pátria", como almejam Morin e Kern, 1995).

Nesse contexto:

> *A principal novidade é que hoje temos uma diversidade ou um conjunto de opções muito maior de territórios/territorialidades com os/as quais podemos "jogar", uma velocidade (ou facilidade, via Internet, por exemplo) muito maior (e mais múltipla) de acesso e trânsito por essas territorialidades — elas próprias muito mais instáveis e móveis — e, dependendo de nossa condição social, também muito mais opções para desfazer e refazer constantemente essa multiterritorialidade* (Haesbaert, 2004:344).

O mais importante a destacar na nossa experiência multiterritorial contemporânea é o fato de que não se trata simplesmente, como já ressaltamos, da imbricação ou da justaposição de múltiplos territórios que, mesmo recombinados, mantêm sua individualidade numa espécie de "todo", como produto ou somatório de suas partes. A efetiva multiterritorialidade, hoje, seria uma experiência profundamente inovadora a partir da compressão espaço-temporal que permite

> *(...) pela comunicação instantânea, contatar e mesmo agir* [como no caso de grandes empresários que praticamente "dirigem" suas fazendas ou firmas à distância, via Internet e outras modalidades informacionais] *sobre territórios completamente distintos do nosso, sem a necessidade de mobilidade física. Trata-se de uma multiterritorialidade envolvida nos diferentes graus daquilo que poderíamos denominar como sendo a conectividade e/ou vulnerabilidade informacional (ou virtual) dos territórios* (Haesbaert, 2004:345).

É importante distinguir aí, claramente, a dimensão mais propriamente material e a dimensão simbólica da multiterritorialidade. Assim como concebemos o território — e o poder — dentro de um contínuo do mais funcional ao mais simbólico (no extremo, uma "territorialidade sem território"), também a multiterritorialidade pode ter uma dimensão concreta mais incisiva, como no caso da tele-ação, ou ação a distância, anteriormente aludida, e uma maior carga simbólica, como no caso da aceleração da hibridação de referências identitário-territoriais, num amálgama capaz de recriar, no maior hibridismo, processos de identificação e (re)construção territorial (a identificação com "lugares híbridos", multi-identitários).

A realização da multiterritorialidade contemporânea, obviamente, envolve como condições básicas a presença de uma grande multiplicidade de territórios e territorialidades (incluindo territórios/territorialidades mais híbridos), bem como sua articulação na forma, principalmente, de territórios-rede. Estes, como já vimos, são por definição, sempre, territórios múltiplos, na medida em que podem conjugar territórios-zona (manifestados numa escala espacialmente mais restrita) através de redes de conexão (numa escala mais ampla). A partir daí se desenham também diferenciações dentro da própria dinâmica de multiterritorialização. Mesmo exigindo um desdobramento futuro, é necessário considerar, por exemplo:

- os agentes que promovem a multiterritorialização e as profundas distinções em termos de objetivos, estratégias e escalas, sejam eles indivíduos, grupos socioeconômicos ou culturais, instituições, o Estado ou as empresas.
- o caráter mais simbólico ou mais funcional da multiterritorialidade — tal como no que se refere à definição de território, ela aparece ora com uma maior carga simbólica (como no caso das grandes diásporas de imigrantes), ora com maior carga funcional (como no caso das redes do megaterrorismo global); no primeiro caso é importante analisar também as múltiplas identidades territoriais (territorialidades num sentido cultural) nela envolvidas.
- os níveis de compressão espaço-tempo (e, consequentemente, de tele-ação) nela incorporados, ou seja, as múltiplas geometrias de poder dessa compressão, bem como o sentido potencial ou efetivo de sua realização.
- o caráter contínuo ou descontínuo da multiterritorialidade, até que ponto ela ocorre pela justaposição (ou "encaixe"), num mesmo espaço, de múltiplos territórios (ou, por outro lado, pela vivência de "territórios múltiplos"), e até que ponto ela corresponde à conexão de múltiplos territórios, em rede (identificando então, tal como na distinção entre territórios-zona e territórios-rede, uma multiterritorialidade zonal mais "tradicional" ou em sentido lato, e uma multiterritorialidade reticular em sentido mais estrito).
- a combinação de "tempos espaciais" incorporada à multiterritorialidade — devendo-se discutir assim, também, de alguma forma, as implicações das múltiplas territorialidades acumuladas

desigualmente ao longo do tempo (Santos, 1978)[32] na construção da multiterritorialidade.

(Não) concluindo: implicações políticas do conceito

Numa breve (in)conclusão, apontando também para desdobramentos futuros, podemos afirmar que o mais importante neste debate diz respeito às implicações políticas do conceito de multiterritorialidade, suas repercussões em termos de intervenção na realidade concreta ou em termos de estratégias de poder. Como já afirmamos, é necessário distinguir, por exemplo, multiterritorialidade potencial (a possibilidade de ela ser construída ou acionada) de multiterritorialidade efetiva, real-izada:

> *As implicações políticas desta distinção são importantes, pois sabemos que a disponibilidade do "recurso" multiterritorial — ou a possibilidade de ativar ou de vivenciar concomitantemente múltiplos territórios — é estrategicamente muito relevante na atualidade e, em geral, encontra-se acessível apenas a uma minoria. Assim, enquanto uma elite globalizada tem a opção de escolher entre os territórios que melhor lhe aprouver, vivenciando efetivamente uma multiterritorialidade, outros, na base da pirâmide social, não têm sequer a opção do "primeiro" território, o território como abrigo, fundamento mínimo de sua reprodução física cotidiana* (Haesbaert, 2004:360).

Isso não significa, entretanto, que a multiterritorialidade seja "boa ou má" em si mesma, e que os grupos subalternos também não sejam, muitas vezes, obrigados a circular por múltiplos territórios e construírem, assim, à sua maneira, sua "multiterritorialidade" — insegura — marcada, também, por traços de desterritorialização no sentido de perda de controle e/ou referências territoriais.

---

[32] Milton Santos sugeriu a noção de tempo espacial para dar conta do "problema das superposições" tanto no tempo quanto no espaço, já que "cada variável hoje presente na caracterização de um espaço aparece com uma data de instalação diferente, pelo simples fato de que não foi difundida ao mesmo tempo". Assim, cada lugar seria "o resultado de ações multilaterais que se realizam em tempos desiguais sobre cada um e em todos os pontos da superfície terrestre" (Santos, 1978:211).

Pensar, como inúmeros autores nas Ciências Sociais, que estamos cada vez mais imersos em processos de desterritorialização, é simplista e, de certa forma, politicamente desmobilizador, pois se imagina que, num mundo globalmente móvel, sem estabilidade, marcado pela imprevisibilidade e a fluidez das redes e pela virtualidade do ciberespaço, estamos quase todos à mercê dos poucos que efetivamente controlam esses fluxos e redes — ou, numa posição ainda mais extremada, nem mesmo eles podendo mais exercer aí algum tipo de controle.

A multiterritorialidade aparece muitas vezes como uma alternativa conceitual dentro de um processo considerado por muitos, genericamente, como marcado pela "desterritorialização". Muito mais do que perdendo ou destruindo nossos territórios, ou melhor, nossos processos de territorialização (para enfatizar a ação, a dinâmica), estamos na maior parte das vezes, especialmente no caso dos grupos hegemônicos, vivenciando a intensificação e complexificação de um processo de reterritorialização muito mais múltiplo, *multi*territorial.

Assim, afirmamos que, especialmente para os mais privilegiados, considerados por muitos como "desterritorializados", "mais do que a desterritorialização desenraizadora, manifesta-se um processo de reterritorialização espacialmente descontínuo e extremamente complexo" (Haesbaert, 1994:214). Esses processos de (multi)territorialização precisam ser compreendidos especialmente pelo potencial de perspectivas políticas inovadoras que eles exigem ou implicam, sobretudo no contexto pós-colonial latino-americano, onde tantas lutas são travadas em nome de novas modalidades de territorialização.

Se o discurso da desterritorialização serve, antes de mais nada, àqueles que pregam a destruição de todo tipo de controle ou barreira espacial, ele claramente legitima a fluidez global dos circuitos do capital, especialmente do capital financeiro, num mundo em que o ideal a ser alcançado seria o enfraquecimento e, no limite, o desaparecimento do Estado, delegando todo poder às forças do mercado (ver, por exemplo, as teses de um "guru" da globalização como Ohmae [1990, 1996] sobre o "fim das fronteiras" e o "fim do Estado-nação"). Falar não simplesmente em desterritorialização, mas em multiterritorialidade e territórios-rede, moldados no e pelo movimento, implica reconhecer a importância estratégica do espaço e do território na dinâmica transformadora da sociedade.

Devemos, contudo, complexificar essa leitura, na medida em que nem só de "níveis" de multiterritorialidade vive a sociedade contemporânea. Velhas estratégias de reclusão e/ou contenção territorial (ver capítulos 7 e 8) de alguma forma também se reconfiguram e se multiplicam, ao lado de movimentos reacionários de (relativo) fechamento territorial em torno de relações biunívocas entre território e identidades culturais tidas como essencializadas. O aumento da precarização econômica e territorial planetária também tem estimulado discursos neoterritorialistas em torno da segregação e mesmo do isolamento em nome da "segurança". Mas esses são temas a serem desdobrados mais à frente.

O território, como espaço focalizado a partir das relações de poder, seja de dominação, seja de apropriação (nos termos de Lefebvre), manifesta hoje um sentido multiescalar e multidimensional que só pode ser devidamente apreendido dentro de uma concepção de multiplicidade, tanto na perspectiva da convivência de múltiplos (tipos) de território quanto da construção efetiva da multiterritorialidade. Toda ação que se pretenda transformadora hoje, necessita, obrigatoriamente, encarar esta questão: por mais que a des-ordem capitalista pretenda uniformizar nossos espaços, se não trabalharmos com a multiplicidade de nossas territorializações, não se promoverá nenhuma transformação efetiva. Os movimentos contra o neoliberalismo e por uma outra globalização que o digam.

3

SENTIDO GLOBAL DE LUGAR E MULTITERRITORIALIDADE[33]

Meu primeiro encontro com Doreen Massey foi descendo do trem na estação de Milton Keynes, rumo à Open University, quando chegava para um estágio pós-doutoral sob sua supervisão. Com sua singular mescla de carinho e sutil ironia, ela começou nossa conversa afirmando: "Então, você é real..." Até então nosso contato havia sido mediado pela Internet ou por amigos comuns, como Felix Driver e Luciana Martins. Começávamos ali um cruzamento de trajetórias, num emaranhado de sendas (um "espaço", nos termos de Doreen) jamais imaginado, que se estenderia, por exemplo, de um café nas tardes frias da Biblioteca Britânica londrina (que ela denominava de "nossa catedral") ou de um jantar improvisado em Parsons Green, até um almoço junto às ensolaradas praias do Nordeste brasileiro.

Nesse tempo todo, o que mais aprendi a admirar em Doreen foi sua passagem, sem dificuldade, de uma discussão teórica mais "árida" (ainda assim, nunca dissociada de suas implicações políticas) para o comentário

---

[33] Este capítulo é uma versão brevemente adaptada do artigo "A global sense of place and multi-territoriality: notes for dialogue from a 'peripheral' point of view", escrito a convite de David Featherstone e Joe Painter, organizadores do livro em homenagem a Doreen Massey, *Spatial Politics: essays for Doreen Massey* (Chichester: Wiley-Blackwell, 2013).

simples — e ao mesmo tempo profundamente humano — sobre um detalhe da paisagem (nas viagens de trem a Milton Keynes), o brilho de uma estrela (nas noites de Jericoacoara), a semiaridez da caatinga (no sertão do Nordeste brasileiro) ou simplesmente o modo de uma aranha tecer sua teia nas manhãs de inverno no campus da Open University. Para minha surpresa, longe dos intelectuais afetados e distantes, Doreen, provavelmente fiel ao seu passado operário da periferia de Manchester, mantinha sempre um "pé no chão" e, mesmo após a defesa intransigente (às vezes mesmo teimosa) de suas ideias, voltava com facilidade ao "sentido comum" das coisas, a esses sentimentos mais simples que, intuitivamente, fazem a riqueza e o prazer cotidiano de nossas vidas.

Certa vez, numa conversa, lembro que fiz uma afirmação que ela apreciou muito: não precisamos nos preocupar em dissecar exaustivamente um assunto, em citar todos os autores que a ele se referem (como parece ser quase uma obsessão entre tantos autores anglo-saxões). Mais do que simplesmente um trabalho erudito, nesse sentido, devemos buscar um trabalho inovador, onde, um pouco como num belo romance, o autor se coloque com toda a sua força e originalidade. Um grande geógrafo é, portanto, não tanto aquele que domina a ampla literatura de sua área — ou subárea —, mas aquele que é capaz de contribuir com algo efetivamente novo, que é capaz de fazer uma leitura inovadora e, assim, dar uma contribuição única para sua disciplina ou área do conhecimento.

Doreen é uma grande geógrafa porque soube ler o mundo com os seus próprios olhos, dando-lhe uma perspectiva nova, até então não trabalhada, aliando a ampla reflexão teórico-filosófica com uma rica e muito aguda intuição pessoal (será por isso que ela aprecia — ainda que de modo bastante crítico — um autor como Henri Bergson?). Intuição essa que poderíamos denominar de "intuição geográfica", que tantos pensam ter, mas que de fato bem poucos carregam: olhar o mundo pelo espaço. Ou, como diria Fernand Braudel em sua definição simples e direta do olhar geográfico, "o estudo da sociedade pelo espaço" (Braudel, apud Baker, 2003:22).

Doreen é uma grande geógrafa também porque buscou sempre superar nossas grandes dicotomias: materialismo-idealismo (ainda que mais inclinada ao primeiro, distanciou-se de um materialismo econômico-estruturalista), objetivo-subjetivo (embora sempre mais condescendente com o primeiro, nunca deixou de destacar a força do segundo), natureza-sociedade (ainda que suas questões envolvam muito mais a segunda, examina explicitamente seu sentido relacional, como no "adendo" que fez à sua concepção de lugar na obra *Pelo Espaço*.)[34]

Uma de suas principais contribuições ao debate geográfico, reconhecida por todos, e que ninguém colocará em dúvida, tamanha a quantidade de citações alheias (ainda que seja para discordar, como fazem, por exemplo, Negri e Hardt em *Império*),[35] é aquela que diz respeito ao "sentido global de lugar", e é este tema que quero enfatizar aqui. Proponho fazer uma releitura de seu trabalho à luz da proposição conceitual ligada ao processo que denomino de construção da "multi" — ou mesmo "trans" — territorialidade, ainda que a título de notas que merecerão, obviamente, desdobramentos futuros.

Lugar na geografia anglo-saxônica, território no contexto das "geografias latinas"[36]... Às vezes as palavras mudam, mas os conceitos que elas portam permanecem muito próximos.[37] E, para ser fiel ao comprometimento

---

[34] Nesse caso, a exemplo de Bruno Latour, de modo a até mesmo expandir ao universo dos "não humanos" as características fundamentais do espaço e do lugar: "o não humano tem também suas trajetórias, e o evento do lugar exige, não menos do que com o humano, uma política de negociação" ["the nonhuman has its trajectories also and the event of place demands, no less than with the human, a politics of negotiation"] (Massey, 2005:160).

[35] E que ela refuta em *Pelo Espaço*, alegando que se trata de uma falsa dicotomia entre "o romantismo do lugar delimitado e o romantismo do fluxo livre" ["the romance of bounded place [defendido por Negri e Hardt] and the romance of free flow"] (Massey, 2005:175).

[36] Geografias em língua portuguesa, espanhola, francesa e italiana.

[37] Mesmo em língua inglesa há registro de utilização conjunta (ainda que polêmica) dos termos "lugar" e "território", como para o filósofo J. E. Malpas. O autor afirma que seu livro *Place and Experience* "busca tratar (...), não de um 'espaço vazio', mas de um único território complexo e interconectado — o verdadeiro território no qual nossa identidade está enraizada e no qual o encontro com outras pessoas e com as coisas do mundo é possível" ["attempted to uncover (...), not an 'empty space', but a single complex and interconnected territory — the very territory in which our own identity is grounded and in which the encounter with other persons and with the things of the world is possible"] (Malpas, 1999:195). O autor lembra aqui a frequente, mas polêmica distinção entre um "espaço" mais abstrato e/ou funcional e um "território" efetivamente construído pela prática dos diferentes sujeitos sociais.

político, tão enfatizado por Doreen, em uma posição ainda mais importante do que a dessas palavras-conceitos está a das questões que eles buscam responder, as problemáticas efetivas em que eles estão envolvidos.

A América Latina, e o Brasil, em particular, têm enfrentado nas últimas décadas toda uma avalanche de manifestações políticas envolvendo, direta ou indiretamente, questões territoriais. Na atualidade, trata-se de um dos contextos espaciais mais ricos em termos de lutas que se travam pela transformação social, tanto no sentido da redistribuição da riqueza quanto do reconhecimento cultural. Historicamente, são lutas que dizem respeito, sobretudo, a uma partilha mais igualitária da terra, na recomposição dos direitos de grupos como os sem-terra, os sem-teto e "minorias" culturais (indígenas, por exemplo, que em muitos países são clara maioria). São movimentos que hoje almejam muitas vezes até uma reconfiguração do Estado, como bem vivenciou a própria Doreen em suas experiências junto ao governo sandinista da Nicarágua, nos anos 1970, e junto ao governo venezuelano, na atualidade.[38]

"Território", neste debate, não é apenas uma "questão de Estado". Na América Latina, hoje, podemos afirmar, (re)territorializar-se é uma estratégia política de transformação social de grupos subalternos. Muito mais do que uma mera questão acadêmica, é uma questão vivida, praticada, *praticamente* "exigida". Alguns podem até considerar essa ênfase ao território exagerada, mas muitas dessas lutas se definem também e, sobretudo, como lutas territoriais — e territoriais não no sentido abstrato do simples reconhecimento formal dentro da esfera territorial do Estado, alheia à vivência dos grupos sociais, em toda a sua heterogeneidade, mas no sentido de

---

[38] Seu conceito de geometrias de poder foi utilizado pelo governo Chávez e ela foi convidada para debates na Venezuela. A importância da dimensão espacial-territorial e suas geometrias de poder na política venezuelana fica evidente na seguinte afirmação de Chávez: "(...) el territorio y su organización político-territorial tiene un peso sumamente grande a la hora de pretender hacer cambios revolucionarios. Una revolución no puede serlo realmente si no enfoca el problema geográfico y de la distribución del poder político, económico, social, militar sobre el espacio; (...) la geografia (...) tiene un peso muy grande (...) el esquema geográfico de la geometría del poder o geopolítico intenso que hemos heredado (...) del siglo XIX, está intacto con algunos pequeños cambios, diría yo más, de la colonia" (Chávez, 2007:4).

partirem de suas múltiplas práticas, dilemas e significações efetivas. Há até mesmo, podemos dizer, um permanente refazer ou recriar do conceito de território efetuado a partir dessas próprias práticas sociais — e que, claramente, é ignorado e/ou menosprezado no debate acadêmico, especialmente aquele de matriz anglo-saxônica.

Lugar, especialmente a partir da Londres cosmopolita de Doreen Massey (pois nossos conceitos, "pós-colonialmente" falando, derivam também dos contextos geo-históricos em que estamos situados), pode ser definido como "processos" que "não precisam ter limites, no sentido de divisões que moldam fechamentos simples". Eles também "não têm 'identidades' únicas, simples", são "cheios de conflitos internos" (Massey, 1994:155). Mais importante ainda, a especificidade ou a *uniqueness* [qualidade de ser único] do lugar, fundamental em sua definição, deriva da condição de que "cada lugar é o foco de uma *mescla* distinta de relações sociais ao mesmo tempo mais amplas e mais locais" ["each place is the focus of a distinct *mixture* of wider and more local social relations"] (p. 156, ênfase da autora), sua singularidade advindo da combinação específica de interações em múltiplos níveis/redes.

Em sentido mais geral, é interessante relembrar que conceitos, tal como já comentado no primeiro capítulo deste livro, sob uma inspiração deleuzeana, são vistos mais como "transformadores" (Holland, 1996) do que como "reveladores", porque operam não só como produtos, mas também como produtores. Segundo Holland, mais importante que a definição formal de um conceito é saber lidar com ele, entender como ele "funciona" e o que pode ser "feito" com ele. Assim, os conceitos não definem seu conteúdo independentemente de seu uso em um determinado contexto (Holland, 1996:240). É nesse sentido que "território" na geografia latino-americana se aproxima de "lugar" nas geografias anglófonas, pois há profundas semelhanças entre "os conteúdos que adquirem através do uso" em cada contexto.

Assim, tal como lugar na conceituação de Doreen Massey, território, a partir de uma contextualização latino-americana, pode ser abordado como:

    a. *processo*, num sentido relacional — pois além de enfatizarmos a dinâmica, a ação de territorializar (des- e re-territorialização), mais do que o "produto" (o território "em si"), também reconhecemos a territorialização pela/na mobilidade; sob a inspiração de Deleuze e Guattari definimos a territorialização também pela repetição do movimento, um movimento, assim, de alguma forma, "sob controle" (Haesbaert, 2004). Essa concepção relacional de território se contrapõe a análises simplistas como a de Amin (2004), que, ao propor uma "leitura não territorial da política do lugar", defende um raciocínio que opõe "territorial" e "relacional" — como se "território", restrito a uma visão tradicional e superada, estivesse reduzido a circunscrições jurídico-políticas bem delimitadas.

b. composto por *fronteiras* não obrigatoriamente bem definidas e sem uma clara distinção entre "dentro" e "fora", *in* e *out* (apesar de reconhecermos que fronteiras são mais definíveis político-territorialmente do que as delimitações indicadas pela conceituação de lugar), pois proliferam hoje situações de ambiguidade, mesmo em territórios aparentemente melhor demarcados, como os *campos* de "exclusão inclusiva" discutidos por Giorgio Agamben (2002a) ou outros territórios de "ilegalidade legal", ao mesmo tempo dentro e fora da jurisdição estatal "normal".

c. *identidades múltiplas* — é importante relembrar aqui que o território, como vimos desde o primeiro capítulo, tem seu foco conceitual nas relações de poder mas se trata de múltiplos poderes, tanto no que se refere à interseção entre diferentes escalas e modalidades de poder, quanto em suas distintas dimensões, que incluem, cada vez com mais força, o chamado poder simbólico (Bourdieu, 1989), como aquele inserido nas construções (multi)identitárias.

Obviamente estamos tratando aqui não com conceitos isolados, mas com "constelações de conceitos" (Deleuze e Guattari, 1992), pois eles só funcionam em inter-relação. É nesse sentido também que podemos falar de "conceitos híbridos" ou da "natureza híbrida" dos conceitos (Santos, 1996), na medida em que podemos não só expressar essa multiplicidade inerente ao conceito, mas também propor outros, conceitos que na sua própria expressão etimológica revelem essa mistura, ou essas "passagens". É por esse meio que percebemos uma importante relação entre o que propomos como "multi" (ou "trans") territorialidade" e o "sentido global de lugar" de Doreen Massey.

Multiplicidade é uma característica marcante tanto na concepção global — e politicamente "progressista" — de lugar de Massey, elaborada sobretudo a partir de sua experiência em uma cidade mundial como Londres (Massey, 2008b), quanto na nossa concepção relacional e aberta de multi ou transterritorialidade a partir da realidade parcialmente híbrida do Brasil (Haesbaert, 2004; 2011). Para Massey, não apenas o lugar, mas o próprio espaço em suas propriedades fundamentais, se define pela multiplicidade: "(...) entendemos o espaço como a possibilidade da existência da multiplicidade, no sentido da pluralidade contemporânea; (...) a esfera da heterogeneidade coexistente" ["we understand space as the possibility of the existence of multiplicity in the sense of contemporary plurality; (...) the sphere of coexisting heterogeneity"] (Massey, 2005:9).

Reportando-se a Bergson, Doreen retoma sua distinção entre diferenças de grau, discretas (relativas a entidades distintas, magnitudes extensivas), e diferenças de natureza, contínuas (fusão, magnitudes intensivas) — que, podemos dizer, em sentido amplo, seriam as duas formas fundamentais de manifestação da multiplicidade. A partir daí, Massey critica profundamente a relação proposta por Bergson entre espaço e diferenças de grau, que restringe a espacialidade ao caráter "contábil" do real. O efetivamente múltiplo, para Bergson, estaria referido apenas à dimensão temporal, pois é ela que corresponde à diferenciação intensiva, qualitativa ou "de natureza". Na interpretação de Massey, é claro, o espaço incorpora, concomitantemente, essa esfera do múltiplo, tanto no sentido de sua "contabilidade" quantitativa (tão prezada pela ordem capitalista) quanto de sua mudança qualitativa.

É nesse sentido também que podemos nos referir a uma "multiterritorialidade" — reconhecendo, em primeiro lugar, como vimos no capítulo anterior, tanto a existência de "múltiplos territórios" ou de uma multiplicidade *de* territórios (diferentes tipos ou espécies de territórios "extensivos") quanto de "territórios múltiplos" ou a multiplicidade *do* território (territórios que em si mesmos se caracterizam por uma forte diferenciação interna ou por uma multiplicidade contínua, intensiva). Tanto em um sentido quanto em outro, pode-se argumentar, existe a possibilidade de articulação de uma multiterritorialidade — ou, se preferirmos, de um "sentido global de lugar", potencialmente ampliando ou tornando mais explícita a complexidade da concepção de Doreen Massey.

É importante relembrar, como destacamos no capítulo anterior, que multiterritorialidade tem um sentido amplo e um sentido mais estrito, este ligado diretamente aos processos de globalização em que estamos atualmente envolvidos. No sentido amplo de "formular uma territorialidade múltipla", a multiterritorialidade não seria exatamente uma novidade, pois toda relação social, de algum modo, implicaria uma interação entre múltiplos territórios.

Uma das referências centrais de Doreen é o seu próprio bairro em Londres, uma espécie de lugar — ou território — [em si mesmo] múltiplo, com uma diversidade cultural que conecta múltiplas redes de vários cantos do mundo, formando uma espécie de "lugar-rede". Nesse sentido, podemos afirmar que construímos lugares na/pela mobilidade no sentido da articulação, não apenas simultânea (considerando assim a multiplicidade espacial), mas também sucessiva (considerando a multiplicidade temporal), reconhecendo de alguma forma as diferentes geometrias de poder (como diria Doreen) de nossos distintos lugares e/ou territórios.

Distinguimos então a vivência de uma multiterritorialidade *simultânea* — tanto em sua dimensão simbólica quanto funcional, ao experimentarmos (e muitas vezes também graças à realidade virtual, comandarmos) diversos territórios ao mesmo tempo, sem a necessidade de mobilidade física, e *sucessiva* — ao partilharmos distintos territórios e, pela mobilidade, os articularmos em rede ("territórios-em-rede"). Enquanto neste último caso temos uma multiterritorialidade construída a partir da articulação física de vários territórios, no primeiro, associado mais diretamente ao sentido global de lugar de Doreen Massey, temos uma interseção de múltiplas redes *in situ*, sem a necessidade de intensificar nossa mobilidade física.

Talvez de forma mais intensa do que no lugar global de Massey, podemos "controlar" diferentes territórios a distância, complicando ainda mais o processo de construção de nossa multiterritorialidade. O controle informacional, articulado a distância, implicado em nossas múltiplas identidades com o lugar — ou com nossa capacidade de manter (múltiplos) controles territoriais — certamente irá se intensificar muito mais num futuro próximo. Hoje, não somente podemos articular nosso lugar com outros lugares, como também podemos exercer diversas formas de controle territorial a distância, sem mobilidade física. Isso representa um processo de territorialização múltipla lograda sem um mínimo de deslocamento físico.

Apesar de serem referenciais importantes, as modalidades simultânea e sucessiva de multiterritorialidade não significam, de modo algum, uma distinção estanque, pois situações reais carregam sempre, em diferentes intensidades, essas duas faces, especialmente se consideramos que o poder simbólico, no campo das representações, também está implicado em nossos processos de des-territorialização. Assim, devemos considerar ainda que há multiterritorialidades com *maior* carga simbólica e outras com *maior* carga funcional. Isso está ligado à força das funções e dos significados territoriais, dependendo dos diferentes sujeitos sociais e das dinâmicas em jogo.

Num sentido relacional, da mesma forma que desterritorialização não é sinônimo de mobilidade (pois podemos estar profundamente "desterritorializados" numa prisão, por exemplo, pelo fato de não sermos nós que exercemos controle sobre nosso território),[39] maior mobilidade física ou maior abertura de territórios não significa que experimentemos aí, automaticamente, a intensificação de nossa multiterritorialidade. Nesse sentido, é importante distinguir entre multiterritorialidade potencial e efetiva — a possibilidade de realizá-la em determinados contextos geográficos mais do que em outros, como na comparação entre uma cidade global e uma área indígena do interior da Amazônia. O que não significa que qualquer espaço do planeta, hoje, não possa abrir-se, conectar-se e realizar algum tipo de elo com o nível que consideramos, genericamente, como "global".

Uma efetiva multiterritorialidade no sentido sucessivo não se realiza, assim, obrigatoriamente, pela simples circulação por mais de um território e sua articulação em rede, pois esta pode ter um sentido dominantemente funcional, como entre *globetrotters* ou grandes executivos que, embora circulem o tempo todo a nível global, frequentam sempre os mesmos locais (hotéis, lojas, restaurantes) e não obrigatoriamente interagem com a enorme diversidade cultural dos territórios por onde passam. De forma esporádica eles podem cruzar com o Outro, mas é como se esse Outro fosse invisibilizado, sem diálogo possível — ou, quando um contato compulsório tem

---

[39] A esse respeito, ver nossas reflexões em Haesbaert, 2004, especialmente o capítulo "Desterritorialização na I-Mobilidade" (pp. 251-278).

lugar (como em algumas situações em hotéis, restaurantes ou shoppings), trata-se de um contato de caráter meramente funcional.

O mesmo ocorre no caso da maior abertura ("global") de nossos territórios/lugares: não é pelo simples fato de um bairro, por exemplo, possuir ou estar aberto a uma grande diversidade cultural que todos os seus habitantes irão usufruir dessa multiplicidade, ou seja, experimentar ali, efetivamente, uma intensa multiterritorialidade (ou, se preferirmos, *trans*territorialidade, para enfatizar o transitar entre essas diferentes territorialidades). Justamente o oposto pode ocorrer: em reação à crescente diversidade, como indivíduos ou pequenos grupos, podemos nos recolher à relativa reclusão de territórios (ou lugares) de nossa mais direta familiaridade.

Doreen Massey, ao afirmar que "não há regras de espaço e lugar" ["there are no rules of space and place"] (2005:163-176), está querendo dizer que não é o fechamento ou a abertura dos lugares/territórios em si mesma que estabelece comportamentos e significações sociais, podendo-se incorrer assim numa espécie de fetichismo espacial. O que importa é ver fechamento e abertura como constituintes indissociáveis dessas relações e, neste sentido *relacional*, mergulhados em múltiplas possibilidades de devir.[40] Embora não tenha sido o objetivo de Massey aprofundar em seu

---

[40] "O que é certo é que não há, aqui, princípios espaciais gerais, pois eles podem ser sempre contrariados por argumentos políticos a partir de casos contrastantes" ["What is certain is that there are no general spatial principles here, for they can always be countered by political arguments from contrasting cases"] (Massey, 2005:164). "A questão não pode ser se demarcação (construção de limites) é simplesmente boa ou má" ["The question cannot be whether demarcation (boundary building) is simply good or bad"] (p. 165). "O debate sobre abertura/fechamento, em outras palavras, não deve ser colocado em termos de formas espaciais abstratas, mas em termos das relações sociais através das quais os espaços e aquela abertura e fechamento são construídos, as sempre móveis geometrias de poder de espaço-tempo" ["The argument about openness/closure, in other words, should not be posed in terms of abstract spatial forms but in terms of the social relations through which the spaces, and that openness and closure, are constructed; the ever-mobile power-geometries of space-time"] (Massey: 2005:166). Aqui cabe a mesma colocação que fizemos em relação à desterritorialização: "(...) implica identificar e colocar em primeiro plano os sujeitos da des-re-territorialização, ou seja, quem des-territorializa quem e com que objetivos. (...) perceber o sentido relacional desses processos, mergulhados em teias múltiplas

debate sobre a multiplicidade do espaço (tanto no sentido de suas múltiplas trajetórias/redes — sua lógica reticular — quanto de suas múltiplas extensões — sua lógica zonal) a concomitante multiplicidade de durações do tempo, ela se refere, por exemplo, à "multiplicidade do espacial" como "precondição para o temporal", e acrescenta: "as multiplicidades conjuntas dos dois podem ser uma condição para a abertura do futuro" ["the multiplicities of the two together can be a condition for the openness of the future"] (Massey, 2005:89).

É essa "densidade histórica" diferencial (ou "acumulação desigual de tempos", no sentido mais materialista colocado por Santos [1978]), de múltiplas temporalidades, profundamente diversa, que transpassa os territórios latino-americanos e nos faz repensar uma série de proposições — como a do "sentido global de lugar" ou da multiterritorialidade — à luz de nossas próprias experiências e contextos. A América Latina e o Brasil são hoje verdadeiros laboratórios de novas experiências culturais e políticas, espaços marcados pela resistência, precursores mesmo do "pós-colonialismo" (primeiro espaço continental a romper formalmente com o sistema colonial, ainda no século XIX) e da transculturação[41] (tanto nas práticas de encontros [e também conflitos] culturais inusitados — África-Índia-América, por exemplo — quanto nas formas de pensamento, com destaque, aqui, para a filosofia "antropofágica" do escritor brasileiro Oswald de Andrade, nos anos 1920).[42]

Uma primeira lição que aprendemos num contexto (relativamente) "periférico"[43] como o latino-americano é a de que a desterritorialização, que

---

onde se conjugam permanentemente distintos pontos de vista e ações que promovem aquilo que podemos chamar de territorializações desterritorializadoras e desterritorializações reterritorializantes" (Haesbaert, 2004:259).

[41] Termo proposto pelo sociólogo cubano Fernando Ortiz (1940) para enfatizar o caráter complexo e multidirecional do que os europeus (como Malinowski) propunham como "aculturação".

[42] Para uma apropriação introdutória do discurso da "antropofagia" na Geografia, ver Haesbaert, 2011.

[43] Usamos o termo "periférico" entre aspas para problematizá-lo, não simplesmente porque consideramos que "o centro também está na periferia", mas também —

não é boa nem má em si mesma, não se aplica exatamente a "cidadãos globais" que circulam de forma segura ao redor do mundo, mas muito mais aos subalternos de toda ordem que povoam os espaços "periféricos", seja da América Latina, seja de cidades globais.[44] Nesse caso, embora não exista — ao contrário das "linhas de fuga" deleuzeanas — uma "desterritorialização absoluta", no sentido da perda completa de nossos territórios, a desterritorialização como "saída de um território" não implica uma reterritorialização — "entrada" em um novo território — melhor ou mais positiva, podendo corresponder a um processo de crescente precarização territorial.

Forjam-se hoje na América Latina e, mais especificamente, no Brasil, processos de (re)territorialização envolvendo grupos sociais defensores de territórios e/ou lugares supostamente mais fechados, estáveis e "conservadores". Trata-se de grupos oficialmente denominados "povos tradicionais" (termo polêmico, porém inserido na própria Constituição brasileira de 1988), mas que nem por isso, obviamente, irão construir territórios/lugares também "tradicionais". Na verdade, o que não pode ser defendido aqui é uma visão dicotômica entre concepções "tradicionais" ou "conservadoras" e concepções "(pós?)modernas" ou "progressistas" de território e/ou de lugar. Esses exemplos brasileiros são muito representativos da ambivalência com que essas propriedades são construídas. Também neste sentido esses territórios são "múltiplos" — uma multiplicidade de situações identitárias e de poder se revezam ou se mesclam, dependendo, por exemplo, do contexto histórico e geográfico (em termos de escalas de acionamento) em que são constituídos.

Como analisaremos em maior detalhe no próximo capítulo, fechamento (sempre relativo) ou delimitação territorial mais nítida não significa, obrigatoriamente, a defesa de uma visão política retrógrada, conservadora. Pode representar, como bem demonstram os chamados povos tradicionais, um momento dentro de uma luta mais ampla e que não dicotomiza visões de "tradição" e "(pós)modernidade", mas refunda-as, conjugadas, sob um

---

e principalmente — por reconhecer que espaços "periféricos" podem produzir próprias (e inovadoras) centralidades.

[44] Para uma ampla abordagem, bastante crítica, dessa forma de interpretação dos processos de desterritorialização, muito comum notadamente entre intelectuais dos países "centrais", ver nosso livro *O Mito da Desterritorialização* (Haesbaert, 2004).

novo amálgama. Para os povos tradicionais brasileiros, como indígenas e quilombolas, o relativo fechamento territorial, no momento do estabelecimento claro do limite físico de suas "reservas", por exemplo, pode significar, dependendo da situação, exatamente o contrário — a condição para a sobrevivência do grupo enquanto tal. No caso dos antigos quilombos, territórios relativamente fechados, o isolamento e a ocultação eram mesmo sinônimo de liberdade — ou da liberdade que, pelas lutas de resistência, eles podiam conquistar.

A princípio, esses "territórios remanescentes" podem ser vistos como o resultado de um violento processo de desterritorialização e/ou de precarização territorial, o "resto" que lhes impuseram como a sobra dentro de uma política predadora de conquista. Hoje, contudo, eles podem, ao mesmo tempo, representar a condição de sua reprodução enquanto grupos culturalmente distintos e, por outro lado, significar uma demonstração evidente de subversão à ordem majoritária — impondo, por exemplo, o usufruto comum da terra, uma relação distinta com a "natureza" e vedando, assim, processos estritamente capitalistas de incorporação de seus espaços como valor de troca.

Da mesma forma, a articulação ou abertura desses territórios a ações externas, muitas delas globalmente articuladas, não significa automaticamente, é claro, uma atitude "progressista". Grandes corporações econômicas transnacionais (e elas igualmente, em outro sentido, se "multi" ou "transterritorializam") e até mesmo algumas ONGs também estão de olho nos recursos, na biodiversidade dessas áreas que, justamente por serem agora "(p)reservadas", garantem o usufruto futuro de seu múltiplo patrimônio biogenético.

Assim, se (teoricamente) "não há regras de espaço e lugar", como diz Doreen Massey, existem, contudo, regras políticas (ou político-econômicas) que direcionam grande parte dessas ações, mergulhadas nas geometrias de poder profundamente desiguais, mas que em geral estão sob o comando de grupos muito bem territorializados (em "territórios-rede" de circuitos bem definidos) e com suas "reservas" (de lugar)[45] claramente garantidas

---

[45] Há aqui um jogo com a expressão "reserva" (de lugar), significando ao mesmo tempo "reserva" de terra preservada e "reserva" como garantia de um lugar ou assento.

no mapa do mundo. A intensificação da globalidade de nossos "sentidos de lugar" não significa por si só algo positivo ou negativo. Ainda que politicamente possamos — e, muito provavelmente, devamos — defender um maior sentido global de lugar e/ou a intensificação da multiterritorialidade, dotando os espaços de menor senso de exclusividade e fechamento, não é esta simples abertura que irá garantir uma condição política distinta e mais justa.

Há um imenso e intrincado jogo de aberturas e fechamentos no atual quadro global — ou, para sermos mais precisos, "glocal". Se a reclusão no sentido disciplinar foucaultiano não faz mais sentido ou está em profunda crise (como veremos nos capítulos 5 e 6 deste livro), as "populações" (no sentido biopolítico proposto por Foucault) continuam sendo não propriamente "confinadas" e "encerradas", mas tentativamente "contidas", através de processos que denominamos de "contenção territorial" (Haesbaert, 2009 [cap. 7 deste livro]). Aí, novos muros e cercas adquirem o efeito não propriamente de confinar — em áreas, mas de barrar — os fluxos, que acabam assim, por este simples efeito-barragem, sempre buscando fluir por outro lado — como ocorre hoje com relação aos fluxos migratórios. Desenha-se assim um processo muito mais complexo de permeabilidade e justaposição territorial.

O movimento de des-reterritorialização dos chamados povos tradicionais, hoje, no Brasil, muito mais que a simples construção de territórios bem delimitados e estanques, significa o reconhecimento de que, no seu muito variável caráter "multi" (ou mesmo "trans") territorial, está sempre presente, em diferentes níveis, *também,* um "estar entre" ou um acionar/produzir distintas territorialidades — o que significa entrar num jogo de múltiplas situações identitárias e múltiplas relações de poder. Ter consciência dessa multiplicidade e saber jogar com essa diversidade de situações de des-re-territorialização é estrategicamente fundamental na ação política desses grupos.

Importa aqui a condição de possibilidade, quando necessário, de nossa inserção em "território alheio" (que também passa, assim, de forma ambivalente, a ser "nosso"), a abertura desses territórios que coloca permanentemente a possibilidade de aí entrar, sair e/ou transitar — ou, se quisermos, essa condição de *transitoriedade* — no sentido amplo, de contingência — ou, como quer Massey, a "eventualidade [ou o evento] do lugar" ["the event of place"], "no simples sentido de reunir o que previamente não estava relacionado, uma constelação de processos, em vez de uma coisa. (…) lugar [território, em nosso caso] como aberto e internamente múltiplo" ["in the simple sense of the coming together of the previously unrelated [trajectories], a constellation of processes rather than a thing. (…) place as open and as internally multiple"] (2005:141).

Massey (2005) volta a enfatizar que essa abertura e esse caráter do lugar como um evento ou um acontecimento tem também um caráter político. E, eu diria, reportando-me novamente à concepção político-performativa do conceito, na visão de Deleuze, um caráter *sobretudo* político. Pois nossas práticas — e nossos novos muros, cercas e "campos" ("territórios de exceção", na linguagem de Agamben, como campos de refugiados e de controle de migrantes) —, embora ambivalentes em termos da relação interno-externo, acabam representando mais o processo inverso, pois de alguma forma tornam mais difícil a contingência e a eventualidade dos encontros.

Mais do que defender a vivência de uma densa multi/transterritorialidade — ou, de modo semelhante, da intensificação de um genérico "sentido global de lugar" —, o importante é partir da consciência de que, ainda que uns mais fechados, outros mais abertos, nossos territórios possam ser construídos com base no respeito à multiplicidade dos espaços e da vida que os anima. Doreen Massey, ao longo de sua trajetória intelectual, sempre procurou promover esse respeito e, sobretudo, esse compromisso — porque para ela a "ciência" só é construída de fato quando engajada/implicada no movimento de uma efetiva transformação da sociedade — ainda que essa transformação seja sempre a promoção da própria reafirmação da abertura (do "devir") para se reavaliar e mudar. Sem esquecer, contudo, que essa abertura para a mudança envolve o difícil jogo entre mobilidade e repouso, pois ninguém pode se deixar levar nem pela ditadura do enclausuramento (ou guetificação), nem pelo seu oposto, a "ditadura do movimento" (como diria Paul Virilio). Nas palavras de Cornelius Castoriadis:

> (…) *um sujeito não é nada se não for a criação de um mundo para ele numa clausura relativa. (…) Essa criação sempre é a criação de uma multiplicidade. (…) Essa multiplicidade se desenvolve sempre de dois modos: o modo do simplesmente diferente, como diferença, repetição (…) e o modo do outro, como alteridade, emergência criadora, imaginária ou poiética* (Castoriadis, 1992:262).

Uma sociedade dita de in-segurança, como a nossa, cada vez mais moldada em diferenças/desigualdades e baseada em noções superadas de dentro e fora, aberto e fechado — na verdade cada vez mais ambíguos —, acaba por privar-se dessa efetiva alteridade. Alteridade que é instigada, diria Doreen, no permanente entrecruzar de trajetórias que faz de espaços "estrategicamente" abertos (ou de "clausura relativa", para retomar Castoriadis) o verdadeiro campo para, ao mesmo tempo, promover a batalha pela menor desigualdade e o embate de diferenças na eventualidade dos encontros, condição *sine qua non* para a emergência do efetivamente novo.

4

LÓGICA TERRITORIAL ZONAL: LIMITES E POTENCIALIDADES[46]

> *(...) nada é simples, a ordem se esconde na desordem, o aleatório está constantemente a refazer-se, o imprevisível deve ser compreensível. Trata-se agora de produzir uma descrição diferente do mundo, onde a ideia do movimento e de suas flutuações prevalece sobre o das estruturas, das organizações, das permanências.*
>
> (Balandier, 1997[1988]:9-10)

Desde pelo menos os anos 1980, como indica essa citação de Georges Balandier, o discurso de que vivemos um mundo marcado pela mobilidade e fluidez levou-nos a perceber o espaço geográfico como o espaço das redes. Sem exagerar nessa constatação, e admitindo o expressivo aumento do papel das redes na construção do espaço geográfico,

---

[46] Este capítulo toma por base de forma amplamente revisada o artigo "Lógica zonal e ordenamento territorial: para rediscutir a proximidade e a contiguidade espaciais", publicado no livro *Estado, Território e a Dinâmica das Fronteiras: reflexões e novos desafios* (Fonseca, A.; Pertile, N.; Caldas, A. e Brito, C. [orgs.], 2013) e apontamentos da conferência "Territórios em disputa: desafios da lógica espacial zonal na luta política", no encerramento do XXI Encontro Nacional de Geografia Agrária (Uberlândia, 2012).

especialmente através de um capitalismo globalizado, devemos, entretanto, reconhecer que, justamente num mundo de crescente fluidez e de territórios múltiplos, sobrepostos, é que se impõem as desiguais geometrias de poder da mobilidade (Massey, 1994) — a mobilidade como diferenciador social — e onde a preocupação com o controle dos fluxos se torna mais relevante. A própria fixação de limites, como na proliferação contemporânea de novos muros, em múltiplas escalas (Brown, 2009; Haesbaert, 2010b; Póvoa Neto, 2010), como veremos no capítulo 8, ou mesmo a "obsessão por fronteiras" (Foucher, 2009), ocorre simultaneamente à crescente produção dos espaços em rede.

Embora a centralidade das redes no discurso da Geografia remonte às proposições neopositivistas dos anos 1950, a "contaminação" de praticamente toda a teoria e de grande parte dos conceitos geográficos ocorreu mais recentemente, quando tivemos a proliferação, inclusive, de conceitos híbridos como região-rede, território-rede e lugar-rede, capazes de expressar uma realidade empírica muito mais complexa e ambivalente. Mesmo aqueles autores que continuam utilizando os termos simples, "região", "território", "lugar", incorporam e enfatizam no novo conteúdo de suas conceituações a força da lógica reticular e a maior fluidez dos processos sociais que moldam esses espaços.

As conexões e os fluxos — que em geral implicam descontinuidades espaciais — passam a ser muito mais importantes que o fechamento, as fixações e a continuidade geográficas. Como afirma Grossberg, em reflexões mais gerais sobre o espaço, "poder espacial é uma questão de orientações e direções, de entradas e saídas, ao invés de começos e fins" (1993:7). A lógica zonal, a princípio, poderia ser vista como uma lógica que privilegia delimitações, "começos e fins". Obviamente, isso não quer dizer que vivamos num mundo em que se tornou impossível pensar em termos de fixação (*relativa*, já que nada é completamente fixo ou estável) e de continuidades (sem separações) ou contiguidades espaciais (separações adjacentes).

Por isso pretendemos neste capítulo problematizar o que denominamos lógica zonal de construção do espaço geográfico, suas limitações e potencialidades na leitura geográfica e na ação política contemporâneas. Num mundo cada vez mais moldado pelas configurações geográficas em rede, quais seriam as contradições envolvidas nas estratégias de luta pela definição de territórios zonais mais claramente delimitados, e que perspectivas políticas de desdobramento podem estar implicadas nessas formas de reterritorialização definidas basicamente através de áreas?

Alguns elementos conceituais

Como também se trata de uma discussão de caráter teórico-metodológico, para o enfrentamento da questão precisamos, de antemão, estabelecer alguns parâmetros básicos a respeito da conceituação a ser utilizada. Falar de lógicas de ordenamento do espaço significa também trabalhar com as relações espaço/poder, ou seja, implica falar em processos (concretos) de territorialização. Por outro lado, o conjunto de i-lógicas pelas quais o espaço geográfico é produzido sugere que se enfoque a regionalização enquanto instrumento analítico a partir dos processos de des-articulação espacial (Haesbaert, 2010a).

Assim, para efeito deste debate, propomos tratar os termos territorialização e regionalização de forma mais restrita. Territorialização será concebida como dinâmica concreta de domínio e/ou apropriação do espaço (em termos lefebvreanos) pelo exercício do poder (como discutido no capítulo 2), enquanto regionalização será tratada sobretudo como processo analítico de reconhecimento da diferenciação do espaço geográfico. Assim, enquanto olhar para o território é olhar para as táticas e estratégias de poder efetivadas no/com/através do espaço, olhar para a região é, sobretudo (mas não só), atentar para as múltiplas formas de divisão/recorte (ou agrupamento) espacial levando em conta a questão de sua diferenciação — tanto no sentido das desigualdades político-econômicas quanto das diferenças de ordem simbólico-cultural.

Podemos afirmar, ao mesmo tempo, que todo processo de territorialização, por corresponder à ação desigual de forças sobre/com o espaço, implica alguma forma de regionalização, pois leva, assim, a um tipo de recorte/delimitação e diferenciação do espaço. Podemos tanto "territorializar" para, a partir desse movimento concreto de transformação do espaço, provocar um novo processo de regionalização, como, inversamente, partindo de um processo de regionalização e, com ele, identificando segmentos espaciais diferenciados, propor uma nova territorialização, isto é, a construção de novos territórios enquanto instrumentos para novas relações de poder no espaço. É o que ocorre quando um recorte regional mais abstrato, como a definição de uma "faixa de fronteira", acaba servindo para a distribuição, na prática, de recursos financeiros dirigidos pelo Estado especificamente aos municípios dentro dessa área.

Tanto processos de territorialização, mais concretos, quanto de regionalização, tomados aqui em seu caráter analítico, mais abstrato, estão intimamente relacionados àquilo que denominamos de lógicas espaciais elementares, a lógica zonal, moldada fundamentalmente pelas disposições em área, e a lógica reticular, que prioriza as disposições espaciais em rede. Destacando, é claro, que todo espaço geográfico está sempre, também, em algum nível, mergulhado em relações socioespaciais que podem nada ter de "lógico" — essa dimensão "ilógica" do espaço correspondendo ao que denominamos de "aglomerados", espaços imersos em situações (especialmente de crise) em que é impossível discernir o domínio de uma lógica clara, seja ela zonal ou reticular.[47]

Ainda que façamos a distinção entre essas lógicas, é claro que, na realidade, como já enfatizamos no primeiro capítulo, sua manifestação é sempre conjunta, uma realimentando — e mesmo recriando — a outra. Talvez a melhor analogia seja com os processos de abertura e fechamento, ou, melhor ainda, de retração e expansão no espaço. Assim, enquanto a lógica zonal *tenderia* a exercer o controle, de algum modo "comprimindo", "fixando" ações que, assim, podem ficar restritas ao âmbito de sua circunscrição, a lógica reticular *tenderia* à expansão ou, pelo menos, à circulação, à maior fluidez do espaço.

É claro que nem toda rede é expansiva, e nem toda zona é limitadora — trata-se apenas de tendências em termos de dinâmicas gerais preponderantes, uma lógica zonal onde atentamos mais para a fixação de limites em área e uma lógica reticular onde focalizamos mais a mobilidade em rede. O que não impede, obviamente, que os limites em área promovam intensos fluxos internos e que as redes tenham claramente fixados os limites de seu circuito de mobilidade.

Essa distinção lembra um pouco a distinção entre espaços lisos e estriados proposta por Deleuze e Guattari (1997). Enquanto no espaço

---

[47] Para um maior detalhamento dos "aglomerados" em sua associação (relativa) aos processos de precarização territorial, ver o capítulo 7 deste livro.

estriado enfatiza-se a linha entre dois pontos e os trajetos ficam subordinados a esses pontos, no espaço liso destaca-se o ponto entre duas linhas, pois os pontos (ou os "hábitats") estão subordinados aos trajetos, aos percursos ("o vetor vestimenta-tenda-espaço do fora nômade"). No primeiro, "a parada induz ao trajeto", enquanto no segundo "é o trajeto que provoca a parada" (Deleuze e Guattari, 1997:185). A linha passa de distância entre pontos ("lugares", poderíamos dizer) a direção, vetor (sempre indicando, mais que novos pontos, novos rumos ou trajetos). Enquanto no espaço liso há uma "conformação do espaço do dentro ao espaço do fora", no espaço estriado é o oposto, o espaço de fora conforma-se ao espaço de dentro.

Assim, por analogia, na lógica zonal se enfatizam as interações internas, na lógica reticular se privilegiam as conexões exteriores. É por isso que Deleuze e Guattari consideram que "o espaço liso dispõe sempre de uma potência de desterritorialização [de saída de um território] superior ao estriado" (p. 187) e que talvez seja necessário afirmar que "todo progresso se faz por e no espaço estriado, mas é no espaço liso que se produz todo devir" (p. 195).

Se levarmos em conta esse duplo movimento de fechamento e abertura, fixação e fluidez, retração e expansão, poderemos diferenciar essas duas lógicas, em primeiro lugar, através dos sujeitos que as acionam. O capital, por exemplo, enquanto relação social comandada pelos detentores dos meios de produção, *tende* mais a defender e a promover a abertura (de mercados, especialmente), a fluidez e a circulação (de produtos e informações), enquanto o Estado *tende* a delimitar e circunscrever fluxos, fechar circuitos e restringir, ou pelo menos direcionar, a circulação (como faz hoje com a força de trabalho, por exemplo).

Conforme já comentado no capítulo 2, Arrighi (1996) interpreta o confronto entre a dinâmica do capital (espaço econômico) e a "organização relativamente estável do espaço político" a partir de dois "modos opostos de governo ou de lógica do poder", duas estratégias geopolíticas que, de modo controverso, denominou de "capitalismo" e "territorialismo". De forma análoga ao que aqui estamos denominando de lógicas reticular e zonal, o autor fala de "espaço-dos-fluxos" e "espaço-dos-lugares":

> (...) *historicamente, o capitalismo, como sistema mundial de acumulação e governo, desenvolveu-se simultaneamente nos dois espaços. No*

espaço-de-lugares (...) ele triunfou ao se identificar com determinados Estados. No espaço-de-fluxos, em contraste, triunfou por não *se identificar com nenhum Estado em particular, mas por construir organizações empresariais não territoriais* [em rede] *que abrangiam o mundo inteiro* (Arrighi, 1996:84, destaque do autor).

Nessa trama complexa e historicamente mutável de delimitação ou contenção por área e de fluidez ou conexão por redes, podemos distinguir assim lógicas de *dominância* zonal e de *dominância* reticular que participam de processos ao mesmo tempo de ordenamento e de desordenamento territorial. Ambas, portanto, podem ter efeitos contraditórios, redefinindo fixações e desenraizamentos, inclusões e exclusões, confinamentos e expansões, continuidades e descontinuidades.

O debate sobre o pensamento espacial através de áreas ou zonas inclui assim, também, a discussão sobre as relações de continuidade ou face a face, a proximidade ou o estar lado a lado, a distinção escalar na composição dessas áreas e a relativa homogeneidade que os espaços zonais, de alguma maneira, implicam. Partimos do pressuposto de que, ao mesmo tempo que se ampliam e fortalecem os vínculos a distância, em rede, aparece cada vez mais clara a especificidade e, por isso mesmo, a relevância dos laços zonais de contiguidade, do lado a lado, da copresença e da proximidade. Como já afirmava Milton Santos:

(...) a proximidade que interessa ao geógrafo (...) não se limita apenas a uma mera definição das distâncias; ela tem que ver com a contiguidade física entre pessoas numa mesma extensão, num mesmo conjunto de pontos contínuos, vivendo com a intensidade de suas inter-relações (p. 255) (...) porque a contiguidade é criadora de comunhão, a política se territorializa, com o confronto entre organização e espontaneidade (Santos, 1996:258).

Embora a lógica zonal não implique, obrigatoriamente, proximidade, pois pode corresponder a áreas de grande extensão física, e que a proximidade possa se dar também privilegiando uma lógica espacial reticular, é evidente que um dos pressupostos recorrentes da maior proximidade é, se não a continuidade, pelo menos a contiguidade espacial. Consideremos, portanto, a partir da agora, a relevância, hoje, da lógica zonal nesse sentido mais estrito e local, aquele que envolve a contiguidade espacial, o estar próximos, lado a lado.

A principal questão que se coloca, então, é o sentido da lógica zonal de recorte e/ou articulação efetiva do espaço no contexto geográfico contemporâneo, reconhecida através de sujeitos sociais específicos, da relevância e das limitações do seu caráter potencialmente integrador/articulador e de contiguidade espacial.

Trata-se, portanto, de reconsiderar, em sua complexidade, a lógica zonal e a contiguidade como elementos (ainda) relevantes no entendimento da des-ordem espacial do nosso tempo. A lógica zonal de construção — e de leitura — do espaço tornou-se, de certo modo, melhor percebida, hoje, na medida em que cresceu o contraste e, assim, ficou mais visível sua especificidade com relação à lógica dominante, de caráter reticular. Em geral, é quando uma determinada característica passa a ser "desafiada" pela proeminência de outra que suas propriedades se tornam mais visíveis, e a especificidade de seu papel e/ou função pode se tornar mais evidenciada.

Limites da lógica zonal na ação política hegemônica

Esse papel da contiguidade precisa ser rediscutido, especialmente quando lembramos que o Estado, ainda que reconfigurado (caso, por exemplo, de uma parcela da América Latina) e sempre privilegiando determinadas escalas, é o principal sujeito a promover ações pautadas nessa lógica. Mesmo num sentido mais geral, podemos afirmar que, em menor ou maior grau, conforme o contexto geográfico, o Estado continua pautando suas políticas territoriais e/ou regionais (mesmo aquelas setoriais) em termos de espacialidades zonais e, muitas vezes, contíguas.

No caso brasileiro — e dos Estados, em nível mais geral (como veremos em maior detalhe no próximo capítulo) —, é evidente que muitas são as políticas propostas envolvendo delimitações claramente zonais. E não apenas nas políticas mais amplas de ordenamento territorial, também em políticas mais específicas, como aquelas que se voltam diretamente para grupos subalternos, como no caso dos povos tradicionais, que serão abordados no próximo item.

Várias políticas do governo federal brasileiro demonstram ainda essa preocupação em trabalhar a partir de áreas bem delimitadas, ainda que descontínuas, como, por exemplo, no Programa de Mesorregiões (PROMESO) do Ministério da Integração Nacional, focalizado apenas sobre algumas áreas do território consideradas como "mesorregiões" mais problemáticas. Vale lembrar que, se há um sujeito social que deveria promover uma ação integrada (e "contínua") no espaço, esse é o Estado, especialmente através de seus instrumentos de planejamento. Milton Santos (1999), acionando a polêmica noção de "totalidade" (aqui no sentido mais simples de "conjunto"), destacava que "o planejamento estatal, o planejamento regional não são planejamentos do espaço (...) na prática (...), o que é muito grave, porque não consideram a totalidade dos atores, a das instituições, a das pessoas e a das empresas" (p. 10); ou que "nunca houve um esforço para pensar a ideia de território como um todo, território da nação, território do país, território como totalidade" (p. 19).

Para considerar um exemplo mais concreto, envolvendo um projeto do qual participamos, tomemos a redefinição da política territorial para a faixa de fronteira proposta pelo Ministério da Integração Nacional, na metade da década de 2000.[48] Na proposta de regionalização, contínua/contígua, demandada pelo ministério, enfrentamos como primeiro dilema a configuração zonal do espaço político-administrativo nacional e, ao mesmo tempo, a definição, arbitrária e também zonal, da chamada faixa de fronteira, definida desde 1979 como a área contínua até 150 quilômetros a partir da linha limítrofe internacional do país.

Pela análise do Mapa 1, referente aos municípios pertencentes à Faixa de Fronteira, tal como configurada a malha municipal em 2003, pode-se perceber a incongruência entre três lógicas geográficas zonais em jogo: a da divisão político-administrativa municipal, a da proposição, também pelo Estado, de um território definido como faixa de fronteira, e a da regionalização a partir daí demandada, que deveria resultar igualmente em espaços zonais, contíguos e contínuos, a partir da divisão da faixa de fronteira (ou, como acabamos preferindo, do agrupamento municipal).

---

[48] Trata-se do Programa de Desenvolvimento da Faixa de Fronteira, de cuja proposta de reestruturação participamos, juntamente com o Grupo Retis, dirigido pela geógrafa Lia Machado (UFRJ). O resultado foi divulgado na forma de livro, publicado em 2005, e se encontra disponível on-line em: http://www.mi.gov.br/publicacoes/programasregionais/livro.asp.

VIVER NO LIMITE

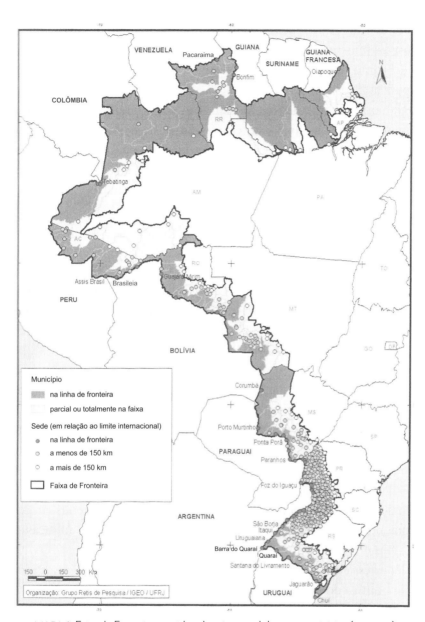

MAPA 1. Faixa de Fronteira considerada a área total de seus municípios (em 2003).

Um dos dilemas enfrentados por toda regionalização que depende de dados estatísticos é que eles são obtidos e divulgados fundamentalmente a partir da base em unidades municipais. Fomos obrigados, assim, a considerar a totalidade da área dos municípios, mesmo aqueles que se situavam apenas parcialmente dentro na faixa de 150 quilômetros a partir da linha fronteiriça (em municípios da Amazônia, fica evidente em muitos casos um acréscimo de distância que equivale a mais que o dobro da estabelecida para a faixa de fronteira). Essa foi a base cartográfica para o processo de regionalização que não só teve que abstrair grande parte das relações com municípios fora da Faixa, como não pode priorizar, sobretudo no mapeamento final, a lógica reticular, dominante na organização do espaço geográfico, especialmente através das principais articulações urbanas (consideradas, entretanto, ao longo do texto e em outros mapas).

É claro que a análise textual e a construção de mapas mais setoriais ajudam, e muito, a superar essas limitações formais da regionalização-síntese, final, mas fica uma certa frustração por não podermos desenvolver plenamente proposições conceituais que valorizam, sobremaneira, os fluxos e conexões na configuração espaço-regional. Nesse sentido, os elos transfronteiriços, em muitos casos, são fundamentais, sobretudo a partir dos vínculos promovidos pelas migrações internacionais (com a presença, em alguns casos maciça, de brasileiros do outro lado da fronteira), pelos circuitos econômicos (legais e ilegais) e pelas cidades gêmeas (muito bem trabalhadas em outros projetos do Grupo Retis, ao qual estivemos ligados no decorrer desse trabalho).

Por outro lado, essas restrições operacionais, em geral justificadas pelos objetivos da regionalização e seu caráter político, ligada ao planejamento ("região normativa", tal como definimos em Haesbaert, 2010a), ajudaram-nos a atentar para o papel, ainda visível, da dimensão espacial zonal na elucidação de alguns processos sociais, ou pelo menos enquanto instrumento indispensável na elaboração de determinadas políticas com pretensões de intervir no espaço de maneira integrada.

Além dessa perspectiva integradora, prevalecente em diversas escalas da ação política do Estado, temos, agora enfatizando escalas mais restritas, as características da contiguidade e da proximidade espaciais, também implícitas ao privilegiarmos a lógica zonal de organização do espaço. Mesmo sem entrar na polêmica valoração positiva da proximidade, como faz Milton Santos —, até porque ela, como a própria organização zonal do espaço, não é boa ou má em si mesma, é impossível não reconhecer que a contiguidade e a copresença (ainda) se constituem em fatos muito relevantes para a realização de um expressivo conjunto de práticas sociais, inclusive no âmbito de processos considerados como os mais globais e "em rede", como aqueles que envolvem as relações capitalistas hegemônicas.

Desse modo, o debate no âmbito da economia contemporânea tem gerado interessantes argumentos. Storper e Venables (2005) trabalham sobre o que eles denominam o "burburinho" das cidades, através da diversidade e da proximidade dos contatos, favorecidos pela economia de aglomeração dos grandes centros urbanos, e que estimulariam a própria criatividade. Isso já era reconhecido, ainda nos anos 1960, por Jane Jacobs, mas agora, em uma economia moldada mais do que nunca pela informação e a busca capitalista por inovação, adquire um outro caráter. A importância dos contatos diretos levaria, por exemplo, ao "reconhecimento de que a concentração geográfica leva a transbordamentos de informação que têm algo a ver com inovações tecnológicas que aumentam a produtividade" (Storper e Venables, 2005:31).

Pecqueur e Zimmermann (2005), na mesma linha de raciocínio, afirmam que "a proximidade geográfica concorre para a produção de externalidades favorecendo a inovação", o que teria sido demonstrado pelos "distritos" da indústria italiana, que repousam sobre comunidades historicamente articuladas. Ali, "uma aprendizagem coletiva" se dá "à base da solidariedade familiar e da coabitação, inscrita no longo prazo" (p. 96). O "face a face", nesse caso, "se alimenta da história comum do conjunto de atores", aumentando a soma de esforços e a confiança. Um exemplo muito nítido dessa espécie de recurso espacial econômico fica evidente nas "apelações de origem controlada", onde todo um conjunto contínuo de características locais/regionais — como condições de clima e solo, no caso da viticultura — é acionado em prol de vantagens competitivas moldadas por essa especificidade geográfico-cultural e, de certa forma, também histórica (pela memória e as "tradições" do grupo).

Pode-se afirmar que por trás dessa revalorização de espaços contínuos, ou melhor, de proximidade e copresença, encontra-se também a (hiper) valorização da dimensão cultural na economia capitalista contemporânea. Ela é responsável pela reelaboração de imaginários ou de conjuntos simbólicos que incorporam leituras homogeneizantes, voltadas à construção de identidades ("continuidades/homogeneidades") capazes, por exemplo, de promover/vender um espaço como se ele fosse dotado de características homogêneas e contínuas em toda a sua extensão.

Um exemplo muito interessante é aquele analisado por Massey et al. (1998) para a Inglaterra quando, durante o governo neoliberal de Margaret Thatcher, produziu-se a imagem de uma nova região pretensamente (pelo menos a nível simbólico) "homogênea", o Sul da Inglaterra, a fim de estimular a vinda de investimentos ligados aos setores de alta tecnologia. O resultado, entretanto, concretamente, foi a fragmentação, com o fortalecimento do que os autores denominaram "região com buracos", uma teia articulada e integrada aos circuitos da economia global que deixou de lado diversas áreas de algum modo excluídas dessas redes de grandes investimentos.

Contradições e potencialidades em estratégias territoriais subalternas zonais

Obviamente, não são apenas os grupos hegemônicos que re-constroem estratégias — e reordenam territórios — em função de uma lógica espacial de dominante zonal. Podemos mesmo afirmar que perceber e vivenciar o espaço em sua continuidade/contiguidade e de modo a nela buscar integrar suas diferentes dimensões (sociocultural, política, econômica e mesmo físico-natural) é muito mais uma prerrogativa de grupos subalternos que de grupos dominantes. Que o digam as ações territoriais dos chamados povos tradicionais no Brasil, em luta, com ou sem o aval do Estado, pela definição de zonas de utilização comum, claramente delimitadas.

É verdade que a maior parte dos povos tradicionais — pesquisas feitas por historiadores mostram claramente isso — não tinha, no passado, delimitações rígidas em seus territórios de reprodução enquanto grupo. Mesmo os quilombos, vistos às vezes de maneira simplista como espaços fechados e de delimitações claras, na verdade não eram territórios simplesmente fechados, sequer isolados, pois mantinham toda uma articulação, ainda que seletivamente velada, com seu entorno. Entre os indígenas brasileiros também é impossível fazer uma afirmação genérica de que possuíam territórios bem delimitados, com separações rígidas entre nações ou etnias. Alguns, marcados mesmo por um nomadismo mais pronunciado, como os guaranis m'bya, ainda hoje tentam manter suas territorialidades mais na forma de territórios-rede, descontínuos, do que de territórios-zona bem demarcados, como acaba lhes sendo imposto pelo Estado.

Assim, muitas das zonas definidas e juridicamente reconhecidas como áreas indígenas, antigos quilombos ou outros espaços de uso comum e exclusivo de determinados povos tradicionais reforçam uma lógica zonal de ordenamento territorial (amplamente subordinada à legitimação estatal) que, para muitos, pode parecer um contrassenso ou estar na contramão de um mundo cada vez mais marcado pelas relações em rede e pela mescla de culturas e identidades.

A maioria dessas áreas alia um complexo jogo de poder em que é fundamental a luta pelo reconhecimento e legitimação de suas territorialidades com o fortalecimento da relação cultural intragrupo(s). Em muitos casos (especialmente o dos indígenas), retrabalha-se uma relação específica com a natureza, não apenas no sentido do domínio sobre seus recursos materiais, mas também em termos de sua apropriação simbólica.

É claro que, em nível mundial, grupos sociais que ainda mantêm uma relação forte e mutuamente correspondente com as condições naturais das áreas em que se situam, são relativamente restritos. Entretanto, cada vez mais, o acirramento das questões ambientais está levando o ordenamento territorial a repensar essa relação e sua relevância. Não é à toa que a manutenção de muitos desses grupos tradicionais em áreas bem delimitadas não é apenas o produto de uma luta dos próprios grupos subalternos, mas constitui parte também — e às vezes de forma decisiva — de iniciativas do próprio Estado e, em certos casos, até mesmo do interesse de grandes corporações econômicas e ONGs que almejam "preservar" (para seu amplo benefício, se não atual, pelo menos futuro) o manancial biogenético/biodiverso ali acumulado.

Como afirma Lifschitz (2011), trata-se de "neocomunidades" muitas vezes induzidas por políticas públicas, numa "paradoxal junção entre modernidade tardia e recriação de identidades arcaicas" (p. 16), seja o que for que entendermos por "identidades arcaicas". Essas "neocomunidades" seriam sempre territorializadas em espaços "onde se atualizam questões como a ancestralidade, parentesco, cultura material e proximidade face a face, mas em contextos relacionais que reconfiguram a relação entre interior e exterior" (Lifschitz, 2011:91).

Não se trata mais, portanto, da clássica visão comunitária — e territorial — que estabelece uma separação clara entre "nós" e os "outros" em territórios rigidamente delimitados. Isso é ao mesmo tempo uma vantagem e um dilema, pois também não são territórios que estão ao abrigo dos múltiplos interesses político-econômicos hegemônicos, seja da grande empresa (o agronegócio e a exploração de recursos naturais), seja do Estado (no estabelecimento de infraestruturas como estradas e hidrelétricas ou de bases militares). Assim, enquanto unidades culturais, ao mesmo tempo que podem garantir um mínimo de "segurança" dos laços sociais (tanto em termos materiais quanto simbólicos), podem mergulhar em iniciativas voltadas para a cultura como "recurso econômico" e em políticas de patrimonialização, com sua dupla condição de resistência/conservação e de abertura para a incorporação em circuitos turístico-empresariais exploradores.

Nesse caso, também se desenha outra ambivalência, aquela entre o tradicional e o moderno. Modernidade e tradição, aí, aparecem imbricadas, de tal modo que "agentes modernos operam nas formas organizativas, materiais e simbólicas de comunidades tradicionais para reconstruir territórios, práticas e saberes a partir de técnicas e epistemes modernas" (Lifschitz, 2011:102), podendo tanto práticas tradicionais serem acionadas por agentes modernos quanto o contrário — agentes tradicionais acionarem práticas modernas. Tratar-se-ia, segundo o autor, de uma realização — e não simplesmente de uma resistência — da tradição pela modernidade. Jogam um papel fundamental, nesse caso, os chamados mediadores, como pesquisadores universitários e organizações não governamentais.

Conjugam-se aí dinâmicas de contenção territorial (ver discussão no capítulo 8 deste livro) com (contra)lógicas subalternas de dominância zonal. Nesse caso, como já foi ressaltado no capítulo anterior, as zonas às quais são relegados muitos grupos "tradicionais", que à primeira vista parecem ser simplesmente sua conquista, são também e, sobretudo, resquício ou sobra da devastação brutal que o colonialismo promoveu em território americano. Nesse sentido, também podem ser vistas como formas de contenção territorial, na medida em que, deliberadamente ou não, contêm a expansão geográfica desses grupos e tentam confiná-los em áreas muitas vezes periféricas e/ou extremamente precarizadas. Não é à toa que, "biopoliticamente", entre grupos mais ameaçados, como muitos grupos indígenas, aparecem ao mesmo tempo estratégias de ampliação numérica (com crescentes índices de natalidade em algumas áreas) e de autodestruição (como os suicídios entre os guaranis kaiowás).

A política estatal voltada para a definição de territórios-zona claramente estabelecidos para os povos tradicionais carrega assim uma grande ambiguidade. Ao mesmo tempo que é resultado da luta e representa uma conquista para esses grupos, em seus processos de resistência, deve também ser vista envolvida numa longa dinâmica de expropriação e expulsão em que essas áreas acabaram se tornando "resíduos", relegando esses grupos a territórios em situação de grande precariedade e, muitas vezes também, de isolamento.

Uma das características da lógica espacial zonal é que ela implica ou favorece a leitura do espaço a partir de sua (sempre relativa) homogeneidade. Isso aparece de forma nítida quando os povos tradicionais são obrigados a reconhecer uma ligação biunívoca entre sua constituição identitária enquanto grupo e a delimitação concreta do território onde vivem. A luta pela definição de territórios juridicamente reconhecidos envolve assim uma reconstrução identitária, envolvida na própria legislação que, pelo menos em determinado momento, força o grupo a uma definição clara entre eles e "os outros", definição a partir da qual será traçada sua delimitação territorial. Assumidas e/ou atribuídas, essas identidades estão imersas no jogo político pelo estabelecimento de uma área geográfica bem delimitada e pretensamente uniforme em suas bases culturais.

Numa sociedade em que tanto se fala em fortalecimento do hibridismo e das trocas culturais, a definição clara de territórios por uma base étnica pode parecer paradoxal. A pretensa homogeneização cultural desses territórios deve ser vista como uma etapa dentro de uma luta mais ampla em que essa aparente "essencialização" identitário-territorial (ou uma "essencialização estratégica", nos termos de Spivak, 2010) se relaciona basicamente com o momento do reconhecimento jurídico, pelo Estado, do território do grupo. O mais importante é perceber que os territórios dos povos tradicionais são também uma conquista desses grupos e que, ainda que indiquem certa separação étnico-cultural, muitas vezes representam a única perspectiva viável para a manutenção do grupo enquanto tal. Além disso, é claro, implicam outra conquista que é a subversão da lógica produtivista e privatista da terra e a instituição do seu usufruto coletivo. Pelo lado socioeconômico, trata-se de espaços relativamente vastos (principalmente na região amazônica) que estão vedados à apropriação privada e que, pelo menos em tese, são de usufruto comunitário, exclusivo desses grupos sociais.

Esse exemplo foi colocado de modo a evidenciar as contradições e ambiguidades dentro desse processo de definição de territórios-zona enquanto uma prática política não só feita e voltada para os grupos hegemônicos, mas também dos/para os grupos subalternos. As lógicas espaciais zonais, especialmente através de sua característica de homogeneidade e contiguidade, precisam ser rediscutidas, e não simplesmente para estabelecer um rearranjo das dinâmicas socioespaciais hegemônicas. Elas devem ser repensadas, sobretudo em relação às práticas dos grupos subalternos com os quais estamos mais diretamente comprometidos.

Nesse sentido, ainda que de maneira breve, vale a pena abordar outro exemplo, de caráter mais local, o dos conselhos comunais na Venezuela, onde a imbricação entre Estado e movimentos subalternos de resistência é ainda mais íntima. Ali, a iniciativa dos "conselhos" partiu da própria figura do Estado, valorizando como base de articulação a contiguidade espacial em nível de bairro, pretensamente garantidora de uma maior *comum-união* de baixo para cima.

Os conselhos comunais venezuelanos, fomentados durante o governo Chávez, revelam uma tentativa, com base numa repartição zonal do espaço, de organizar o chamado "poder comunal", ainda que subordinado a uma nova "geometria do poder" (dita popular) em múltiplas escalas — no que se alegou ser uma "comunalização do Estado". Fomentou-se assim uma autodelimitação geográfica das comunas através de assembleias de cidadãos e cidadãs com acesso a imagens/mapas por meio digital, respeitadas suas especificidades e sua base populacional.

Marcano (2009) vê os conselhos comunais como:

> *instâncias político-territoriais de base, que vinham se organizando desde fins de 2005, para conformar novos territórios governados política, social, econômica e administrativamente por federações de conselhos comunais agrupados em uma confederação nacional, como elementos do poder popular constituinte que substitui o ordenamento político territorial vigente* (Marcano, 2009:75, tradução livre).

Trata-se de áreas definidas de modo a garantir maior poder às "comunas", pautadas (teoricamente, pelo menos) pelo "diálogo de saberes, autonomia coletiva, comunidade organizada em movimentos, sustentabilidade e poder popular como Estado". Um elemento fundamental, aí, em sintonia com o valor dado à cultura na atualidade, é a menção à mudança nas subjetividades e a "consciência governamental do povo" (p. 76). Era ressaltada também a necessidade de fortalecimento e expansão do caráter contíguo da iniciativa.

Massey (no prelo) problematiza a forma de proposição/organização dos conselhos comunais, destacando, por exemplo: a forte hierarquização ainda presente, centralizada na figura do presidente; os mecanismos de reconhecimento dos conselhos; o seu controle e o papel da empresa petrolífera nacional (de onde provém a maior parte dos recursos); as distintas temporalidades que envolvem a organização popular e as decisões governamentais e a necessidade de uma profunda (e demorada) transformação cultural, de mentalidade (passando de um caráter mais paternalista/populista para uma efetiva participação na tomada de decisões).

Gostaríamos de enfatizar sua crítica à base espacialmente zonal e "indivisível" dessa política que, podemos deduzir, a partir do ponto de vista da autora deve ser tomada como um momento — importante, sem dúvida, mas específico, no conjunto das estratégias de luta. Massey aponta que vários outros movimentos não têm na base territorial (zonal) o fundamento de sua articulação, dando como exemplos o movimento feminista e o movimento estudantil. Ela cita o próprio documento da prefeitura de Caracas, que assinala "a comunicação em rede" como garantidora da "produção do comum".

Sobre o caráter proposto como "indivisível" desses territórios, Massey afirma que "são indivisíveis no sentido de ser a menor unidade territorial nessa estrutura política". Contudo, não são indivisíveis no sentido do potencial interno de divisões políticas que carregam. Não se pode, assim, definir "comunidade" como "o conjunto de pessoas que ocupam uma área geográfica determinada, com características culturais homogêneas, com interesses e práticas comuns, com um nível de coesão interna que se mantém por laços de solidariedade, pertencimento e cooperação", como diz a *Serie Ensayos* da prefeitura de Caracas (p. 30). A partir da perspectiva das geometrias de poder, diz Massey, o espaço é:

> *uma complexidade de relações (fixos e fronteiras; territórios e vínculos), e isso implica que não há nenhum território geográfico coerente (homogêneo)*

nem fechado. Ao contrário, cada lugar é um nó [mais ou menos, eu acrescentaria] *aberto de relações. (...) a "identidade" de cada lugar é produto de negociação, conflito, contenda entre grupos distintos — grupos com interesses materiais e posições social e política distintas. Cada lugar, segundo o entendimento das geometrias de poder, é uma associação sociopolítica negociada/ disputada* (Massey, no prelo, p. 5, tradução livre).

Se não existem coesões zonais efetivas, como em muitas propostas do poder estatal hegemônico, a espacialidade zonal pode pelo menos ser mobilizadora através da ênfase a um imaginário diferencialmente instituído (uma espécie de "viver comum" pelo espaço). Nesse sentido, os conselhos comunais venezuelanos têm uma proposta interessante quando delegam aos próprios cidadãos o estabelecimento de seus limites (na prática, entretanto, com níveis muito distintos de participação popular). Uma vez instituídos, contudo, correm o risco do engessamento em identidades internamente homogêneas e da estabilização por longo tempo.

Permanecem, assim, outros dilemas. Como articular as questões e os interesses zonalmente situados/delimitados (ou como resolver essas questões pela sua circunscrição zonal, ainda que em múltiplas escalas, mas que acabam por ser sempre "encaixadas") com aqueles que se organizam em rede, não delimitáveis zonalmente, e que estão para além do caráter da contiguidade espacial? O trânsito entre fronteiras ou uma espécie de transterritorialidade revela-se fundamental, aqui, num jogo entre fechamento e abertura, delimitação e ultrapassagem de limites.

É muito importante, assim, indagarmo-nos a respeito de até que ponto determinadas questões político-espaciais podem ser resolvidas — e quais estratégias podem/devem ser articuladas — priorizando espaços de dominância zonal e quais aquelas que envolvem fundamentalmente espaços reticulares — espaços que, embora nunca dissociados, podem sempre ser lidos e (politicamente) retrabalhados através de suas respectivas especificidades.

A lógica zonal e seus des-dobramentos

Se a leitura do espaço centrada na lógica zonal é uma marca das abordagens geográficas mais tradicionais, ela em hipótese alguma desaparece nos estudos (e também nas práticas) contemporâneos, responsáveis pela análise de um mundo muito mais marcado pela fluidez e pelas redes. Quando falamos de lógica zonal no entendimento do espaço, inseparável de uma lógica reticular e de momentos de "ilógica" ("aglomerado") espacial, devemos atentar para três ênfases possíveis, vendo essa lógica, sobretudo:

- enquanto instrumento de análise: a necessidade, para o investigador, de delimitar áreas ou extensões geográficas enquanto instrumento operacional para sua investigação (em outras palavras, uma regionalização em termos zonais);
- enquanto instrumento normativo ou de ação política no reordenamento territorial hegemônico: como no planejamento estatal que toma como fundamento as divisões por áreas ou zonas administrativas;
- enquanto prática política e realidade efetiva no cotidiano dos grupos subalternos: muito mais complexa, pois envolve não só as formas físico-materiais do espaço, mas também o seu conteúdo simbólico e vivido.

Não podemos esquecer que o ato de traçar limites, de definir zonas ou áreas é sempre, simultaneamente, um ato do pensamento, conceitualizando fenômenos que acabam sendo separados para efeito de análise, e um ato concreto, efetivo, como quando, a partir daí, por exemplo, construímos uma cerca ou um muro — sem falar, como veremos mais à frente neste livro, do sentido inverso: as múltiplas implicações simbólicas advindas dessas divisões materiais.

Uma constatação elementar é que, concretamente, o espaço nunca pode ser visto apenas na perspectiva de suas áreas ou zonas, sob o risco de uma visão ultrassimplificada do espaço como espaço-superfície, absoluto. Isso não significa, entretanto, que possamos prescindir de certas delimitações zonais, seja em nossas práticas políticas, seja em nossos mecanismos de investigação. Mais do que nos perguntarmos sobre a "realidade" desses recortes, devemos nos indagar para que servem — o que fazemos com eles — e/ou quais os seus efeitos, especialmente políticos. De qualquer forma, sabemos que essas delimitações se revelam necessárias, seja para o entendimento de um "real" que, de outra forma, poderia se tornar incompreensível, seja para intervenções concretas que, de outro modo, poderiam se tornar irrealizáveis.

A leitura e as próprias práticas políticas que assumem o caráter zonal do espaço implicam a consideração de múltiplas propriedades, destacando-se, como vimos neste capítulo, a definição mais clara de um dentro e um fora, a relativa homogeneidade interna à "zona" considerada e, especialmente no caso de escalas mais locais, o princípio da continuidade e/ou da contiguidade espacial. Embora amplamente questionadas num mundo cada vez mais (des)organizado pela lógica das redes, essas propriedades, como vimos, acabam revelando, agora de forma mais nítida, as suas especificidades.

Jamais defenderíamos, entretanto, uma abordagem zonal do espaço que o definisse (e pretendesse delimitá-lo) de forma estritamente horizontal, "em superfície", com limites e um "dentro" e um "fora" claramente distinguíveis. Nesse sentido, a metáfora-conceito da "dobra", tão cara a Gilles Deleuze (1991), pode ser bastante oportuna. A identificação/delimitação de zonas ou áreas significa o reconhecimento não apenas de uma (sempre relativa) homogeneização interna, mas também de uma diferença com o que está fora ou do outro lado (e que, portanto, também faz parte de sua própria definição), ou seja, é também a manifestação de uma multiplicidade como se fosse, mais do que uma linha limítrofe, uma "dobra".

Para Deleuze, "o múltiplo é não só o que tem muitas partes, mas o que é dobrado de muitas maneiras" (p. 14). Para esse autor, "a ciência da matéria tem como modelo o origami" (a arte de dobrar o papel) e, reportando-se a Leibniz, ressalta que, mesmo partes efetivamente distintas de matéria podem ter o caráter de entidades inseparáveis. Deleuze afirma ainda que, enquanto "um organismo define-se por dobras endógenas", "a matéria inorgânica tem dobras exógenas, sempre determinadas de fora ou pela vizinhança" (pelas relações de contiguidade, poderíamos acrescentar) (1991:20).

Tal como ressaltamos diversas vezes, falar em lógica zonal não implica, como nos enfoques mais tradicionais, uma visão homogeneizadora, mais fechada e estática do espaço. Resistência ou fixação e flexibilidade ou fluidez, em maior ou menor intensidade, são propriedades indissociáveis de qualquer espaço. Em outros termos, podemos afirmar, os corpos têm sempre algum grau de elasticidade ou de maleabilidade.

A luta concreta implica que cada grupo ou classe social tenha a capacidade, a autonomia e a liberdade para abrir ou fechar (em outras palavras, bem ou mal delimitar) seu território quando assim o julgar necessário. Talvez pudéssemos afirmar que o território efetivamente autônomo seria aquele em que temos efetivo poder para abri-lo e/ou fechá-lo quando assim, livremente, decidirmos, sem que isso afete negativamente a vida daqueles que estão a seu redor.

Milton Santos falava em "distinguir lugares pela sua capacidade inata de produzir mais ou menos solidariedade" (1999:24), ao que poderíamos acrescentar sua capacidade de resistência conjunta, sua comum-unidade de luta. É nesse sentido que devemos olhar com mais cuidado para o espaço enquanto contiguidade e resgatar, sob novas bases, muito mais complexas, as "horizontalidades" (como diria Milton Santos) da organização social e da ação política. Sem esquecer que cada mirada horizontal se imbrica com outras tanto no sentido vertical, da articulação escalar, quanto da própria horizontalidade, nas "dobras" com outras zonas/áreas que a ela parcialmente se somam.

Como podemos perceber, há um rico caminho a percorrer nesse debate. As evidências aqui apresentadas em maior detalhe, como a que envolve o peso da proximidade e dos contatos face a face nas relações econômicas ou a força das unidades de vizinhança, contíguas, em iniciativas de reordenamento político-territorial, evidenciam a multiplicidade de questões que podem ser abordadas a partir de uma releitura do espaço na perspectiva da lógica zonal, especialmente quando se trata de escalas mais restritas.

Às vezes menosprezada em abordagens que sobrevalorizam a lógica reticular e a fluidez, a perspectiva zonal do espaço continua firme. O mais importante é tentar sempre superar as leituras dualistas, dicotômicas, ainda predominantes: espaços reticulares como domínio da fluidez e da transformação, espaços zonais como domínio da fixação, da homogeneidade e da conservação. Como se não houvesse redes (e "circuitos") fechadas, e como se uma zona não pudesse ser dotada de mobilidade. A propósito, é preciso reconhecer que, cada vez mais, áreas inteiras são passíveis de deslocamento — desde fenômenos físico-naturais de grande magnitude que envolvem "movimentos de massa" — termo que hoje pode ver consideravelmente ampliado seu sentido — até construções humanas, objetos ("zonas") móveis de superfície cada vez maior, como aviões para 800 pessoas e projetos de cidades marítimas flutuantes para milhares de habitantes.

Demonstramos, assim, a relevância, ainda hoje, da lógica zonal, ao mesmo tempo em sua especificidade e em sua interação com a lógica reticular, especialmente no que se refere às suas características de proximidade e contiguidade na construção dos espaços sociais, sobretudo a nível local. Acrescentando ainda que, numa perspectiva integradora entre as lógicas zonal e reticular, não devemos apenas reconhecer que "redes articulam zonas", mas que as próprias zonas se articulam também por suas dobras — ou, se quisermos, para enfatizar o movimento, por seus des-dobramentos. Quanto a essa questão, fica o estímulo para um maior aprofundamento — e o fortalecimento da pesquisa empírica — em outros trabalhos.

5
O TERRITÓRIO E A NOVA DES-TERRITORIALIZAÇÃO DO ESTADO[49]

> *Sabe-se que fascínio exerce hoje o amor ou o horror ao Estado, sabe-se quanta atenção as pessoas dedicam ao nascimento do Estado, à sua história, à sua progressão, ao seu poder, aos seus abusos.*
> *(...) um Estado de governo [é] definido (...) por uma massa: a massa da população, com seu volume, sua densidade, com, é claro, o território no qual ela se estende, mas que de certo modo não é mais que um componente seu. E esse Estado de governo, que tem essencialmente por objeto a população e que se refere [a] e utiliza a instrumentalização do saber econômico, corresponderia a uma sociedade controlada pelos dispositivos de segurança.*
>
> (Foucault, 2008a:144-146)

Como ressaltamos no capítulo anterior, algumas proposições nas últimas décadas indicaram que a presença crescente do chamado "mundo virtual" e/ou em rede deu outro destaque e salientou

---
[49] Este capítulo corresponde a uma ampla revisão e ampliação de artigo com o mesmo título, publicado em Dias, L. e Ferrari, M. (org.), "Territorialidades humanas e redes sociais" (Florianópolis: Insular, 2011).

especificidades do mundo "efetivo", "material" (como o próprio contato face a face), que antes não eram tão evidentes. Assim, figuras políticas chave, como a do Estado-nação, viram algumas de suas prerrogativas, sobretudo aquelas vinculadas à soberania territorial, colocadas em cheque frente à fluidez das trocas, especialmente aquelas de caráter informacional. Entretanto, o aparato estatal e a territorialidade que lhe é inerente também demonstram que ainda podem, de algum modo, reforçar o controle principalmente sobre os fluxos materiais, se não o de mercadorias, que a globalização neoliberal propôs atenuar, pelo menos o da força de trabalho e seus componentes culturais (em especial étnico-religiosos). É dessa crise espaço-temporal e desses novos-velhos papéis des-reterritorializadores do Estado que, ainda que de forma sintética, pretendemos tratar aqui. E para falar de des-territorialização do Estado é importante que comecemos por retomar algumas discussões conceituais.

O território, como já vimos, deve ser abordado dentro de um amplo *continuum* desde os territórios de caráter mais material-funcional até aqueles com maior carga simbólica. No primeiro caso, eles estariam vinculados tanto aos efeitos concretos de relações de poder e ao controle da mobilidade via fortalecimento de limites (ou "fronteiras"), quanto a determinados circuitos de produção, circulação e consumo, que têm enorme relevância, hoje, em termos de controle territorial. No segundo caso, o "controle" (como o poder em sentido amplo) se exerceria no campo do vivido e dos simbolismos — indissociáveis na visão de espaço de Lefebvre.[50] Isso é muito importante no caso do Estado, pois ele não se fortalece apenas enquanto entidade territorial material, mas também enquanto uma concepção simbólica, e que deve, de alguma forma, estar impregnada no vivido de sua população (especialmente através da ideia de nação).

Poderíamos, resumidamente, afirmar que, dentro do debate interdisciplinar sobre o território, caberia à Geografia enfatizar a sua dimensão espacial, especialmente enquanto:

---

[50] O que Lefebvre (1984) denomina "espaços de representação, mais vividos que concebidos", são "penetrados de imaginário e de simbolismo, e eles têm por origem a história de um povo (...)". O espaço vivido, assim, "se vive, se fala", "tem um nó ou centro afetivo", "contém os lugares da paixão e da ação, os das situações vividas" (p. 50).

a. efetivação material das relações sociais, com ênfase às relações de poder (embora de modo algum se restrinja o espacial ao material);
b. campo de coexistência contemporânea ("coetaneidade", como afirma Massey, 2005) de uma multiplicidade.[51]

Esse "pé no chão" que cabe ao geógrafo, permanentemente, defender não deve, contudo, ser confundido com empiricismo (empirismo exacerbado). E esse olhar sobre a multiplicidade que envolve a coetaneidade, as simultaneidades na contemporaneidade, também não deve, em hipótese alguma, suprimir as possibilidades de uma construção conceitual e de um discurso crítico (e, portanto, político) mais amplo, dotado de profunda historicidade.

Isso posto, podemos rememorar alguns "*a prioris*" no debate sobre território que é preciso questionar ou "desconstruir":

- O território, ainda que parta de problemáticas referidas às relações de poder, nunca pode ficar restrito ao poder político "tradicional" ou estatal, pois deve-se levar em conta os múltiplos sujeitos do poder (e a resistência que lhe é inerente);
- O território, ainda que indissociável da materialidade econômico-política (e também "natural") do espaço, não pode prescindir dos elos igualmente indissociáveis com a dimensão simbólico-cultural (como no "empoderamento" pelo acionar de identidades culturais);
- O território, ainda que relacionado, sempre, a uma determinada concepção de limite ou fronteira, não deve ser associado apenas à fixação/imobilidade e à continuidade espacial, devendo-se admitir a existência de territórios descontínuos, construídos "no e pelo movimento", cujo componente fundamental é a rede.

---

[51] Para Massey, o espaço deve ser visto como "una simultaneidad de historias inacabadas", "un momento dentro de una multiplicidad de trayectorias" — "si el tiempo es la dimensión del cambio, el espacio es la dimensión de la multiplicidad contemporánea". É através do espaço que podemos colocar a questão fundamental das nossas coexistências (Massey, 2006:13).

Trata-se, resumidamente, de três atributos territoriais que precisam ser problematizados: território-poder político (fundamental, a ser tratado neste capítulo), território-materialidade, território-fixação e continuidade espacial.[52] Sabemos que foi sobretudo em nome da "crise do Estado-nação", da emergência do "mundo virtual" ou do ciberespaço e do domínio da fluidez ou da "sociedade em rede" que o discurso da desterritorialização — ou mesmo do fim dos territórios (Badie, 1995) — ocupou o seu lugar.

Território e poder político: da territorialização à desterritorialização do Estado

Trataremos aqui da desconstrução do principal e mais difundido atributo ou "*a priori*" sobre o território, aquele que associa território, poder e Estado. Focalizaremos o tema a partir do questionamento de dois pressupostos:

   a. o papel territorializador por excelência do Estado, que levaria à associação inequívoca entre território e poder estatal;
   b. a crise inexorável do Estado na contemporaneidade, que levaria, consequentemente, também, à crise de sua função territorializadora e ao concomitante domínio dos processos de desterritorialização.

Não há dúvida de que o Estado se projetou como um padrão pretensamente universal e exclusivista de territorialidade, a ponto de impedir qualquer outra forma de organização político-territorial ou, pelo menos, fundando uma escala ou forma de recorte espacial sempre hegemônica frente às demais. O processo de formação estatal é integrado por vários elementos-regra:

> *A pacificação de um território, o estabelecimento do monopólio sobre o uso da violência e taxação legítimas, a imposição de uma moeda comum, um conjunto comum de leis e autoridades legais, certos padrões de língua e alfabetização e mesmo sistemas estáveis e contínuos de espaço-tempo* [como no caso da formulação e aplicação dos fusos horários] *(...)* (Dean, 2008:24).

---

[52] Este último atributo territorial foi tratado no capítulo anterior. Para a questão do território como fixação, ver Haesbaert, 2004.

Isso não nos impede, contudo, de considerar uma espécie de dialética territorializadora-desterritorializadora em que esses processos estão imersos. Longe de uma realidade estática, obviamente os Estados — e seus territórios — são entidades dinâmicas e historicamente construídas. Cabe então, em primeiro lugar, questionar esse papel eminentemente territorializador do Estado, mostrando que, ao ignorar a indissociabilidade entre as dinâmicas de territorialização e desterritorialização, muitos autores esquecem a profunda natureza desterritorializadora do próprio Estado. Em segundo lugar, afirmar que o Estado — e, nessa perspectiva, o próprio território — está desaparecendo, é esquecer, primeiro, esse duplo papel que ele incorpora e, segundo, as formas com que ele vem, de algum modo, sendo reabilitado nos nossos dias, inclusive pela incorporação e/ou reconhecimento de outros tipos de territorialidade. É o que ocorre, por exemplo, com a territorialização das chamadas populações originárias ou tradicionais (indígenas, quilombolas, seringueiros...) no caso latino-americano, algumas delas reivindicando mesmo uma condição "transterritorial" em relação ao Estado-nação ou o caráter multiétnico (= multiterritorial) do próprio Estado.

Embora numa perspectiva distinta, de cunho filosófico, Deleuze e Guattari (s/d) nos fornecem ricos elementos para esse debate. Por exemplo, para eles o Estado moderno não é uma espécie de "fundador" dos processos de territorialização (como subentendem muitos autores, especialmente na Ciência Política [ver, por exemplo, Badie, 1995]); ele próprio representaria, ao contrário, um ativo movimento desterritorializador, pois:

Quando a divisão se refere à própria terra devida a uma organização administrativa, fundiária e residencial, não podemos ver nisso uma promoção da territorialidade, mas, pelo contrário, o efeito do primeiro grande movimento de desterritorialização nas comunidades primitivas (p. 150). *(...) longe de ver no Estado o princípio de uma territorialização que inscreve as pessoas segundo a sua residência, devemos ver no princípio de residência o efeito de um movimento de desterritorialização que divide a terra como um objeto e submete os homens à nova inscrição imperial (...)* (p. 202).

Em outro momento dessa mesma obra (*O Anti-Édipo*), Deleuze e Guattari utilizam mesmo o termo "pseudoterritorialidade" para definir essa que logo adiante é vista como uma "territorialidade estatal":

A pseudoterritorialidade é o produto duma efetiva desterritorialização que substitui pelos signos abstratos [da "sobrecodificação" estatal] *os signos da terra* [das sociedades tradicionais, cuja territorialização é regida pelo princípio da imanência na sua relação com a terra], *e que faz da própria terra uma propriedade do Estado (...). A residência ou territorialidade do Estado inaugura o grande movimento de desterritorialização que subordina todas as filiações primitivas à máquina despótica (...)* (p. 205).

Assim, o Estado (tratado de forma genérica pelos autores), antes de comandar processos de reterritorialização, é o grande agente desterritorializador, viabilizador de uma nova ordem social. Frente a territórios em que a terra era vista ao mesmo tempo como abrigo, recurso e referência simbólica, o Estado funda uma "pseudoterritorialidade" marcada sobretudo pela dominação (ao promover e legitimar a propriedade privada) e pela funcionalidade (ao sobrevalorizar a terra como recurso). Sua crise, hoje (muito relativa, como veremos a seguir), implica uma espécie de enfrentamento com outras formas de des-territorialização, aquilo que Deleuze e Guattari (1997) identificam como o "fora" do Estado.

É importante destacar que, assim como o território deve ser visto muito mais através das dinâmicas de des-re-territorialização (Deleuze e Guattari, 1997; Raffestin, 1993), o Estado também não deve ser tomado simplesmente como uma entidade estável e bem delimitada, pois configura, antes, um processo. Como afirma Deleuze em seu livro sobre Foucault:

Não existe Estado, apenas uma estatização (...). Se a forma Estado, em nossas formações históricas, capturou tantas relações de poder, não é porque essas derivem daquela; ao contrário, é porque uma operação de "estatização contínua", por sinal bastante variável de caso em caso, produziu-se na ordem pedagógica, judiciária, econômica, familiar, sexual, visando a uma integração global. Em todo caso, o Estado supõe as relações de poder, longe de ser sua fonte (Deleuze, 1988:83-84).

Instituições como a família, a escola e o Exército não são propriamente um produto do Estado, mas relações de poder que ajudam a instituí-lo. O próprio Foucault vai mais longe e, de forma polêmica, afirma que há uma "supervalorização do problema do Estado" que se dá sob duas formas, uma que talvez pudéssemos associar a um certo anarquismo, outra, a um certo marxismo. A primeira é o que ele denomina "lirismo do monstro frio", expressão de Nietzsche frequentemente retomada por anarquistas. A segunda, paradoxalmente, é redutora, pois:

> *(...) consiste em reduzir o Estado a um certo número de funções, como, por exemplo, o desenvolvimento das forças produtivas, a reprodução das relações de produção; e esse papel redutor do Estado em relação a outra coisa torna, apesar de tudo, o Estado absolutamente essencial como alvo a atacar e, como vocês sabem, como posição privilegiada a ocupar* (Foucault, 2008a:144).

A partir daí, Foucault questiona esse caráter monolítico e unitário do Estado, a ponto de negar sua "individualidade, essa funcionalidade rigorosa e, diria até, essa importância". Assim:

> *Afinal de contas, o Estado talvez não seja mais que uma realidade compósita e uma abstração mitificada cuja importância é bem mais reduzida do que se imagina. Talvez. O que há de importante para a nossa modernidade, isto é, para nossa atualidade, não é portanto a estatização da sociedade, mas o que eu chamaria de "governamentalização" do Estado* (Foucault, 2008a:144-145).

As críticas que Foucault dirige (ainda que implicitamente) ao materialismo histórico e sua concepção redutora do Estado não podem, obviamente, ser generalizadas a todo o pensamento marxista. Sobre o caráter múltiplo do Estado, por exemplo, o próprio Marx já destacava em 1875:

> *O "Estado atual" (...) muda juntamente com os limites territoriais do país. No Império prussiano-alemão, o Estado é diferente daquele da Suíça; na Inglaterra, ele é diferente daquele dos Estados Unidos. O "Estado atual" é uma ficção* (Marx, 2012:42).

Alguns autores chegam mesmo a reconhecer a possibilidade de um fértil diálogo entre essas distintas correntes de pensamento. No caso de Bob Jessop (2008), por exemplo, parte-se do pensamento de Marx, Gramsci,

Poulantzas e Foucault (efetuando uma comparação entre esses dois últimos) para construir uma conceituação estratégico-relacional de Estado.[53]

Para Jessop (inspirado por sua vez em Marsden), Marx e Foucault de algum modo se complementariam, pois "enquanto Marx busca explicar o *porquê* da acumulação de capital e do poder do Estado, a análise foucaultiana da disciplinaridade e da governamentalidade tenta explicar o *como* da exploração econômica e da dominação política" (p. 154). A partir da concepção relacional de Estado pioneira de Poulantzas (que também se inspirou em Foucault), Jessop (1985) concebe o Estado, tal como o capital para Marx, não como um simples instrumento ou um sujeito, mas como uma relação social.

Segundo Deleuze e Guattari, a forma Estado — ou, em outras palavras, os processos de estatização — , embora historicamente muito antiga e presente, direta ou indiretamente, na maior parte das sociedades, sempre esteve em relação com um fora, e não pode ser pensada independentemente dessa relação (e, nesse sentido, o "fora" acaba sendo internalizado). O que hoje chamamos de "universalização do Estado", cobrindo pela primeira vez na história, como uma imensa colcha de retalhos, a superfície inteira do planeta, é bastante relativa, pois:

> *Não apenas não há Estado universal, mas o fora dos Estados não se deixa reduzir à "política externa", isto é, a um conjunto de relações entre Estados. O fora aparece simultaneamente em duas direções: grandes máquinas mundiais, ramificadas sobre todo o ecúmeno num momento dado, e que gozam de grande autonomia em relação aos Estados (por exemplo, organizações comerciais do tipo "grandes companhias", ou [...] mesmo formações religiosas [...]), mas também mecanismos locais de bandos, margens, minorias, que continuam a afirmar os direitos de sociedades segmentárias contra os órgãos de poder de Estado* (Deleuze e Guattari, 1997:23).

Embora esses "fora internos" do Estado sejam sempre bastante relativos, um exemplo muito evidente neste debate pode ser identificado nas

---

[53] Sobre essa perspectiva relacional de Estado em Jessop, em especial a partir de seu diálogo com Poulantzas, ver Dias, 2009.

reiteradas "retomadas de território" destacadas pelo Estado brasileiro (e louvadas pela mídia) no combate ao narcotráfico nas favelas do Rio de Janeiro. A encenação do hasteamento da bandeira nacional em pontos estratégicos das favelas como símbolo da "reocupação" é bem sintomática da ideia, nesse caso difundida pelo próprio Estado, de existência de verdadeiros enclaves territoriais onde a lei dominante é aquela definida por traficantes de droga ou milícias paramilitares. É claro que, na verdade, não se trata de territórios completamente à margem do Estado, mas dentro de situações "excepcionais" (de indistinção entre exceção e regra) por ele próprio longa e amplamente toleradas, inclusive através de arranjos ou acordos ("arregos", na linguagem coloquial) entre policiais e traficantes.

Mas não só de "mecanismos locais de bandos, margens, minorias" vive o "fora" internalizado do Estado. Foucault, por exemplo, realiza uma análise crítica fundamental sobre a caracterização das entidades estatais, tratando de seu "fora" interno num sentido mais amplo e intrincado, no campo do que se convencionou denominar os micropoderes. Ao se referir à passagem de um Estado pautado na soberania (centrado no controle estratégico de um território e seus recursos) para um Estado "de governo" (centrado nas táticas de controle da população) ou, em outras palavras, a uma "governamentalização" do Estado, ele diz que, depois do século XVIII e, sobretudo, a partir do século XIX, vivemos uma "era da 'governamentalidade'":

> (...) é possível que, se o Estado existe tal como ele existe agora, seja precisamente graças a essa governamentalidade que é ao mesmo tempo exterior e interior ao Estado, já que são as táticas de governo que, a cada instante, permitem definir o que deve ser do âmbito do Estado e o que não deve, o que é público e o que é privado, o que é estatal e o que não é estatal (Foucault, 2008a:145).

Assim, as próprias instituições disciplinares, como a escola, a clínica, a prisão, não são simples extensões ou microcosmos do Estado, produzindo internamente, também, suas próprias relações de poder. Mais adiante, nos capítulos 6 e 7, analisaremos com mais detalhe esses poderes disciplinares e a "governamentalidade" do Estado.

Numa escala superior, o mais evidente — e polêmico — desses "fora" do Estado é aquele constituído pelas "grandes máquinas mundiais" da globalização, especialmente as grandes empresas, em sua permanente relação concomitantemente de amálgama e dissociação com os assim chamados interesses do Estado (bastante variável, como sabemos, segundo o contexto histórico e geográfico). O caráter problemático desse amálgama é muito visível na questão que envolve a necessidade ao mesmo tempo de contenção ou de um certo controle — por exemplo, do mercado de trabalho, que pode ser garantido pela legislação imposta pelo Estado, e da fluidez ou da circulação — especialmente de capital e mercadorias, assim como da transnacionalização do mercado de consumo.

Foucault, numa sagaz reflexão, dirá que, sob o neoliberalismo, esse amálgama mercado-Estado é praticamente completo, na medida em que a economia é que passa a indicar o "indexador geral" de toda ação governamental — em outras palavras, o "fora" da empresa passa a ser embutido na ação estatal:

> (...) a relação entre uma economia de concorrência e um Estado não pode mais ser de delimitação recíproca de áreas diferentes. Não haverá o jogo do mercado — que se deve deixar livre e, depois, a área em que o Estado começará a intervir, já que precisamente o mercado, ou antes, a concorrência pura, que é a própria essência do mercado, só pode aparecer se for produzida, e produzida por uma governamentalidade ativa. (...) o governo deve acompanhar de ponta a ponta uma economia de mercado. A economia de mercado não subtrai algo do governo. Ao contrário, ela indica, ela constitui o indexador geral sob o qual se deve colocar a regra que vai definir todas as ações governamentais (Foucault, 2008b:164-165).

Segundo Poulantzas (2000), as relações capitalistas se moveriam sobre uma "matriz espacial" que é "em si mesma *inter*nacional" (está *entre* e *sobre* os Estados ao mesmo tempo, poderíamos acrescentar):

> (...) o capital é uma relação (capital/trabalho), como diria Marx, e se, por mais desterritorializado e a-nacional que possa parecer sob suas diversas formas, ele só pode se reproduzir ao se transnacionalizar, é porque move-se sobre a matriz espacial dos processos de trabalho e de exploração que é em si mesma internacional (p. 106, destaque do autor).

Giovanni Arrighi (1996), já comentado em capítulos anteriores, interpreta a história do capitalismo em sua relação com o poder estatal, dentro de uma relação que podemos denominar de contraditória e combinada entre "dois modos opostos de governo ou de lógica de poder", o "territorialismo" e o "capitalismo" — enquanto no primeiro o objetivo ou principal fim da gestão estatal é "o controle do território e da população", no segundo é o "controle do capital circulante", o território e a população sendo transformados em simples meios para alcançar esse fim (p. 34). Fica evidente, então, e isso também é ressaltado por Deleuze e Guattari, que não há uma separação rígida entre Estado e não Estado, interior e exterior ou dentro e fora do Estado:

Não é em termos de independência, mas de coexistência e de concorrência, num campo perpétuo de interação, que é preciso pensar a exterioridade e a interioridade, as máquinas de guerra de metamorfose e os aparelhos identitários de Estado (...). Um mesmo campo circunscreve sua interioridade em Estados, mas descreve sua exterioridade naquilo que escapa aos Estados e se erige contra os Estados (Deleuze e Guattari, 1997:24).

Esse jogo entre dentro e fora a que Deleuze e Guattari aludem tem muito a ver, de um ponto de vista geográfico e relacionado à soberania estatal, com o papel das fronteiras territoriais *inter*nacionais. Elas atuam como um pretenso filtro entre interior e exterior, e bem sabemos de sua permeabilidade, especialmente hoje, no mundo informacional em que vivemos. É em nome desse alegado fim das fronteiras que se pauta grande parte do discurso sobre o domínio da desterritorialização político-estatal.

Jessop (2008) faz uma análise muito relevante das implicações da globalização para os Estados nacionais, através do que ele identifica como três grandes "falsas oposições" (p. 189). A primeira delas é a que opõe um Estado "contêiner" de poder a uma economia sem fronteiras. Na verdade, o Estado funcionaria tanto como um "contêiner" quanto como um "conector", num sentido nodal dentro do sistema político-econômico em que está inserido, e a economia se encontra pautada em múltiplas espacialidades, dos distritos industriais às cidades-regiões globais, passando pelos grandes blocos econômicos regionais. A segunda, que de alguma forma parece ampliar a primeira, é a que opõe as dimensões política e econômica, como se ao

Estado coubesse a força política e à globalização, os processos econômicos, ignorando o grande papel do Estado no próprio impulso da globalização e o quanto esta depende da regulação do Estado, além de organizações políticas em outras escalas.

A terceira "falsa oposição", por fim, envolve a pressão da globalização sobre a soberania dos Estados. Segundo Jessop, essa confusão se dá por três razões:

> *Primeiro, a soberania é somente um aspecto que forma o Estado moderno. (...) segundo, não é o Estado como tal (soberano ou outro) que é pressionado pela globalização. (...) Esta só pode exercer pressão sobre formas particulares de Estado com capacidades e habilidades particulares, como o Estado nacional keynesiano de bem-estar (...). Terceiro, como a globalização não é um mecanismo causal simples com uma lógica unitária, universal, mas é multicêntrica, multiescalar, multitemporal e multiforme, ela não gera um conjunto uniforme e simples de pressões. Cada Estado sofrerá pressões, mas de modo diferente, uns mesmo promovendo a globalização, outros sendo-lhe muito mais suas vítimas. Finalmente, quarto, alguns aspectos da globalização podem efetivamente ampliar mais do que reduzir as capacidades do Estado* (Jessop, 2008:190-191).

Em meio a essas falsas oposições, no entanto, é importante reconhecer e analisar as mudanças que, ainda que de forma geograficamente muito desigual, vêm afetando os Estados contemporâneos, não tanto no sentido "desterritorializador" alegado por muitos, mas no sentido também das reterritorializações aí implicadas.

O "novo" papel reterritorializador do Estado

Não há dúvida de que estão ocorrendo mudanças no poder focalizado na figura do Estado, especialmente a partir da alegada crise pela qual ele vem passando desde pelo menos os anos 1980, com a instauração de um padrão de acumulação capitalista neoliberal, dito mais flexível (o "pós-fordismo" mais descentralizado), e a queda dos regimes burocráticos altamente centralizados do chamado bloco socialista. Isso levou a uma relativa debilitação da sua capacidade, não só de exercer controle externo, sobre fluxos através de suas fronteiras, como também de intervir, internamente, na (re)configuração de regiões e territórios e na redução das desigualdades, sobretudo através do planejamento econômico-territorial em sentido integrado.

Dessa forma, a tendência do Estado capitalista de "monopolizar os procedimentos de organização do espaço e do tempo que se constituem, para ele, em rede de dominação e de poder", destacados por Poulantzas (2000:98), efetivamente está sendo questionada. A própria retomada de políticas de planejamento regional ou de ordenamento territorial, em países como o Brasil, passou a priorizar escalas mais restritas e, muitas vezes, áreas seletivas e fragmentadas do território.[54]

Podemos dizer que muitas políticas "paraestatais" (desdobrando sua própria lógica) demonstram, se não a perda de poder do Estado tradicional, pelo menos a delegação de poder a outras esferas/escalas, tanto acima quanto abaixo de sua jurisdição. Basta lembrar, "a montante", a formação de grandes blocos supranacionais, União Europeia à frente, e, "a jusante", ao lado de diversos circuitos ilegais (que também podem atuar em esferas mais amplas), entidades políticas mais autônomas a nível intranacional, como os novos regionalismos em diversas áreas do planeta, alguns estimulando o diálogo diretamente do nível "regional" ao global.

Na análise dessa reestruturação do papel des-reterritorializador do Estado, devemos considerar a distinção e o cruzamento de diversos elementos, entre eles:

a. os sujeitos em jogo e seus objetivos políticos, desde os grupos econômicos e político-militares hegemônicos em suas reestruturações conservadoras até os movimentos sociais de resistência em suas estratégias de transformação autonomista;
b. as escalas da reestruturação, seja nas relações voltadas para fora do Estado (numa escala *inter*nacional ou global), seja para as que se constituem prioritariamente no seu interior.

---

[54] Substituem-se, no nosso caso, as macrorregiões de planejamento que recobriam o território nacional como um todo (caso das áreas das grandes "superintendências regionais" dos anos 1950-1970) por meso e microrregiões específicas, distinta e descontinuamente priorizadas.

c. os níveis de flexibilização e/ou de centralização das decisões nas mãos do aparato estatal e suas repercussões diferenciadas nas esferas econômica, político-militar, cultural e/ou ambiental.

No âmbito econômico, parece às vezes se repetir um recorrente processo capitalista que alterna maior e menor intervenção estatal. Como já comentamos, temos hoje uma difusão tão intensa da lógica mercantil que ela acaba "comandando" a ação do Estado ou, como muito bem sintetiza Foucault, "é necessário governar para o mercado, em vez de governar por causa do mercado" (2008b:165). Num mundo de globalização neoliberal dominado, em grande parte, pelas regras ditadas diretamente pelo mercado e pela dinâmica da concorrência privada, a flexibilização das empresas, a terceirização e outros processos segmentadores parecem desterritorializar ou "deslocalizar" (= "relocalizar" de forma mais rápida e flexível) as empresas, libertas das amarras do sistema fordista mais fixo e centralizado e da maior interferência do Estado.[55]

As dinâmicas de privatização e de retração dos espaços públicos (em sentido amplo) alcançam não apenas a seara econômica, mas também a esfera de mais típica prerrogativa do Estado: o setor militar, lócus do exercício da "violência legítima". Aí o Estado também perde poder em termos de controle territorial, não só ao permitir a proliferação interna de territórios de segurança privada (que podem, inclusive, se apropriar de espaços públicos) como a difusão, externa, de milícias privadas que lutam não mais diretamente em nome de um Estado-nação, mas em função das empresas às quais se encontram subordinadas. Casos extremos, hoje, como a Somália, o Afeganistão, o Iêmen ou mesmo a Líbia, demonstram o poder que a fragmentação territorial de grupos milicianos ou paramilitares pode ter na debilitação do poder estatal.

O termo "poder paralelo" (ao poder do Estado), utilizado muitas vezes para caracterizar esses grupos, é muito problemático, pois quase sempre,

---

[55] Para uma crítica aos discursos da "desterritorialização econômica", ver Haesbaert e Ramos (2004). Apenas para relembrar, discursos como o da "deslocalização" ou da livre localização das empresas e de sua autonomia em relação a políticas estatais são amplamente questionados quando se observam as guerras fiscais (ou "guerra dos lugares", como diria Milton Santos) entre municípios e unidades da Federação em defesa de localizações empresariais.

ainda que de forma ilegal, eles mantêm fortes vínculos com o aparelho de Estado. É o caso das milícias em cidades brasileiras, anteriormente citadas, onde um mesmo policial que exerce sua função "legal" durante o dia pode atuar como milícia privada durante a noite ou nos finais de semana.

Alguns autores, como Boaventura de Souza Santos (1998), enfatizam não tanto a mudança do papel do Estado como o seu recuo, originando até mesmo, num termo que nos parece exagerado, espaços/territórios "selvagens" ou à margem do sistema político dominante (como se este também não tivesse seu lado "selvagem"). Souza Santos fala de transformações do Estado ("pós") moderno tanto em relação a elementos negativos quanto positivos: a generalização de medidas ou leis de exceção (declarando constantes situações "de emergência") e a debilitação dos princípios "includentes" do contrato social, construídos em torno dos "bens públicos" definidos por ele como governo legítimo, bem-estar econômico e social, segurança e identidade coletiva.

Para o autor, "a crise da contratualização moderna consiste na predominância estrutural dos processos de exclusão sobre os de inclusão, sob duas formas: o pós-contratualismo e o pré-contratualismo". A recente ampliação de relações de trabalho temporário e sem garantias sociais, confiscando os direitos de cidadania e transformando cidadãos em servos (as novas formas de escravidão), seria um exemplo dessa proliferação do pré-contratualismo, espécie de volta a um "Estado de natureza", porém em grande parte legitimado, poderíamos acrescentar, pelas novas formas jurídico-econômicas de "flexibilização" e mesmo de "exceção".

Os inúmeros riscos que nos assombram diante dessa ampliação de "Estados de natureza" (ou, numa expressão a nosso ver mais adequada, "de exceção", na linguagem de Giorgio Agamben) e erosão do contrato social podem ser resumidos em um: o surgimento do "fascismo social". Ao contrário do fascismo político da Europa do entreguerras, temos agora um fascismo social e mesmo civilizacional:

Em vez de sacrificar a democracia às exigências do capitalismo, [o fascismo] *promove-a até não ser necessário nem conveniente sacrificá-la para promover o capitalismo. Trata-se de um fascismo pluralista, forma que nunca existiu e que se organiza sob três formas fundamentais de sociabilidade (...) o fascismo do* apartheid *social (...); o fascismo paraestatal (...) que tem duas vertentes principais: o fascismo contratual e o territorial, (...) e o fascismo da insegurança* (Souza Santos, 1998:3).

Na verdade, o que ele denomina "fascismo territorial", como "vertente" do fascismo paraestatal, que consiste na "usurpação de prerrogativas estatais (de coerção e de regulação social) por atores sociais muito poderosos", pode ser incluído também no primeiro tipo, pois o "*apartheid* social" nada mais é do que, como o próprio autor defende, a "segregação social dos excluídos por meio de uma cartografia urbana dividida" entre zonas que ele, numa terminologia polêmica, denomina de "zonas selvagens [ou de "Estado de natureza hobbesiano"] e civilizadas [as "zonas do contrato social", ainda que ineficaz]". Como veremos mais à frente neste livro (capítulo 9), tampouco se trata de uma cidade "dividida", tamanhas as interseções — ainda que veladas — entre essas parcelas do espaço urbano.

Se partirmos do princípio de que todo contrato social moderno e os direitos de cidadania são estabelecidos a partir do pertencimento a um território comum, o território estatal, o "fascismo territorial" ocorre principalmente (mas não apenas) quando esses direitos não são mais fixados pelo Estado, e outras formas de regulação, muitas vezes ainda mais excludentes e autoritárias, se fazem presentes. O Estado perde então o controle sobre determinadas parcelas do espaço, que passam a ser subordinadas à "regulação" de grupos paraestatais, criando "territórios coloniais privados em Estados quase sempre pós-coloniais". O que não quer dizer que o Estado corporativo contemporâneo não possa também ser "fascista" (com todas as restrições que a ampliação exagerada do termo implica) à sua maneira, inclusive criando territórios "legítimos" de exceção, como veremos mais à frente.

Ao contrário de Souza Santos, não fazemos essa distinção nítida entre "zonas selvagens" e "zonas civilizadas" — termos, aliás, carregados de conotações pejorativas —, pois o "fascismo territorial" dos comandos paraestatais pode estar agindo tanto nas primeiras — ver o caso do narcotráfico nas favelas brasileiras — quanto nas segundas — ver o aparato de segurança privada e o fechamento de espaços públicos nos territórios dos grupos hegemônicos. Além disso, há várias formas de resistência e auto-organização nas "zonas selvagens" que muitas vezes representam uma outra ordem, imperceptível diante dos nossos critérios "normais" de ordem e civilidade.

Devemos ter muito cuidado também para não voltarmos simplesmente a uma visão do Estado como "formação política ideal" pautada na dicotomia entre (estado de) "natureza", ingovernável, e (estado de) "sociedade", contratualista e "democrático". Como já vimos, há muito mais a considerar dentro desse *continuum* estatal/não estatal. A chamada Paz de Westfália (acordos firmados na Europa em 1648), considerada sempre como referência para a construção do atual sistema de Estados-nações, não pode ser tomada como um mito, como comenta Rodrigues (2013):

O mito de Westfália (...) corroboraria a divisão estanque entre um dentro do Estado tido como pacífico e um exterior ao Estado entendido como um vazio de autoridade no qual a guerra — entre Estados — seria uma possibilidade constante. As teorias de RI [Relações Internacionais], *recorrendo a esse mito e a leitura de autores como Tucídides, Thomas Hobbes e Nicolau Maquiavel, teriam visado, ao menos, dois objetivos: primeiro, justificar o Estado como instituição fundamental para proteger a vida e a propriedade (Walker, 1993); e, depois, manter um* status quo *de poder mundial no qual a forma Estado seria inquestionável — e insuperável — e a sujeição aos Estados mais fortes não se questionaria* (Ashley, 1986; Rodrigues, 2013:120).

É nesse ambiente de des-controle territorial e, hoje, de hegemonia do capital financeiro que se impõe grande parte dos processos de reconfiguração do Estado. A precarização social (a ser discutida no capítulo 7) tem, de alguma forma, que ser contida por novos mecanismos de controle ou de contenção social. "Controlar" a massa de despossuídos criada dentro da própria lógica da sociedade formalmente instituída revela-se, portanto, uma questão fundamental na reterritorialização do Estado contemporâneo.

A esses fatores de ordem político-econômica vieram recentemente se associar também, de modo mais enfático do que antes, os de natureza cultural, especialmente com a associação (tantas vezes exagerada) entre fundamentalismos religiosos e terrorismo globalizado. Em nome especialmente do discurso da segurança (que será analisado em detalhe no próximo capítulo), o grande argumento "guarda-chuva" do nosso tempo, especialmente após os atentados do 11 de Setembro, promove-se o fortalecimento da segregação físico-territorial tanto dos grupos hegemônicos quanto dos grupos mais precarizados.

A crise financeira de 2008-2009 também demonstrou o quanto o "Estado mínimo" tem suas limitações, e o quanto, se necessário, pode rapidamente retomar seu papel de defesa do grande capital. Assim, afirmam Flores e Cortés (2013):

> *O preço para evitar que essa crise se transformasse em uma depressão econômica mundial como a Grande Depressão dos anos 1930, foi a imensa injeção de dinheiro público ante a decisão coordenada dos Estados de socializar as perdas de grandes empresas, principalmente do setor bancário e financeiro. Também financiaram, ainda que em menor escala, programas de estímulo econômico com o fim de frear, pelo menos em parte, a queda do consumo e do investimento. Tudo isso levou a um drástico incremento do gasto público, enquanto os ingressos tributários caíram com o desenvolvimento da Grande Recessão. E para financiar esse desequilíbrio os Estados optaram por aumentar seu nível de endividamento, isto é, tiveram que emitir mais títulos da dívida pública, mais capital fictício* (p. 9).

Com efeitos muito específicos, de acordo com as regiões do planeta, essa nova intervenção do Estado acabou se projetando, de diferentes formas, em contextos distintos. Mesmo em economias de Estados periféricos menos afetados pela crise de 2008, como os chamados BRICs (Brasil, Rússia, Índia e China), foram decisivas políticas econômicas de base estatal, como no caso da manutenção de altas taxas de juros, responsáveis pelo afluxo de capitais desde os países centrais.

Paralelamente a Estados "economicamente mínimos" (e, portanto, a favor da "livre" des-reterritorialização do mercado) que podem ser reconvertidos, sem nenhum pudor, em agentes intervencionistas salvadores de bancos, verifica-se, em outras regiões, a consolidação de Estados economicamente fortes em sentido mais amplo. O caso mais emblemático tem raízes no padrão dos "Tigres Asiáticos" (Coreia do Sul, Taiwan, Hong Kong e Cingapura, todos com elevada interferência estatal na economia — ou, pelo menos, na legislação econômica e em processos redistributivos) e que foi remodelado de modo muito próprio pela economia nacional mais exitosa das últimas décadas, a China.[56] Além da China, em alguns países importantes, como a Rússia, e em algumas ditaduras do ex-bloco soviético

---

[56] Para uma análise do modelo econômico chinês, ver Arrighi, 2009, e nossa abordagem numa ótica geográfica em Haesbaert, 2013.

e do Médio Oriente, o Estado mantém ou mesmo fortalece sua importância econômica, sem falar no seu papel redistributivo, como ocorreu em vários países da América Latina nos anos 2000.

Para Ong (2006), num sentido mais geral, a maioria dos Estados, hoje, tem que ser mais flexível em termos de soberania e cidadania, a fim de que esses Estados adquiram relevância no mercado global. Uma das características desse período, que ela propõe denominar de "pós-desenvolvimentista", seria a fragmentação territorial dos Estados como forma imprescindível para o ingresso, sempre seletivo, nos circuitos globais, especialmente através da criação de zonas especiais, como as ZEEs chinesas ou as zonas de livre-comércio em diversos países do mundo. No caso da China, alguns espaços vivem de forma mais efetiva a dominação das "leis do mercado", enquanto outros são ordenados sob o domínio mais estrito dos interesses "públicos" (estatais, muitas vezes por questões estratégicas, numa sociedade altamente militarizada).

Ong associa o padrão chinês com um "neoliberalismo de exceção". A autora aponta como traço fundamental da abertura chinesa o seu caráter espacialmente desigual, gradual e seletivo. Manifesta-se aí uma "lógica de exceção", que "fragmenta a territorialidade humana para estabelecer conexões específicas, variáveis e contingentes aos circuitos globais" — ou, como preferimos, uma lógica de múltiplas territorialidades/controles espaciais que, no conjunto, conforma uma espécie de multiterritorialidade do Estado chinês. Essa economia "liberalmente" fragmentada no espaço vem acompanhada de uma soberania também "graduada" ou "variegada" que garante "que o Estado possa ao mesmo tempo enfrentar os desafios globais e [autoritariamente] assegurar a ordem e o crescimento" (Ong, 2006:19).

Além da esfera econômica — ou também através dela —, visualiza-se um movimento de transformação no papel político-militar do Estado, especialmente a partir da chamada problemática da segurança. O domínio desse discurso da segurança de alguma forma já era antevisto por Michel Foucault, que indicou a passagem do poder soberano e da "sociedade disciplinar" para a "sociedade do controle social" (conceito desdobrado por Deleuze, 1992) — que preferimos denominar "sociedade de segurança" (analisada em detalhe no próximo capítulo), marcada não tanto pela soberania territorial do Estado e pela territorialização disciplinar individualizad(or)a, mas pela des-territorialização do controle "sem rosto" das "massas", como no efeito onipresente (mas em geral oculto) das câmeras e satélites.

Uma nova — ou nem tão nova — modalidade de poder nessas sociedades é aquela denominada por Foucault de biopoder, que, embora longe de se restringir ao Estado, é por ele incorporado, reestruturando assim o seu papel. Se antes o aparelho estatal estava preocupado em reconhecer e fomentar os processos disciplinadores, capazes de manter, por exemplo, instituições de reclusão dos "anormais", com a intenção de um posterior resgate à sociedade, hoje ele se mobiliza a fim de conter as massas ou as "populações" (no sentido proposto por Foucault)[57] estruturalmente excluídas dos direitos de cidadania e motivo de preocupação sobretudo por sua reprodução biológica e difusão de "insegurança" (seja pelo discurso de sua criminalização, seja, dependendo do contexto, pela própria questão biopolítica da proliferação de epidemias).

Passa-se, segundo Foucault, da preocupação com o "homem-corpo" para o "homem-vivo", o "homem espécie". Aí, podemos dizer, desenham-se duas grandes preocupações com as quais o Estado também pode recompor seu papel: a preocupação com os problemas do "meio", da própria natureza em sentido amplo e a preocupação com a circulação, com os fluxos. Segundo Foucault, num texto premonitório escrito ainda no final dos anos 1970:

> *(...) desta vez o soberano não é mais aquele que exerce seu poder sobre um território a partir de uma localização geográfica de sua soberania política; o soberano é alguma coisa que tem a ver com uma natureza ou, antes, à interferência, ao intrincar-se perpétuo de um meio geográfico, climático, físico com a espécie humana, na medida em que ela tem um corpo e uma alma, uma existência física [e] moral; e o soberano será aquele que terá que exercer seu poder neste ponto de articulação em que a natureza, no sentido de elementos físicos, vem interferir com a natureza no sentido da natureza da espécie humana (...)* (Foucault, 2004a:24, tradução livre).[58]

---

[57] População como "uma multiplicidade de indivíduos que são e que só existem profundamente, essencialmente, biologicamente ligados à materialidade no interior da qual eles existem" (Foucault, 2004:23, tradução livre).

[58] No original: "(...) cette fois le souverain, ce n'est plus celui qui exerce son pouvoir sur un territoire à partir d'une localisation géographique de as souveraineté politique, le souverain c'est quelque chose qui a affaire à une nature, ou plutôt à l'interference,

Daí a ambígua posição do Estado frente a suas fronteiras — por exemplo, cada vez mais abertas para o capital financeiro e mercadorias e cada vez mais (tentativamente) fechadas e/ou seletivas para os fluxos de pessoas. Também em relação às questões ambientais as políticas estatais podem atuar de forma ambivalente: obrigadas a abrir seu território para atacar problemáticas ecológicas de maior magnitude, mais fluidas e globais e, ao mesmo tempo, a fechar territórios internamente a fim de criar áreas de preservação, muitas vezes pretensamente vedadas a qualquer intervenção humana.

O caráter biopolítico do Estado é vinculado igualmente, por Foucault, a processos mais amplos e disseminados que, como abordaremos no próximo capítulo, se referem à "governamentalidade". Assim, diz ele, "se quiserem, o Estado em sua sobrevivência e o Estado em seus limites só devem ser compreendidos a partir das táticas gerais da governamentalidade" (2008a:145), ou seja, em termos de uma ação mais múltipla e difusa que implica toda uma normatização também moral da ação humana ("governo" visto numa concepção ampla de "condução de condutas", inclusive individual).

Nesse sentido, é interessante destacar que, não previsto à época por Foucault, várias esferas da vida privada, da sexualidade e do comportamento individual foram impregnadas da judicialização pelo Estado,[59] ao mesmo tempo que a vigilância, amplificada com a informatização, não se restringe ao crivo estatal, mas envolve a multiplicidade das relações entre indivíduos e no interior de pequenos grupos (tratados como "comunidades", sejam elas concretas ou virtuais). A distinção feita por Foucault do envolvimento do Estado em torno do direito-sistema jurídico e da ordem-sistema

---

à l'intrication perpétuelle d'un milieu géographique, climatique, physique avec l'espèce humaine, dns la mesure où elle a un corps et une âme, une existence physique [et] morale; et le souverain, ce será celui qui aura à exercer son pouvoir em ce point d'articulation, là où le milieu devient déterminant de la nature de l'espèce humaine (...)".

[59] Apenas para dar um exemplo, Foucault se indignava, ainda nos anos 1970, com a "contratualização" da sexualidade: "é insuportável e inadmissível para os homens modernos o fato de nossas sociedades encerrarem o desejo e o prazer sexual nas formas jurídicas do tipo contratual. (...) acho ridículo coagir as relações sexuais por meio de lei, um sistema ou um contrato" (Foucault, 2011 [1976]:66-67).

administrativo, e cuja "conciliação" ele considera utópica,[60] permite-nos indagar se a uma crise na dimensão da ordem e do sistema administrativo e ao próprio fracasso da "ação de polícia" não estaria correspondendo, de forma paralela e pretensamente compensatória, uma exacerbação na esfera do direito e da judicialização.

Duarte (2013) afirma que podemos reconhecer tanto uma "governamentalidade biopolítica de caráter liberal ou neoliberal" quanto uma governamentalidade dirigida às populações em um "caráter autoritário ou mesmo totalitário, como quando o próprio Foucault o fez ao vincular nazismo, estalinismo e biopolítica" (p. 28), "poderes excessivos" que foram depois retrabalhados por Giorgio Agamben. É nesse contexto de biopoder que emerge com força aquilo que Agamben (2002a, 2004) irá denominar "Estados de exceção", quando o Estado, especialmente sob o discurso da segurança, impõe a lei de exceção como regra, em nome de uma pretensa situação permanente de ameaça ou de "catástrofe" (inclusive ambiental). Proliferam, assim, mundo afora, políticas de exceção, abrangendo não apenas parcelas específicas do território nacional, mas o próprio Estado como um todo, não só decretando-se formalmente "estados de emergência" ou "estados de sítio", mas legitimando-se a exceção via alegados "atos patrióticos", como o decretado nos EUA contra o terrorismo após o 11 de Setembro.

Internamente ao território nacional criam-se "zonas especiais", sejam elas estritamente econômicas (como as "zonas econômicas especiais" ou "zonas francas", já citadas, onde grande parte da legislação "normal" do país é colocada entre parênteses), sejam elas mais diretamente jurídico-políticas (como os campos de refugiados e de controle de migrantes). A essas últimas, especialmente, Agamben denominou "campos" (conceito que será aprofundado no capítulo 8), espécie de territórios-limbo onde vigoram ao mesmo tempo processos de exclusão — para aqueles que são impedidos de entrar e usufruir dos direitos de cidadania nacionais — e processos de inclusão — na medida em que continuam dentro do "território nacional", ainda que sob regras de exceção.

---

[60] "É impossível conciliar direito e ordem porque, quando se tenta apreendê-los, é unicamente sob a forma de uma integração do direito à ordem do Estado" (Foucault, 2004c:317).

Para completar, temos o fortalecimento de estratégias ditas às vezes extraterritoriais de controle, com a instituição, na verdade, de territórios à margem da territorialidade tradicional do Estado e onde também se "legaliza o ilegal", como os paraísos financeiros internacionais (que muitas vezes coincidem com Estados nacionais, ainda que diminutos e bastante frágeis) e em resíduos coloniais de controle tipo Guantánamo, fora da jurisdição normal do Estado e ao mesmo tempo legitimados, pelo menos por aqueles responsáveis diretamente pela sua instituição.

Esses processos, na verdade, mais do que um simplista refortalecimento do papel do Estado, estão inseridos numa:

> *(...) lógica contraditória e ambivalente, na medida em que, se por um lado parece revelar seu fortalecimento, com o recurso frequente a "Estados de exceção", por outro pode estar justamente revelando seu ocaso, no "desespero" de tentativas de controle que buscam, de certa forma, "controlar o incontrolável"* (Haesbaert, 2006:33).

Essa nova-velha des-territorialização, direta ou indiretamente levada a cabo pelo Estado (seja dentro da "norma" vigente, seja através da legalização do ilegal ao criar novos "campos" que, no extremo, podem se confundir com o próprio Estado em seu conjunto), aparece acoplada a diversas outras iniciativas. Iniciativas ligadas principalmente ao aparato a-legal que a fragilização do papel social do Estado incitou a emergir, como no caso dos territórios dominados por máfias, pelo narcotráfico ou, frente a este, e especialmente no caso mexicano, hoje, das chamadas autodefesas que dominam regiões inteiras do país.

Não podemos, entretanto, ficar de tal forma obcecados por esse macropoder do Estado ou das grandes organizações ilegais a ponto de ignorar os micropoderes, como diria Foucault, onde não apenas esse macropoder é legitimado e outros micropoderes heterônomos brotam com força semelhante, mas também onde podem ser gestados movimentos sociais de resistência, articuladores de territórios/territorialidades mais alternativos ou mais autônomos. Ao priorizar a multiplicidade de sujeitos que fazem a história, e as resistências que eles constroem, é possível entender a multiplicidade de territórios/territorialidades que podem ser desenhados, numa visão muito mais complexa da relação entre poder e espaço, dentro do movimento contemporâneo de des-territorialização do Estado.

Nesse sentido, e como já destacado no capítulo anterior, um dos processos mais interessantes surgidos nas últimas décadas na América do Sul, em países como o Brasil, a Colômbia, a Bolívia e o Equador, é a busca, por muitos movimentos sociais, de outras formas de gestão do território e de seus recursos, principalmente por parte dos chamados "povos originários" ou "comunidades tradicionais".[61] Em nome de uma espécie de "biopolítica a partir de baixo", grupos como os seringueiros, os negros descendentes de quilombolas, os indígenas, as quebradeiras de coco babaçu e os ribeirinhos da Amazônia vêm, cada um a seu modo, reivindicando — e conquistando — formas próprias de territorialização, questionando a própria hegemonia irrestrita dos interesses privados que até aqui deu as cartas na forma dominante de legitimação da propriedade pelo Estado.[62]

Sem excesso de otimismo e também, em hipótese alguma, dissociando-os da territorialidade hegemônica do Estado, mas reconhecendo conquistas já realizadas por esses movimentos, podemos afirmar que eles podem ser o embrião, a partir "de baixo", de uma transformação positiva e mais ampla — sobretudo, neste caso, mais múltipla — da territorialidade do Estado. Veja, por exemplo, o movimento indígena boliviano, que, mesmo hoje com sérios entraves, tenta desdobrar sua luta no próprio âmbito da transformação do aparelho estatal, e logrando inserir na Constituição o caráter plurinacional do Estado. Não só o Estado como um todo pode reformular seu papel social-redistributivo — reterritorializador, portanto —, como podem estar sendo questionadas algumas de suas bases jurídico-políticas, pautadas na afirmação e legitimação da propriedade privada e na jurisdição sobre "terras públicas", em geral muito pouco "públicas".

Aprovações de novas legislações que admitem o uso e a gestão coletivos da terra e/ou de alguns de seus recursos impõem novas formas, pouco ou

---

[61] Apesar de toda a polêmica implicada nesse e em outros termos utilizados por esses movimentos, devemos atentar para a eficácia política de seu uso enquanto estratégia para resistência e conquistas político-sociais, distinguindo o caráter teórico (intelectual), político-estratégico e político-normativo (jurídico) dessas concepções.

[62] Para um panorama desses movimentos e suas formas de territorialização, ver, por exemplo, Diegues (1992), Almeida (2004) e Little (2005).

não capitalistas, de usufruto e jurisdição. "Faxinais" no Sul do país, "fundos de pasto" no Nordeste e Brasil Central, "reservas extrativistas" na Amazônia, áreas indígenas e de antigos quilombos por todo o país conformam novas modalidades de territorialização que em geral aliam um tipo específico de domínio jurídico coletivo à forma tradicional de apropriação econômica e simbólica desses espaços por cada um desses grupos socioculturais. Coloca-se em prática, de alguma forma, a territorialização ao mesmo tempo como domínio jurídico-político, usufruto econômico e apropriação simbólico-cultural do espaço.

Assim, o reconhecimento (inclusive formal) dessas territorializações alternativas ajuda, e muito, a subverter as visões padronizadas sobre o poder estatal e a construção de territórios, sempre "de cima para baixo", percebendo então a força de alguns movimentos de reterritorialização "a partir de baixo". Inúmeros são os exemplos, a nível mundial, que devem ser alvo do aprofundamento de nossas investigações, a fim de combater a visão simplista e apriorística de uma entidade estatal-territorial unívoca e distinta que, simplesmente, ou se fortalece através das novas (bio)políticas de segurança e de exceção, ou se fragiliza pela afirmação de poderes por outros sujeitos sociais e em outras escalas, como a global e a local.

Também é importante que não se confunda uma crescente "governamentalização" da vida, como diria Foucault, com o fortalecimento do Estado. Muito dessa vida intensamente normatizada, para o bem ou para o mal, não se configura como dispositivos de controle atrelados diretamente ao Estado. E o "paraestatal" que se dissemina pode ser ainda mais violento e repressor que o Estado que aí está. Tamanha foi a difusão do princípio panóptico de vigilância (sentir-se vigiado sem ter a certeza da presença física de quem nos vigia) que o "governo de si" (e de pequenos grupos ou "comunidades") pode ser ainda mais coercitivo do que o governo conjunto de toda uma população (e seu território). Obviamente, entretanto, há sempre brechas para resistências e o Estado também pode, de alguma maneira, ser subvertido, até porque, como vimos através de diversos exemplos, ele não é a entidade monolítica que tantos concebem.

As múltiplas territorializações em curso implicam, portanto, entender a des-reterritorialização do Estado em sua multiplicidade, ora fragilizando-se, ora parecendo retomar antigos poderes, e ora, por fim, reconfigurando esses poderes em novas bases. Não há dúvida, contudo, que está em xeque seu modelo territorial exclusivista, centralizado numa mesma escala,[63] legitimador de uma grande ordem econômica (de um capitalismo que, por se reinventar constantemente, pode quiçá sobreviver sem ele) e que semeia pela superfície da Terra a mesma colcha de retalhos que pretende coibir a sobreposição territorial ou a multiplicidade de formas de jurisdição e identidade. Se em seu lugar teremos a composição de territorialidades mais democráticas e autônomas ou a imposição de formas ainda mais enfáticas de exclusivismo e/ou de segregação e precarização social é uma questão que somente o desdobramento dos conflitos e o nosso próprio engajamento num tipo ou outro de lutas sociais poderá responder.

---

[63] Independentemente do tamanho ou da escala cartográfica dos países, referimo-nos aqui à escala geográfica "nacional" de referência (cf. Haesbaert, 2002).

II.
BIOPOLÍTICA, IN-SEGURANÇA E CONTENÇÃO TERRITORIAL

Muro na favela Santa Marta, Rio de Janeiro (retoricamente denominado "ecolimite"), e protesto dos moradores.
(Foto do Autor, 2009)

6

SOCIEDADES BIOPOLÍTICAS DE IN-SEGURANÇA E DES-CONTROLE DOS TERRITÓRIOS[64]

"Segurança", em suas múltiplas matizes, pode-se afirmar, é um termo da moda. Das mudanças climáticas e as estratégias militares globais de uma potência como os Estados Unidos às táticas da vida cotidiana de cada um de nós, a segurança está na ordem do dia. Ações políticas, concepções ideológicas e amplos setores da economia são promovidos em torno da questão. Todos querem "mais segurança", praticamente todos estão envolvidos pelo temor da "insegurança".

Esse sentimento de insegurança, essa insegurança "vivida" se reflete — ou, de alguma forma, também ela reflete — (n)a dimensão de incerteza que o próprio campo epistemológico, o pensamento científico, acabou incorporando nas últimas décadas. Sintomática dessa nova perspectiva foi, por exemplo, a edição, entre outros, do livro *O fim das certezas*, de Ilya Prigogine, quase duas décadas atrás. Os desdobramentos da Física e das Matemáticas do caos e da instabilidade trouxeram para o centro do debate a condição da instabilidade como "signo de nascimento" do próprio universo e a incorporação do jogo de probabilidades no âmbito científico — exigindo uma

---

[64] Este capítulo tomou como base um artigo publicado originalmente no livro *O Brasil, a América Latina e o Mundo: espacialidades contemporâneas* (vol. 2), organizado por Oliveira et al. (2008), revisto e atualizado para esta edição.

"nova racionalidade" que, segundo Prigogine, não mais identifica estritamente Ciência com certeza e probabilidade com ignorância:

> Assistimos ao surgimento de uma ciência que não mais se limita a situações simplificadas, idealizadas, mas nos põe diante da complexidade do mundo real, uma ciência que permite que se viva a criatividade humana como a expressão singular de um traço fundamental comum a todos os níveis da natureza (Prigogine, 1996:14).

Na Geografia, principalmente no âmbito anglo-saxônico, o debate sobre a segurança remonta pelo menos aos anos 1990, mas se fortalece, sem dúvida, na década seguinte. Philo (2012), a partir do jogo entre "segurança da Geografia" e "Geografia da segurança", faz um balanço da temática e propõe identificar três correntes de estudos. A primeira, mais estrita, e que ele denomina "geografias carcerárias", enfatiza os espaços bem delimitados, ao mesmo tempo físicos e simbólicos, de reclusão dos internos; a segunda se refere a "paisagens defensivas" (inspirado no título do livro de Gold e Revill [2000]), moldadas por estratégias formais ou informais que visam "reduzir o risco de crime, deter a entrada ou enfrentar ameaças reais ou percebidas à segurança dos ocupantes de uma área" (Gold e Revill, 2000:2-3); a terceira, finalmente, abrange o nível mais amplo da "geopolítica crítica", e cuja referência acadêmica é a coletânea de Ingran e Dodds (2009), *Espaços de segurança e insegurança*, estruturada especialmente no tema da guerra ao terror.

O debate em torno da temática, antes, pela direita, restringia-se à segurança em sentido estrito, em sua natureza político-militar e, pela esquerda, era negligenciado ou, muitas vezes, apenas subentendido nas formas de reprodução econômica, de exploração e/ou de subordinação social. Hoje, no entanto, podemos afirmar que, tanto à direita quanto à esquerda (com todas as limitações que esses termos implicam), a segurança é focalizada em sentido amplo, aquela que diz respeito à própria garantia da vida — ou à relação entre vida e morte, isto é, envolvendo os riscos e/ou a violência que colocam em jogo a própria sobrevivência física, a nossa condição de "viventes" que, no seu extremo, buscam a "segurança" de, simplesmente, continuar vivendo.

Obviamente, há interpretações críticas que expandem o debate para as múltiplas dimensões do discurso e das práticas em torno de processos pautados pela desigualdade e pelo conflito no interior da sociedade capitalista, enquanto outras se restringem a um debate genérico onde, todo tempo, a "população" inteira é igualmente afetada e todos são igualmente responsabilizados pelo "clima de insegurança" vigente. É verdade que, a partir do modelo de sociedade capitalista hegemônica, altamente predatório, e da capacidade humana de autodestruição simbolizada pelo poder nuclear, fomos obrigados a reconhecer que a humanidade, pela primeira vez na história, coloca em risco sua própria existência enquanto espécie na face da Terra.

Isso não significa, entretanto, em hipótese alguma, defender uma ideia genérica de "sociedade de in-segurança", alheia às dinâmicas profundamente desiguais com que, primeiro, o discurso sobre a in-segurança é politicamente concebido e socialmente difundido, e, segundo, a forma efetiva com que se propagam os efeitos concretos da insegurança e dos "riscos". Muitas vezes é em nome da segurança de um grupo ou classe social que se gera a insegurança de outros, e riscos mais gerais, como o das alterações climáticas, têm efeitos profundamente desiguais conforme as condições socioeconômicas dos grupos e espaços que por eles são afetados.

É evidente que reconhecemos a enorme limitação de, com um único termo, sintetizar toda a realidade de um período e, de forma ainda mais temerária, abarcar todo o espaço social contemporâneo. Por isso, mesmo utilizando o termo "sociedade(s) de segurança" ou "de controle", reconhecemos que seria mais adequado falar da questão da segurança e do controle como uma das *dimensões* privilegiadas na sociedade atual. Fica claro que o discurso da segurança, para além de suas confirmações empíricas, é também um produto (e produtor) fundamental do neoconservadorismo contemporâneo.

Trabalhar essas denominações não significa, portanto, afirmar que se trata hoje da única e/ou principal qualificação para o entendimento do mundo, mas de *uma* das qualificações possíveis ainda que, certamente, uma das mais enfatizadas, com todas as implicações envolvidas pela generalização de seu uso, inclusive no senso comum. É importante destacar também que não se trata de uma leitura da insegurança, da instabilidade e/ou da incerteza como negativas em si mesmas, pois bem sabemos que a própria criatividade, o novo, só pode brotar em ambientes de relativa instabilidade e desordem. Uma sociedade, ao sobre-enfatizar a segurança, cria o mito do controle indiscriminado dos riscos, como se o risco não fosse imprescindível para a própria reinvenção e renovação dessa mesma sociedade.

In-segurança também está intimamente ligada à questão dos riscos. A preocupação constante com "(não) correr riscos" (ou, dentro de um raciocínio de probabilidades, minorá-los) tornou-se uma das principais características das nossas sociedades de in-segurança. A tal ponto que o sociólogo alemão Ulrich Beck, ainda em 1986, em livro hoje tornado clássico (traduzido no Brasil apenas em 2010), cunhou o termo "sociedade de risco" para caracterizar o nosso tempo.[65] Segundo o autor:

> *Este concepto designa una fase de desarrollo de la sociedad moderna en la que a través de la dinámica de cambio la producción de riesgos políticos, ecológicos e individuales escapa, cada vez en mayor proporción, a las instituciones de control y protección de la mentada sociedad industrial* (p. 201). *(...) la sociedad de riesgo se origina allí donde los sistemas de normas sociales fracasan en relación a la seguridad prometida ante los peligros desatados por la toma de decisiones* (Beck, 1996:206).

Nesse sentido, o avanço da problemática dos riscos é muito evidente, desde o risco biopolítico individual (riscos à saúde, por exemplo, que podem levar à obsessão pelo corpo e pela alimentação "saudáveis") até os riscos sociais (e "vitais") mais amplos, como os que envolvem a difusão global de epidemias e a transformação climática do planeta. Como afirmava o filósofo francês Jacques Rancière, em 2003, a partir de uma reflexão sobre os efeitos da canícula francesa naquele verão:

> *(...) o que se vê claramente hoje é que o enfraquecimento dos sistemas de proteção social é também o estabelecimento de uma nova relação dos indivíduos*

---

[65] Para uma leitura crítica da abordagem de Beck, especialmente por seu eurocentrismo e o pouco peso que dá à questão da violência urbana entre os riscos que focaliza, ver Souza, 2008 (especialmente pp. 20-26).

> *com uma força de Estado responsável pela segurança em geral, pela segurança sob todas as suas formas contra ameaças igualmente multiformes: o terrorismo e o islamismo, mas também o calor e o frio. (...) É o sentimento de que não estamos suficientemente protegidos contra as ameaças, portanto precisamos de mais e mais proteção contra as ameaças conhecidas, mas também contra as de que ainda não suspeitamos. (...) a insegurança, sobretudo, não é um conjunto de fatos, é um modo de gestão da vida coletiva. A gestão midiática ordinária de todas as formas de perigos, riscos e catástrofes, do terrorismo à canícula, assim como o maremoto intelectual do discurso catastrofista e das morais do mal menor, mostra suficientemente que os recursos do tema insecuritário são ilimitados.*[66]

As chamadas atitudes preventivas, tão evidentes nas "guerras preventivas", como a que envolveu a invasão norte-americana do Iraque naquele mesmo ano, colocam em primeiro plano o discurso sobre a prevenção de eventuais riscos. Junto a essa proliferação de uma política de gestão da insegurança e dos riscos, vivemos também, podemos dizer, dialeticamente, uma economia da in-segurança — ou, de forma mais estrita, uma economia da securitização —, em que seus próprios sujeitos se encarregam, todo tempo, de produzir novos riscos, avaliando tudo em termos de uma racionalidade de probabilidades (Ewald, 1991).

De um "conjunto de fatos", a insegurança passa a ser tomada como "um modo de gestão da vida coletiva", acionando o Estado e as classes hegemônicas por uma nova via. Em relação à população, passa-se do foco na recuperação dos "indivíduos perigosos" à eficácia da gestão dos riscos. Como afirma Telles (2010), inspirada em Castel (1983):

> *Diferente do perigo, o risco não está incorporado em um indivíduo ou grupo social determinado. É o efeito de uma combinação de fatores que tornam mais ou menos provável a ocorrência de um evento indesejável, doença, anomalias, comportamentos desviantes a serem minimizados ou evitados. É um cálculo de probabilidades* (p. 157).

---

[66] Jacques Rancière, no artigo "O princípio da insegurança", *Folha de São Paulo*, 21/9/2003.

Embora o risco não seja algo "objetivo", pois "nada *pode* ser um risco" (Ewald, 1991:199), já que este depende de como analisamos o perigo e de como consideramos um acontecimento, Ewald argumenta:

> *Ao objetivarmos certos acontecimentos como riscos, o seguro* [insurance] *pode inverter seus significados: pode transformar o que era visto previamente como obstáculo numa possibilidade. O seguro* [insurance] *assinala um novo modo de existência para acontecimentos previamente temidos; ele cria valor. (...) Securitização* [insurance] *é a prática de um tipo de racionalidade potencialmente capaz de transformar a vida de indivíduos e de uma população* (Ewald, 1991:200; tradução livre).

Devemos enfatizar então que, na atual sociedade de in-segurança em que vivemos, os riscos — e sua produção — têm que ser tratados sempre de forma complexa, em sua dimensão ao mesmo tempo política e econômica. A chamada economia fictícia do capitalismo contemporâneo vive da própria exploração da ideia de risco — e da criação de riscos, devemos destacar —, numa especulação permanente a partir de eventuais crises ou catástrofes, o que afeta diretamente as bolsas de valores e permite "jogar" financeiramente, em termos de lucro, com a probabilidade dos riscos e/ou da insegurança futuros.[67]

Por outro lado, toda essa política e essa economia são retroalimentadas pela proliferação de um imaginário do medo, que gira em torno da propalada necessidade de "não correr riscos", ou melhor, de evitar ao máximo correr riscos, já que eles, no fim das contas, seriam inevitáveis. Foucault estende essa "utilidade econômica" do medo ao próprio aumento do crime, dos tráficos e da delinquência:

> *(...) quanto mais houver delinquentes, mais haverá crimes: quanto mais houver crimes, mais haverá medo na população, e, quanto mais houver medo na população, mais aceitável e mesmo almejável se tornará o sistema*

---

[67] Ver o famoso "mercado de futuros" — onde, de alguma forma, até o tempo futuro, ainda não efetivado, transforma-se em objeto de mercantilização, de compra e venda.

de controle policial. (...) Mas isso não é tudo. A delinquência é útil economicamente. Vejam a quantidade de tráficos, perfeitamente lucrativos e inscritos no lucro capitalista, que passam pela delinquência. (...) O tráfico de armas, o tráfico de drogas, em suma, toda uma série de tráficos que, por uma ou outra razão, não podem ser direta e legalmente efetuados na sociedade passa pela delinquência que, de certa forma, os garante (Foucault, 2012:182).

A seguir, pretendemos analisar a relação entre a leitura da sociedade contemporânea como "sociedade de segurança" (para outros também, numa linguagem deleuze-foucaultiana, "sociedade de controle" ou "biopolítica") e as reconfigurações territoriais em jogo — o alegado papel do controle de processos sociais através do controle do território. Na verdade, ao acrescentarmos os prefixos *in*-segurança e *des*-controle, estamos problematizando a enorme ambiguidade desses termos e buscando relativizar sua aplicação ao contexto contemporâneo, especialmente no caso brasileiro e latino-americano.

Em uma perspectiva geográfica, uma das questões centrais, hoje, é a do convívio entre a rápida proliferação de novas e sofisticadas tecnologias informacionais de controle territorial e a retomada, também crescente, de "velhos" processos de territorialização (como a construção de muros e cercas, analisada nos capítulos 8 e 9), ambos acionados fundamentalmente em nome da segurança. Interessa-nos também, aí, o sentido que essa convivência paradoxal adquire na nova contextualização histórico-social que estamos vivenciando.

Os discursos em torno da desterritorialização, cuja difusão indiscriminada já criticamos (Haesbaert, 2004), mais uma vez são colocados em xeque, nesse caso também pela exacerbação de pretensos exclusivismos e/ou daquilo que denominaremos aqui, muito mais do que *reclusão*, processos de *contenção* territorial (capítulo 8). Auxiliará nesta jornada o diálogo especialmente com dois pensadores, Michel Foucault e Giorgio Agamben, revendo-se e/ou aprofundando-se algumas de suas proposições.

O "problema do espaço" em Foucault: das sociedades disciplinares às sociedades biopolíticas ou de segurança

Foucault, ainda que com uma abordagem centrada no contexto europeu,[68] é um autor que nos esclarece sobre a passagem, ou melhor, a gradativa sobreposição de uma sociedade do "ordenamento disciplinar", moldada especialmente para a construção de espaços disciplinares produtores de "indivíduos" capazes de inserção no setor diretamente produtivo, e uma sociedade de segurança ou de controle, voltada para garantir não tanto a disciplinarização e "docilização" dos corpos, mas, sobretudo, a "segurança biopolítica" das massas, da "população", especialmente pelo controle da reprodução (biológica) e circulação daqueles que são alijados ou precariamente inseridos no chamado mundo capitalista do trabalho.

De uma forma muito geral, poderíamos dizer que passamos do foco principal no poder disciplinar, pautado na relação disciplina/indivíduo (corpo/máquina)/fixação (especialmente pelo trabalho) à ênfase no biopoder — o poder sobre a vida — moldado pela relação segurança/massa ("corpo/espécie")/circulação (pela própria sobrevivência físico-biológica).[69] Para Foucault (1985):

> Este biopoder, sem a menor dúvida, foi elemento indispensável ao desenvolvimento do capitalismo, que só pode ser garantido à custa da inserção controlada dos corpos no aparelho de produção e por meio de um ajustamento dos fenômenos de população aos processos econômicos (p. 132). As técnicas do biopoder operaram também como fatores de segregação e de hierarquização social, (...) garantindo relações de dominação e efeitos de hegemonia,

---

[68] Sobre o caráter eurocêntrico do pensamento foucaultiano, concordamos com Castro-Gómez que, ao perguntar-se se sua analítica do poder seria "una metodología eurocéntrica", responde que sim, "en consideración a sus *contenidos*, pero no en consideración a su *forma*", pois, apesar de estar concentrado na análise da realidade europeia, seu método enaltece a diferença e a singularidade das múltiplas "histórias" (e "geografias", poderíamos acrescentar) humanas (Castro-Gómez, 2007:12).

[69] Foucault vai falar de duas "séries" integradas e incorporadas à modernidade ocidental, "a série corpo-organismo-disciplina-instituições e a série população-processos biológicos-mecanismos reguladores" (Foucault, 2002:298).

possibilitando também o ajustamento da acumulação dos homens à do capital, a articulação do crescimento dos grupos humanos à expansão das forças produtivas e à repartição diferencial do lucro (p. 133).

Foucault não foi, de forma alguma, como afirmam alguns de seus críticos, um filósofo ou historiador apenas da micropolítica e das minorias. A partir especialmente da análise de seus últimos trabalhos publicados, referentes aos cursos ministrados no Collège de France entre 1977 e 1979, particularmente "Segurança, Território e População" e "O Nascimento da Biopolítica" (Foucault, 2004a e 2004b), podemos sem dúvida afirmar que ele elabora sua "analítica do poder" em múltiplas escalas. Castro-Gómez, reelaborando um pouco essa proposta, distingue aí três níveis:

(...) un nivel microfísico en el que operarían las tecnologías disciplinarias y de producción de sujetos, así como las "tecnologías del yo" que buscan una producción autónoma de la subjetividad; un nivel mesofísico en el que se inscribe la gubernamentalidad del Estado moderno y su control sobre las poblaciones a través de la biopolítica; y un nivel macrofísico en el que se ubican los dispositivos supraestatales de seguridad que favorecen la "libre competencia" entre los Estados hegemónicos por los recursos naturales y humanos del planeta (Castro-Gómez, 2007:10).

O capitalismo e a "colonialidade do poder" se manifestam de forma distinta em cada um desses níveis. Segundo Castro-Gómez, essa é uma concepção fundamental e que está ausente em autores de referência no chamado debate pós-colonial. A rede que entrecruza essas perspectivas, podemos acrescentar, torna-se assim um elo fundamental para o entendimento das distintas geografias incorporadas nessa nova dinâmica do poder. Em relação ao raciocínio de Castro-Gómez, contudo, proporíamos algo semelhante ao que ele afirma de Foucault, de quem questiona o "conteúdo" (como eurocêntrico), mas não a "forma" (o método, poderíamos dizer): a "forma" de tratamento, diferenciando as escalas, é extremamente relevante, porém o "conteúdo" que Castro-Gómez delega a cada uma delas é amplamente questionável. O disciplinar como micro, a governamentalidade como meso e a segurança como macro, na verdade não funcionam assim, mas de tal forma se interpenetram que é muito mais a complexidade das combinações, e não a priorização de uma ou outra escala, que define cada dimensão da sociedade ou cada mecanismo de poder.

Senellart (2004), em seu comentário do curso de Foucault sobre "Segurança, Território e População", afirma que a problemática da "governamentalidade" responde à objeção frequentemente feita ao autor de sua negligência em relação ao papel do Estado. Ele afirma que não se trata de colocar o Estado nem em posição preponderante nem em negligenciá-lo, mas de:

> (...) *mostrar que a análise dos micropoderes, longe de estar limitada a um domínio preciso que seria definido por um setor da escala, deve ser considerada "um ponto de vista, um método de desciframento válido para toda escala, qualquer que seja a grandeza"* (p. 398, tradução livre — a citação entre aspas é do próprio Foucault em *O nascimento da biopolítica*, p. 192).[70]

"Micro", de "microfísica", afirma Deleuze (1988), não deve ser visto "como uma simples miniaturização das formas visíveis ou enunciáveis, mas como um outro domínio, um novo tipo de relações, uma dimensão de pensamento irredutível ao saber, ligações móveis e não localizáveis" (p. 83). Dito de outra forma, acrescenta o próprio Foucault, "a análise dos micropoderes [ou 'dos procedimentos da governamentalidade'] não é uma questão de escala, não é uma questão de setor, é uma questão de ponto de vista", uma "razão de método" (Foucault, 2004a:192, tradução livre).[71]

Independentemente, porém, dessa "razão de método" pela qual Foucault não admite que se faça uma distinção ou relação clara entre suas proposições e a questão da escala, consideramos imprescindível fazer essa distinção entre fenômenos/relações que são mais visíveis a um nível local, por exemplo, e outros cuja visibilidade só ocorre de fato e amplamente em

---

[70] No original: "(...) montrer que l'analyse des micro-pouvoirs, loin d'être limitée à un domaine précis qui serait défini par un secteur de l'échelle, doit être considerée "comme un point de vue, une méthode de déchiffrement valable pour l'échelle tout entière, quelle qu'en soit la grandeur."

[71] No original: "(...) l'analyse des micro-pouvoirs [ou 'des procédures de la gouvernamentalité'], ce n'est pas une question d'échelle, ce n'est pas une question de secteur, c'est une question de point de vue", uma "raison de méthode".

um nível mais global. Como enfatizado por ele em relação à composição entre os diferentes mecanismos de poder — jurídico-legais, disciplinares e de segurança —, aqui também o que está em questão é a combinação ou o "sistema de correlação" entre os fenômenos/escalas, a cada momento redefinindo o componente dominante.

Foucault distinguiu três grandes formas, mecanismos ou sistemas de poder: o legal ou jurídico, "soberano", historicamente mais antigo, dominante da Idade Média aos séculos XVII-XVIII; o disciplinar, típico das sociedades modernas, e o de segurança, dominante na contemporaneidade, especialmente a partir do contexto norte-americano. Mas identificar essas modalidades como "o antigo, o moderno e o contemporâneo" ocultaria o essencial (Foucault, 2004b:8). Não só as formas que parecem ser mais recentes já estão implicadas nas mais antigas, como as precedentes não desaparecem com a dominância daquelas que as sucederam. Não se trata, portanto, de uma "era legal", uma "era disciplinar" e uma "era da segurança":

Na verdade, teremos uma série de construções complexas nas quais o que vai mudar, certamente, são as próprias técnicas, que irão se aperfeiçoar, em todo caso se complicar, mas sobretudo o que vai mudar é a dominante ou, mais exatamente, o sistema de correlação entre os mecanismos jurídico-legais, os mecanismos disciplinares e os mecanismos de segurança (Foucault, 2004b:10).[72]

Trata-se, em outras palavras, de trabalhar sobre uma análise das técnicas de poder que a cada momento são construídas. E essas técnicas, obviamente, têm na modificação do espaço e dos territórios um de seus elementos constituintes fundamentais. Foucault tenta então verificar se, a partir da identificação da dominância de "tecnologias de segurança", poderíamos definir hoje uma "sociedade de segurança", pelo menos no âmbito

---

[72] No original: "En fait, vous avez une série d'édifices complexes dans lesquels ce qui va changer, bien sûr, ce sont les techniques elles-mêmes qui vont se perfectionner, ou en tout cas se compliquer, mais surtout ce qui va changer, c'est la dominante ou plus exactement le système de corrélation entre les mécanismes juridico-légaux, les mécanismes disciplinaires et le mécanismes de sécurité."

das chamadas sociedades centrais ocidentais. Entre os "traços gerais desses dispositivos de segurança" ele irá analisar, em primeiro lugar, os "espaços de segurança", passando depois à questão do "tratamento do aleatório", em terceiro lugar, à "forma de normalização específica da segurança" e, por último, à "correlação entre a técnica de segurança e a população", esta tomada ao mesmo tempo como objeto e sujeito dos dispositivos de segurança (Foucault, 2004b:13).

Ao iniciar sua primeira análise, referente ao espaço, que é também aquela que nos interessa mais diretamente, Foucault irá propor uma distinção "esquemática" de espacialidades características ou dominantes em cada tipo de sociedade: "a soberania se exerce nos limites de um território, a disciplina se exerce sobre o corpo dos indivíduos e, enfim, a segurança se exerce sobre o conjunto de uma população" (p. 13),[73] para acrescentar que essa simplicidade não funciona, principalmente porque o problema das multiplicidades se coloca também para a soberania e a disciplina. Apesar de a concepção de um território "não povoado" ser jurídica e politicamente aceitável, o exercício efetivo da soberania se dá sobre uma multiplicidade que é uma multiplicidade de sujeitos e de um povo. A disciplina, da mesma forma, não se reduz aos corpos individualizados, mas se exerce sobre uma multiplicidade na qual o indivíduo, mais do que a "matéria-prima" que a constrói, constitui uma forma de recortá-la.

Para Foucault, já na segunda metade do século XVIII começa a se manifestar uma mudança de foco em relação às técnicas de controle, que passam do controle do corpo individual para o controle "da vida", ou seja, essas técnicas dirigem-se prioritariamente não mais ao "homem-corpo", a ser disciplinado, mas ao "homem-vivo", ao homem enquanto espécie, uma "população" a ser regulamentada:

> (...) a disciplina tenta reger a multiplicidade dos homens na medida em que essa multiplicidade pode e deve redundar em corpos individuais, que devem ser vigiados, treinados, utilizados, eventualmente punidos. (...) a nova tecnologia (...) se dirige à multiplicidade dos homens, não na medida em que

---

[73] No original: "la souveraineté s'exerce dans les limites d'um territoire, la discipline s'exerce sur le corps des individus, et enfin la sécurité s'exerce sur l'ensemble d'une population."

eles se resumem em corpos, mas na medida em que ela forma, ao contrário, uma massa global, afetada por processos como o nascimento, a morte, a produção, a doença etc. (...) uma "biopolítica" da espécie humana (Foucault, 2002 [1976]:289).

Os "problemas de espaço" são igualmente comuns às três modalidades de poder. Foucault utiliza como exemplo a cidade, que passa de um espaço mais fechado e jurídico-politicamente mais isolado até por volta dos séculos XVII-XVIII, para um espaço "desenclavado" onde o problema central é o da circulação, primeiro dentro do território de soberania do Estado, em seguida no bojo da disciplinarização de seu próprio espaço interno. A ideia de eficácia política da soberania está ligada a uma boa disposição espacial que assegure todo tipo de circulação. Segundo Foucault, para Le Maître, um autor do século XVII que analisou a cidade, o problema fundamental é "como assegurar um Estado bem capitalizado, isto é, bem organizado em torno de uma capital, sede da soberania e ponto central de circulação política e comercial" (Foucault, 2004b:17).[74]

Quanto ao "tratamento disciplinar das multiplicidades", ele envolve:

(...) [a] constituição de um espaço vazio e fechado no interior do qual vão ser construídas multiplicidades artificiais, que são organizadas segundo o tríplice princípio da hierarquização, [da] comunicação exata das relações de poder e dos efeitos funcionais específicos a essa distribuição. (...) A disciplina é da ordem da construção [construção em sentido amplo] (Foucault, 2004b:19).[75]

Por fim, na diferenciação entre um espaço urbano "disciplinar" e um espaço urbano "de segurança", Foucault enfatiza ainda mais os fatores

---

[74] No original: "comment assurer um État bien capitalisé, c'est-à-dire bien organisé autour d'une capitale, siège de la souveraineté et point central de circulation politique et commerciale."

[75] "[la] constitution d'un espace vide et fermé à l'interieur duquel on va construire des multiplicités artificielles qui sont organisées selon le triple principe de la hiérarchisation, [de] la communication exacte des relations de pouvoir et des effets fonctionnels spécifiques à cette distribution. (...) La discipline est de l'ordre du bâtiment (bâtiment au sens large)."

controle da circulação e vigilância. Para ele, na cidade aberta, sem muros, voltada para o comércio e a circulação de pessoas, torna-se fundamental selecionar os bons e os maus fluxos, eliminar os perigosos, pois a cidade passa a ser alvo do crescente "afluxo de todas as populações flutuantes, mendigos, vagabundos, delinquentes, criminosos, ladrões, assassinos etc." (p. 20). Enquanto a disciplina trabalha, sobretudo, um espaço "vazio, artificial", inteiramente construído e, no seu extremo, utópico ("perfeito"), a segurança se apoia "num certo número de dados materiais" preexistentes, inclusive naturais, como aqueles relativos à circulação das águas, do ar etc. tratando-se "simplesmente de maximizar os elementos positivos" (p. 21) e minimizar os riscos.

Outra característica é que, enquanto a disciplina se volta mais para a organização de espaços, digamos, unifuncionais — e, em última instância, "individualizados", a segurança irá trabalhar sobre a "regulamentação" biopolítica das populações ou das "massas" (mais até do que sobre "multidões") em espaços multifuncionais, polivalentes. Essa característica é a primeira que nos leva a fazer certo contraponto entre o caráter mais exclusivista e individualizante dos espaços disciplinares e o caráter mais polivalente e multiterritorial dos espaços moldados prioritariamente dentro dos mecanismos de segurança.

Apesar de o poder disciplinar estar centrado nas instituições e o biopoder na regulamentação do Estado, não se trata em hipótese alguma de uma oposição entre instituições e Estado. Isso porque, obviamente, como dirá Foucault, muitas instituições, como a polícia, são claramente aparelhos ao mesmo tempo disciplinares e de Estado, e muitas "regulações globais", desde o século XIX, são claramente, também, "instituições subestatais", dentro da esfera do Estado.

Agamben (2002b) distingue os poderes disciplinar e "de segurança" de maneira geograficamente muito interessante (discussão que, por isso mesmo, retomaremos mais à frente neste livro). Diz ele:

> *Enquanto o poder disciplinar isola e fecha territórios, as medidas de segurança conduzem a uma abertura e à globalização; enquanto a lei deseja punir e regular, a segurança intervém nos processos em curso a fim de dirigi-los. Em suma, a disciplina quer promover a ordem, a segurança quer regular a desordem* (p. 145).

Elden (2007), de forma semelhante, numa ótica diretamente geográfica e também a partir de Foucault (2004b, especialmente as páginas 46 e 47), sintetiza a distinção entre "disciplina" e "segurança" da seguinte forma:

> *Enquanto a disciplina opera através do fechamento e circunscrição do espaço, a segurança requer a abertura e liberação do espaço, a fim de possibilitar circulação e passagem. Embora circulação e passagem requeiram alguma regulação, esta deve ser mínima. Disciplina é centrípeta, enquanto segurança é centrífuga; disciplina busca regular tudo, enquanto segurança procura regular o menos possível e, sobretudo, permitir, sem dúvida, laissez-faire; disciplina é isoladora, trabalhando com medidas de segmentação, enquanto segurança procura incorporar e distribuir de forma mais ampla (p. 565).*[76]

Para as técnicas eminentemente voltadas para a questão da segurança, por fim, interessa trabalhar também sobre o futuro, prever o desencadeamento de um processo, "abrir-se sobre um futuro não exatamente controlado ou controlável, não exatamente medido ou mensurável", mas que seja capaz de "levar em conta o que pode se passar" (Foucault, 2004b:21).[77] Um dos mecanismos fundamentais envolve assim as séries estatísticas, os levantamentos detalhados, pois o controle só pode se dar por uma estimativa de probabilidades. Daí também a relevância do elemento "população", já que os indivíduos serão levados em conta agora, mais do que como individualidades, enquanto espécie, enquanto população biologicamente (reprodutível) passível de ser, enquanto abstração, estatística-probabilisticamente controlada. Como na teoria do caos, trata-se de trabalhar muito mais no campo das probabilidades do que das determinações e das certezas.

---

[76] No original: "while discipline operates through the enclosure and circumscription of space, security requires the opening up and release of spaces, to enable circulation and passage. Although circulation and passage will require some regulation, this should be minimal. Discipline is centripetal, while security is centrifugal; discipline seeks to regulate everything while security seeks to regulate as little as possible, and, rather, to enable, as it is, indeed, laissez faire; discipline is isolating, working on measures of segmentation, while security seeks to incorporate, and to distribute more widely."

[77] No original: "s'ouvrir sur un avenir non exactement contrôlé ni contrôlable, non exactement mesuré ni mesurable", mas que seja capaz de "tenir compte de ce qui peut se passer".

Foucault resume então a questão do espaço nas suas três modalidades ou sistemas de poder da seguinte forma:

> (...) *enquanto a soberania capitaliza um território, colocando o problema principal da sede de governo, enquanto a disciplina arquiteta um espaço e coloca-se como problema essencial uma distribuição hierárquica e funcional dos elementos, a segurança irá tentar ordenar um meio em função de acontecimentos ou de séries de acontecimentos ou de elementos possíveis, séries que ela deve regularizar num quadro multivalente e transformável* (2004a:22).[78]

Embora possamos e, em certo sentido, até mesmo devamos discordar dos termos espaciais expostos, mas pouco desdobrados por Foucault: "território", "espaço" (hierárquico e funcional) e "meio", sem dúvida é importante a distinção de ênfase proposta por ele em relação às diferentes técnicas espaciais que estão em jogo. Assim, se observarmos não como estágios sucessivos, mas como modalidades concomitantes, embora desigualmente articuladas, e tivermos o cuidado de precisar melhor o sentido geográfico de cada termo, sem dúvida teremos uma boa referência para o entendimento da espacialidade contemporânea. Tal como na relação inicialmente ressaltada entre soberania, disciplina e segurança, trata-se aqui de trabalhar de forma conjugada "território", "espaço" (disciplinar) e "meio".

Podemos mesmo dizer que vivenciamos hoje uma renovada importância do "controle dos corpos", mas não mais simplesmente de "corpos individualizados", controle típico da sociedade disciplinar moderna, pautada em reclusões onde a figura do indivíduo e a construção de sua pretensa autonomia eram elementos centrais,[79] e sim, sobretudo, do controle da "massa" e da própria vida que a reprodução do conjunto desses corpos, a que Foucault denomina população, implica.

---

[78] No original: "alors que la souveraineté capitalise um territoire, posant le problème majeur du siège du gouvernement, alors que la discipline architecture un espace et se pose comme problème essentiel une distribution hiérarchique et fonctionelle des éléments, la sécurité va essayer d'aménager un milieu en fonction d'événements ou de séries d'événements ou d'éléments possibles, séries qu'il va falloir régulariser dans un cadre multivalent et transformable."

[79] A propósito, ver o capítulo seguinte, onde analisamos em maior detalhe os processos de reclusão territorial (ligados aos processos de disciplinarização).

Antes de entrarmos no próximo item, gostaríamos de indicar algumas importantes alterações, se não conceituais, pelo menos terminológicas. Em primeiro lugar, propomos denominar "território", no restrito sentido foucaultiano, típico dos mecanismos de soberania, "território de soberania" (estatal, moderno-ocidental). O autor chega mesmo a afirmar que haveria uma mudança do "Estado territorial" para o "Estado de população", sem explicitar que a população, direta ou indiretamente envolvida, é um dos elementos constituintes e indissociáveis do território. Em segundo lugar, o "espaço" hierárquico e funcional das sociedades disciplinares, propomos qualificar sempre como "espaço disciplinar", espaço de tendência exclusivista/celular e/ou reclusiva, voltado sobretudo para a produção do indivíduo moderno. Esse espaço disciplinar seria então, sempre, também, uma modalidade de território, muitas vezes representando a manifestação de microterritórios em instituições disciplinares (como a prisão, a escola, a clínica etc.). "Meio", por sua vez, dirá respeito sobretudo aos espaços de circulação (próximo ao conceito de rede), inserido em novas formas territoriais (dentro de uma concepção muito mais ampla de território, que inclui diversas modalidades de territórios-rede), onde a problemática básica será, como analisaremos no capítulo 8, a "contenção" da circulação.

"Meio" e rede, segurança e govern(ament)o da "população"

A expressão foucaultiana proposta para abordar o "problema do espaço" nas sociedades de segurança ou biopolíticas que nos interessa mais de perto é "meio". Foucault vai localizá-la originalmente na física newtoniana (séculos XVII-XVIII) e na biologia de Lamarck (séculos XVIII-XIX), onde tem seu sentido relacionado, em ambos os casos, com "fluidos" (seja o ar, a água e a luz para Lamarck, seja o "éter" para Newton). Daí a definição do autor para "meio" como "aquilo que é necessário para dar conta da ação a distância de um corpo sobre outro. (...) o suporte e o elemento de circulação de uma ação. (...) aquilo em que se faz a circulação"[80] (Foucault, 2004b:22). Para a seguir acrescentar:

---
[80] No original: "ce qui est nécessaire pour rendre compte de l'action à distance d'un corps sur un autre. (...) le support et l'élément de circulation d'une action. (...) ce en quoi se fait la circulation."

Os dispositivos de segurança trabalham, criam, organizam, planejam um meio antes mesmo de a noção ter sido formada e isolada. O meio vai ser, portanto, aquilo em que se faz a circulação. O meio é um conjunto de dados naturais, rios, pântanos, morros, é um conjunto de dados artificiais, aglomeração de indivíduos, aglomeração de casas etc. O meio é certo número de efeitos, que são efeitos de massa que agem sobre todos os que aí residem. (...) o que é efeito, de um lado, vai se tornar causa, de outro (p. 28). Vê-se aí a irrupção do problema da "naturalidade" da espécie humana dentro de um meio artificial. E essa irrupção da naturalidade da espécie dentro da artificialidade política de uma relação de poder é, parece-me, algo fundamental (Foucault, 2008a:29).

Por essa definição biopolítica, fica muito claro que o que Foucault está querendo apreender com sua noção de meio são os fluxos, é o aumento — e, correlativamente, o controle — da circulação, da fluidez no/do espaço. Trata-se, portanto, mais do que da noção ambígua e mais tradicional de "meio", da noção de "espaços de circulação" ou mesmo, numa concepção um pouco mais restrita, de "rede". Basta verificar o comentário feito por ele sobre o tardio uso "social" da expressão, que teria ocorrido bem depois de que seu próprio "esquema técnico" ou de que sua "estrutura pragmática" já estivesse desenhada através dos primeiros urbanistas do século XVIII e, especialmente, ao longo das reformas urbanas do século XIX. Na verdade, se tomarmos a noção de rede nesse sentido técnico, ela acompanha mais diretamente esse processo, pois na leitura de Musso (2003) é no período entre 1802 e 1832 que se dá a operação dupla de construção do conceito e do mito moderno de rede, uma obra "saint-simoniana" (2003:16).

Só não propomos substituir "meio" por "rede" na medida em que o autor dá grande destaque à composição integrada, ao mesmo tempo natural e artificial, física e humana do "meio", que se constitui por "efeitos de massa que se referem a todos os que aí residem"[81] (2004b:23). Em seus efeitos, pelo menos, o "meio" vai além da mera circulação proporcionada pelas redes, especialmente se enfatizarmos o caráter técnico-tecnológico das redes, como faz Musso (2003) ao denominar "rede-tecnologia" o "conjunto de

---

[81] No original: "effets de masse portant sur tous ceux qui y résident."

representações, de discursos e de imagens mantidos pelas redes técnicas",[82] e que hoje domina (Musso, 2003:10).[83]

Por outro lado, podemos pensar ainda em uma circulação que não se dá apenas pela modalidade rede, mas também "em área", como numa expansão tipo mancha de óleo. Como já destacado no capítulo 4, existem hoje também, e com intensidade crescente, "movimentos de massa" em sentido amplo (para muito além de seu sentido físico-natural). Além disso, sem dúvida meio ou *milieu*, em francês, dá conta também da indispensável "dimensão natural" (indissociável da "dimensão social") em que se travam as grandes questões ditas ambientais, questões-chave no debate da biopolítica contemporânea.

Para Foucault (2002), a biopolítica "vai extrair seu saber e definir o campo de intervenção de seu poder" a partir "da natalidade, da morbidade, das incapacidades biológicas diversas, dos efeitos do meio" ("meio geográfico, climático, hidrográfico") (p. 292). No resumo de seu curso *La naissance de la biopolitique*, ele define a biopolítica como:

> (...) *a maneira com que tentamos, desde o século XVII, racionalizar os problemas colocados à prática governamental pelos fenômenos próprios a um conjunto de viventes constituídos em população: saúde, higiene, natalidade, longevidade, raças... Sabe-se que posição crescente esses problemas ocuparam desde o século XIX, e quais contendas políticas e econômicas eles constituíram até os dias de hoje (...)* (Foucault, 2004a:323).[84]

Nesse contexto, o poder não irá mais priorizar nem o controle do "território" (estatal, para Foucault) e seu "corpo social" (ou "político"), como

---

[82] No original: "ensemble de répresentations, de discours et d'images supportés par les réseaux techniques."

[83] Para o autor, enfatizando desde a origem esse caráter técnico das redes, o conceito moderno de rede seria um "composto" formado a partir de três grandes fontes: a medicina, a engenharia militar e civil e a economia política (Musso, 2003:17).

[84] No original: "(...) la manière dont on a essayé, depuis le XVIIe siècle, de rationaliser les problèmes posés à la pratique gouvernementale par les phénoménes propes à un ensemble de vivants constitués en population: santé, hygiène, natalité, longevité, races... On sait quelle place croissante ces problèmes ont occupée depuis le XIXe siècle, et quels enjeux politiques et économiques ils ont constitué jusqu'à aujourd'hui (...)"

na soberania, nem a docilização dos "indivíduos-corpos", como no poder disciplinar, mas a "população", problema ao mesmo tempo científico, político e biológico, este "novo corpo: corpo múltiplo, corpo com inúmeras cabeças, se não infinito, pelo menos numerável" (Foucault, 2004a:292).

Em relação ao poder soberano, o que ocorre, podemos dizer, é uma mudança do elemento central nas relações de controle, que parte da "terra" — ou, se quisermos, da base física, mais imóvel, do território e suas repartições — para a "população", o conjunto de seus habitantes enquanto entidades biológicas, reprodutíveis e, sobretudo, móveis. As problemáticas atuais sobre migração e mobilidade da população, sem falar nas questões biopolíticas mais estritas, ligadas à biogenética, e o papel revigorado do Estado em relação a elas, também são uma evidência do acirramento dessas transformações.

Por acréscimo, deve-se enfocar, nos nossos dias, a população humana e sua reprodução não somente diante das condições sociais e econômicas, mas também na medida em que se insere entre as demais populações "naturais", relembrando essa condição biológica privilegiada por Foucault ao utilizar o termo "população". Assim, políticas territoriais também se dirigem, de forma crescente, às populações animais e vegetais em geral (discutindo-se até mesmo os "direitos da natureza"), bem como às condições do "meio" em seus diferentes fluxos e circulações.

Segurança e biopoder, portanto, encontram-se imbricados de modo indissociável. Podemos dizer que a "população", inclusive em sua condição mais estritamente biológica, torna-se uma questão de "segurança": sua reprodução, sua fertilidade, sua mortalidade — que envolvem, obviamente, também, e hoje, sobretudo, sua circulação. As questões biopolíticas de população são agora, igualmente, questões de segurança, pois envolvem fenômenos coletivos, "de massa", fenômenos seriais, "aleatórios e imprevisíveis" (Foucault, 2002:293).

Se a biopolítica tem como preocupação primeira o governo da população em sua circulação e/ou reprodução biológica, ela está diretamente ligada, assim, à instituição de saberes, como o da estatística — "ciência do Estado" —, e o da economia política, capazes de proporcionar os dados indispensáveis à gestão econômica e ao controle do comportamento geral do homem visto sobretudo enquanto espécie, ou seja, enquanto população. Segundo Foucault:

(...) essa estatística que havia funcionado até então no interior dos marcos administrativos e, portanto, do funcionamento da soberania, essa mesma estatística descobre e mostra pouco a pouco que a população tem suas regularidades próprias, seus números de mortos, seu número de doentes, suas regularidades de acidentes. A estatística mostra igualmente que a população comporta efeitos próprios da sua agregação e que esses fenômenos são irredutíveis aos da família: serão as grandes epidemias, as expansões epidêmicas, a espiral do trabalho e da riqueza. A estatística mostra [também] que, por seus deslocamentos, por seus modos de agir, por sua atividade, a população tem efeitos econômicos específicos (Foucault, 2008a:138-139).

Passa-se da economia como gestão da família pelo poder soberano para uma economia política das "técnicas de governo" ou da "governamentalidade" em torno da população. Assim:

(...) a economia política pode se constituir a partir do momento em que, entre os diferentes elementos da riqueza, apareceu um novo sujeito, que era a população. Pois bem, é apreendendo essa rede contínua e múltipla de relações entre a população, o território e a riqueza que se constituirá uma ciência chamada "economia política" e, ao mesmo tempo, um tipo de intervenção característica do governo, que vai ser a intervenção no campo da economia e da população [como sujeito econômico] (Foucault, 2008a:140-141).

Quanto à governamentalidade que se exerce sobre essa população, Foucault a define como:

(...) o conjunto constituído pelas instituições, os procedimentos, análises e reflexões, os cálculos e as táticas que permitem exercer essa forma bem específica, embora muito complexa, de poder que tem por alvo principal a população, por principal forma de saber a economia política e por instrumento técnico essencial os dispositivos de segurança (Foucault, 2008a:143).

Enquanto sob a dimensão "soberana" do poder encontra-se prioritariamente a obediência à lei, agora não se trata tanto de impor uma lei aos homens, mas de "dispor as coisas", "utilizar táticas, muito mais do que leis, ou utilizar ao máximo as leis como táticas, agir de modo que, por um certo número de meios, esta ou aquela finalidade possa ser alcançada" (Foucault, 2008a:132). O indivíduo, nesse sentido, interessa ao Estado, antes de tudo, visando atingir as próprias finalidades do Estado, seu "poderio".[85]

Daí a importância do espaço, dos arranjos e do ordenamento espacial, em suma, do território (também em sua "microfísica"), nesse exercício do poder. A "sabedoria" do soberano volta-se agora para o conhecimento minucioso de seu território (e da multiplicidade de sua população) a fim de conceber a disposição ideal dos objetos (e da própria população) e o direcionamento "correto" dos fluxos. O Estado visa alcançar a melhor "disposição" (que é também espacial), como afirma Foucault, a fim de atingir seus objetivos.

Dessa forma, os dispositivos biopolíticos de segurança são fundamentais, e a polícia atua como uma de suas "tecnologias" básicas. Inspirado em um autor do século XVII, Turquet de Mayerne, Foucault mostra como o "ideal" de polícia envolveria praticamente todas as relações entre homens e coisas:

> *O que interessa à polícia é a coexistência dos homens em um território, suas relações de propriedade, o que eles produzem, o que é trocado no comércio e assim por diante. Ela também se interessa pela maneira como eles vivem, pelas doenças e acidentes aos quais eles estão expostos. Em suma, é de um homem vivo, ativo e produtivo que a polícia cuida (p. 311). (...) com esse novo Estado de polícia, o governo passa a se ocupar dos indivíduos em função de seu status jurídico, certamente, mas também como homens, seres que vivem, trabalham e comerciam (p. 312). (...) Em suma, a vida é o objeto da polícia* (Foucault, 2004c:313).

---

[85] "(...) o indivíduo interessa ao Estado unicamente quando ele pode fazer alguma coisa pelo poderio do Estado. (...) Do ponto de vista do Estado, o indivíduo apenas existe quando ele promove diretamente uma mudança, mesmo que mínima, no poderio do Estado, seja esta positiva ou negativa. O Estado tem que se ocupar do indivíduo apenas quando ele pode introduzir tal mudança. E tanto o Estado lhe pede para viver, trabalhar, produzir e consumir, como lhe exige morrer" (Foucault, 2004:308).

É interessante como, ao recorrer ao conceito de governamentalidade, Foucault ao mesmo tempo enfatiza o papel biopolítico (ou "de segurança") estatal e amplia a percepção de política — e de "governo" — para além da figura do Estado, incluindo mesmo o que ele denomina as "técnicas de si [ou do *self*]". Isso leva autores como Dean (2008) a se referirem à governamentalidade a partir de uma concepção ampla de "governo" ou *government* (que alguns preferem traduzir por "governamento"):

> *Qualquer atividade racional e mais ou menos calculada empreendida por uma multiplicidade de autoridades e agências, empregando uma variedade de técnicas e formas de conhecimento, que procura modelar nossa conduta trabalhando nossos desejos, aspirações, interesses e crenças (...) Agências de govern[ament]o, neste sentido, podem ser locais, regionais, nacionais, internacionais ou globais, podem ser filantrópicas, públicas ou lucrativas* (p. 209). *(...) govern[ament]o implica não somente relações de poder e autoridade, mas também questões de "self" e de identidade. Podemos dizer agora, de forma muito esquemática, que poder, verdade e identidade indicam três dimensões gerais de govern[ament]o, correspondendo ao que devo chamar (...)* sua techne, *sua* episteme *e seu* ethos (Dean, 2008 [1999]:18, destaques do autor).

Por isso, com Foucault, podemos afirmar que a governamentalidade não se reduz à ação do Estado e inclui as múltiplas "artes de governo" ou de "governamento". Governar, assim, para Dean, não é uma "simples atividade empírica", mas envolve distintas habilidades que incluem conhecimentos práticos, imaginação, emprego da intuição etc. Isso para dizer, então, que sempre haverá outras formas de "governo" (e, consequentemente, de território) que, mesmo com processos mais especificamente estatais buscando cooptá-las, não são redutíveis a sua esfera, tanto no sentido micro das atividades cotidianas quanto no nível macro dos processos crescentemente globais.

Sociedades de in-segurança, bio-tanatopolítica e vida nua

"Para a sociedade capitalista, a biopolítica é o que mais importa, o biológico, o somático, o físico", dirá Foucault (1994 [1978]:210). De certa forma, no que Deleuze propõe denominar "sociedades de controle" (Deleuze, 1992) e que preferimos, com Foucault, intitular "sociedades de in-segurança" (acrescentando sempre o prefixo "in"), impõe-se de modo ainda mais acentuado o que foi caracterizado como biopolítica — onde os homens, especialmente dentro da massa crescente daqueles que não são considerados socialmente "úteis" ou que não têm um papel social claramente definido dentro da ordem hegemônica, são vistos basicamente enquanto entidades biológicas, ocorrendo uma "espécie de animalização do homem", na expressão extrema de Foucault, e que Agamben (2002a), numa concepção mais complexa, denomina "vida nua ou vida sacra".

Sob a biopolítica, segundo Foucault, a "questão nua e crua da sobrevivência" tornou-se central (1985:129). Enquanto o poder soberano se exercia pela definição de quem deveria morrer ("poder fazer morrer"), no biopoder a morte é progressivamente desqualificada, pois importa, em primeiro lugar, fazer viver, promover a vida ("fazer viver e deixar morrer"). "Pode-se dizer que o velho direito de *causar* a morte ou *deixar* viver", afirma ele, foi substituído por "um poder de *causar* a vida ou *devolver* à morte".[86] Mesmo na aplicação (tão contestada) da pena de morte, "são mortos legitimamente aqueles que constituem uma espécie de perigo biológico para os outros" (1985:130). A partir de uma leitura na perspectiva da colonialidade do poder, Mendiola (2009) complexifica a máxima "fazer viver, deixar morrer", alterando-a para "fazer viver, fazer deixar morrer".

As tecnologias centradas não mais no indivíduo e em sua disciplinarização, mas na vida, na proliferação do homem enquanto espécie, envolvem hoje o imenso rol de biotecnologias que Foucault associa a um "excesso de biopoder", característico do século XX. Agora, mais do que "assegurar a vida", o biopoder vai além do poder de soberania que mata, pois é capaz de "matar a própria vida" (2002:303). E aí temos não apenas o exemplo extremo das bombas nucleares, mas todas as iniciativas de manipulação genética capazes de proliferar a vida de tal forma que fabricam "algo monstruoso (...) — no limite — vírus incontroláveis e universalmente destrutivos", "extensão formidável do biopoder que (...) vai ultrapassar toda a soberania humana" (2002:303).

Mais do que simplesmente biopolítica, podemos utilizar o termo biotanatopolítica, pois se verifica que, paralelamente a uma preocupação

---

[86] Foucault desenvolve essas ideias principalmente no capítulo V ("Direito de morte e poder sobre a vida") do volume 1 de *História da sexualidade — A vontade de saber*.

inédita com as diferentes formas de vida (com a "biodiversidade", em suma), ocorre uma "desqualificação progressiva da morte" (Foucault, 2002:294). Ao ocupar-se da "população", o Estado, especialmente através da ação violenta da polícia, também pode decretar a morte (de alguns) em nome da vida (de outros). Assim, "sendo a população apenas aquilo de que o Estado cuida, visando, é claro, ao seu próprio benefício, o Estado pode, ao seu belprazer, massacrá-la. A tanatopolítica é, portanto, o avesso da biopolítica" (Foucault, 2004c:316).

Mesmo muitos genocídios do século XX (em sua extrema banalização da morte e "espécie de animalização" do homem), envoltos pelo racismo, foram decretados mais pelo "fazer viver" (em nome dos que deveriam viver) do que pelo estrito "fazer morrer". Segundo Foucault, o racismo é uma cesura do tipo biológico no interior desse próprio domínio, onde a morte do outro significa o meu fortalecimento — não se trata apenas de garantir a segurança da "minha vida", mas de evitar a proliferação da "raça ruim, da raça inferior (ou do degenerado, ou do anormal)", deixando assim "a vida em geral mais sadia (...) e mais pura" (2002:305). Nesse sentido, o biopoder não é prerrogativa dos séculos XIX e XX, pois começa com a colonização, com o "genocídio colonizador" (2002:307). Em síntese, para Foucault, "o poder de expor uma população à morte geral é o inverso do poder de garantir a outra sua permanência em vida" (1985:129).

Prolifera agora a figura ambivalente daquele que Agamben denominou de *homo sacer*, o homem "insacrificável e, todavia, matável" (Agamben, 2002:90), que "pertence ao Deus na forma da insacrificabilidade, e é incluído [pela "exclusão" ou banimento] na comunidade na forma da matabilidade". Ele experimenta assim uma "dupla exclusão em que se encontra preso" (excluído concomitantemente do direito humano e do divino) e uma "violência à qual se encontra exposto" (já que, "matável", diante dele todos os demais são "soberanos", pois podem matá-lo sem que com isso cometam homicídio)[87] (2004:90).

---

[87] "Nos dois limites extremos do ordenamento, soberano e *homo sacer* apresentam duas figuras simétricas, que têm a mesma estrutura e são correlatas, no sentido de que soberano é aquele em relação ao qual todos os homens são potencialmente *homines sacri* e *homo sacer* é aquele em relação ao qual todos os homens agem como soberanos" (Agamben, 2002a:92).

Agamben vai acrescentar proposições muito relevantes nesse debate. Para ele, reforça-se hoje a condição do *homo sacer*, que se encontra num limiar indefinível, uma zona originária de indistinção, "uma pessoa que é simplesmente posta para fora da jurisdição humana sem ultrapassar a divina" (2002a:89), "uma vida humana matável e insacrificável", aquela que constitui "o conteúdo primeiro do poder soberano" (2002a:91) e que, assim, é também e sobretudo biopolítica. Embora se possa contestar esse paralelo que tenta transpor para o mundo moderno, contemporâneo, uma figura inspirada no Império Romano, não há dúvida de que Agamben trabalha uma questão que se torna muito cara à perspectiva geográfico-política contemporânea.

O *homo sacer* representaria, então, "a figura originária da vida presa no *bando* soberano e conservaria a memória da exclusão originária através da qual se constituiu a dimensão política" (2002a:91). Não se trata da "simples vida natural" (a "zoé", pela distinção grega em relação à "bios")[88] ou da simples "animalização do homem", como afirmou Foucault, mas da "vida exposta à morte (a vida nua ou vida sacra)", "elemento do poder originário" (p. 96). Sobre a condição de "vida nua", por ser "matável e não sacrificável", não incorrem nem as leis da sociedade (ou só incorrem as "leis de exceção", que permitem matar sem cometer homicídio ou infração da lei), nem as de Deus (não se cometendo sacrilégio ou pecado). Para Agamben, o "bando" é "remetido à própria separação e, juntamente, entregue à mercê de quem o abandona, ao mesmo tempo excluso e incluso, dispensado e, simultaneamente, capturado" (2002a:116). O "bando" carrega tanto a "insígnia da soberania" (que o "baniu") quanto a "expulsão da comunidade".

Na interpretação de Gregory (2004:62-63), "de fato, *homines sacri* são incluídos como objetos do poder soberano, mas excluídos como seus sujeitos", o *homo sacer* sendo "aquele com respeito ao qual todos os homens atuam como soberanos" (p. 63). Agamben veria a biopolítica não em contraposição ao poder soberano, mas como uma "modalidade distintamente moderna de poder" (Gregory, 2004:282). Na verdade, como já vimos, muito menos o poder disciplinar deve ser dissociado do biopoder. Para Pelbart (2003), o biopoder envolve na verdade uma tecnologia de dupla face:

---

[88] Segundo Agamben, *zoé* exprimia "o simples fato de viver comum a todos os seres vivos", enquanto *bios* se referia à "forma ou maneira de viver própria de um indivíduo ou de um grupo" (Agamben, 2004:9).

> (...) por um lado as disciplinas, as regulações, a anatomopolítica do corpo, por outro a biopolítica da população, a espécie, as performances do corpo, os processos da vida (...). Ao lado do sujeitamento dos corpos através das escolas, colégios, casernas, ateliês, surgem os problemas de natalidade, longevidade, saúde pública, habitação, imigração. Ainda separadas no início, a disciplinarização dos corpos e a regulação da população acabam confluindo (p. 57).

Nesse contexto, através da "estrutura de bando", diz Agamben, é que precisamos reconhecer a constituição, hoje, do poder político e dos espaços públicos. O "banimento da vida sacra" torna-se o "*nomos* soberano que condiciona todas as outras normas, a espacialização originária que torna possível e governa toda localização e toda territorialização" (2002a:117). Assim:

> (...) se, na modernidade, a vida se coloca sempre mais claramente no centro da política estatal (que se tornou, nos termos de Foucault, biopolítica), se, no nosso tempo, em um sentido particular, mas realíssimo, todos os cidadãos apresentam-se virtualmente como homines sacri, isto somente é possível porque a relação de bando constituía desde a origem a estrutura própria do poder soberano (Agamben, 2002a:117).

O autor acrescenta que somente por ter se tornado integralmente biopolítica é que a política pode se constituir uma "política totalitária", como no exemplo radical dos campos de concentração. Nesse contexto, o Estado substitui o "Estado de direito" ("normal") tal como o conhecemos pelo "Estado de exceção" (conceito trabalhado mais profundamente em Agamben, 2004). Descontado um grau muitas vezes excessivo de generalização das reflexões do autor e priorizando a análise de um ponto de vista geográfico, territorial, podemos afirmar que a disseminação do Estado de exceção consolida como norma territorialidades ambivalentes, ao mesmo tempo dentro e fora do ordenamento jurídico-estatal normal, principalmente através daquilo que, como já vimos, Agamben denomina "campo".

De qualquer forma, Agamben também faz uma crítica ao domínio desse discurso e dessas práticas centralizadas na segurança, e propõe como prioritária uma "revisão do conceito de segurança como princípio básico da política de Estado". Assim, embora centrado no contexto europeu e norte-americano, ele recomenda:

Os políticos europeus e americanos finalmente têm de considerar as consequências catastróficas do uso geral acrítico desta figura de pensamento. Não é que as democracias deveriam deixar de se defender; mas, talvez a hora de trabalhar no sentido da prevenção da desordem e da catástrofe tenha chegado, não meramente no sentido de seu controle. Ao contrário, podemos dizer que a política trabalha secretamente no sentido da produção de emergências. É a tarefa da política democrática impedir o desenvolvimento das condições que conduzem ao ódio, ao terror e à destruição — e não se limitar às tentativas de controlá-los, uma vez que já ocorreram (Agamben, 2002b: 146-147).

Para encerrar este capítulo, e já abrindo a temática de futuros trabalhos, é muito importante, além de ampliar essa leitura geográfica do "des-controle" e de suas manifestações territoriais dentro das problemáticas da in-segurança, trabalhar sobre a especificidade da questão em contextos periféricos, como o latino-americano e brasileiro. Alguns autores já vêm se debruçando nessa abordagem, fora do âmbito da Geografia, explorando ideias como a força e longevidade da "exceção" na política brasileira e sua inserção na esfera econômica (Oliveira, 2007 [2003]; Santos, 2007), bem como as possibilidades de construir "exceções na exceção" de modo a inverter o atual quadro imposto pelas políticas da "excepcionalidade" hegemônica.

7

PRECARIZAÇÃO, RECLUSÃO E EXCLUSÃO TERRITORIAL[89]

A partir da discussão feita no capítulo anterior, poderíamos imaginar que a insegurança e a incerteza que marcam nosso tempo, e que levaram autores como Foucault e Deleuze a caracterizarem-no dentro da configuração de uma sociedade de controle ou de segurança, envolveriam a superação do padrão territorial antes tido como dominante. Muitos, explícita ou implicitamente, deram a entender que as sociedades capitalistas (e mesmo as do "socialismo real") da modernidade disciplinar seriam marcadas mais pela lógica territorial zonal "clássica" ou de delimitação de áreas (discutida no capítulo 5) e pelo fechamento, confinamento ou reclusão territorial, e menos pela lógica reticular de fluxos e redes.

Veremos agora, contudo, que a manutenção ou o aumento da desigualdade e do volume da precarização social, um dos principais componentes reveladores da condição de insegurança e descontrole territorial na atualidade, não implica apenas a instabilidade e fragilização territorial

---

[89] Uma primeira versão deste capítulo foi apresentada na mesa-redonda "Exclusão e inclusão socioespacial no Brasil contemporâneo", durante o VII Encontro de Geociências (GeoUFF), em dezembro de 2004, na Universidade Federal Fluminense, Niterói (RJ). A presente versão, amplamente revisada, tomou como base parte do artigo "Precarização, reclusão e 'exclusão' territorial" (*Terra Livre,* n⁰ 23, 2004) e sua publicação em livro, também reformulada, com o título "Muros, 'campos' e reservas: os processos de reclusão e 'exclusão' territorial" (In: Silva et al. [orgs.], 2006).

no sentido do que denominamos "aglomerados humanos". A precarização também pode se revelar através de novas/velhas formas de fechamento ou retraimento territorial, se não como processos estritos de reclusão, como ocorria nas típicas sociedades disciplinares, pelo menos em novas formas de fechamento que incluem a própria "exclusão" de espaços ao usufruto dos grupos sociais, seja pelo mau uso que deles foi feito, seja, em contraponto, pela alegada necessidade de sua preservação.

É como se, por outra perspectiva, voltássemos ao tema, já aqui focalizado, do questionamento da desterritorialização como marca dominante do nosso tempo. Normalmente o uso indiscriminado do termo nas Ciências Sociais incorre em dois equívocos mais amplos: primeiro, epistemologicamente, não se discute a concepção de território a que "desterritorialização" está relacionada; e, segundo, concretamente, não se diferenciam os sujeitos sociais a quem o processo, efetivamente, está referido. Neste capítulo, pretendemos problematizar os processos de desterritorialização em relação a: a) os processos de precarização social que podem acompanhá-los; b) o sentido histórico das dinâmicas de reclusão territorial que a eles, aparentemente, se contrapõem; c) a emergência crescente do que propomos denominar, numa perspectiva geográfica, "exclusão territorial" e seu sentido desterritorializador (especialmente para grupos residentes em áreas intensamente degradadas ou naquelas consideradas de preservação ambiental).

Precarização territorial

O discurso da desterritorialização, aplicado genericamente, como se ocorresse da mesma forma para as diferentes classes sociais, pode se tornar extremamente perigoso. Em trabalhos anteriores (Haesbaert, 1995, 2004) associamos processos de desterritorialização e exclusão social, ou melhor, para sermos mais rigorosos, "inclusão precária", nos termos do sociólogo José de Souza Martins (1997b). Assim:

> *Surpreendentemente, (...) a perspectiva mais especificamente social, que o debate sobre a desterritorialização deveria priorizar, praticamente não é abordada* [no discurso de diversas áreas das Ciências Sociais]. *Provavelmente essa negligência, vinculada à leitura crítica que a questão geralmente implica, ligada por sua vez à crescente exclusão (ou inclusão precária) promovida*

pelo capitalismo contemporâneo, deve ser associada ao fato de esses discursos serem moldados fundamentalmente a partir dos países centrais. Pois é justamente a partir de um outro ponto de vista, "periférico", que gostaríamos de destacar aqui a abordagem que vincula desterritorialização e exclusão (...) (pp. 311-312). Essa "imbricação" parte do pressuposto de que ambas as noções incorporam sempre um caráter social multidimensional, dinâmico e que deve ser geográfica e historicamente contextualizado (Haesbaert, 2004:313).

Vivemos o domínio do capital financeiro, especulativo, que se desloca do setor efetivamente produtivo, gerador de empregos; uma economia pautada em setores de alta tecnologia, poupadores de força de trabalho; o desmonte do "Estado-providência" ou do bem-estar social (que também atuava como válvula de escape, empregando em épocas de crise) e a superação do padrão de acumulação fordista, em nome da globalização neoliberal e seus processos de "flexibilização" e privatização pós-fordistas. Tudo isso se agrega para criar uma massa de expropriados que passa a ser considerada um problema, às vezes por sua simples mobilidade física e/ou por sua reprodução biológica (a mera "ocupação de espaços" dessa massa ou "população" vista como perigo ou risco).

Assim, ao contrário de diversos autores que veem a desterritorialização como um processo genérico que marcaria toda a organização espacial dita pós-moderna, enfatizando, nessa dinâmica, o papel das classes hegemônicas mais globalizadas, ressaltamos a utilização do termo associada à aviltante precarização do controle e do usufruto territorial, seja num sentido mais concreto, seja numa perspectiva mais simbólica. Por isso:

Desterritorialização, (...) nunca "total" ou desvinculada dos processos de (re)territorialização, deve ser aplicada a fenômenos de efetiva instabilidade ou fragilização territorial, principalmente entre grupos socialmente mais excluídos e/ou profundamente segregados e, como tal, de fato impossibilitados de construir e exercer efetivo controle sobre seus territórios, seja no sentido de dominação político-econômica, seja no sentido de apropriação simbólico-cultural (Haesbaert, 2004:312).

Dessa forma, acabamos por definir desterritorialização, enfatizando sua perspectiva social dentro de uma diferenciação de classes, como "exclusão, privação e/ou precarização do território enquanto 'recurso' ou 'apropriação' (material e simbólica)" (Haesbaert, 2004:315). Isso não significa, entretanto, ignorar que, num sentido analítico amplo, o movimento de desterritorialização, sem ser positivo ou negativo, bom ou mau em si mesmo, equivale a todo processo de saída ou de destruição de um território — para a entrada em ou a (re)construção de outro, já que ninguém sobrevive sem algum tipo de controle do espaço, por mais instável e precário que pareça. Mesmo um morador em situação de rua, ao defender a marquise de um prédio para dormir durante a noite, ou um presidiário que disputa um colchonete (que alguns no Rio de Janeiro denominam sintomaticamente de "comarca") para o sono de algumas horas, ambos, mesmo de forma muito instável e precária, estão fazendo desses espaços seus territórios.

O debate envolvendo conceitos como "massa marginal" e, mais recentemente, "precariado" pode ser útil na problematização de nossa ideia de, priorizando a dimensão social da desterritorialização, aproximá-la da noção de precarização socioterritorial (termo redundante na medida em que nossa concepção de território é *sempre também* social). Mesmo sem reduzi-la a uma questão econômica, isso significa abordar a desterritorialização, fundamentalmente, no bojo das formas contemporâneas de reprodução (tantas vezes "precarizante") das relações capitalistas de produção, consumo e especulação.

Propondo uma leitura sociológica, não economicista, da questão da exclusão, José de Souza Martins afirma:

> (...) *rigorosamente falando, não existe exclusão: existe contradição, existem vítimas de processos sociais, políticos e econômicos excludentes, existe o conflito pelo qual a vítima dos processos excludentes proclama seu inconformismo, seu mal-estar, sua revolta, suas esperanças, sua força reivindicativa e sua reivindicação corrosiva. Essas reações (...) constituem o imponderável de tais sistemas, fazem parte deles ainda que os negando* (Martins, 1997b:14).

O termo exclusão ignoraria, assim, "a reação da vítima, isto é, a sua participação transformativa no próprio interior da sociedade que exclui o que representa a sua concreta integração" (p. 17). Modelos político-econômicos como o brasileiro teriam estimulado a "proposital inclusão precária e instável, marginal (...) em termos daquilo que é racionalmente conveniente e necessário à mais eficiente (e barata) reprodução do capital" (p. 20). O debate sobre a exclusão acaba deixando de lado a análise, fundamental, dos processos "pobres e até indecentes" de inclusão, ou, nos termos aqui trabalhados, de precarização. Sem esquecer que eles envolvem a própria "reinserção ideológica na sociedade de consumo" (p. 21).

Da mesma forma que Martins vê a inclusão precária integrada na lógica do capitalismo, Braga (2013) propõe o "precariado" ou "proletariado precarizado" como parcela constitutiva da relação salarial capitalista. Ele seria indissociável dos atuais processos econômico-políticos, e não, como nas visões mais eurocêntricas de Castel (2006) e Standing (2011), como uma anomalia "extirpável" ou simples produto de uma crise como a do fordismo ou aquela recentemente vivida pela Europa. Não sendo o "outro bastardo ou recalcado" do salariado, o precariado "é a própria condição" de sua existência. O compromisso fordista teria sido bastante competente em proteger "a fração profissional, branca, masculina, adulta, nacional e sindicalizada da classe trabalhadora" de forma conjugada à "reprodução da fração proletária não qualificada ou semiqualificada, feminina, negra, jovem e migrante" (2013:17).

Para o entendimento do precariado, o autor parte, mais amplamente, da produção, pelo processo de acumulação capitalista e "sob a forma de desemprego e trabalho precário", daquilo que Marx denominou de "super-população relativa" e, mais especificamente, ao modo de produção capitalista, acrescentaríamos, "exército industrial de reserva" — nas palavras de Marx, "produto e alavanca da produção capitalista".[90] Diversos autores ressaltam que, apesar de ainda serem categorias válidas para entender a questão do desemprego, não são suficientes, pois este se tornou bem mais complexo, tendo aumentado muito a massa de população que não corresponde exatamente a um "exército de reserva" para a economia capitalista, com um número crescente de população trabalhadora supérflua.

Essa população excedente, em sentido amplo, foi diferenciada por Marx em "quatro frações distintas, porém mutuamente permeáveis" (Braga, 2013:17). Desdobra-se assim um ir e vir entre aquilo que Marx denominou "população líquida", "fluente" ou, como prefere Braga, flutuante,

---

[90] Sobre a diferenciação entre esses conceitos, ver Nun, 1969, e Souza, 2005.

periodicamente atraída ou rechaçada pelas empresas; "população latente", trabalhadores de setores tradicionais, especialmente rurais, potencialmente incorporáveis aos circuitos da indústria (e, hoje, dos serviços urbanos); "população estagnada", "com ocupação completamente irregular", precarizada, subordinada ao "máximo do tempo de serviço e mínimo de salário" (Marx, 1984:208), em condições de trabalho degradantes, e "população pauperizada", "o mais profundo sedimento da superpopulação relativa" que, "abstraindo (...) o lumpenproletariado propriamente dito" ("vagabundos, delinquentes, prostitutas"), é formada por "órfãos e crianças indigentes", "degradados, maltrapilhos, incapacitados" e idosos (Marx, 1984:208-209).[91]

Essa "população sobrante" estaria mais próxima do que Nun (1969) denominou "massa marginal", que, tal como o trabalhador precarizado, há muito é vivida em contextos periféricos, como o latino-americano. José Nun, um dos precursores no debate sobre a perda da centralidade do trabalho (e do emprego) que hoje se difundiu no âmbito do capitalismo pósfordista tecnofinanceirizado, há mais de 40 anos já afirmava:

> *Llamaré "masa marginal" a esa parte afuncional o disfuncional de la superpoblación relativa. Por lo tanto, este concepto — lo mismo que el de ejército industrial de reserva — se sitúa a nivel de las relaciones que se establecen entre la población sobrante y el sector productivo hegemónico. La categoría implica así una doble refrenda al sistema que, por un lado, genera este excedente y, por el otro, no precisa de él para seguir funcionando* (Nun, 1969).

Haveria, portanto, uma parcela crescente da população da qual o capitalismo "não precisa (...) para continuar funcionando" — ela pode tanto ser relegada, descartada, adquirir um caráter "afuncional", ou seja, não ter claramente uma função, como pode mesmo interferir negativamente, ser "disfuncional" ao sistema. Esse caráter afuncional ou disfuncional para o capitalismo, e não simplesmente, como no exército de reserva, seu "produto e alavanca", é ressaltado por Souza (2005) na atualidade:

---

[91] Em síntese, Marx dirá que "o pauperismo constitui o asilo para inválidos do exército ativo de trabalhadores e o peso morto do exército industrial de reserva" (Marx, 1984:209).

A massa marginal assume uma relevância cada vez maior na sociedade atual, dado o nível de superfluidade de trabalhadores que, em condições de pobreza ou miséria absoluta, não logram chance alguma de (re)inserção no mercado de trabalho e, por conta disto, não exercem nenhuma pressão sobre o movimento de expansão do capital (p. 116).

Temos hoje um aumento substancial não apenas de desempregados, mas também de populações que nunca se inseriram nem têm perspectivas de inserir-se no mercado de trabalho — incluindo uma categoria complexa, crescente no Brasil, por exemplo, dos que simplesmente "não estão à procura de emprego" e que, portanto, não podem ser considerados estatística e oficialmente como desempregados. Para muitos, não é a questão do emprego em sentido estrito que se coloca, mas a de uma vida precária, vinculada ao assistencialismo, ao constante endividamento e a ocupações (não propriamente empregos) temporárias e instáveis. Assim, devemos distinguir "massa marginal" e "precariado", que Braga (2013) define como:

(...) a fração mais mal paga e explorada do proletariado urbano e dos trabalhadores agrícolas, excluídos a população pauperizada e o lumpenproletariado, por considerá-la própria à reprodução do capitalismo periférico. (...) trabalhadores precarizados são uma parte da classe trabalhadora em permanente trânsito entre a possibilidade da exclusão socioeconômica e o aprofundamento da exploração capitalista (p. 19).

Essa distinção entre desempregados estruturais e trabalhadores temporários, com contratos muito precários, na verdade é sutil e está sempre aberta a idas e vindas, acoplada, de forma ocasional ou mais duradoura, aos crescentes circuitos informais e/ou ilegais de trabalho. Até porque os laços com a acumulação capitalista, por mais tênues que pareçam, continuam a existir, se não pelo viés do trabalho, pelo menos pelo do consumo (e sua ideologia) e/ou do endividamento. São múltiplas as formas de ocupação instável e pauperizada, com a disseminação da informalidade "ambulante" (em seu mais amplo sentido). A precariedade, como lembra Braga (2013), "nunca deixou de ser a regra na periferia do sistema" (p. 19). Quanto ao descolamento entre consumo e trabalho, Telles (2010) afirma:

Agora, o consumo descola-se do trabalho e a lógica é outra, não a lógica da poupança, mas o cálculo da "capacidade de endividamento", a qual é ditada, bem sabemos, pelas operadoras de cartões de crédito pelas vias de procedimentos que fazem cada um se enredar em uma dívida sem fim (...). É todo um jogo social que se declina no presente imediato, tanto quanto a viração própria dos mercados informais e do trabalho precário: o que vale não é mais um projeto articulado à persistência do trabalho, mas a lógica do ganho (diferente do salário [como ocupação é diferente de emprego]) que se faz em meio às oportunidades que surgem e desaparecem com a mesma aleatoriedade dos jogos de azar, aliás da mesma maneira como funciona o cassino do mercado financeiro (p. 121).

Tudo isso faz com que o que aqui propomos denominar de precarização territorial seja um processo extremamente complexo e diversificado em suas redes (as "tramas", na terminologia de Vera Telles) e áreas no interior da malha urbana. Os vários exemplos de "personagens urbanos e seus percursos" apresentados por Telles (2010) revelam bem esses meandros espaciais da precariedade. "Precariedade" que, embora tenha aí um pano de fundo muito importante, em hipótese alguma pode ser reduzida às condições materiais e à inserção econômica, aos circuitos do trabalho. Precária também pode ser a capacidade de organização, participação política e controle na tomada de decisões (como mostra Telles em relação ao papel do "Xerife" e suas relações clientelistas numa favela da zona sul de São Paulo) e também as relações de identificação territorial construídas de forma ambivalente em suas práticas cotidianas (misto contraditório de atração e repulsa, muitas vezes, como dizem, "forçados a aprender" a gostar do lugar em que vivem).

O espaço (ou território-rede) do "proletário precarizado" (ou do "precariado" de Ruy Braga) que vive em favela obviamente não é o mesmo do desempregado (que pode até ser da mesma família) que vive há anos "fazendo bicos" nos circuitos do crime organizado ou, simplesmente, subordinado ao assistencialismo alheio. Eles, de alguma forma, circulam por espaços diferentes. Ainda assim, o espaço favelado constitui sua referência primeira, pois é ali que realizam a maior parte de suas relações. E a favela como um conjunto, quer queira, quer não, carrega seus estigmas, sua "precarização" também simbólica (a ponto, por exemplo, de alguns moradores, na busca por um emprego, fornecerem endereços fictícios de outros bairros da cidade).

As tramas de "infiltração e mescla" desenhadas por esses distintos níveis de precarização revelam também as múltiplas configurações territoriais do processo, que adquire toda uma especificidade quando lido através desse viés espacial. Com o intuito de captar essa dimensão espacial ou geográfica dessas dinâmicas complexas de desterritorialização vistas, neste caso também como precarização socioespacial, propusemos tempos atrás um termo, bastante amplo, aglomerados humanos de exclusão (Haesbaert, 1995 e 2004).

Inicialmente, associamos os aglomerados de exclusão a situações de profunda insegurança e imprevisibilidade, como momentos de conflito aberto em áreas mais precarizadas. De qualquer forma:

Definir espacialmente os aglomerados de exclusão não é tarefa fácil, principalmente porque eles são, como a própria exclusão que os define, mais um processo — muitas vezes temporário — do que uma condição ou um estado objetiva e espacialmente bem definido. Se preferirmos, trata-se de uma condição complexa e dinâmica, mesclada sempre com outras situações, menos instáveis, através das quais os "excluídos" tentam a todo instante se firmar (se territorializar) (Haesbaert, 2004:327).

Associávamos assim os aglomerados ao "não regulado/ordenado", onde "fica difícil conviver ('racionalmente', pelo menos) com a lógica das redes e dos territórios" (1995:185). Por isso:

Talvez a maior contribuição que a concepção de "aglomerados de exclusão" pode nos dar é a de questionar e complexificar a relação rede-território que vem dominando nas análises geográficas, enfatizando que tão fundamental quanto os processos relativamente ordenados manifestados pelo espaço geográfico através de territórios e redes são os processos mais propriamente "desordenados" e aparentemente sem lógica, produto da crescente exclusão econômica, política e cultural do mundo contemporâneo (Haesbaert, 1995:196).

Em outras palavras, a concepção de "aglomerado" (em sentido amplo, agora não apenas vinculada a processos de "exclusão") encarrega-se de:

> (...) *dar conta de situações dúbias e de difícil mapeamento que não podem ser abordadas nem sob a forma de território (ou como processo claro de territorialização* [em territórios-zona]*), no sentido de uma zona razoavelmente bem delimitada e sob controle dos grupos que aí se reproduzem, nem no sentido de uma rede* [ou território-rede] *cujos fluxos são definidos e controlados pelos seus próprios produtores e usuários* (Haesbaert, 2004:313).

Da mesma forma como identificamos dois sentidos principais para a desterritorialização — um sentido amplo e mais analítico, como saída ou destruição de um território, e um mais estrito, que enfatiza a desterritorialização em uma perspectiva social, associada a processos de precarização socioespacial, também devemos distinguir duas leituras possíveis e igualmente pertinentes para os aglomerados. Num sentido mais geral e analítico, "aglomerados humanos" (denominados ou não "de exclusão") configuram situações de instabilidade e insegurança marcadas espacialmente por uma "ilógica" ou confusa condição territorial, quando é impossível distinguir domínios/apropriações espaciais em termos de lógicas zonais e/ou reticulares mais claramente delineadas. Num sentido mais estrito, "aglomerados" dizem respeito a situações de intensa precarização social — e, consequentemente, também territorial, quando os grupos e/ou classes sociais, especialmente os mais pobres, perdem grande parte do controle sobre seus territórios e se veem envolvidos em contextos de profunda insegurança, como no caso de conflitos e disputas acirradas com e pelo espaço.

Essa "ausência" de lógica que marca os aglomerados, contudo, é sempre relativa. Ela pode representar, no fundo, a elaboração de outras lógicas que somente quem usufrui daqueles espaços consegue distinguir. De qualquer modo, a fragilidade e/ou a precarização territorial é uma característica dominante na condição desses aglomerados. Uma situação aproximada seria a da favela durante momentos de indefinição entre o controle da polícia ou do narcotráfico (dessa ou daquela facção), situação em que domina a disputa territorial e o morador não sabe exatamente a quem recorrer, pois o controle do território é altamente instável. Isso não quer dizer que ele também não possa desenvolver suas próprias estratégias "transterritoriais", como veremos no último capítulo, ao participar ora de uma, ora de outra dessas diferentes territorialidades.

Voltando à discussão mais ampla sobre a precarização territorial, obviamente ela não ocorre apenas sob a forma aparentemente "ilógica" e sob a instabilidade de limites territoriais que marcam os aglomerados. Muitas vezes, dialeticamente, é no seio dessas situações de profunda instabilidade que brotam os apegos mais obstinados a territórios bem delimitados, num processo que podemos denominar "territorialismo". Por outro lado, é também em nome de situações de insegurança e descontrole (como no discurso do avanço de favelas sobre áreas de preservação ambiental) que surgem iniciativas de fechamento de áreas (como no projeto de muros para as favelas do Rio de Janeiro, a ser analisado no capítulo 9).

Podem assim nascer os guetos, tanto os "falsos" guetos, iniciativa de autoproteção tomada por seus próprios habitantes,[92] quanto os "verdadeiros", estes sim marcados obrigatoriamente pela precarização e controlados e/ou impostos principalmente por quem, de fora, percebe essas populações como "perigosas". O exemplo mais radical provavelmente foi o gueto de Varsóvia, controlado pelos nazistas, que aos poucos foram cortando praticamente todos os fluxos que permitiam a mobilidade e até mesmo a sobrevivência física dos judeus.

Assim, o que aqui denominamos de precarização territorial pode envolver a formação de territórios fragilizados tanto por sua abertura e instabilidade quanto pelo seu fechamento. Esses fechamentos territoriais precarizantes lembram os confinamentos do que, na típica sociedade disciplinar moderna e numa linguagem foucaultiana, pode ser definido como reclusão territorial. Portanto, esse jogo entre fechamento e abertura de territórios, envolvido em processos de precarização social, é também o pano de fundo para o debate mais específico do que propomos denominar de reclusão territorial. Esta pode corresponder tanto a uma modalidade de precarização territorial mais fechada quanto ao que propomos denominar, numa leitura própria, exclusão territorial, territórios que também podem se manifestar, em outro sentido, como precarizados, pelo abandono a que são relegados depois de sua excessiva ou mal concebida exploração em termos ambientais.

---

[92] Dinâmica predominante entre os grupos hegemônicos, mas cujas táticas também têm sido imitadas por grupos subalternos, como nos arremedos de "condomínios fechados", conjuntos de habitações muradas com segurança privada concebidos até mesmo no interior de algumas favelas.

Reclusão territorial

Retornando ao debate sobre fechamento e introversão e abertura ou extroversão territorial, em sentido lato, é interessante, ainda que de forma breve, nos reportarmos à própria história, tanto a anterior quanto aquela no interior da esfera moderna, capitalista ocidental. A própria Idade Média, tida por longa data como uma era de maior imobilidade, de introversão e de "clausura", é constantemente relida, de forma muito mais complexa, através da valorização dos fluxos (de mercadorias, de pessoas e de ideias) e, poderíamos acrescentar, de sua multiterritorialidade. Multiterritorialidade que, por seu caráter múltiplo — seja em termos jurídico-políticos, seja identitários, acaba fazendo contraponto à territorialidade pretensamente exclusivista e homogeneizadora imposta pelo Estado-nação moderno.

Assim, também para o mundo medieval europeu, que poderia ser considerado o antípoda do mundo contemporâneo globalizado, devemos contestar a ideia, muito difundida no senso comum, de que ele estaria marcado essencialmente pela fixação territorial e pela estabilidade. Como enfaticamente afirma Le Goff (2005), "não conviria imaginar a sociedade medieval como um mundo de sedentários: a mobilidade dos homens da Idade Média foi extrema, desconcertante" (p. 127).

Le Goff justifica essa característica pelo próprio fato de a propriedade privada ser praticamente desconhecida na Idade Média, dominando a posse provisória, de usufruto — e cita então uma série de indivíduos que eram facilmente expatriados "porque na verdade mal tinham uma pátria".[93] Aparece aqui o contraditório e ambivalente papel des-territorializador da

---

[93] Le Goff cita, por exemplo, "senhores normandos" que mudaram para a Inglaterra, "cavaleiros alemães" que foram para o Leste e "cruzados de todo tipo" que, ao se deslocarem em direção à Terra Santa, promoveram também muitas mudanças de moradia. Com relação ao camponês, "cujos campos em que vivia não eram mais do que uma concessão senhorial que poderia ser revogada e eram frequentemente redistribuídos às comunidades aldeãs de acordo com a rotação de culturas e dos solos agricultáveis, estava ligado à terra pela vontade senhorial, da qual procurou escapar em primeiro lugar pela fuga e depois pela emancipação jurídica. A emigração camponesa individual ou coletiva foi um dos grandes fenômenos da demografia e da sociedade medievais" (p. 127).

propriedade privada, para alguns o alicerce primeiro da territorialidade dominante do mundo moderno, o Estado-nação, para outros o princípio desterritorializador deste mesmo mundo moderno, na medida em que difunde uma padronização abstrata e mercantilizada na relação do homem com a terra. A ambivalência parece explicar-se a partir da ênfase ora a uma, ora a outra das duas faces ou dinâmicas que, no nosso entendimento, definem o território: a dominação político-funcional e a apropriação simbólico-cultural.

No que concerne ao fortalecimento do capitalismo ou, num sentido mais amplo, articulado em torno de um movimento crescente de globalização na chamada sociedade moderna ocidental, podemos adotar o raciocínio inverso àquele do mundo medieval: ao invés de vê-la unilateralmente como uma sociedade móvel e fluida, revelarmos também sua contraface, na necessidade que teve — e continua tendo — de certas fixações e fechamentos para realizar seus circuitos de poder (a começar pelas próprias fronteiras dos Estados), de produção-circulação-consumo (a começar pela produção de energia) e de referenciais culturais (com idas e vindas no fortalecimento de referentes territoriais de identidade).

Recordemos, por exemplo, a proposta teórica alternativa adotada por Michel Foucault. Em plena era de discursos que valorizavam sobretudo as grandes redes/fluxos transnacionais, a figura dos Estados e dos "blocos" (sob a frequentemente exagerada dissociação entre capitalismo e "socialismo"), na metageografia de um poder cada vez mais planetarizado, Foucault ousou reler a formação dessa sociedade à luz do papel dos micropoderes e dos microespaços, dos múltiplos "enclausuramentos" ou "reclusões" necessários a essa articulação cada vez mais enredada em conexões que podem se estender até o nível global.

Segundo Foucault, a sociedade moderna, que nesse caso é vista também como uma sociedade disciplinar, fortaleceu-se ao longo do século XIX a partir de processos de enclausuramento, agora não mais pela invisibilidade dos "perigosos" ou "anormais" (como no sistema das masmorras medievais), mas pela visibilidade (o "iluminismo" *pan*óptico da vigilância onipresente). Foucault (2003 [1973]) utiliza o termo "reclusão" num sentido bastante amplo, para destacar, nas sociedades disciplinares modernas, as técnicas que visavam assegurar as "funções de internamento, de fixação" (p. 111), sob duas formas:

- "a forma compacta, forte, encontrada no início do século XIX e, mesmo depois, em instituições como escolas, hospitais psiquiátricos, casas de correção, prisões etc.";
- a "forma branda, difusa, centrada em instituições como a cidade operária, a caixa econômica e de assistência etc." (Foucault, 2003:112).

Para o autor, "a reclusão do século XIX é uma combinação de controle moral e social, nascido na Inglaterra, com a instituição propriamente francesa e estatal da reclusão em um local, em um edifício, em uma instituição, em uma arquitetura" (Foucault, 2003:112).

Essa reclusão, constituidora da modernidade e da própria ideia de disciplina e de indivíduo (cada um no seu lugar, com um rigoroso controle do espaço-tempo individualizado), pode ser identificada através de duas modalidades:

- *reclusão de exclusão* (predominante no século XVIII): representada pelo internamento como marginalização ou exclusão, pois a punição era executada de modo a separar da sociedade aquele que já havia se separado de seu grupo, reforçando assim a marginalidade;
- *reclusão de "fixação" ou "de sequestro"* (predominante no século XIX): representada pela fixação dos indivíduos em aparelhos de normatização a fim de garantir sua inserção no sistema produtivo, seja através da fábrica, da escola ou do hospital psiquiátrico,[94] uma "rede institucional de sequestro intraestatal", numa espécie de "inclusão por exclusão". A essas instituições caberia um "controle geral do tempo" (de trabalho), um controle dos corpos (enquanto força de trabalho) e a criação de um novo tipo de poder, polimorfo, polivalente (econômico, político, judiciário e epistemológico) (Foucault, 2003:114-122).

Fica claro, então, que precisamos fazer uma distinção entre a reclusão territorial nesse sentido estrito, numa interpretação foucaultiana, a partir da vinculação com as modernas sociedades disciplinares, e em seu sentido

---

[94] Foucault fala em uma reclusão que "tem por função ligar os indivíduos aos aparelhos de produção [a fábrica], formação [escola, exército], reformação [hospital ou clínica psiquiátrica] ou correção [prisão] de produtores" (Foucault, 2003:114).

amplo, relativa aos processos de fechamento e/ou enclausuramento territorial em geral. Em seu sentido estrito, ela adquire as duas modalidades identificadas por Foucault: a da exclusão *tout court* e a da "inclusão por exclusão". Na moderna reclusão de "inclusão por exclusão", ao contrário da exclusão em sentido estrito, vigora uma concepção de clausura temporária, dita "de sequestro" por implicar sempre a perspectiva de recuperação do indivíduo e seu posterior "resgate" para a sociedade normatizada ou "dos normais".

Sociedades periféricas, como a brasileira, vivenciaram formas muito diversas de reclusão em seu sentido mais amplo. Tivemos aqui desde o enclausuramento e, consequentemente, um tipo de "exclusão" violenta com a escravidão (que até hoje, em modalidades veladas, ainda vigora em certas áreas do país) até formas de autorreclusão na resistência, como os próprios escravos ao se refugiarem em quilombos isolados e relativamente fechados, muitas vezes como única forma de garantirem sua sobrevivência.

Reclusão no sentido mais amplo e genérico de fechamento ou retraimento territorial não seria, é claro, uma prerrogativa do mundo moderno, mas se manifestaria de formas muito distintas em diferentes tipos de sociedade, de espaço e de tempo. Obviamente, cada período histórico recoloca a relação entre abertura, mobilidade e fechamento, fixação ou reclusão, através de novos sujeitos, novas manifestações e configurações territoriais. Em alguns momentos e locais mais pronunciados, em outros menos, o mais relevante é perceber que o fechamento e a fixação em seu sentido territorial não desaparecem, mas adquirem novas feições e novas propriedades dependendo do contexto espaço-temporal em que estão situados.

Assim, hoje, aquilo que se denomina a passagem de uma sociedade disciplinar para uma sociedade de segurança, biopolítica ou de controle é na verdade um "composto" de elementos dessas múltiplas condições, variável também de acordo com a região do globo a que estivermos nos referindo. Por um lado, pode parecer que alcançamos o ápice desses processos disciplinares na medida em que nunca tivemos tantos estudantes nas escolas, tantas pessoas clinicamente "doentes" (ou buscando clínicas e hospitais), tantos (para)militares/"seguranças" nas ruas, tantos presidiários nas prisões. Por outro lado, entretanto, tudo isso pode demonstrar justamente o debilitamento do poder dessas instituições, enfraquecidas na sua capacidade de executar as tarefas básicas para as quais foram destinadas — em sentido muito geral, disciplinar as crianças, recuperar o doente e tratar o "deficiente", garantir a segurança do espaço público e, enfim, normatizar os "anormais".

Portanto, o fato de se propagar que o poder disciplinar está em crise não significa que os espaços da reclusão territorial/disciplinar por excelência, as prisões, estejam diminuindo. Loïc Wacquant (2003) chega mesmo a caracterizar muitos Estados, especialmente no contexto norte-atlântico (norte-americano e oeste-europeu), como "Estados penais". Para o autor:

> *A destruição deliberada do Estado social e a hipertrofia súbita do Estado penal transatlântico no curso do último quarto de século são dois desenvolvimentos concomitantes e complementares. Cada um a seu modo, eles respondem, por um lado, ao abandono do contrato salarial fordista e do compromisso keynesiano em meados dos anos 1970 e, por outro, à crise do gueto como instrumento de confinamento dos negros em seguida à revolução dos direitos civis e aos grandes confrontos urbanos da década de 1960* (p. 55).

Como afirma Batista (2003), "a grande política social da contemporaneidade neoliberal é a política penal", na qual os meios de comunicação de massa jogam um papel fundamental, tanto pela "fabricação de realidade para produção de indignação moral" quanto pela "fabricação de estereótipo do criminoso" (p. 33). Recente relatório do International Centre for Prison Studies, da Universidade de Essex, na Inglaterra, demonstra que nos últimos 25 anos houve um crescimento de 25% a 30% no número total de presidiários, enquanto a população mundial cresceu bem menos: 20%.

QUADRO 1
Reclusão carcerária nos cinco países com maior número de presidiários

País	População carcerária em 2012*	População carcerária em 2000*	Taxa de ocupação das prisões
Estados Unidos	2.228.424	1.937.482	99,0%
China	1.640.000	1.428.126	n.d.
Rússia	680.200	925.072	83,6%
Brasil	548.000	233.855	171,9%
Índia	385.135	313.635	112,2%

* Ou ano mais próximo com dados disponíveis.
Fonte: International Centre for Prison Studies, 2014.[95]

---

[95] Acessível em: http://www.prisonstudies.org (acessado em janeiro de 2014).

De um total de 11 milhões de detentos no mundo, quase a metade está concentrada em apenas três grandes países, como pode ser observado pelo Quadro 1: Estados Unidos (mais de um quinto da população carcerária global), China e Rússia. O Brasil vem em quarto lugar, ultrapassando nesta década a Índia e tendo proporcionalmente o maior crescimento mundial no número de presidiários, que passou de 285 mil para 548 mil. Considerando a quantidade de presos que cumprem prisão domiciliar (147.937), o Brasil passa para o terceiro lugar. A situação calamitosa das prisões brasileiras (ou "explosiva", como caracterizou o criminalista Theodomiro Dias Neto, da Fundação Getúlio Vargas),[96] mundialmente reconhecida, envolve também o maior índice de ocupação carcerária entre esses países: enquanto na Rússia sobram 16,4% das vagas nas prisões, no Brasil há uma ocupação carcerária 72% acima de sua capacidade.[97]

Essa superlotação é o principal fator responsável pelos altos índices de mortalidade nas prisões. Nesse caso, a condição biopolítica de "vida nua" e a "matabilidade" desses indivíduos, nos termos de Agamben, revela-se em toda a sua crueldade. De 2001 a 2011, segundo a Pastoral Carcerária, morreram 4.328 presos apenas nos cárceres do estado de São Paulo, além de 625 mortes em delegacias. Para o advogado Rodolfo Valente, em declaração ao jornal *O Globo* (23 de março de 2014), "os presos são marcados para morrer. A falta de assistência médica é a forma mais sutil de extermínio nas cadeias". Quase metade das consultas médicas não se realiza por simples ausência de médicos e a inexistência de escolta policial impede sua remoção para hospitais. Trata-se aqui, claramente, da ampla falência de um

---

[96] Em entrevista ao jornal *O Globo* (23 de março de 2014, p. 9).

[97] Casos extremos são denunciados pela Pastoral Carcerária, entidade da Igreja Católica, que afirma em nota: "a superlotação é tão gritante que poderia ser enquadrada, por si mesma, como clarividente flagrante de crime de tortura contra a população prisional. (...) evidenciam tal calamidade [no caso paulista]: no CDP IV de Pinheiros, com lotação máxima de 566 pessoas, estão presas 1.788; no CDP de Vila Independência, com lotação máxima de 828 pessoas, estão presas 2.570; no CDP II de Belém, com lotação máxima de 844 pessoas, estão presas 2.536; no CDP II de Osasco, com lotação máxima de 833 pessoas, estão presas 2.600!" (ver íntegra da nota em: http://carceraria.org.br/pastoral-carceraria-divulga-nota-publica-sobre-sistema-prisional-paulista.html#sthash.QzYMGVGW.dpuf — acesso em 23/3/2014).

"projeto disciplinar" e o domínio de uma biotanatopolítica — como comentado no capítulo anterior — dentro da máxima foucaultiana ampliada por Mendiola (2009) do "fazer deixar morrer" de muitos frente ao "fazer viver" de outros.

O fato de reconhecer-se uma crise nas instituições disciplinares, entretanto, não evidencia ainda, com clareza, o que virá no seu lugar. Daí, também, a demanda, pela sociedade — e pelo Estado, em particular —, do incremento na ação dessas instituições de reclusão. Essa complexa passagem do domínio de um poder disciplinar marcado pela reclusão para um biopoder vinculado à questão da segurança e à contenção territorial será objeto de análise mais detalhada no próximo capítulo. Antecipamos aqui, entretanto, a importante consideração de que suas respectivas marcas fundamentais, a disciplina pela vigilância (o "vigiar e punir" foucaultiano) e a segurança pelo monitoramento (informacional), não estão de modo algum dissociadas. Como afirma Lyon (2013):

> *A segurança transformou-se num empreendimento orientado para o futuro (...) e funciona por meio da vigilância, tentando monitorar o que vai acontecer pelo emprego de técnicas digitais e raciocínio estatístico. (...) Processos de estereotipia e medidas de exclusão* [eu diria contenção] *estão à espera dos grupos desafortunados o bastante para serem rotulados de "indesejados"* (p. 13).

Talvez seja importante destacar, na atualidade, a maior diversidade, a multiplicidade de combinações dos processos de fechamento e abertura territorial, bem como sua relação com a crescente precarização social, evidenciando nessa dinâmica a complexidade do papel do espaço. Nesse sentido, é imprescindível notar que as dinâmicas de fechamento ou separação ocorrem paralelamente, ou melhor, estão intimamente associadas com os processos excludentes que caracterizam a versatilidade e incrível mobilidade do capitalismo contemporâneo.

Exclusão territorial

Um dos mecanismos mais relevantes de fechamento territorial que se intensifica na atualidade é aquele que propomos denominar de exclusão territorial. De forma distinta à reclusão em sentido estrito, não se trata aqui, simplesmente, de tentar isolar ou segregar os "de baixo", mas de impedir ou de restringir consideravelmente o uso social do território, em sentido amplo. É nessa perspectiva que utilizamos, embora reconhecendo seu caráter polêmico, a expressão *exclusão* territorial.

Caráter polêmico, em primeiro lugar porque normalmente se pensa exclusão num sentido estritamente social, de grupos ou classes que são alijados de determinadas condições econômicas e direitos político-sociais. Em segundo lugar porque, como já destacamos anteriormente, mesmo essa aplicação a contextos eminentemente sociais é amplamente criticada, muitos preferindo o termo inclusão precária. E em terceiro lugar porque normalmente, quando se focaliza a dimensão espacial da exclusão, está se referindo aos territórios ocupados predominantemente por esses grupos "excluídos" (ou "precariamente incluídos") — ainda que alguns, neste caso, prefiram falar em segregação socioespacial. No ponto de vista que aqui defendemos, entretanto, a exclusão territorial se refere, pelo menos no sentido do discurso (e do próprio sistema jurídico) dominante, a propostas de impedimento ao acesso territorial para *todos* os grupos ou classes sociais.

Numa associação com o pensamento foucaultiano e de Agamben, podemos afirmar que, sob o biopoder contemporâneo, não é apenas o homem, "animalizado", que pode retornar à sua condição de natureza, ou melhor, de "bando",[98] dentro da condição ambígua dos campos. A própria natureza, pretensamente reduzida à sua condição de *natura naturata,* em nome da garantia da sobrevivência do homem enquanto espécie, pode ser "confinada" em reservas completamente vedadas ao usufruto da sociedade. Brincando com as palavras, tratar-se-ia agora de uma espécie de confinamento ou "reclusão" não do homem, mas da natureza. Indiretamente, entretanto, ele também pode ficar "confinado" ao ter impedido o acesso a essas áreas ditas de preservação.

Aqui, a biotanatopolítica claramente se expande de uma preocupação com a "população" humana para a população de todas as espécies vivas

---

[98] Como vimos no capítulo anterior, para Agamben, esse "estado de natureza" é na verdade uma "vida nua", domínio do *homo sacer*, evidenciando o caráter concomitante de exclusão e captura do "bando", "elemento do poder originário". Retornaremos a esse tema no próximo capítulo.

e até além, questionando a distinção às vezes feita por Foucault entre um poder soberano ligado ao Estado territorial e um biopoder ligado a um "Estado de população". O território, em toda a sua base físico-natural, retoma importância, seja por sua biodiversidade, seja pela potencialidade de recursos que comporta.

Relembrando o caráter a ou disfuncional da "massa marginal" de Nun (1969) em relação às populações precarizadas, podemos afirmar que em relação à "natureza" o capitalismo também produz seus descartes e/ou refugos. Seriam "refugos" e/ou "descartes" espacialmente tão evidentes, neste caso, que configuram territórios inteiros interditados, excluídos do usufruto social, tanto por sua má ou sobreutilização quanto, em contraposição, por sua irrestrita preservação.

Embora polêmico, o termo *exclusão* territorial parece adquirir então uma maior propriedade, na medida em que se trata, efetivamente, de exclusão de territórios da atividade ou da ocupação/habitação humana. Poderíamos mesmo afirmar que, se não existe indivíduo ou grupo completamente destituído de laços sociais, ou seja, excluído da sociedade, pois mesmo nos "campos" trata-se de uma "exclusão inclusiva", existe, numa ótica geográfica, a possibilidade de excluir os grupos sociais do acesso ao território.

Como já afirmávamos em trabalho anterior:

> (...) é como se tivéssemos não tanto os grupos sociais sendo excluídos do (ou precariamente incluídos no) território, mas o próprio "território", definido "de fora para dentro" (uma espécie de "natureza territorializada"), sendo "excluído" da sociedade, no sentido de que cada vez mais são criadas áreas completamente vedadas à habitação/circulação humana, especialmente aquelas destinadas a uma alegada "proteção da natureza", com diversas modalidades de reservas naturais criadas ao redor do mundo (Haesbaert, 2004:316).

Propomos utilizar o termo "exclusão territorial" apenas para territórios total ou em sua maior parte bloqueados ao uso social, onde pode estar completamente vedada a ocupação e até mesmo a própria circulação humana. Nesse sentido, podemos identificar pelo menos dois processos ligados à exclusão territorial e que, como veremos mais à frente, encontram-se dialeticamente articulados:

- o primeiro, que poderia ser considerado de modo muito simplificado como a dinâmica de uma "natureza sem sociedade", refere-se à definição de grandes espaços naturais protegidos e completamente vedados ao usufruto social, em sentido direto, e que está pautado numa prática que legitima o discurso dualista da natureza separada da sociedade com a chamada preservação natural de caráter irrestrito;
- o segundo processo que, em relação ao primeiro, pode ser denominado, também simplificadamente, uma "sociedade sem natureza", encontra-se a ele dialeticamente articulado, e parcialmente o explica, pois diz respeito à transformação de grandes áreas em espaços praticamente inabitáveis, através da degradação provocada pelo uso indiscriminado, dentro de uma lógica predatória de produção-consumo e/ou lucro a qualquer preço, como em áreas de grandes desastres ambientais e depósitos de lixo tóxico (incluindo resíduos nucleares).

Em outras palavras:

Paralelamente a (...), brincando com as palavras, territórios "naturais" (nem um pouco naturais) excluídos às avessas, temos o aparecimento de outros em que, por força de uma territorialização de tal forma ecologicamente degradante, estabeleceram-se as condições para uma desterritorialização brutal, na medida em que vastas áreas afetadas por acidentes químicos ou nucleares (como a área em torno de Tchernobyl) ou destinadas a depósitos de resíduos, incluindo o lixo nuclear, geram deslocamentos maciços ou impedem completamente a ocupação humana (Haesbaert, 2004:316).

Alguns poderiam sugerir uma terceira modalidade, uma "exclusão territorial" em sentido menos estrito, com menor rigor em termos de interdição humana, mas que deveria igualmente ser questionada. Trata-se daquela que diz respeito a mecanismos de exclusão territorial altamente seletivos, estabelecendo territórios cujo acesso é permitido em situações e/ou momentos muito restritos ou para grupos muito específicos, como as vastas áreas de treinamento e experiências de caráter militar.

Na verdade, esse terceiro mecanismo pode ser inserido como uma das diferentes modalidades do que comumente se trabalha como processos de segregação socioespacial, quando determinados grupos e/ou classes definem seletivamente seus territórios a partir da separação clara (numa espécie de *apartheid*) em relação a outros grupos ou classes sociais. A diferença fundamental em relação à exclusão territorial em sentido estrito é que, nesse caso (onde consideramos mais apropriado o termo segregação socioespacial), ela é aplicável sempre a grupos e/ou classes particulares, e não a todos os grupos e classes, como ocorre nos dois casos aqui identificados — pelo menos em tese, pois mesmo que as áreas não sejam de modo algum ocupadas, obviamente os efeitos do processo são vividos de forma muito distinta, dependendo da classe social.

Outra especificidade da exclusão territorial (pelo menos no sentido mais estrito aqui defendido) é que ela está intimamente relacionada a processos amplos e exacerbados de desterritorialização. Isso se dá especialmente no segundo caso, em que aparece associada a um movimento específico de precarização (extrema) do território, marcado por uma "exclusão" da possibilidade, não só de controle no sentido físico, mas também de apropriação simbólica, ou seja, de territorialização em sentido amplo.

No primeiro caso (o da preservação "natural"), não se trata de um processo de desterritorialização no sentido de precarização, mas de uma desterritorialização "às avessas" — que não se dá pela fragilização de um território a partir das transformações ocorridas em seu interior, mas sobretudo pelo impedimento da entrada ou, caso se esteja dentro dele, pela simples retirada ou expulsão. Nesse caso, ainda que desabitado, o território não é marcado pela degradação física e a consequente desvalorização simbólica, como em geral ocorre no outro. Aqui, ao contrário, ainda que o território envolva o impedimento de um controle e usufruto físico, funcional, ele pode se ver fortalecido em termos de apropriação simbólica, como ocorre no caso de muitas reservas naturais tomadas como espaços de referência na construção de uma identidade nacional, regional ou local que com elas se encontram profundamente imbricados.

Não se deve esquecer, contudo, as limitações do termo exclusão, já que, como em outras situações em que a expressão é utilizada, dificilmente podemos falar em exclusão em sentido pleno. Mesmo no caso das reservas naturais ditas excluídas de todo usufruto social, como vimos, elas indiscutivelmente são um "produto social", concebidas e delimitadas por determinados grupos. Por outro lado, como vimos, sua simples incorporação em discursos carregados de simbolismo (que hoje podem alcançar até o nível planetário, enquanto "patrimônios da humanidade", por exemplo), já bastaria para reconhecer sua apropriação social. Isso sem falar no enorme valor que adquirem como "reservatórios" em termos de uma biodiversidade a ser preservada (e futuramente explorada — ou, hoje, biopirateada), inserida nos crescentes mercados biogenético e de carbono.

No segundo caso anteriormente aludido, encontramos provavelmente um dos exemplos mais radicais de desterritorialização em sentido direto, com a criação de espaços de algum modo "disfuncionais" ao capitalismo, como produto, muitas vezes, da própria desmesura de sua exploração. A chamada degradação ambiental pode levar, em um primeiro momento, à extrema precarização das condições de vida e, em seguida, à impossibilidade completa de qualquer tipo de ocupação humana, muitas vezes no decurso de um período muito longo ou indefinido — mais de 100 anos, como no caso do acidente nuclear de Tchernobyl.[99]

Com o desastre de Tchernobyl, ocorrido em 1986, na Ucrânia, foi decretada uma zona de exclusão de 30 km no entorno da usina nuclear, o que obrigou o deslocamento de 116 mil pessoas. Estima-se que no mínimo 4 mil tenham morrido em decorrência dos efeitos mais diretos do desastre. Outras tragédias, como a da usina de Fukushima, no Japão, em 2011 (que provocou a retirada de 76 mil pessoas num eixo de 20 km no entorno da usina, além de milhares de outras em áreas de menor restrição), podem imbricar fatores humanos e "naturais" — neste caso, um grande terremoto seguido de tsunami atingindo uma usina nuclear construída junto ao litoral.

O mais dramático a constatar é que, apesar de todas as interdições (espécie de soluções paliativas), justamente a extrema precarização da vida de muitos grupos tem impedido o efetivo controle dessas áreas. Elas são ocupadas ilegalmente por mera questão de sobrevivência, como acontece com muitos habitantes do espaço em torno da usina de Tchernobyl e em diversas áreas de depósitos de lixo tóxico ao redor do mundo.

O caso de Fukushima parece ainda mais contundente. Ali, até mesmo empresas ligadas à máfia japonesa (Yakuza) estão envolvidas na contratação

---

[99] Embora alguns ainda possam insistir que Tchernobyl seria fruto não do capitalismo, mas de um "regime socialista", concordamos com Cornelius Castoriadis quando identifica esses regimes dentro de um "capitalismo burocrático".

de trabalhadores para as atividades de alto risco de descontaminação.[100] Por vias ilegais, portanto, e com condições muito precárias de trabalho (incluindo salários menores), são contratadas pessoas que, de outra forma, não teriam emprego, consideradas uma espécie de "refugo" do sistema, como indigentes, moradores de rua e aposentados que não conseguem se sustentar. "Ciganos nucleares", como são chamados, podem exceder em muito o tempo de trabalho recomendado (para evitar contaminação), pois, dada a escassez de mão de obra e a falta de controle, podem retornar para um novo contrato temporário.[101] Em territórios "excluídos" (e excludentes) como esses, os "convidados" a entrar são justamente os mais excluídos — ou precariamente incluídos — da sociedade

Áreas denominadas de proteção ambiental também sofrem o dilema da "ocupação ilegal", mas às avessas: uma área com amplas condições de receber moradores e onde, muitas vezes, já havia ocupação, tem essa presença totalmente interditada. Interdição que se dá em nome do que Diegues (1996) denominou "o mito da natureza intocada", como se um "equilíbrio dos ecossistemas" só pudesse se dar sob a ausência completa do homem, em espaços intocados e não domesticados que, segundo o autor, mesmo nas florestas tropicais, dificilmente seriam encontráveis.

Surge então o discurso da "ameaça à natureza" por grupos sociais sem alternativa, pertencentes muitas vezes às parcelas mais subalternizadas, como, no caso brasileiro, agricultores sem-terra e indígenas, expropriados de terras em que, na maioria das vezes, desenvolviam um modo de vida muito mais harmônico no que se refere às relações sociedade/natureza. Podemos dizer que, nesse caso, são os socialmente excluídos — ou melhor, os precariamente incluídos — que acabam pagando o preço da utilização irracional dos recursos por parte dos grupos hegemônicos. Esses acabam impondo uma dissociação completa entre espaços socialmente apropriáveis e "reservas naturais", como se fosse impossível a utilização ponderada

---

[100] Operação que se tornou a maior e mais cara operação de descontaminação da história, com um custo de 150 bilhões de dólares para o governo japonês. Estima-se em 30 anos o prazo para a desativação completa da usina.

[101] Para mais detalhes, ver http://oglobo.globo.com/rio/moradora-denuncia-ataque-contra-moradores-de-rua-no-flamengo-11494091#ixzz2sJtK0s9K (acessado em 9/02/2014).

desses recursos, especialmente por grupos que se definem historicamente por um *modus vivendi* "tradicional" muito mais integrado entre sociedade e natureza.

Trata-se, é claro, de espaços que não podem ser utilizados *no interior* da lógica excludente do modelo socioeconômico — e civilizatório — dominante. Como afirmou Diegues (1996):

> *A nosso ver, deve-se rejeitar tanto a visão utilitarista da conservação, pela qual qualquer impacto de atividades humanas pode ser revertido pela tecnologia moderna, quanto a visão estritamente preservacionista baseada no pressuposto de que, colocando-se de lado áreas naturais para conservação, automaticamente se garantirá a integridade biológica* (p. 159).

O recente marketing ecológico ou do "verde" demonstra que é possível, pelo menos para os grupos hegemônicos e a um alto preço, um "sustentável" convívio sociedade-natureza. Para além dessa mercantilização na relação sociedade/natureza, contudo, encontramos iniciativas efetivamente integradoras, como a das reservas extrativistas dos seringueiros na Amazônia (Porto Gonçalves, 2003b), que recolocam a questão em outras bases e que, sem "excluir" territórios ecologicamente (in)sustentáveis, promovem o usufruto equilibrado dos recursos à sua disposição. Em países periféricos como o Brasil, considera Diegues:

> *(...) a conservação poderá ser mais bem alcançada com a real integração e participação das populações tradicionais que (...) em grande parte foram responsáveis pela diversidade biológica que hoje se pretende resguardar* (p. 159).

Mais do que excluir territórios do usufruto social em nome da preservação irrestrita de uma "natureza sem sociedade" (como se o homem não estivesse a ela indissociavelmente ligado), importa questionar e refazer radicalmente as formas com que até aqui temos encarado nossas relações com o chamado meio natural.

Palavras finais

Assim como ninguém pode estar completamente excluído da sociedade, mas precariamente incluído, ninguém pode estar completamente destituído de território, mas precariamente territorializado — tanto pela mobilidade em territórios frágeis e provisórios (como os acampamentos e "tetos" temporários e inseguros, muitas vezes na condição instável de "aglomerados") quanto através da fixação por uma espécie de confinamento em territórios precários (como na reclusão dita disciplinar das prisões ou nos verdadeiros guetos). Ao contrário da sociedade, entretanto, que não pode ser totalmente excluída do território, podemos "excluir" territórios da ocupação humana — sem que isso, no entanto, signifique que eles não sejam também, de alguma forma, espaços socialmente incorporados e produzidos.

Definitivamente, assim, não é pela reclusão forçada das populações em espaços inseguros e degradados ou pela exclusão radical de territórios ao usufruto social que iremos criar as condições de uma reterritorialização — e de uma sociedade — ecologicamente "sustentável" (com toda a polêmica que envolve o termo), mais "segura", justa e solidária. Esta só pode se dar, como afirmava Lefebvre, pela restituição de nossos espaços de pleno usufruto, material e simbólico, territórios sobre os quais, ao mesmo tempo, exercemos nosso controle (sempre relativo), deles usufruímos (pela partilha ponderada de seus recursos) e com eles nos identificamos (pelo convívio com a pluralidade de nossos "diferentes").

8

CONTENÇÃO TERRITORIAL: "CAMPOS" E NOVOS MUROS

> *(...) Em 9/11/1989, o Muro de Berlim caiu, anunciando os "felizes anos 90", o sonho de Francis Fukuyama do "fim da história", a crença de que a democracia liberal havia ganho, de que a busca terminara. Em contraste, o 11 de Setembro é o principal símbolo do fim dos alegres anos 90 de Clinton, da chegada da era em que novos muros surgem em toda parte, entre Israel e a Cisjordânia, ao redor da União Europeia, na fronteira EUA-México. A ascensão da nova direita populista é apenas o exemplo mais destacado do ímpeto em levantar novos muros. (...) Essa é a verdadeira globalização: a construção de novos muros protegendo [os países prósperos] do fluxo migratório.*
> (Zizek, 2005:4)

Como já vimos aqui, nossa época, juntamente com as expressões foucaultianas da "segurança" e da "biopolítica", é também designada como uma época de generalização do "controle" (Deleuze, 1992). De forma ambígua — ou mesmo justificando essas expressões —, é também a época em que começamos a perder o poder sobre a vida — e banalizamos a morte — ou seja, é um tempo moldado não só pela "bio", mas também pela "tanatopolítica", época em que prolifera todo tipo de risco, incerteza e/ou insegurança (e, mais ainda, de discursos sobre eles); uma época definida pela própria crise e, portanto, em que aumenta o grau de imprevisibilidade e de descontrole — inclusive dos territórios. Nosso tempo é o tempo da indistinção do dentro e do fora, do móvel e do imóvel, onde as fronteiras territoriais "de soberania" nunca foram, ao mesmo tempo, tão fechadas e tão vulneráveis. Na afirmação de Deleuze com que abrimos nosso livro *O Mito da Desterritorialização*:

> *(...) o homem não é mais o homem confinado, mas o homem endividado. É verdade que o capitalismo manteve como constante a extrema miséria de três quartos da humanidade, pobres demais para o endividamento, numerosos demais para o confinamento: o controle não só terá que enfrentar a dissipação das fronteiras, mas também a explosão dos guetos e favelas* (Deleuze, 1992:224).

A "explosão dos guetos e favelas", assim, é uma das grandes preocupações dos gerentes contemporâneos e cujo discurso reitera, em novos moldes em relação a discursos similares no século XIX, o da criminalização da pobreza. Essa "explosão" aludida por Deleuze reflete também a crise das sociedades de confinamento ou reclusão social (das novas "classes perigosas") que Foucault denominava de sociedades disciplinares.

Para o entendimento das dinâmicas territoriais atuais, mesmo reconhecendo sua imbricação, julgamos fundamental diferenciar, pelo menos analiticamente, as territorialidades "clássicas" das sociedades disciplinares e aquelas das chamadas sociedades de segurança. Uma distinção importante é sintetizada nesta afirmação de Agamben (2002b):

> *Enquanto o poder disciplinar isola e fecha territórios, as medidas de segurança conduzem a uma abertura e à globalização; enquanto a lei deseja prever e regular, a segurança intervém* [concretamente] *nos processos em curso a fim de dirigi-los. Em suma, a disciplina quer produzir a ordem, a segurança quer regular a desordem* (p. 145).

Ou, em outras palavras, "'seguridad' no significa impedir el desorden. El paradigma de la seguridad se inventó precisamente para lo contrario: para gestionar el desorden" (Agamben, 2008:108). Daí a questão sob um prisma geográfico: como "gerir" ou "regular a desordem" — espacial/territorial — num mundo dito cada vez mais móvel, fluido, globalizado? Nesse sentido, é interessante também associar a passagem de uma sociedade disciplinar para uma sociedade biopolítica ou de segurança pelo seu viés econômico, esse simples "dirigir os processos" na abertura da globalização implementado pelas políticas neoliberais.

O próprio Foucault manifestou sua preocupação em contextualizar a produção da sociedade de segurança no interior de um processo mais amplo de construção do liberalismo moderno. Como diz Agamben (2002b):

Uma vez que as medidas de segurança só podem funcionar dentro de um contexto de [alegada] *liberdade de trânsito, comércio e de iniciativa individual, Foucault pode demonstrar que o desenvolvimento da segurança acompanha as ideias do liberalismo* (p. 145).

Mais ainda do que o liberalismo, devemos ressaltar, especificamente, seu fortalecimento dentro do chamado neoliberalismo das últimas décadas. Uma leitura muito instigante (e por isso polêmica) foi desdobrada por Foucault, especialmente em seu livro *O nascimento da biopolítica* (Foucault, 2004a, 2008b) — que é, na verdade, uma obra sobre a formação do liberalismo moderno. Na leitura desse trabalho feita por Lagasnerie (2013), este autor afirma que, sob o neoliberalismo, o poder:

(...) não deve [como na disciplina] *agir sobre os jogadores: deve limitar-se apenas a intervir nas regras do jogo, nas variáveis do contexto* [do "meio"]. *(...) a política neoliberal não é disciplinar. Ela encarna uma tentativa para resistir a essa concepção do poder em nome de outro tipo de política, que será definido como uma política estritamente "ambiental"* (p. 158). *Em outros termos, a sociedade disciplinar é construída no horizonte da norma. Ela valoriza a conformidade. (...) Idealmente, a sociedade disciplinar seria uma sociedade sem crime, sem desvio, sem diferenças. (...) o poder disciplinar funciona por individuação, ele fabrica indivíduos, mas sempre visando tornar essas operações de adestramento mais eficazes* (p. 159).

Enquanto isso, a "economia política" que, como vimos no capítulo 6, é fundamental na sociedade biopolítica, implica uma "aplicação do raciocínio econômico à lógica penal" (Lagasnerie, 2013:159). O "Estado penal" é então questionado em seus custos, e eliminar o crime passa a ser visto como uma impossibilidade ou mesmo um absurdo — seus custos seriam muito superiores aos benefícios obtidos pela sociedade. O capitalismo neoliberal é também aquele que, de algum modo, condena um "sistema disciplinar exaustivo" e, nas palavras de Foucault, "convive bem com certa taxa de ilegalismo e se veria em grandes dificuldades se quisesse reduzir indefinidamente essa taxa de ilegalismo" (Foucault, apud Lagasnerie, 2013:160).

Baseado em Foucault, Lagasnerie irá afirmar que o ideal da sociedade neoliberal não é a normalização, mas uma "sociedade da pluralidade" — ainda que esse projeto seja uma "pura construção intelectual". Ele, polemicamente, nos desafia então a "aproveitar o neoliberalismo como um teste, como um instrumento de crítica da realidade e do pensamento" (p. 161). O autor reconhece que detectar a especificidade do neoliberalismo dentro da reprodução capitalista é a condição, proposta por Foucault em *O nascimento da biopolítica*, da "formulação de uma crítica de resistência", pois "apenas tal atitude permite conceber uma contestação do neoliberalismo que escaparia à nostalgia e não oporia, ao neoliberalismo, o que ele próprio derrotou" (p. 31).[102] Trata-se, portanto, de construir análises consistentes da "singularidade" do neoliberalismo para efetivamente combatê-lo. Daí a importância de reconhecer diferentes fases na construção da modernidade capitalista, como tentamos no Quadro 2, a seguir.

---

[102] Para o autor, problematicamente, "a intenção de Foucault (...) é renovar a teoria, proporcionando-lhe os meios de conciliar uma percepção positiva da invenção neoliberal e uma perspectiva crítica radical", afirmando que a abordagem é muito similar à de Marx na *Crítica do Programa de Gotha* (Marx, 2012). Marx condena aí os social-democratas por acusarem genericamente os burgueses de "reacionários": "para ele, apreender a 'positividade' do capitalismo é compreender e aceitar que a classe burguesa é uma classe autenticamente revolucionária: ela transformou as relações econômicas, (...) substituiu as relações feudais de sujeição por relações jurídicas entre homens dotados de direitos formalmente iguais (...). Para Marx, não é possível abordar o problema da burguesia em termos negativos — sobretudo tratando-se, mais tarde, de combatê-la" (Lagasnerie, 2013:33). Obviamente sem extremos "modernistas" como o de defender o colonialismo em nome da transformação das forças produtivas ou o de propor como único lócus da revolução os países mais industrializados.

QUADRO 2
Sociedades Disciplinares e Sociedades de Controle

	Sociedade disciplinar	**Sociedade de segurança (biopolítica ou de controle)**
Período de predomínio (aproximado)	Sécs. XVIII e XIX – início do século XX (imperialismo)	Segunda metade do séc. XX (pós-2ª Guerra) (Globalização ou "Império")
Forma de poder hegemônica e suas características	Disciplinar Objetivo: maximização da força, individualização, organo-disciplina da instituição pela vigilância (Objeto: indivíduo-corpo)	Biopoder Objetivo: otimização (segurança?) da vida, bior-regulação pelo Estado (Objeto: massa, população, espécie humana)
Técnicas e processos de controle	Disciplina de longa duração, infinita e descontínua (não para de recomeçar), confinamento — reclusão	Controle de curta duração e rotação rápida, contínuo e ilimitado (p. ex.: "formação permanente")
Instituições básicas	Disciplinares: família, escola, fábrica, exército, prisão	De "controle" e segurança: empresa transnacional (segurança privada), Estado (e "ilegalismos"), ONGs
Relações econômicas	Capitalismo fabril de concentração para a produção e a propriedade (Fordismo) Homem produtor (confinado) Moeda: padrão ouro	Capitalismo "flexível", empresarial, de sobre-produção (serviços e ações) Pós-fordismo, neoliberalismo, homem endividado Trocas flutuantes
Natureza da crise	Bi ou multipolar Conflitos centralizados	"Oni"-crise, descentrada Corrupção (*com-rumpere*: esfacelar-se) Microconflitualidades

(cont.)

Natureza das guerras	Guerras (inter e anti) imperialistas, contra o "outro", o "fora"	Guerras civis, "ação de polícia", conflitos dispersos e interiores
Subjetividade/ identidade	Fixada em identidades padrão	Híbridas, móveis e flexíveis
Dinâmicas espaciais	Moldagens fixas, "territoriais", "passa-se de um espaço fechado a outro" (limites claros) Hierarquias Público/privado	Redes flexíveis moduláveis (limites fluidos e móveis) Segregação Privatização do espaço público; indistinção público-privado
Formas espaciais predominantes	Território-zona (DT-**RT**) "Espaço estriado" das instituições disciplinares (Deleuze)	Território-rede (T-**DT**) "Espaço liso" da soberania imperial (Deleuze-Negri e Hardt), meio (Foucault)
Metáfora fundamental (segundo Deleuze)	"Túneis estruturais da toupeira"	"Ondulações infinitas da serpente"

Fonte: Formulação própria a partir de, entre outros, Foucault, 1985 e 2002 (1976); Deleuze, 1992 (1990); Hardt, 2000; Negri e Hardt, 2001.

O Quadro 2, apesar de suas simplificações e aparente dualidade, fundamentado numa visão ocidental europeia, fornece-nos, entretanto, uma boa síntese, com alguns referenciais importantes para perceber certas alterações mais amplas, marcantes na construção do nosso espaço-tempo, em especial aquelas ligadas às dinâmicas de "i-mobilização" contemporâneas. É necessário, de saída, não entendê-lo como uma simples contraposição ou sucessão de dois momentos claramente distintos. Fica nítido nas propostas dos próprios Foucault e Deleuze que não se trata de uma passagem de um padrão de organização social para outro, mas até mesmo da exacerbação — e crise — de alguns pressupostos que, com outro papel, continuam — ou são questionados — no momento seguinte.

Outra observação importante é que, apesar de termos elencado todas essas características na perspectiva dos referidos autores, isso não significa que concordemos com elas *in toto*. Há propriedades muito discutíveis, e talvez a mais polêmica de todas seja a tese do "Império" de Negri e Hardt, que já criticamos em sua perspectiva desterritorializada/desterritorializadora (Haesbaert, 2004, especialmente as páginas 205-209). Por outro lado, é muito importante perceber que o quadro, ao abordar elementos de múltiplas dimensões (política, econômica, cultural), demonstra que os processos sociais só podem ser abordados na complexidade moldada entre essas múltiplas esferas.

Se, sob um capitalismo dito mais flexível e de grandes corporações "deslocalizadas" (reconhecendo a impropriedade do termo), o poder encontra-se hoje mais diluído e descentralizado — o que é também motivo de muita controvérsia, especialmente se considerarmos o poder crescente dessas grandes corporações — e se suas bases territoriais não têm a clareza do passado, com fronteiras estatais/territoriais cada vez mais permeáveis, nem por isso deixam de ser produzidas novas formas e se mantêm formas territoriais pretéritas de controle da mobilidade (lembrando aqui a concepção mais estrita de território de Sack [1986], como controle espacial da acessibilidade). Dentro de nosso contexto, entretanto, "velhas" formas espaciais adquirem novas funções, tornam-se mais complexas e/ou perdem a capacidade que detinham no passado em termos de controle territorial.

Ainda que continuem proliferando os mecanismos de reclusão, como na crescente expansão do sistema prisional e na formulação de "novos guetos", como vimos no capítulo anterior, eles estão por todo canto em crise, pelo menos enquanto modalidade territorial dominante e/ou dotada de credibilidade no controle dos grupos mais subalternizados. A precarização e a desigualdade sociais, acentuadas pelas últimas crises do capitalismo, especialmente nos países ditos centrais, vêm acompanhadas da intensificação da violência (associada ao crescimento dos circuitos do crime organizado, principalmente o narcotráfico) e da mobilidade dos grupos subalternos, ainda que esta, em muitos casos, ocorra dentro de seus próprios territórios nacionais (os chamados deslocados internos).

É justamente frente a essa precarização social ou, em outras palavras, à desterritorialização em sentido mais estrito, isto é, à intensificação da perda de controle de seus territórios, que esses grupos subalternizados são objeto de medidas, se não de reclusão ou confinamento (como no poder disciplinar clássico, comentado no capítulo anterior), pelo menos de contenção — como denominamos os atuais processos biopolíticos de controle da circulação, especialmente em relação aos fluxos migratórios globais, seja através da modalidade dos "campos", seja através da construção de novos muros.

O des-controle e a contenção dos territórios de exceção ou "campos"

Para focalizar grande parte das transformações socioespaciais contemporâneas em termos de estratégias ou mecanismos de des-controle territorial, propomos falar em processos de contenção territorial, diretamente conjugados ao debilitamento e/ou exacerbação dos mecanismos de fechamento ou reclusão disciplinar. Num simples percurso por sites de busca na internet, podemos verificar que "contenção" é uma expressão de uso relativamente recente, polissêmica, que se estende das esferas mais estritas do campo jurídico (como uma das características do chamado "Estado penal") e do planejamento territorial (como "contenção [da expansão] urbana", por exemplo), para a esfera mais ampla da sociedade como um todo (como "contenção social").

Com a crise do chamado Estado do bem-estar social (*welfare state*), que, em níveis muito distintos segundo as regiões do planeta, marcou a organização da sociedade capitalista no período pós-Segunda Grande Guerra, principalmente nos chamados países centrais, emerge aquilo que alguns autores, como já vimos, denominam "Estado penal" (Wacquant, 2003). Outros, como Faleiros (2006), utilizam explicitamente o termo "estado de contenção social" — paralelamente ao que tratamos aqui como "Estado biopolítico" ou "de segurança". Segundo Faleiros (2006):

> *O Estado de bem-estar está sendo substituído por um estado de contenção social que se expressa nos mecanismos de vigilância física e eletrônica, na construção de prisões e ampliação dos aparatos de punição. A competitividade, e não a solidariedade, é que é valorizada pelas políticas de responsabilização individual pela sua sorte, acentuando-se a desigualdade e a polarização entre mais ricos e mais pobres* (p. 79).

Diante dos processos crescentes de "exclusão" — ou, como preferimos, de precarização — social, o *welfare state* perde seu papel de válvula de escape diante de grandes dilemas sociais — por exemplo, ao promover postos de trabalho e iniciativas de redistribuição de renda em épocas de crise econômica. Essa massa praticamente "inutilizada/inutilizável" — pelo menos na ótica do capital — poderá tão somente ser "contida" ou restringida/redirecionada em sua expansão e/ou mobilidade.

No nosso ponto de vista e nesse contexto, podemos no máximo, principalmente no que ser refere a espaços periféricos, como o latino-americano, realizar medidas de contenção, não somente no sentido social, mais amplo, reconhecido por tantos, mas também no sentido do des-ordenamento territorial em que estamos mergulhados. Contenção territorial, assim, foi o termo que encontramos para revelar, sobretudo, o sentido ambivalente, a ambiguidade envolvida nas formas contemporâneas de territorialização. A começar pelas novas cercas e muros, de toda ordem, que proliferam pela superfície do planeta, e que não significam, simplesmente, um processo de "exclusão".

Tomemos como exemplo o megaprojeto de barreiras físicas e/ou vigilância virtual proposto há alguns anos por um país pobre como a Argélia para monitorar todos os 6.500 quilômetros de sua fronteira aberta no meio do Saara, e que inclui radares de vigilância, projeto orçado em vários bilhões de dólares. Mesmo se completado, restará uma imensa fronteira marítima onde esse mesmo nível de vigilância não será alcançado. A "contenção territorial" envolve sempre a impossibilidade da reclusão ou do fechamento integral, da clausura ou confinamento. E mesmo que um Estado conseguisse "cercar" todo o seu território, a eficácia desse sistema, nas condições atuais, seria sempre muito relativa, como revela a própria crise do sistema prisional (onde um telefone celular pode colocar em xeque o controle ali estabelecido): "controle" em relação a que, que tipo de fluxos é efetivamente passível de ser "contido"?

Uma das características do termo contenção, e que justifica sua aplicabilidade, hoje, é que ele dá conta, justamente, do caráter sempre parcial, provisório e paliativo do fechamento, ou melhor, do efeito-barragem que cria através das tentativas de contenção dos fluxos — que, contidos por um lado, acabam por encontrar outro "vertedouro" por onde possam fluir. "Conter" tem também a vantagem de significar, através desse efeito-represa, ao mesmo tempo a obstrução de um caminho — ou, pelo menos, a abreviação e/ou o desvio de uma dinâmica, e o impedimento ou a restrição a sua expansão, a sua proliferação. Essa dinâmica pode, no entanto, no lugar de se expandir em área, horizontalmente, passar a um crescimento mais vertical ou *in loco*, como se, com o tempo, pudesse exercer um efeito-pressão cada vez maior sobre o processo de represamento.

Tudo isso nos leva a associar intimamente dinâmicas de contenção (diretamente territoriais ou não) e práticas de evitação, de privação e/ou de fuga, isto é, o contrário do enfrentamento efetivo, do combate, como se estivéssemos constantemente fugindo da problemática real. Contenção como "freio" ou desaceleração de uma dinâmica deixa sempre em aberto a sua recomposição sob outros ritmos. Trata-se, como numa versão inglesa do termo (ao lado de *containment*) — *restraint*, de um mero constrangimento, de uma restrição ou repressão que deixa sempre a possibilidade de uma reconstituição em outras bases, através de outros espaços.

Caberá ao "Estado de segurança", fundamentalmente, promover apenas medidas paliativas de contenção, técnicas/procedimentos de evitação ou de repressão, atacando não as fontes, mas tentando simplesmente dirimir os efeitos (entre eles o da violência) dessa dinâmica social precarizadora e excludente. Como ele não dá conta nem mesmo de sua condição de "Estado policial", acaba promovendo/estimulando, de fato, a terceirização e a própria ilegalidade, com a proliferação, por exemplo, principalmente em Estados periféricos como o nosso, de milícias paramilitares, de seguranças privadas, quando não ele próprio, enquanto Estado, transforma-se em "Estado de exceção", como denomina Agamben, decretando medidas excepcionais que, em nome de uma pretensa segurança (o "combate ao terrorismo", por exemplo), e com o indispensável beneplácito da mídia, acabam por ser aceitas (ou mesmo desejadas) pela maioria da população e por se tornarem, se não legítimas, pelo menos "legais".

O fechamento, em sentido estrito, encontra-se praticamente inviabilizado pelos processos de "exclusão inclusiva" (em contraponto à "inclusão excludente" dos mecanismos disciplinares). Como afirmou Agamben, enquanto o poder disciplinar ainda acreditava na criação de uma ordem, o máximo que podemos almejar, hoje, é a regulação da desordem. Trata-se, podemos dizer, de tentar *conter* os fluxos daqueles que, não sendo passíveis de inserção mais diretamente regulada na sociedade de exceção, tornam-se *homini sacri* politicamente irrelevantes, ou relevantes apenas enquanto "vida nua", em sua reprodução e circulação físico-biológica.

A circulação, como indicou Foucault em relação ao "meio" nas sociedades de segurança, torna-se a grande questão em termos de des-ordenamento espacial. A expressão "contenção", em um sentido espacial, é importante porque incorpora a dupla condição includente-excludente, ao mesmo tempo o englobar, o abranger, o "estar contido" (num determinado espaço/território) e o conter enquanto barrar, deixar do lado de fora, de certa forma, excluir, como no sentido da "exclusão includente" dos "campos".

Aliando a contenção mais diretamente caracterizada como do tipo barragem, temos também a contenção mais estritamente definida pelos "campos", aquela que alia alguns elementos da reclusão disciplinar, remanescentes, mas em crise, com os da contenção biopolítica em sentido estrito. Trata-se, por exemplo, dos campos de refugiados e dos campos de controle de migrantes, como aqueles recentemente propostos pela União Europeia para serem construídos no próprio espaço de saída (ou intermediário) dos migrantes, como foi o caso da Líbia de Muammar al-Gaddafi e a Argélia para os que atravessam o Saara em direção a Lampedusa e Sicília, na Itália, ou à Espanha. Esses campos no meio do Saara conformam territorialidades tipicamente de indistinção/exceção: grupos de migrantes de outros territórios nacionais "contidos" em campos no território líbio ou argelino como forma de controle de entrada em um terceiro território, o da União Europeia.

Formam-se assim espaços ou "territorializações de exceção" (Haesbaert, 2006) em que domina o que Agamben (2004) identifica como "Estados de exceção", onde as leis de exceção, inerentes ao próprio poder soberano (como momentos excepcionais), acabam por se tornar a regra, fenômeno cada vez mais comum nos nossos dias. De territórios mais restritos, como os campos de concentração e espaços de controle de migrantes ou refugiados, até o próprio Estado em seu conjunto (no caso, por exemplo, do Ato Patriótico pós-11 de Setembro para os Estados Unidos), pode-se identificar uma complexa geografia em diferentes graus de des-ordenamento que, com base no discurso da in-segurança biopolítica, acaba por percorrer praticamente todo o planeta.

Embora não sejam típicos territórios de exceção (ou "campos", como comentado a seguir), a territorialização capitalista em torno dos paraísos fiscais também envolve essa condição de espaços regidos por leis de exceção — uma exceção fundamental à acumulação capitalista.[103] Como as "zonas econômicas especiais" no sentido da produção industrial e/ou do comércio, trata-se de espaços colocados à margem da lei "normal" do Estado. Nas zonas econômicas especiais essa legislação é suspensa e o Estado cria e mantém legislações específicas, enquanto o paraíso fiscal pode constituir, ele próprio, um Estado — ainda que geralmente de dimensões muito restritas.

Esses locais seriam considerados de exceção na medida em que vinculam circuitos econômicos que em uma situação ou territorialidade tida como "normal" não seriam admitidos. Os paraísos fiscais, entretanto, são essenciais para o capitalismo financeiro contemporâneo, por seu papel na lavagem de dinheiro e, assim, na "legalização do ilegal", com o amplo montante de capital que gira nas redes ditas paralelas da economia, como o contrabando e o narcotráfico (ou, mais simplesmente, da corrupção generalizada). É como se a própria ordem econômica capitalista, como o poder soberano do Estado, tivesse como condição fundamental para sua existência a produção de circuitos "excepcionais" de "ilegalidade". Não é a eles, contudo, que propomos denominar "territórios de exceção" (e de contenção) em sentido próprio.

"Territórios de exceção", em sentido estrito, são marcados por uma espécie de tentativa de controle das "populações" (próximas da condição de "vida nua") que, de certa forma, já nasce fracassada, pelo simples fato de transformar a exceção em regra e expandi-la a ponto de confundir "estado de direito" e "estado de natureza".[104] Essas novas formas de (des)territorialização são sempre ambivalentes e, como tais, colocam constantemente em questão a sua eficácia. Os mecanismos de confinamento ou de reclusão territorial, marcas das sociedades disciplinares, tornam-se agora meras simulações de reclusão, e isso não só pelo fracasso das instituições disciplinares (como no caso emblemático do nosso sistema prisional, comentado no capítulo anterior), mas pelo próprio fato de que o "campo" como espaço

---

[103] Creditamos à geógrafa Lia Machado o desdobramento dessa ideia, discutida em diálogo pessoal.

[104] Sobre essa sobreposição ver Agamben, 2004, especialmente a p. 44.

de exceção subverte as noções de dentro e fora, pautado no princípio da "exclusão por inclusão".

Em outras palavras, "o campo é o espaço que se abre quando o estado de exceção começa a tornar-se a regra", quando este "cessa de ser referido a uma situação externa e provisória de perigo factício e tende a confundir-se com a própria norma" (Agamben, 2002a:175). É o "puro, absoluto e insuperável espaço biopolítico (e enquanto tal, fundado unicamente sob o Estado de exceção). (...) paradigma oculto do espaço político da modernidade" (2002a:129). Condenado à "vida nua", o *homo sacer* (conforme apresentado no capítulo 6) tem no "campo" o seu espaço ou território por excelência:

> *(...) o campo é também o mais absoluto espaço biopolítico que jamais tenha sido realizado, ao qual o poder não tem diante de si senão a pura vida nua sem qualquer mediação. Por isso o campo é o próprio paradigma do espaço político no ponto em que a política se torna biopolítica e o homo sacer se confunde virtualmente com o cidadão* (Agamben, 2002a:178).

Enquanto o cárcere e, por extensão, o direito carcerário não estão "fora do ordenamento normal", como diz Agamben, mas pretendem estabelecer (e originalmente estabelecem) uma relação de reclusão e, consequentemente, de dentro e fora no âmbito da lei ("capturado dentro"), o "campo" pretende excluir pela exceção aquele que é, pela própria natureza da exceção, "inexcluível" e, dessa forma, acaba criando uma figura indefinida onde "o nexo entre localização e ordenamento é definitivamente rompido" (Agamben, 2004:27), pois o homem, nesse caso, é "capturado fora". Para o autor, "o estado de exceção não é (...) o caos que precede a ordem, mas a situação que resulta da sua suspensão. Nesse sentido, a exceção é verdadeiramente, segundo o étimo, capturada fora (*ex-capere*), e não simplesmente excluída" (2004:25).

Alguns autores, no nosso ponto de vista de forma equivocada, propõem ampliar demasiadamente a noção de campo — e, consequentemente, para nós, de contenção territorial —, invertendo posições e incluindo outras classes sociais. Casas e condomínios fechados, murados, fortificados, seguiriam regra semelhante à dos "campos", agora invertendo o sentido territorial da contenção: "conter" a entrada dos indesejados ou alegados criminosos, "contendo-se" na relativa reclusão dos muros.[105] Mesmo condenando essa ampliação do termo, devemos reconhecer a condição ambivalente da contenção, em que estamos ao mesmo tempo "contendo" a progressão de outros e "nos contendo" em termos da nossa própria progressão/mobilidade. Assim, o "conter" (o outro) e o "estar contido" (pela não progressão do outro) se mesclam de tal forma que, podemos dizer, o outro está em nós pelo mesmo processo de contenção que, ao evitar sua expansão, provoca também, de alguma forma, o nosso retraimento.

Daí a ambiguidade do próprio retraimento em condomínios fechados, *countries* (como são chamados na Argentina) e/ou *gated communities*: aquilo que parece ser o oposto da contenção como aqui a concebemos, relativa diretamente aos subalternos, na verdade é um subproduto do mesmo processo e que, concomitantemente, ajuda a "conter" os outros em "seus devidos lugares" e evita/restringe a mobilidade e os contatos daqueles mesmos que são "contidos" em seus distritos residenciais de acesso firmemente controlado. Nesse caso, uma espécie de reclusão *soft* é vivida por aquele que, muitas vezes, acaba restringindo sua própria circulação, circunscrita aos ambientes assépticos e ditos seguros da cidade. Mas é claro que a relação é muito mais complexa, e o mais importante é estar atento a essas ambiguidades com que o processo é constantemente (re)construído.[106]

Em síntese, campo, na conceituação de Agamben, seria o território por excelência do Estado de exceção, Estado em que a exceção, por ser desejada, torna-se regra. Ele encontra-se numa situação ambivalente, ao mesmo tempo dentro e fora da lei considerada "normal". Embora a situação dos campos de refugiados seja muito mais complexa do que a simples condição de "vida nua" trabalhada por Agamben, os refugiados são um

---

[105] Entre os autores que propõem estender de tal forma a noção de "campo" que ela seria aplicável também a condomínios e/ou comunidades fechadas dos grupos hegemônicos estão Diken e Laustsen (2005), para quem haveria tanto "campos" compulsórios, para os subalternizados, quanto "campos" voluntários, para os hegemônicos, significando um novo anseio por comunidade e pertencimento.

[106] Uma dessas ambivalências é demonstrada, a nível micro, através das casas muradas, na medida em que criminosos podem preferir os muros pela "proteção" que garantem após sua entrada, não podendo ser vistos por ninguém, no lugar da maior visibilidade das residências sem muros.

exemplo claro dessa situação de ambivalência jurídica, verdadeiro laboratório para o estudo dessa nova condição territorial.

Ainda que não possa ser considerada como o extremo dessa caracterização, conforme defende Agamben, a figura do refugiado se aproximaria dessa condição de *homo sacer*, pois "rompendo a continuidade entre homem e cidadão, entre *nascimento* e *nacionalidade*, eles põem em crise a ficção originária da soberania moderna" (2002a:138). É a eles, portanto, que se dirigem algumas das propostas mais violentas de contenção territorial da mobilidade nos nossos tempos.

Grande parte dessas situações jurídicas ambivalentes e marcadas por medidas autoritárias, como as que visam o controle das migrações, é decretada em nome da "segurança" da população. Esta acaba aceitando abrir mão de muitos de seus direitos em nome do combate à insegurança, especialmente aquela advinda do crime organizado e/ou de atos terroristas.

Nesse sentido, para Foucault, o terrorismo acaba por ter o efeito completamente inverso, na medida em que fortalece a ligação da "classe burguesa" com sua "ideologia". Ele legitima o próprio terror de Estado, pois:

De modo mais geral, o terror se revela como o mecanismo mais fundamental da classe dominante para o exercício de seu poder, sua dominação, sua hipnose e sua tirania. Portanto, é demasiado simplista da parte dos homens do poder e daqueles que lhes obedecem cegamente acreditar que obterão um efeito contrário, ao agirem impondo o terror sobre as pessoas que querem eliminar. (...) o terror só acarreta a obediência cega. Empregar o terror para a revolução é, em si, uma ideia completamente contraditória (Foucault, 2011 [1976]).

Para Agamben (2002b), um Estado que legisla especialmente em nome da segurança (e do combate ao terrorismo) é um organismo frágil. Ele pode defender, por exemplo, uma legislação de exceção para combater a violência ou o terrorismo e, assim, em nome desse combate, tornar-se, ele próprio, terrorista. A proliferação de muros fronteiriços, aparentemente anacrônica, faz parte dessas estratégias contemporâneas, se não de repressão física direta, pelo menos reveladoras do sentimento de medo, fundamental para legitimar as políticas (e a economia) pautadas no discurso da segurança.

Contenção territorial e novos muros

A construção de muros, especialmente como referências materiais de delimitação territorial, não está automaticamente ligada ao processo que aqui denominamos de contenção territorial. Em um nível mais amplo, como limite de uma jurisdição político-administrativa, os muros não surgem, obviamente, a partir da emergência do Estado moderno e da propriedade privada. Da muralha da China aos muros das cidades medievais, do muro de Adriano, construída no Império Romano, ao muro de Berlim, durante a Guerra Fria, muitos e distintos foram os contextos em que fronteiras políticas adquiriram essa forma de materialização. Suas funções, é claro, mudaram muito ao longo do tempo. O muro de Adriano (Foto 1), por exemplo, servia não só para delimitar os domínios do Império Romano e assegurar-lhe um maior controle em termos de defesa militar como também para controlar fluxos de pessoas e comércio em relação aos povos que habitavam mais ao norte (e que, obviamente, não eram simplesmente "bárbaros", como se convencionou denominá-los no senso comum).

Embora algumas atribuições e/ou discursos sejam recorrentes, como o controle da mobilidade ou o combate à "barbárie" (da muralha da China aos "limes" romanos e, hoje, no discurso dos "novos bárbaros" a serem contidos por cercas eletrificadas), cada contexto geo-histórico estabelece suas especificidades nesse processo. Assim, entendemos que a atual proliferação de novos muros, especialmente aqueles erguidos ao longo das fronteiras internacionais (ver Mapa 2), reflete, sobretudo, as biopolíticas de contenção da circulação — como a circulação dos chamados circuitos ilegais, especialmente de pessoas (migrantes), mas também de mercadorias, de drogas, de armamentos etc.

Num mundo como o nosso, por um lado marcado pela maior fluidez do espaço, as questões ligadas à circulação se tornam ainda mais relevantes e, com elas, a situação de um dos componentes mais emblemáticos dos territórios: suas fronteiras — ou, numa leitura mais simples, seus limites. E é aí, como vimos nos dois capítulos anteriores, que surge um dos grandes paradoxos da geografia contemporânea: ao lado da fluidez globalizada das redes e da desterritorialização (e/ou da multiterritorialidade) aparecem também os fechamentos, as tentativas de controle dos fluxos, da circulação,

FOTO 1. Muro de Adriano, "limes" norte do Império Romano (atual Inglaterra) construído por volta de II d. C.
(Foto do Autor, 2010)

sobretudo da circulação de pessoas, de migrantes, seja enquanto força de trabalho, seja enquanto grupos cultural e etnicamente distintos.

Esse controle da circulação pode se dar sob um arremedo de confinamento de ordem mais simbólica, em rede, pela produção de circuitos relativamente isolados (como os de alguns grupos culturalmente mais fechados dentro de diásporas migratórias), sob a forma mais concreta de muros que funcionam como barragens ou "diques" e, finalmente, por meio de dutos materiais, numa espécie de canalização desses fluxos, como veremos no próximo capítulo, para o caso do Rio de Janeiro. Nesse sentido, uma das estratégias aparentemente mais anacrônicas, hoje em dia, é a construção de novos muros — desde o nível da propriedade privada e de bairros etnicamente segregados (como em bairros ciganos na Europa Oriental) até os muros transfronteiriços, como o emblemático muro da fronteira entre Israel e a Palestina ou aquele entre o México e os Estados Unidos. No caso do muro israelense-palestino, podemos afirmar que se combinam estratégias de reclusão, pelo confinamento de cidades e povoados cercados, e de contenção, onde extensas barreiras manifestam mais nitidamente o efeito de dique ou barragem vinculado a limites fronteiriços internacionais.

Alguns muros e cercas contemporâneos ainda são um resquício do período da Guerra Fria, como aquele entre as Coreias e o de Guantánamo, enclave norte-americano dentro do território cubano. Eles, contudo, viram alterada sua função, e hoje se colocam dentro de um contexto mais claramente marcado pelo biopoder. O muro entre a Coreia do Norte e a do Sul, resquício de uma era de confronto político-ideológico entre dois grandes blocos geopolíticos, adquire hoje, sobretudo, a função socioeconômica de controlar o fluxo de migrantes — não somente de refugiados políticos, como durante a Guerra Fria, mas de "migrantes econômicos", dado o empobrecimento crescente dos norte-coreanos.

A difusão de fronteiras muradas surge em grande parte também em nome do mesmo discurso global da segurança, através de um Estado que claramente busca reconfigurar seu papel num mundo que se diz marcado pelo rompimento das fronteiras. Autores como Brown (2009) defendem a tese de que os muros transfronteiriços são uma das formas mais visíveis de demonstração de força de um Estado cujo poder está em xeque e que, por isso mesmo, necessita ostentar de modo o mais explícito possível uma potência que estaria perdendo — especialmente no que se refere à capacidade de controlar fluxos através de suas fronteiras.

O muro contemporâneo, então, podemos afirmar, tem uma dupla e inglória função: em primeiro lugar, representar a força de um poder — o estatal — que em parte está em crise; e, em segundo lugar, como decorrência da anterior, controlar a circulação em fronteiras de um mundo cada vez mais global, onde muros físicos, materiais há muito deixaram de ter eficácia em relação ao controle dos fluxos mais relevantes a nível internacional. Como entender, então, o papel desses novos muros?

Além de seu papel simbólico, tentando evidenciar uma potência (estatal) em declínio, o máximo que o muro consegue interferir é na contenção de alguns fluxos, de forma espaço-temporalmente bastante limitada, em especial o fluxo material de pessoas, já que fluxos imateriais, como o do próprio capital, há muito desconhecem a concretude das fronteiras e suas linhas demarcatórias. Defendemos a ideia, assim, de que os novos muros fronteiriços, numa sociedade biopolítica ou de in-segurança como a nossa, têm a função mais de postergar o agravamento de uma situação, especialmente naquelas áreas do mundo marcadas por níveis crescentes de desterritorialização — no sentido do aumento das desigualdades, da precarização e, muitas vezes, da própria instabilidade social.

Pela distribuição desses muros, revelada na cartografia do Mapa 2,[107] podemos perceber que a grande maioria se desdobra em áreas particularmente vulneráveis, com graves problemas e/ou desigualdades sociais, tanto entre países tipicamente periféricos (Botswana-Zimbábue, Irã-Afeganistão, Índia-Bangladesh), quanto entre países ou regiões periféricas e semiperiféricas ou centrais (Estados Unidos-México, Espanha-Marrocos, Coreia do Sul-Coreia do Norte). Embora cada caso carregue importantes especificidades, pode-se afirmar que a maioria deles envolve, direta ou indiretamente, a contenção de fluxos migratórios e o discurso da segurança.

O muro, em muitos desses casos, participa como uma espécie de técnica de evitação e, como tal, exerce um efeito do tipo barragem, dentro de processos mais amplos de contenção territorial. "Barragem" é uma boa metáfora, neste caso. Vista a partir de dentro, por exemplo, ela contém ou armazena a água represada ao mesmo tempo que, vista de fora, barra o fluxo do curso d'água, estancando, ainda que temporariamente, a sua circulação, além do fato, muito importante aqui, de permitir a fluidez, ainda que redirecionando-a para um desvio condicionado do curso "normal" do rio.

Como numa represa, trata-se de conter o fluxo, mas nunca em um sentido temporalmente definitivo ou espacialmente completo, como nos processos clássicos de confinamento ou reclusão e sua proposta de "cercamento" por todos os lados. Faz-se a contenção de um lado ou até um certo nível, mas, com o tempo, o fluxo pode aumentar, a pressão sobre a barragem pode ser maior e se é obrigado a "abrir as comportas" — um vertedouro

---

[107] Esse mapa foi construído através de dados obtidos junto à imprensa brasileira e à francesa, desde o ano de 2002, nos jornais *O Globo*, *Folha de São Paulo*, *Le Monde* e *Courrier International* — conseguimos, assim, mesmo sem a pretensão de um mapeamento exaustivo, identificar mais de 20 muros, cercas ou barreiras fronteiriças em nível internacional.

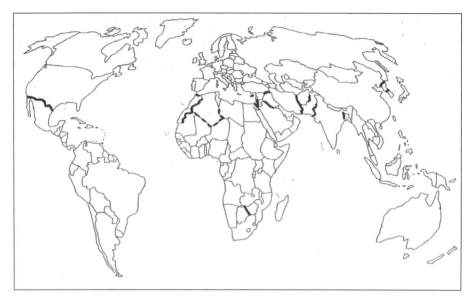

MAPA 2. Principais muros e cercas fronteiriças no mundo contemporâneo.
(Fonte: Rogério Haesbaert, 2010b)

sempre acaba se impondo e, muitas vezes, é ele que garante a manutenção de um determinado fluxo, ainda que sob constante tentativa de controle. Resta sempre, portanto, a possibilidade de contornar essa obstrução, como numa represa em que a corrente pode verter por outro lado ou onde, com o aumento de volume, é ultrapassado o próprio nível do dique.

É mais ou menos isso o que se passa com as fronteiras muradas enquanto constrangedoras do fluxo de migrantes — ou mesmo de outros processos, como o contrabando ou o narcotráfico. Sabe-se que o muro pode simplesmente estar redirecionando o fluxo, pois nunca irá ocorrer um controle completo, por todo o tempo e com a mesma intensidade em todas as linhas fronteiriças de um país.

Ainda que com variações regionais importantes, essas barreiras físicas, paralelamente aos campos de contenção, estão sendo propostas e construídas visando sobretudo o fluxo de pessoas, de migrantes, de refugiados, em síntese, de "criminosos" (que, alegadamente, pelo simples fato de sua "ilegalidade", todos seriam), em nome de discursos xenófobos pautados no medo (do terrorismo, dos tráficos, dos próprios pobres, "classes perigosas") e na insegurança frente às diversas "ameaças" ou "riscos" imputados ao Outro, ao diferente, àquele que deve permanecer "do outro lado". Como se o "outro lado", num mundo globalizado como o nosso, ainda pudesse ser claramente discernível, e a ilusão da fronteira murada, nesse sentido, tentasse também ressuscitar, simbolicamente, o sentido do território clássico superado que separava pela reclusão "nós" e os "outros", os "normais" e os "anormais" da sociedade disciplinar.

O paradoxo entre um mundo cada vez mais fluido e multiterritorial e um mundo onde nunca se construíram tantos muros, e em tão diversas escalas, revela-se então nem tão paradoxal assim. Geometrias do poder (como diria Doreen Massey) profundamente desiguais marcam a mobilidade diferencial entre os diversos sujeitos contemporâneos, sejam eles ricos ou pobres, homens ou mulheres, negros ou brancos, jovens ou velhos, participantes desta ou daquela identidade nacional ou étnica. Ao mesmo tempo que, para alguns, o espaço é composto de arenas e dutos seguros, integrando múltiplos territórios em redes de alcance planetário, para outros o espaço é uma sucessão de constrangimentos — entre os quais os novos muros — a serem constantemente, se não derrubados, pelo menos contornados, em estratégias que nem sempre representam o caminho rumo a um espaço mais justo e/ou mais "seguro".

Quando a sociedade de in-segurança e o Estado biopolítico em que vivemos acabam tomando a massa crescente de despossuídos não como seu produto, mas como sua causa, mais uma vez criminalizando de forma ultrassimplificada a pobreza, o combate à insegurança (em seu sentido mais amplo), na impossibilidade de erradicar a miséria, pode se resumir a duas medidas interligadas: a banalização da morte daqueles que, profundamente depreciados socialmente, perdem seus direitos mais elementares, e/ou sua contenção em espécies de campos onde prolifera a "vida nua", essa condição ambivalente do limbo jurídico em que se está, ao mesmo tempo, dentro e fora da jurisdição política "normal" do Estado.

Contudo, como afirmamos inicialmente, o espaço, por mais constringente e uniterritorial que pareça, é também a esfera do múltiplo, oferecendo sempre alguma abertura para a realização de novas conexões e novas articulações socioespaciais. O próprio Estado contemporâneo, como também já vimos, não é marcado apenas pelas medidas de exceção, a serviço da "segurança" de grupos cada vez mais (para)militarizados. Algumas iniciativas recentes, sobretudo no espaço latino-americano, permitem divisar novos horizontes, ainda tímidos, provavelmente, mas estimuladores da resistência e da luta por uma outra multiterritorialidade — multiterritorialidade que não seja uma simples composição multifuncional a serviço dos interesses hegemônicos, mas que represente, efetivamente, a construção de uma maior igualdade no convívio plural de múltiplas identidades. Isso implica a destruição dos muros que, concreta ou simbolicamente, demarcam a extrema desigualdade do nosso tempo. Como na música de Lulu Santos adaptada por Herbert Viana, "Tempos Modernos", e para não sermos tão pessimistas, resta sempre a esperança de "ver a vida pra fora do muro":

> *Eu vejo a vida*
> *melhor no futuro*
> > *Eu vejo a vida*
> > *pra fora do muro*

A difusão de antigas técnicas ou dispositivos de controle, como os muros, e de técnicas disciplinares de reclusão, disseminadas justamente pelo aumento da demanda no interior de sua própria crise, ocorre junto com a emergência crescente de novos dispositivos biopolíticos de vigilância, que incluem todo um aparato tecnológico informacional globalmente difundido. Assim, como veremos através do exemplo do Rio de Janeiro no próximo capítulo, o próprio controle da circulação alia ao mesmo tempo aparatos informacionais, constrangimentos físicos e dispositivos no campo simbólico.

9

CIDADE VIGIADA, CIDADE I-MOBILIZADA: RIO DE JANEIRO DO *BIG BROTHER* AOS NOVOS MUROS[108]

Segurança já temos, pois não temos pra onde fugir[109]
Falar de segurança é mole, quero ver a segurança te proteger[110]

---

[108] Agradeço aos bolsistas de iniciação científica Lívia Vargas, Pablo Leal, Caroline Martins, Mayã Garcia e Felippe Silva pelo trabalho de levantamento de dados e discussão de textos, indispensável para a consecução desta pesquisa. O CNPq, diretamente ou através da PROPPI (UFF), e a FAPERJ foram responsáveis pela concessão das bolsas.

[109] Declaração de morador em favela carioca do Complexo do Alemão, no documentário "Complexo: universo paralelo" (Portugal, 2010), filmado por dois jovens portugueses que conviveram durante três anos no complexo de favelas, antes de sua ocupação pela polícia, em novembro de 2010.

[110] Declaração de um trabalhador na favela Morro Santa Marta, em 2012, a primeira favela do Rio de Janeiro a receber uma Unidade de Polícia Pacificadora (UPP) (fonte: http://noticias.uol.com.br/cotidiano/ultimas-noticias/2013/02/14/inspirados-em-acoes-violentas-pms-falham-em-upps-e-programa-evolui-pouco-no-rio.htm, acessado em 14/2/2013).

Ao longo dos últimos anos, várias transformações tornaram mais complexo o debate sobre as territorialidades da in-segurança. Isso ocorreu tanto em termos genéricos do que já trabalhamos aqui, inspirados em Foucault, como "sociedade biopolítica" ou "de segurança" — com a difusão generalizada, por exemplo, da vigilância eletrônica ou informacional —, quanto, num sentido mais específico em relação à realidade latino-americana e, em particular, brasileiro-carioca, com as iniciativas governamentais ditas de "retomada de território" em relação aos "poderes paralelos" (imbricados, obviamente, aos poderes "legais"), considerados os principais responsáveis pela insegurança nas cidades, especialmente a força do narcotráfico e, embora menosprezadas no discurso oficial, também das milícias.

Deleuze (2004), ao caracterizar a sociedade contemporânea, enfatiza as novas tecnologias de vigilância aí inseridas, em função das quais propõe defini-la como "sociedade de controle". Nesse sentido, ele afirma:

> *Estamos entrando nas sociedades de controle, que funcionam não mais por confinamento [ou reclusão], mas por controle contínuo e comunicação instantânea. (...) Certamente, não se deixou de falar da prisão, da escola, do hospital: essas instituições estão em crise. Mas se estão em crise, é precisamente em combates de retaguarda. O que está sendo implantado, às cegas, são novos tipos de sanções, de educação, de tratamento. Os hospitais abertos, o atendimento a domicílio, etc., já surgiram há muito tempo. Pode-se prever que a educação será cada vez menos um meio fechado, distinto do meio profissional — um outro meio fechado —, mas que os dois desaparecerão em favor de uma terrível formação permanente, de um controle contínuo se exercendo sobre o operário-aluno ou o executivo-universitário. Tentam nos fazer acreditar numa reforma da escola, quando se trata de uma liquidação. Num regime de controle nunca se termina nada. (...) A cada tipo de sociedade, evidentemente, pode-se fazer corresponder um tipo de máquina: as máquinas simples ou dinâmicas para as sociedades de soberania, as máquinas energéticas para as de disciplina, as cibernéticas e os computadores para as sociedades de controle. Mas as máquinas não explicam nada, é preciso analisar os agenciamentos coletivos dos quais elas são apenas uma parte. Face às formas próximas de um controle incessante em meio aberto, é possível que os confinamentos mais duros nos pareçam pertencer a um passado delicioso e benevolente* (Deleuze, 1992:216).

Para Deleuze, estaríamos enfrentando a crise das instituições que marcaram a sociedade disciplinar ou de confinamento, como aquelas vinculadas aos sistemas educacional, hospitalar, prisional e militar, para o ingresso numa sociedade de controle (ou de vigilância) contínuo e indiscriminado "em meio aberto". Essa crise também ocorre, como vimos no capítulo anterior, no bojo do fortalecimento daquilo que, numa perspectiva centrada na dimensão econômica, convencionou-se denominar neoliberalismo.

O tema da in-segurança se transformou assim em uma questão fundamental no discurso dos políticos, não só brasileiros, mas também norte-americanos e, hoje, mesmo asiáticos e europeus. Dependendo da amplitude que o termo segurança adquire, temos desde a segurança em seu sentido mais restrito, policial-militar, até seus sentidos mais amplos, como aqueles que dizem respeito à "segurança ambiental" e até mesmo à "segurança alimentar". De certa forma, como já reiteramos, todos se referem, hoje, direta ou indiretamente, à biossegurança, no sentido foucaultiano, que altera o foco do "fazer morrer, deixar viver" do poder soberano clássico para o "fazer viver, deixar morrer" biopolítico (Foucault, 1985).

A sociedade global como um todo, em diferentes formas e intensidades, de acordo com o contexto (da periferia de Bagdá às favelas do Rio, da *banlieu* de Paris às *slums* de Bombaim), propagou nos últimos tempos políticas de segurança que, além de alimentarem fortes setores da economia, foram alicerçadas num ideário, numa ideologia ou mesmo numa cultura da insegurança ou do medo de tamanha amplitude que acabou legitimando grande parte das medidas de exceção tomadas pelos governos nacionais e que são louvadas pela mídia internacional hegemônica. Assim, a chamada opinião pública é forjada de modo a aceitar praticamente sem discussão tudo aquilo que, pretensamente, seria executado "em seu benefício", "para a sua segurança".

Nesse sentido, a cidade do Rio de Janeiro pode ser tomada como um caso emblemático, pois o espaço carioca constituiu nas últimas décadas um verdadeiro laboratório dessas ações e desses discursos.[111] Em nome da segurança, toda uma gestão do espaço social é produzida, num complexo

---

[111] Souza (2008) inspira-se nesse "laboratório" para elaborar seu livro *Fobópole: o medo generalizado e a militarização da questão urbana*.

processo de vigilância e i-mobilização da vida urbana. A escolha da cidade para sediar os megaeventos da Copa do Mundo (2014) e das Olimpíadas (2016) reforçaram essa "necessidade" de controle, intensificando exponencialmente os discursos da segurança e da vigilância, com a instalação de aparatos informacionais sofisticados que ocorre paralelamente à militarização do espaço (especialmente das favelas) e à proliferação de táticas e estratégias de policiamento. Medidas de exceção, também nesse caso, acabam por se tornar a regra, a ponto de pesquisadores, como Carlos Vainer (2011), utilizarem o termo "cidade de exceção" para definir a urbe carioca em preparação para os megaeventos.

Uma densa dinâmica social-histórica — e geográfica — articulou-se no Rio de Janeiro de modo a fortalecer espaços de produção crescente de desigualdades, de precarização socioeconômica (com uma violenta separação da pobreza) e política (pela negação de direitos de cidadania), dominados por grupos ilegais — com ou sem a conivência e a participação do aparelho de Estado —, especialmente o narcotráfico (sobretudo a partir dos anos 1970) e/ou das milícias (a partir dos anos 1990 — em especial na Zona Oeste da cidade). Tudo isso articulado a um aparato policial "legal" tantas vezes despreparado, corrupto e truculento, resultou numa série de eventos de violência urbana, muitos deles implicados ao direcionamento da circulação ou à i-mobilidade da população no espaço da cidade, seja como decorrência dos atos de violência em si mesmos, seja como um de seus elementos desencadeadores.

Retomando Michel Foucault, afirmamos que, enquanto a incumbência primeira do poder soberano encontra-se no controle de um território (e de suas fronteiras) — a partir do monopólio da violência legítima pelo Estado — e o poder disciplinar coloca seu foco sobre as técnicas de disciplinarização dos corpos individuais ("corpos-máquina" a serem incorporados da maneira mais eficiente ao sistema produtivo), o biopoder concentra sua ação no controle dos fluxos, principalmente aqueles desencadeados pela circulação da população. É nesse sentido que falar hoje em segurança significa, sobretudo, regular o "meio" ou as redes em que circula a população — enquanto massa humana que nasce, se reproduz, contamina(-se), adoece, se cura e/ou morre. Regulação e tentativas de controle que passam tanto pela sofisticação dos dispositivos de controle em termos de tecnologias informacionais (como veremos em relação ao Centro de Operações Rio) quanto por antigas estratégias de reordenamento do espaço público (como as que recorrem à construção de novos muros).

Analisar essas dinâmicas de i-mobilidade no espaço urbano dos fluxos significa focalizar tanto a base informacional que permite "monitorar" os espaços telematicamente, isto é, a distância, quanto recorrendo materialmente, *in loco*, a antigas tecnologias de ordenamento socioespacial, como a da construção de barreiras físicas ou muros. Explicita-se, assim, toda uma geografia que, em nome da segurança da população, desdobra um conjunto de estratégias de des-controle territorial. Numa aparente contradição com a cidade "dividida e murada", surge, igualmente, todo um aparato tecnológico de vigilância dentro de um sofisticado sistema de levantamento e tratamento de dados naquilo que propomos denominar de monitoramento de geografia bruta, a ser analisado no próximo item.

Big Brother carioca: centros de controle e monitoramento de geografia bruta

Figura 2. Folheto publicitário distribuído pelo Centro de Operações Rio.

Visitar um *hub* de controle como o Centro de Operações Ri (COR), da Prefeitura Municipal do Rio de Janeiro, e deparar-se com a sofisticação tecnológica e a enorme quantidade de dados trabalhados através de informações georreferenciadas é como realizar uma viagem no futuro, em gritante contraste com a precarização do espaço (e dos serviços) que se estende pela maior parte da cidade. Assim, a pergunta que logo se impõe é: em função de que presente é que esse "futuro" toma forma? Faremos aqui algumas reflexões gerais inspirados pelo impacto de nossa visita ao COR, realizada em junho de 2012.

Logo no folder de apresentação que encontramos na entrada (Figura 2), o COR (novo *core* da cidade) é apresentado como uma "espécie de quartel-general da prefeitura", "projeto pioneiro na América Latina" e "primeiro centro do mundo a integrar todas as etapas de gerenciamento de crise". Construído com esse objetivo biopolítico explícito de "gerenciar crises" — ou, em outras palavras, de "regular a desordem", como disse Agamben —, o COR também lembra, em escala menos dramática, o "capitalismo (produtor e gerenciador) de crises" — ou de desastres, como prefere Naomi Klein (2008).

Essa autora, pautada na crítica ao projeto neoliberal de Milton Friedman, utiliza o termo "capitalismo de desastre" para caracterizar um capitalismo marcado pelas "doutrinas de choque" que, a partir de eventos críticos ou catastróficos, trata os desastres como "estimulantes oportunidades de mercado" (p. 15). Segundo ela:

> (...) *a ideia de explorar crises e desastres foi o* modus operandi *do movimento de Milton Fridman desde o início — essa forma fundamentalista de capitalismo sempre precisou do desastre para prosseguir.* (...) *Algumas das violações mais infames dos direitos humanos de nossa era* (...) *foram cometidas com a intenção clara de aterrorizar o público, ou ativamente empregadas a fim de preparar o terreno para a introdução de "reformas" radicais de livre mercado* (p. 19).

No raciocínio teórico com que trabalhamos aqui, devemos afirmar que esse capitalismo de desastre ou da administração de tragédias vem acompanhado da implantação (e legitimação, especialmente pelo discurso do medo) de regimes de emergência ou de exceção, tanto em nome do combate a crises mais explicitamente biopolíticas (como aquelas ligadas a catástrofes ambientais) quanto no combate a crises econômicas (que, se afirma, ocorrerão a partir de agora em intervalos menores e com maior frequência).

Pedro Almeida, diretor de *Smarter Cities* (Cidades Inteligentes) da transnacional IBM, parceira no projeto do COR, em entrevista à emissora Globo News,[112] afirmou que se trata do centro de controle (ou "de operações" — como numa estratégia bélica) mais avançado do mundo.[113] Na face mais ilustrada do folheto de divulgação, como pode ser verificado na Foto 2, duas imagens e identificações merecem destaque: "Sala de Controle" e "Sala de Crise". Percebemos logo como a palavra "crise" virou lugar comum, companhia cotidiana, nem estranhamos mais viver em crise — como diria Milton Santos, a crise agora identifica o próprio período, não a transição de um para outro. Nem mesmo os governantes precisam mais escondê-la, pois seu discurso tantas vezes é construído e legitimado por ela. Como afirmava Milton Friedman:

> *(...) somente uma crise — real ou pressentida — produz mudança verdadeira. Quando a crise acontece, as ações que são tomadas dependem das ideias que estão à disposição. Esta, eu acredito, é a função primordial de desenvolver alternativas às políticas existentes, mantê-las em evidência e acessíveis até que o politicamente impossível se torne o politicamente inevitável* (Friedman, apud Klein, 2008:16).

A fundação do COR, no último dia de 2010, aparece também conjugada a uma grande catástrofe, a das chuvas no município (e no estado) do Rio de

---

[112] Entrevista disponível em http://www.youtube.com/watch?v=GiMaZXZI6Fs, acessado em 16/6/2012.

[113] Segundo texto disponível na internet (http://www.youtube.com/watch?v=hapwjby Qm9U), "a iniciativa é parte da estratégia mundial da IBM que tem como objetivo desenvolver tecnologias que ajudem as cidades a funcionar de forma mais inteligente. Projetos similares já foram implementados em Nova York e Gauteng/África do Sul, porém esse é o primeiro centro do mundo que irá integrar todas as etapas de um gerenciamento de crise: desde a previsão, mitigação e preparação, até a resposta imediata aos eventos e realimentação do sistema com novas informações que podem ser usadas em futuros incidentes. Outros parceiros envolvidos na construção e operação do centro são: Cisco, Cyrela, Facilities, Mauell, Oi e Samsung".

Janeiro, considerada a pior tragédia climática da história do país (com mais de 900 mortos). Uma de suas principais funções, como veremos adiante, é a prevenção de tragédias como as que frequentemente afetam o Rio de Janeiro através das inundações. Mas o grande desastre de janeiro de 2011, obviamente, não estava previsto quando da construção do centro. O que estava amplamente previsto, isto sim, era a situação "crítica" ou "anormal" da cidade a partir da sua transformação em cidade de megaeventos — a Copa do Mundo de 2014 e os Jogos Olímpicos de 2016 — justamente em meio a espaços reconhecidamente marcados por altos índices de criminalidade e a violência.

Nossa visita ao Centro ocorreu depois de diversas tentativas malogradas de contato.[114] O primeiro local visitado foi a "sala de crise", conectada diretamente, através de um "sistema de telepresença de última geração" com a residência do prefeito (ou onde ele estiver pelo mundo), com a sede da Defesa Civil do município e mesmo com o palácio de governo estadual, segundo o folder, "com respostas imediatas em situações de emergência". O poder do Centro é tamanho, entretanto, que o próprio prefeito afirmou, em entrevista ao canal Globo News,[115] que, em uma emergência, caso não possa ser contatado (se estiver num voo de longo percurso, por exemplo), o chefe de operações do Centro poderá tomar a decisão que julgar mais conveniente.

"Sociedade de espetáculo", "de controle", "de [produção de] emergência", "capitalismo de desastre" — como já vimos, são vários os termos que vêm à mente e que parecem se refazer diante de um espaço como esse. A sofisticação tecnológica envolve o monitoramento da cidade através de mais de 600 câmeras (eram 150 no início de 2011 e, com instalação já iniciada, haverá uma em frente a cada um dos 10 mil coletivos urbanos) posicionadas estrategicamente junto às vias de circulação mais intensa, nas mais

---

[114] A visita foi realizada em 15 de junho de 2012, juntamente com a geógrafa e então bolsista de iniciação científica Lívia Vargas, a quem agradeço, especialmente pela persistência nos contatos para o agendamento. Apesar de confirmada, ao chegar obtivemos a informação de que nossa visita não estava agendada. Mas, depois de nossa insistência e reiteração do interesse, foi providenciado um acompanhante.

[115] Entrevista disponível em http://www.youtube.com/watch?v=Fm6tWoe8KBk&feature=relmfum, acessado em 16/6/2012.

diferentes áreas do município. No total, são mais de 70 camadas de informação georreferenciada acessíveis numa sala de controle com "o maior telão da América Latina" (doado pela Samsung), composto por 80 monitores, e onde se revezam diariamente cerca de 400 profissionais de mais de 30 diferentes órgãos e concessionárias que servem ao município.[116]

Na "sala de crise" foi-nos projetado um vídeo publicitário de curta duração.[117] Nesse vídeo o prefeito fala da realização do COR como um "sonho" e relaciona-o ao "cuidado" das pessoas (o COR teria sido criado "para as pessoas saberem que estão sendo cuidadas") — lembrando-nos imediatamente da "governamentalização" do Estado foucaultiana (comentada em capítulos anteriores). "Cuidar", na linguagem "securitária" dos nossos dias, significa, sobretudo, avaliar riscos e exercer controle — especialmente o controle da mobilidade. Daí a constatação: o COR é um enorme condensador de "geografia bruta" — sem mapa, sem georreferenciamento, o sistema de "cuidado" (leia-se, sobretudo: monitoramento, controle) não existe. Trata-se do espaço em seu sentido absoluto, referencial universal abstrato, da geografia em seu sentido mais elementar: a geografia do mapa descritivo clássico, porém tecnologicamente rebuscado, que se mostra aqui em toda a sua magnitude cartográfico-quantitativa.

Não há como não nos recordarmos da velha Geografia de Ptolomeu em sua pretensão, reiteradamente recomposta ao longo do tempo, de minucioso recobrimento e descrição quantitativa (astronômico-matemática) de todos os pontos/"lugares" da superfície até então conhecida da Terra. Mas com que sofisticação — e rapidez — reunimos hoje, num único núcleo,

---

[116] Entre eles: CET-Rio, Comlurb, Corpo de Bombeiros, Defesa Civil, Geo-Rio, Iplan-Rio, Guarda Municipal, Polícia Militar, Rio Águas, Rioluz, Riotur, Secretarias de Saúde, Educação, Conservação, Meio Ambiente e Assistência Social, concessionárias de serviços públicos Cedae, CEG, Light, Linha Amarela (LAMSA), Metrô, CCR Ponte, Rio Ônibus e SuperVia. Como alguns desses órgãos inicialmente ofereceram resistência na cessão dos dados, fica a dúvida de até que ponto todos os dados são efetivamente repassados ao COR. Devemos lembrar que também há um processo de reciprocidade: o fornecimento de informações e imagens geradas pelo Centro a esses organismos.

[117] Esse vídeo está disponível on-line no Youtube: http://www.youtube.com/watch?v=v5veRO64Fow

dezenas de informações diferentes e recombináveis que vão desde a localização em tempo real de cada caminhão de coleta de lixo até a situação da distribuição de gás e de eletricidade, a todo momento, em qualquer ponto da cidade.

A relevância dessa visão social integrada sobre múltiplas dimensões do espaço, envolvendo os mais diversos órgãos, secretarias e concessionárias que servem ao município é indiscutível, pois lembra um papel elementar (e fundamental), mas tantas vezes negligenciado pelo Estado: o planejamento integrado de seu território. Na verdade, se o acionamento desse aparato integrado não fosse feito basicamente em função da vigilância ou do "gerenciamento de crises" ("chuvas fortes, acidentes de trânsito e deslizamentos"), mas, sobretudo, em prol de ações também integradas de transformação efetiva dos espaços sociais mais precarizados, esse sim seria um grande papel. Sabemos, porém, que além dessas crises emergenciais identificadas pelo próprio Centro, ele é estratégico e se tornou praticamente uma exigência internacional para o monitoramento, capaz de prevenir problemas durante os momentos também "excepcionais" da realização de megaeventos, como a Copa do Mundo e as Olimpíadas. Na referência do folder de divulgação do COR, ele "prepara ainda mais o Rio para grandes eventos, como a Copa do Mundo e as Olimpíadas".

A vinculação com a política "excepcional" (de exceção) dos grandes eventos e o caráter de modelo dessa logística de segurança (nos termos utilizados pela mídia) fica muito nítida na afirmação do então ministro da Justiça, José Eduardo Cardozo, para quem "as 12 cidades-sede da Copa do Mundo deverão ter um centro de operações como o Rio" (jornal *O Globo*, 22/6/2012, p. 15). Trata-se de um imenso e dispendioso programa estimado em 1,17 bilhão de dólares envolvendo a construção de centros de comando nas 12 cidades-sede da Copa do Mundo de Futebol. Segundo o secretário extraordinário de Segurança para Grandes Eventos do Ministério da Justiça, Valdinho Jacinto Caetano, agentes da polícia, do Corpo de Bombeiros e da Defesa Civil poderão acompanhar por monitores a situação de cada "área de interesse" da Copa, como estádios, seu entorno, aeroportos etc. "Todos os órgãos de segurança estarão juntos e poderão tomar as decisões sobre o que devem fazer ali mesmo", afirma o secretário. Previa-se uma hierarquia onde justamente o Rio de Janeiro, ao lado de Brasília, serviria como centro nacional de comando, interligado às cidades-sede e de onde seria possível monitorar a segurança de todas elas.[118]

Além de compor o marketing da "nova" cidade dos megaeventos e associar-se de forma lapidar às exigências de segurança global impostas para sua realização (não é à toa que a grande corporação IBM é sua principal mentora), o papel publicitário e/ou imagético (em todos os sentidos) do Centro é primordial. Não é sem razão que uma sala privilegiada é reservada à imprensa, com vista para a sala de controle e seu imenso telão, e que uma das fontes alimentadoras de imagens do COR são os próprios sobrevoos da cidade realizados pelas redes de televisão (basicamente Globo e Record) — que, por sua vez, fazem do COR um verdadeiro núcleo-base para suas informações e até como locação e cenário para a emissão de muitos de seus noticiários.

"Prevenção" (de riscos) é outra palavra-chave nesse processo. O sistema de monitoramento geográfico permite alterar rapidamente rotas de trânsito em função de acidentes ou alagamentos e acionar sirenes de advertência para evacuação da população em áreas vulneráveis a deslizamento de encostas. A instalação de uma centena de pluviômetros permite a previsão de enchentes nos pontos mais críticos de circulação na cidade, representados também em mapas tridimensionais e através de perfis que permitem avaliar a altura que as águas poderão atingir.[119] A cada ocorrência pode-se,

---

[118] Conforme notícia do UOL, "Governo Federal vai gastar R$ 1,17 bilhão com segurança da Copa de 2014", 3/7/2012. Informações mais recentes (O Globo, 31/5/2014), indicam investimentos públicos de 1,9 bilhão de reais nesses centros. Na verdade, não se trata apenas do COR, mas dos CICCs — Centros Integrados de Controle e Comando. No Rio de Janeiro, vizinho ao COR, foi inaugurado em 2013 o "Centro de Acompanhamento de Grandes Eventos e Gerenciamento de Crises", primeira fase do CICC carioca, diretamente ligado à Secretaria de Segurança e que hoje aglutina centrais de atendimento da PM, Polícia Rodoviária Federal, Samu e Corpo de Bombeiros.

[119] O PMAR, sistema de previsão meteorológica de alta resolução, que entrou em operação no primeiro semestre de 2011, é considerado "o grande diferencial" do Centro de Operações Rio. Segundo texto divulgado na internet (disponível em http://www.youtube.com/watch?v=hapwjbyQm9U), "trata-se de um modelo matemático unificado e exclusivo para a cidade do Rio de Janeiro. O sistema envolve a reunião de dados da bacia hidrográfica, o levantamento topográfico, o histórico de chuvas do município,

com o apertar de um botão, acionar o banco de dados georreferenciados e verificar toda a infraestrutura vizinha que poderá ser afetada.

Como afirmou uma reportagem do jornal *New York Times* de março de 2012,[120] "a ordem e a precisão parecem deslocadas nessa cidade brasileira descontraída" (talvez para não dizer "confusa"). "Mas", continua, "o que está acontecendo aqui reflete experimento ousado e potencialmente lucrativo que pode moldar o futuro de cidades em todo lugar do mundo". É o Rio de Janeiro de Eduardo Paes no mapa "lucrativo" da globalização, com sua imagem muito mais vendável e, assim, inserida no circuito (para o município, provavelmente não exatamente lucrativo, mas dispendioso) dos megaeventos — esses, como já ressaltamos, também acoplados às "crises", pois um megaevento não deixa de ser também um momento "crítico", excepcional, mas que já vira regra na lógica das megacidades de "espetáculo" globais.

Diante do incrível mapa de mais de 600 câmeras, espalhadas por toda a cidade, indagamos ao nosso acompanhante, um engenheiro de informação, pelas câmeras em áreas de favela. Ele afirmou, categórico: "Não há câmeras dentro de favelas", apenas em áreas próximas, zonas de intensa circulação. Como havíamos observado sua presença numa visita à favela Santa Marta, e a própria imprensa já noticiou sua instalação em várias outras (só na da Rocinha são hoje mais de 70), verificamos que a informação, o brutal georreferenciamento exposto nos telões futuristas, também tem seus ocultamentos, suas zonas de penumbra. Há uma outra cidade "da in-segurança" que não está representada nos mapas estampados no telão gigante do COR (ver também, nesse sentido, logo à frente, nossa discussão sobre "contenção

---

assim como informações de satélites e radares. Ele tem a missão de prever a incidência de chuvas e possíveis enchentes. O sistema e modelo matemático deverão ser calibrados para aumentar significativamente a taxa de acerto em relação à previsão de chuvas na cidade. O diferencial do sistema criado pela IBM é o que vem depois da previsão de chuvas: após detectarem a incidência de chuvas, o PMAR fará a modelagem das possíveis inundações e, com ela, numa próxima fase, também será possível avaliar os efeitos no trânsito da cidade".

[120] Publicada pela *Folha de São Paulo* em 16 de março de 2012 e disponível on-line em http://www1.folha.uol.com.br/tec/1060783-rio-testa-sistema-pioneiro-de-tecnologia-em-centros urbanos.shtml

simbólica"). Não é à toa que a área militar de segurança é talvez a única à qual o Centro não requisita todos os dados georreferenciáveis — quando ela fornece, como no caso da localização de câmeras, essas aparecem no mapa como pontos escuros, com imagens não acessíveis. Um policial militar, entretanto, tem seu lugar na sala de controle para comunicar ao órgão qualquer eventualidade ali reconhecida como de "in-segurança".

Outra questão que se impõe é sobre qual a concepção de segurança que é ali veiculada. Nosso interlocutor faz questão de dizer que questões de segurança não são abordadas por eles, como se "segurança", hoje, ainda pudesse ser reduzida a eventos passíveis de ação policial ou militar. Todo o COR é um grande aparato de segurança, pelo simples fato de que qualquer tipo de controle, de uma ou de outra forma, está envolvido nos discursos sobre in-segurança. Controlar é, de algum modo, "segurar" — como acontece, apesar da alardeada publicização das informações, com diversos dados que não são disponibilizados para todos. Sobre vários dados e/ou mapas que demandamos, foi-nos respondido "será colocado on-line", mas sem definir quando. Além disso, é sabido que o centro é um grande produtor de informação para os organismos "de segurança", fornecendo dados e imagens até mesmo para o Comando Militar do Leste.

Lembrando as limitações da lógica zonal (comentada aqui no capítulo 4), também indaguei ao engenheiro sobre a delimitação geográfica do monitoramento, que subitamente se extingue ao atingir os limites do município do Rio de Janeiro, deixando toda a Baixada Fluminense e o Leste metropolitano (especialmente Niterói e São Gonçalo) fora de alcance. Ele concordou que é um problema e que não há o que fazer, principalmente quando os prefeitos dos municípios limítrofes são de outro partido. Ficam bem evidentes, nesse caso, os constrangimentos desse tipo de vigilância em termos da contenção zonal que ela implica, pois se restringe aos limites de jurisdição de um município. Pouco se pode fazer quando os problemas, muitas vezes sem a mínima separação física, envolvem cidades vizinhas, especialmente aquelas totalmente conurbadas — como é o caso do Rio de Janeiro com Duque de Caxias, São João do Meriti e Nilópolis. Políticas de segurança e/ou vigilância a nível municipal, como a do COR, estabelecem um novo e primordial diferencial entre espaços, estabelecido de acordo com o nível de monitoramento ou de capacidade de rastreamento de ações pela cobertura cartográfica e a densidade de "camadas" que ela é capaz de combinar. No caso do COR, em 2012, a conjugação de 70 diferentes camadas para todo o município do Rio de Janeiro estabelece um grau até aqui inédito de densidade informacional.

Assim, a cidade informatizada e supermonitorada do futuro se delineia hoje no COR do Rio de Janeiro. Uma repórter do *New York Times* chegou a comparar a sala de controle com uma sala de monitoramento espacial, a da NASA (e foi realmente a impressão que tive — porém comparada com o centro de controle de missões espaciais da Rússia, em Moscou, que visitei durante um congresso de Geografia em 1995). Fala-se que até os uniformes dos funcionários teriam sido inspirados nos do organismo norte-americano. Do macro ao microespaço, o máximo de controle geográfico possível — no caso do município do Rio de Janeiro, o ambiente do COR surge como uma espécie de espaço esquizofrênico diante não só de periferias que estão entre as mais precarizadas e maltratadas do planeta (inclusive, é claro, pelos seus índices de violência), mas também pelo despreparo físico e humano nos procedimentos *in loco* que efetivamente materializam essas ações de "cuidado da população". Nesse sentido, talvez o termo "quartel-general" utilizado no folder de apresentação seja realmente apropriado. Os interesses em jogo, para quem ele se torna prioritário e para o que efetivamente serve, eis a questão a ser constantemente recolocada.

Estratégias de restrição à circulação e/ou de contenção territorial

Paradoxalmente, ao mesmo tempo que hoje os limites territoriais aparentam ser muito mais porosos e ambivalentes em suas práticas de abertura e fechamento, especialmente a partir da capacidade de monitoramentos a distância, como os do COR, alguns limites passaram a ser reforçados, apelando-se inclusive, como já vimos anteriormente na escala internacional, para o velho recurso das cercas e dos muros, em processos que denominamos de contenção territorial. Assim, nesse jogo complexo entre mobilidade e imobilidade:

> *Poderíamos dizer que o próprio poder, hoje, está vinculado diretamente com quem detém o controle da mobilidade, dos fluxos, e pode desencadeá-los,*

vivenciando assim uma "multiterritorialidade", e os que ficam à margem desse controle e que, ao contrário, sofrem com as tentativas de "imobilização" — sempre relativa e, portanto, do âmbito da aqui denominada "contenção territorial" (Haesbaert, 2009:112).

Como discutido no capítulo anterior, entendemos o conceito de contenção territorial, de maneira ampla, como um processo de des-territorialização típico da forma com que se reestrutura o papel do Estado dentro da dimensão biopolítica ou de in-segurança das sociedades contemporâneas. Nesse sentido, a contenção, diferentemente dos processos de reclusão que, como destacamos, marcam as sociedades disciplinares — ou melhor, o caráter disciplinar das modernas sociedades capitalistas —, aparece como uma forma não de confinamento ou isolamento, mas de constrangimento e barragem.

O efeito-barragem dos processos de contenção se dá, sobretudo, pelo novo "emuramento" da sociedade (Brown, 2009), principalmente na construção de muros fronteiriços internacionais, mas também com a construção de muros intraurbanos, como aqueles propostos para as favelas do Rio de Janeiro. Esses muros representam a tentativa mais evidente (até por ser "oficialmente" proposta pelo Estado) — e provavelmente uma das mais malogradas — de contenção da circulação nas atuais sociedades de controle ou de segurança.

A eles se somam outras iniciativas mais ou menos temporárias, envolvendo o cerceamento da circulação enquanto táticas de controle (mas também de resistência) no espaço das grandes metrópoles. Completando essa dinâmica de contenção, temos ainda o que propomos denominar aqui de contenção simbólica, aquela que envolve principalmente os órgãos de imprensa formadores de opinião pública e que, como veremos, têm a capacidade de invisibilizar determinados espaços e privilegiar outros na teia do des-ordenamento territorial da cidade.

Contenção territorial permanente: muros-duto e muros-barragem

Ações de contenção territorial de efeitos mais permanentes e carregadas, assim, de muito maior visibilidade, são empreendidas pelo Estado para além de mecanismos temporários (ainda que recorrentes) envolvendo o controle da circulação, a serem abordados no próximo item. É nesse contexto que se inserem iniciativas polêmicas, como a construção de muros em torno de zonas urbanas, como aqueles propostos para algumas favelas na cidade do Rio de Janeiro. Diferentemente dos muros de "autocontenção" dos grupos hegemônicos em seus condomínios fechados, iniciativas dos próprios moradores em nome de uma alegada segurança ou proteção,[121] trata-se aqui, claramente, do processo inverso — cercar áreas tidas como perigosas para "maior proteção" por iniciativa de quem está do lado de fora. Essa "proteção" pode envolver discursos explicitamente biopolíticos, como o que propaga o muro como "ecolimite" a fim de evitar a expansão urbana para o interior de áreas de preservação ambiental (no caso do Rio de Janeiro, sobretudo o Parque Nacional da Tijuca).

A partir da experiência na cidade do Rio de Janeiro, podemos identificar duas modalidades principais de muros, os muros-duto e os muros-barragem. Os muros-duto são construídos ao longo de grandes vias de circulação e implicam principalmente a contenção indireta da população subalterna, pela "canalização" ou direcionamento seguro dos fluxos, sobretudo em relação a grupos que "devem" — ou que querem — evitar o contato com certas áreas da cidade (como as favelas). Isso ocorre seja pelo alegado risco à sua segurança, seja pelo próprio impacto visual. Oficialmente, um dos principais argumentos gira em torno do discurso biopolítico-ecológico de barreira acústica manifestada por esses muros, o que de fato pode ser uma prioridade quando se trata de bairros de classe média e alta, que já têm garantida sua infraestrutura básica, o que está longe de ser o caso nessas áreas de favela.

No exemplo do Rio de Janeiro são bem conhecidos os muros construídos em amplos trechos ao longo das chamadas Linhas Vermelha e Amarela em áreas nas quais elas atravessam ou margeiam algumas favelas, especialmente aquelas do chamado Complexo da Maré (Foto 2). De acordo com Ribeiro (2006), trata-se de projeto antigo, proposto em 2003 e 2004 por deputados na Assembleia Legislativa, com uma nítida intenção segregadora e voltado mais para a proteção dos usuários dessas vias do que dos

---

[121] Para uma análise da segregação urbana em seu modelo a partir dos anos 1980 e o "emuramento" das classes hegemônicas, ver especialmente o trabalho de Caldeira (2000) a partir da realidade paulistana.

moradores das favelas ao seu redor. Ao contrário do texto dos projetos de lei, que explicitavam claramente a intenção de combater a violência vinda das favelas para quem utiliza as vias expressas, o Estado, em seu discurso mais midiático e sob pressão de críticas provenientes dos próprios moradores, propagou a tese de que o muro seria construído, sobretudo, para proteger a população das favelas, combatendo o barulho excessivo (enquanto "barreira acústica") e evitando acidentes, diante do perigo representado pela circulação (especialmente de crianças) junto às pistas.

O texto dos projetos de lei (480/2003 e 1197/2004) analisados por Ribeiro (2006) deixa muito clara a intenção primeira de proteção aos que circulam pela Linha Vermelha, na medida em que alude a "assaltantes", "meliantes" e mesmo "vândalos", além de "balas perdidas" (como se o muro a ser construído fosse à prova de bala). As favelas são consideradas "áreas de risco" e o muro viria em defesa da "integridade dos usuários" das vias expressas. O projeto foi aprovado por unanimidade, mas acabou tendo a reação de grupos do Complexo da Maré, especialmente a Rede Maré Jovem, que questionou o sentido de "risco" alegado no projeto.

Para Ribeiro (2006), nesse caso:

> (...) um discurso em nome de um suposto risco que afetaria toda a sociedade, a violência, traz a consequência imediata da separação entre as classes que frequentam o mesmo território, revelando um interessante paradoxo posto que, ao se isolar a comunidade mareense com um muro, pode-se apreender que, na verdade, as maiores vítimas reais do risco violento não serão as supostas "protegidas" pela barreira de concreto, mas as que permanecerão em seu interior, porque, além da violência simbólica da separação, ficarão enclausuradas em áreas detentoras de um violento cotidiano bem mais grave que o dos outros, os do "lado de fora" (p. 70).

Mesmo com a crítica de organizações populares e algumas manifestações de rua (como a organizada pelo bloco Se Benze que Dá),[122] o projeto acabou sendo levado à frente e, praticamente sem nenhuma consulta

---

[122] A propósito, ver http://www.visaodafavelabrasil.com.br/campanha-contra-o-muro-da-vergonha-bloco-se-benze-que-da-mare (acessado em abril de 2012).

à "comunidade",[123] foram carreados cerca de 20 milhões de reais de recursos públicos para a sua execução. O que se observa hoje é que o muro, atuando muito mais como "segurança" para quem usa a via de circulação, ajuda assim a conduzir o fluxo de pessoas, incluindo os visitantes estrangeiros que chegam à cidade pela sua principal porta de entrada, o aeroporto internacional do Galeão. Além disso, não permite a visualização clara dos espaços favelados, "maquiados" também pelos desenhos que são feitos no próprio muro.

Em pesquisa realizada pelo Núcleo de Estudos e Pesquisa sobre Favelas e Espaços Populares da Redes de Desenvolvimento da Maré, em parceria com o Observatório de Favelas e ActionAid, divulgada em 2011,[124] foi apontado que 73% dos moradores do bairro "acreditam que o muro foi construído para esconder a favela e isolar ainda mais a comunidade do restante da cidade".[125] Assim, a construção do muro também seria parte do projeto estético de "embelezamento" urbano para a recepção dos turistas durante os megaeventos da Copa do Mundo e das Olimpíadas.

É interessante verificar, contudo, que a pesquisa também apontou que a maior parte dos moradores residentes mais próximo ao muro o aprovam. Os motivos vão da prevenção de acidentes (especialmente com crianças) e a maior dificuldade de entrada de "vândalos" de fora da favela à maior limpeza das casas, com a diminuição da poluição proveniente dos veículos que transitam na via expressa. Em relação aos vendedores ambulantes que

---

[123] Expressão utilizada aqui enquanto categoria da prática, tal como presente no discurso de moradores das favelas como tentativa de romper o estigma incorporado pelo termo "favela". Pela polêmica que o termo implica, utilizaremos aqui sempre entre aspas quando se referir a favela, vocábulo de nossa preferência, já legitimado e carregado de sentido político pelas resistências que a partir dele acabaram sendo construídas.

[124] Algumas das conclusões aqui relatadas referem-se a apontamentos pessoais feitos ao longo da apresentação e dos debates no Seminário "A cidade do e para os megaeventos esportivos: muros, remoções e maquiagem urbana", realizado na Lona Cultural do Complexo da Maré em setembro de 2011. Para vídeo com depoimentos contrários à construção do muro e relatos de resistência, ver http://muro-conflitosocial.blogspot.com.br/2010/04/o-muro-na-favela-da-mare-rj.html (acessado em 4/1/2013).

[125] Fonte: http://www.redesdamare.org.br/wp-content/uploads/2012/03/release_resultados_pesquisamuro_-2011.pdf (acessado em outubro de 2012).

aproveitam os frequentes congestionamentos para vender seus produtos (Foto 3), verificou-se que, surpreendentemente, apesar da maior dificuldade em acessar a via (o que é contornado por buracos no meio do muro), os camelôs afirmam que passaram a vender mais, pois os motoristas abrem mais a janela dos carros, por menor temor de assaltos (já que, teoricamente, com o muro, a fuga dos assaltantes seria mais difícil).

Essas consequências positivas de algum modo inesperadas e de caráter localizado não eliminam, é claro, o fato de que o que está em debate não é apenas a consequência, o que vem depois do muro, mas, sobretudo, o processo que o antecede. A grande questão é que a decisão, de extrema relevância, foi tomada sem a devida consulta e discussão com a "comunidade" envolvida em termos de definição de prioridades — e que, em se tratando de poder público, ele sabe muito bem quais são.[126] Não é à toa que, mesmo com esses efeitos positivos, a reação contrária ainda hoje é dominante, e a contestação foi intensa em diversos níveis. Como afirmou o deputado Jean Wyllys na revista *Carta Capital*, citando Slavoj Zizek:

O muro da Linha Vermelha está de acordo com aquilo que o filósofo e psicanalista Slavoj Zizek chama de "verdade do capitalismo global": muros se erguem ao redor do mundo. Segundo ele, os muros de hoje — que não são da mesma noção que sustentou o muro de Berlim e, antes, a muralha da China — "não raro servem a múltiplas funções: defesa contra o terrorismo, contra os imigrantes ilegais, contra o contrabando, contra ocupação de terra etc.". Nesta etecétera incluo a função de defesa contra os pobres e a função estética, as quais cumpre o muro da Linha Vermelha.[127]

---

[126] Sobre o que a população local faria com os 20 milhões investidos no muro, ver o vídeo http://cidadespossiveis.tumblr.com/post/10936831563/veja-o-que-a-populacao-da-mare-faria-com-os-20 (acessado em março de 2011).

[127] Artigo "Os muros fora e dentro de nós", publicado na revista *Carta Capital* (6/9/2011) e disponível em: http://www.cartacapital.com.br/politica/os-muros-fora-e-dentro-de-nos (acessado em março de 2012).

FOTOS 2 e 3. Muro-duto entre a Linha Vermelha e o Complexo de Favelas da Maré, no Rio de Janeiro.
(Fotos do Autor, 2010 e 2011)

Os muros-barragem, por outro lado, são construídos, sobretudo, como dupla contenção territorial vinculada à segurança: barrar a expansão das áreas faveladas, principalmente em nome da preservação ambiental — a "biossegurança" dos chamados ecolimites (através de uma legislação discriminatória que muitas vezes não se aplica a bairros de classes altas nas mesmas condições) e também, a exemplo dos muros-dutos, restringir a mobilidade para fora das favelas, principalmente (na leitura dominante) de grupos considerados perigosos, como os narcotraficantes.

Idealizador do programa de ecolimites durante o primeiro governo Cesar Maia (1993-1996), Eduardo Paes teria se oposto à proposta, feita pelo então secretário estadual de Meio Ambiente, Luiz Paulo Conde, de construir um muro em torno da favela da Rocinha "para proteger a mata e impedir a fuga de criminosos" (jornal *Folha de São Paulo*, 4 de maio de 2009). Paes teria afirmado que "um muro não impediria bandidos de passar de um lado para outro, por mais alto que fosse". Alguns anos mais tarde, eleito prefeito, mudou radicalmente de opinião, ao defender e implementar a construção do muro da favela Santa Marta, além de propor a aplicação do projeto a outras 11 favelas da cidade.

Diante da força das reações contrárias a essa construção (inclusive pela ONU e pelo prêmio Nobel de Literatura, José Saramago), um projeto de ecolimites "sem muros" e que deveria ser aprovado por plebiscito foi proposto em 2009 na Câmara de Vereadores do Rio de Janeiro.[128] A retórica ambientalista, no entanto, continuava firme, pois o projeto salientava que o ecolimite visava, sobretudo, "evitar o crescimento urbano desordenado" (como se favela fosse sinônimo de "desordem") e "assegurar a integridade da fauna e flora do município do Rio de Janeiro". No Artigo 5º, propunha ainda que "a preferência para a criação de ecolimites são as reservas florestais municipais". Estaria, contudo, "vedada a construção de ecolimites na forma de muros". Eles poderiam compreender "placas de aviso", esclarecendo sobre a localização e extensão da reserva florestal, "cabos de aço, delimitando o espaço entre a reserva e o centro urbano", "ciclovias e áreas de lazer".

O principal argumento utilizado para justificar a construção dos muros foi sempre o de evitar a expansão das favelas para o interior de áreas de preservação. Na verdade, dados do próprio IPP (Instituto Pereira Passos), ligado à prefeitura municipal, demonstraram que as favelas da Zona Sul para onde foram propostos os muros são justamente as que, na última década,

---

[128] Trata-se do projeto de lei 245/2009, do vereador Leonel Brizola Neto.

tiveram o menor crescimento em termos de área. Enquanto a superfície favelada do município do Rio de Janeiro como um todo teve uma expansão de 6,88% entre 1999 e 2008, a área das favelas para onde muros foram propostos cresceu apenas 1,18%.

FOTO 4. "Muro-barragem" de contenção da favela Santa Marta, no Rio de Janeiro, conhecido retoricamente como ecolimite.
(Foto do Autor, 2010)

A favela Santa Marta, primeira "comunidade" onde foi construído um muro (Foto 4) e também a primeira a receber uma Unidade de Polícia Pacificadora (UPP), em 2008, teve até mesmo um pequeno decréscimo (0,99%) de sua área. Devemos considerar que já existiam outras modalidades de delimitação, mais sutis, mas eficazes, que atuavam como impedimento à expansão rumo às áreas de mata, como "calhas" de drenagem, caminhos e mesmo vias de transporte que funcionavam como muros, como no caso do plano inclinado que delimita toda a faixa leste da favela Santa Marta.

Ainda que a construção efetiva de muros tenha se restringido a poucas favelas, o debate foi amplificado e veio à tona, com força, a questão das novas/velhas modalidades de segregação via definição de descontinuidades urbanas. Como comentou Machado (2013):

Até os dias atuais, apenas Santa Marta e Rocinha receberam as obras do projeto, a despeito do objetivo de implantação de onze quilômetros de muros. No entanto, a pequena extensão edificada foi capaz de mobilizar diversos discursos sobre a cidade. O aparente esvaziamento da materialidade deu lugar a uma forte disputa no campo das ideias e foi retomado como objeto de tensão. Apenas enunciar a materialização de um limite ou de um muro em um determinado lugar tem força de mobilizar o debate público, de produzir instrumentos normativos e projetos urbanísticos, de convocar categorias espaciais, e concentrar questões estruturantes da cidade do Rio de Janeiro (Machado, 2013).

Camargo (2012), por sua vez, destaca que os ecolimites devem ser vistos, na verdade, como "sociolimites". Sob um discurso neomalthusiano (de incompatibilidade do crescimento populacional das favelas com a preservação da natureza) e através do interesse empresarial (incluindo o das construtoras), eles selam a segregação entre favela e "asfalto". Assim:

Sob o argumento "neomalthusiano", segundo o qual o território urbano e a Mata Atlântica não comportariam o avanço demográfico dos moradores das favelas, esconde-se um sentido moral e o acirramento do cerco aos pobres das favelas da Zona Sul. Os ecolimites não se inspiram apenas em uma preocupação com as oscilações demográficas das favelas da Zona Sul. Visto em um conjunto de intervenções públicas recentes, essa política pública configura uma medida de contenção dos moradores pobres em um espaço limitado para a ação de urbanização espontânea, mas aberto para a ação dos investidores imobiliários interessados na valorização daquele solo urbano e em sua paulatina "gentrificação" [como vem ocorrendo em favelas pós-UPP, como Vidigal e Babilônia, com a instalação de hotéis e compra de residências por estrangeiros] (Camargo, 2012).

Como nos muros-dutos, coloca-se nesse caso também a questão da prioridade das políticas públicas e da participação popular nas suas decisões: no lugar de investimentos em programas sociais dentro do espaço favelado, tenta-se ocultar ou mascarar o problema, dirigindo recursos relativamente vultosos para obras que têm como base fundamental e quase única a (pretensa) segurança pública. O problema, portanto, não são os efeitos concretos desses muros na vida dos cidadãos que, em alguns casos, uma vez construídos — como no exemplo do muro-duto da Linha Vermelha — podem até vir a aprová-los, com a própria mobilização posterior favorável por parte da grande imprensa formadora de opinião.

O que deve ser posto em debate é a natureza dessas políticas, a questão de suas prioridades e seu caráter (anti)democrático, sem a participação popular. Prioritária, nesses casos, é sempre a segurança (e/ou preservação ambiental), e não a precarização da vida e as condições sociais no interior do espaço favelado. Trata-se de uma segurança que acaba se voltando mais para o "outro" da favela, aquele que efetivamente pode usufruir de áreas preservadas, como o Parque Nacional da Tijuca, no caso do Rio de Janeiro, ou que circula nas grandes vias próximas às favelas — daí a concentração dessas iniciativas no entorno, e não no interior das zonas faveladas.

Quanto à participação popular nas decisões, de longa data percebe-se a fragilização dos movimentos sociais entre a própria população favelada. Segundo Burgos (2006), essa desmobilização começa com a modernização conservadora dos regimes militares, que interromperam a ebulição democratizante das organizações populares (incluindo as das favelas) nos anos 1950 e início dos 1960. Segundo o autor:

> *Análogo com o que se fez com a estrutura sindical e partidária, também as organizações de favelas seriam desmanteladas nesse período* [militar]. *Contudo, ao contrário do que ocorreu com as organizações operárias, o mundo dos excluídos não conheceu um processo de reorganização capaz de inseri-lo no contexto da transição democrática em curso nos anos 80. No Rio de Janeiro (...) a questão torna-se dramática, uma vez que a tiranização das favelas e conjuntos habitacionais pelo tráfico inibe a retomada da comunicação de seus interesses com a nova institucionalidade construída com a redemocratização do país* (Burgos, 2006:26).

É claro que essa "tirania" do narcotráfico (e, posteriormente, também das milícias) não impediu a forte atuação de algumas associações de moradores (ainda que muitas atreladas ao poder do tráfico) e a reação de algumas favelas a essas políticas, como vimos no caso do muro-duto da Linha Vermelha e como veremos, mais à frente, em relação aos toques de recolher impostos pela própria polícia nas UPPs.

Embora predominasse o argumento do muro como ecolimite, dentro de um discurso ecológico ou de biossegurança, também ficava explícito, algumas vezes, o propósito de controlar o crime organizado, evitando ou dificultando a fuga de traficantes pelas áreas de mata. Nesse caso, é paradoxal verificar que a "solução" proposta através do muro acaba de algum modo por estabelecer um elo com as antigas táticas de fechamento do espaço favelado pelo narcotráfico, com a diferença, agora, de que o controle é feito pelo Estado. "Fechar" a favela, controlar seus acessos, embora por métodos muito distintos, é também, diversas vezes, uma prática utilizada pelos narcotraficantes.

Tal como nos processos de contenção temporários, de cerceamentos circunstanciais à circulação, e que analisaremos no próximo item, aqui também podemos falar, como no caso do narcotráfico, de formas de contenção "internalizadas" a que é subordinada a população favelada. Isso mesmo reconhecendo que o caráter "interno" à favela (a origem local) de traficantes e milicianos é cada vez mais raro, pois eles têm aumentado sua mobilidade e, assim, estabelecem menos vínculos com as "comunidades". Trata-se de formas ainda mais constritivas de contenção e controle em relação àquelas impostas pelo Estado formalmente instituído. Elas não se restringem a ações episódicas de violência aberta, mas se configuram como práticas cotidianas, reiteradas e quase permanentes de violência pela restrição da mobilidade espacial. É o caso das delimitações territoriais e restrições rígidas à mobilidade impostas pelo narcotráfico, às vezes interferindo até mesmo em hábitos cotidianos, como os vínculos afetivos entre pessoas que residem em favelas dominadas por grupos rivais ou a cor do vestuário (proibido vermelho em áreas sob o poder do Terceiro Comando, rival do Comando Vermelho, por exemplo).

Há milícias que constroem muros, controlam portões de entrada, impõem horários e cerceiam de diversas formas a liberdade de circulação dos moradores. Nesses casos, a contenção territorial "internalizada", decorrência da própria condição de Estado de exceção a que os moradores estão sujeitos, é produzida tanto no "vazio" deixado pelo Estado formal quanto na sua promiscuidade com os circuitos ilegais, como é o caso de milicianos provenientes ou ainda vinculados ao aparato policial estatal.

Resta sempre, contudo, a perspectiva de contornar essas obstruções, como numa barragem em que acaba sempre existindo a possibilidade ou de a correnteza verter por outro lado, ou de que, com a intensidade da acumulação, seja ultrapassado o próprio nível da represa. No capítulo final abordaremos algumas dessas estratégias que denominamos de "contornamento" territorial.

Contenção territorial temporária: constrangimentos eventuais à circulação

No caso da cidade (e município, neste caso coincidentes) do Rio de Janeiro, nossa pesquisa realizou também um levantamento e mapeamento das dinâmicas territoriais relativas à obstrução de fluxos ou fechamento de vias de circulação advinda de conflitos armados entre polícia, narcotraficantes e/ou milícias. Como veremos, alguns desses fechamentos se revelaram táticas evidentes de contenção territorial. Verificamos, assim, algumas das repercussões espaciais mais relevantes de eventos relacionados à violência urbana, centralizando a análise no fechamento e abertura de territórios, tanto do tipo predominantemente zonal, como o conjunto de uma favela, quanto de dominante reticular, como as vias de transporte. Utilizamos como fontes primárias, no período de setembro de 2007 a agosto de 2009, o jornal *O Globo* e, de setembro de 2009 a agosto de 2010, os jornais *O Globo* e *O Dia*, objetivando comparar dois veículos da mídia dirigidos a públicos (e, de certa forma, também espaços) distintos na teia da cidade.

Depois dos dois primeiros anos de levantamento diário dessas informações, elaboramos uma tipologia de fechamentos territoriais que nos permitiu detalhar uma série de processos que demonstram a intensidade dos efeitos territoriais da ação de três grandes sujeitos envolvidos na questão da in-segurança na cidade: a polícia, o narcotráfico e as milícias. A sistematização desses dados traduz com clareza uma dialética da mobilidade/imobilidade que marca o espaço urbano a partir de atos de violência, tanto no sentido daqueles que fazem uso da obstrução da circulação para executarem sua ação e/ou ampliarem a sua repercussão, quanto daqueles que, muitas vezes, são forçados a desencadear esses fechamentos como forma de (auto)proteção.

O cotidiano de violência e morte em que esses processos estão envolvidos leva-nos a retornar ao debate já efetuado sobre a concepção de população em Foucault e a ideia de vida nua em Giorgio Agamben (2002a).

Falar do homem simplesmente como população é interpretá-lo em sua dimensão (e mobilidade) biológica ou "animal". Para Agamben, entretanto, como vimos, a vida nua adquire uma conotação mais complexa do que a simples dimensão biológica ou "vital" do homem (a "zoé" entre os gregos). Ela é representada pela figura do *homo sacer*, que se situa num limiar indefinível, numa zona originária de indistinção, como "uma pessoa que é simplesmente posta para fora da jurisdição humana sem ultrapassar a divina" (2002a:89), "uma vida humana matável e não sacrificável" (p. 91).

Propomos questionar a existência dessas situações extremas, tanto aquela em que o homem seria reduzido ou visto apenas enquanto entidade biológica natural, "animalizado", como diria Foucault, quanto como estrita "vida nua", "matável e não sacrificável", na expressão de Agamben. De fato, devemos observar essas características como *dimensões* da vida humana que adquiriram maior proeminência na política concreta e no discurso dos nossos dias, mas não como condição efetiva de grupos humanos em sua integralidade, pois nunca o homem, mesmo num campo de refugiados ou numa prisão extremamente precária, ficaria reduzido, simplesmente, à sua condição de *homo sacer* — ainda que assim possa sê-lo no que se refere à leitura feita por outros grupos sociais.

É o que acontece, muitas vezes, com tantos moradores de favelas dominadas pelo crime organizado em grandes metrópoles como o Rio de Janeiro, São Paulo, Recife ou Salvador, onde a morte se tornou rotina e a própria polícia muitas vezes veiculou a leitura genérica de favelados como "criminosos". Assim, vistos por muitos em sua dimensão de "vida nua", podem ser mortos como se, nessa situação de exceção, não se cometesse homicídio ou infração à lei — e, no olhar de grande parte da população, estivesse mesmo sendo "feita justiça".

O que existe, portanto, são situações, às vezes bastante circunstanciais, em que grupos humanos são percebidos por outros basicamente na dimensão de sua reprodução biológica e que, nessa condição, eu diria, podem ser vistos politicamente apenas como entidades físicas "ocupantes de espaços", que circulam e transportam (seus próprios corpos) (n)o espaço. Nessas situações, passam a ser vistos, portanto, como um fenômeno, literalmente, "de massa" — outro termo também utilizado por Foucault para caracterizar a população. Nesse contexto, táticas e estratégias do que denominamos de contenção territorial podem se verificar, seja enquanto barreiras episódicas ou temporárias, seja enquanto barreiras de caráter mais permanente, como no caso dos muros já aqui abordados.

Dessa forma, a partir da leitura dos dados do Quadro 3, aparentemente simples, quantitativo, referido aos fechamentos urbanos a partir de situações de conflito ou de violência declaradas, devemos reconhecer as relações de poder em que processos de contenção territorial sob uma sociedade biopolítica ou de segurança (afetando, portanto, sua "população") adquirem uma enorme complexidade. Reconhece-se, por exemplo, que uma das estratégias mais comuns (ou táticas, dependendo dos mecanismos de projeção da ação — tanto em termos de concepção quanto de desdobramentos) é a que envolve o fechamento de vias de grande circulação, desde ruas e rodovias, até mesmo, algumas vezes, ferrovias (os "trens de subúrbio", no caso do Rio de Janeiro). Nesse sentido, foram computadas, ao longo de três anos, 65 ocorrências de fechamento de ruas ou rodovias e sete de ferrovias (incluindo de 12 estações de trens). É importante ressaltar que a mesma estratégia utilizada por narcotraficantes pode ser utilizada pela polícia, tendo-se registrado ocorrências de fechamento de ruas ou rodovias em que a ação foi diretamente associada à iniciativa de policiais.

QUADRO 3
Interdições à circulação urbana a partir de situações de conflito

Tipo de fechamento		Total de ocorrências
Fechamento de vias de circulação pelo narcotráfico	Rua ou rodovia	59
	Estradas de ferro e/ou estações de trens	7
Fechamento de rua ou rodovia pela polícia		6
Fechamento de comércio		30
Fechamento de escolas		44
Fechamento de hospitais públicos		4
Fechamento de hotéis		2
Interrupção de serviços de moto-táxi, vans e/ou ônibus		8
Interrupção de serviço de coleta de lixo (pós-UPPs)		1
Fechamento de central ilegal de televisão a cabo e de internet pela polícia		23
Fechamento de espaços públicos (privatização ilegal de praças e ruas/loteamentos ilegais pelas milícias)		8

Fonte: Jornais O Globo (2007-2010) e O Dia (2009-2010).

Embora todas se refiram a um mesmo fenômeno, a interrupção da circulação no espaço urbano, trata-se, é claro, de processos com conteúdos muito distintos, de acordo com o jogo entre os sujeitos que os promovem. Um primeiro jogo é aquele que se dá através dos processos que denominaremos de contenção territorial sob condições de exceção, em sentido estrito. Nesse caso, o Estado, através de seu aparato policial, pode agir em função de leis ou normas de exceção — como aquelas que implicam a total privação do direito à livre circulação e/ou à "inviolabilidade da propriedade privada". Muitos policiais, em nome do combate ao narcotráfico (numa situação alegadamente "de exceção" ou "de emergência"), lançam mão dessas estratégias como forma de contenção da circulação no conjunto do espaço da favela, tido como potencialmente perigoso, generalizando assim, muitas vezes, a própria condição de virtual "criminoso" para toda a sua população.

O narcotráfico, por outro lado, podemos dizer, encontra-se imerso num Estado de exceção de que é produto (pois quem decreta sua ilegalidade e, por consequência, as situações de emergência para seu combate, é o Estado "legal" — onde está também a grande maioria de seu mercado consumidor) e, ao mesmo tempo, produtor (ao alimentar a circulação ilegal de capitais e ao adotar práticas de autoritarismo e violência, tão ou mais brutais que as dos que pretensamente detêm o "monopólio da violência legítima"). Assim, em meio a ações repressoras do Estado, de facções rivais ou, com menor frequência, de milícias, o narcotráfico acaba também executando, "internamente", processos de contenção da circulação dos habitantes das favelas sob seu controle.[129]

Souza (2008), reportando-se a outros trabalhos de sua própria autoria, avalia esse relativo fechamento das favelas:

---

[129] Muitos favelados, de certa forma, acabam sendo vistos, também pelos traficantes, como simples "população", em sua reprodução física, ou aproximando-se da condição de "vida nua", já que traficantes rivais ou mesmo moradores (geralmente jovens) que ousam se contrapor e/ou que denunciam as regras do tráfico podem, sem o menor constrangimento, sofrer represálias que muitas vezes acabam em práticas de tortura ou sua pura e simples "eliminação".

(...) levando-se em conta que as drogas e as armas utilizadas pelos traficantes não são produzidas nas próprias favelas e que os consumidores de drogas de classe média tampouco residem nesses espaços, vê-se imediatamente que, em parte, as favelas são necessariamente "abertas". Ainda que longe de ser absoluto, o referido "fechamento" é bastante real, e diz respeito ao controle dos contatos de cada favela com o mundo exterior pelos chefes do tráfico local (p. 106), citando diversos exemplos de cerceamento, inclusive na ação do poder público "legal".

Juntamente com a identificação dos principais sujeitos responsáveis por essas dinâmicas de obstrução urbana, é importante diferenciar o tipo de via de circulação que é afetado. Quando isso se dá nas proximidades ou no entorno de áreas faveladas, especialmente quando é desencadeado pela polícia, fica muito mais claro o papel de contenção territorial da população, pois o alvo preferencial são os grupos mais fragilizados, os moradores das favelas. Já quando o fechamento envolve artérias de grande circulação, vias-chave nos fluxos urbanos — estas geralmente visadas pelo narcotráfico —, o objetivo é distinto, afetando indiscriminadamente várias classes e grupos sociais e tendo como um dos objetivos básicos a ampliação da visibilidade, pois será um evento com muito maior potencial de publicização.

Em muitos casos, entretanto, não podemos esquecer, a obstrução da circulação pode estar vinculada a avaliações de probabilidade de risco, ou seja, é tomada como medida de precaução em função da (provável ou efetiva) violência de conflitos armados, que acabam repercutindo em vias de menor ou maior fluxo. Como é conhecido, artérias-eixo do transporte urbano do Rio de Janeiro, como as Linhas Vermelha e Amarela e a Avenida Brasil, passam ao lado de complexos de favelas dominados pelo narcotráfico e/ou por milícias.

Quando o narcotráfico, em alguns casos, interfere de forma temporária ou mais duradoura na circulação dentro de "comunidades" sob seu domínio, construindo barricadas que fecham ruas (por exemplo, com barras de ferro, montes de entulho ou bujões de gás), podemos dizer, claramente, que ocorre uma "contenção internalizada" no espaço favelado. Isso porque, ao tentar dificultar o deslocamento do aparato policial (levando os policiais a apelar para tecnologias mais potentes, como a do "caveirão", veículo capaz de superar alguns desses entraves), também afetam a própria mobilidade dos moradores, cerceados na liberdade de deslocamento e transporte dentro do seu espaço cotidiano.

Muitos conflitos têm como efeitos paralelos outros tipos de fechamento, com sérias consequências sobre a vida cotidiana, dentro e no entorno das favelas, interferindo na regularidade da vida escolar (44 registros de fechamento de escolas), na atividade comercial (30 ocorrências) e até mesmo no funcionamento de hospitais (4) e hotéis (2 ocorrências).[130] Alguns desses episódios podem não ser simples efeito de conflitos abertos, mas partir da própria arbitrariedade dos traficantes, que, sob determinadas situações (como quando da morte de uma de suas lideranças), simplesmente decretam a suspensão de uma ou de todas essas atividades — no caso de toques de recolher —, especialmente no que se refere ao fechamento do comércio e dos serviços no interior e/ou no entorno de suas áreas de atuação.

O toque de recolher pode ser visto como técnica de exercício de poder em termos de uma contenção territorial "invisível", cuja expressão espacial pode não ter referenciais materiais claros, mas onde quem vive nessas áreas reconhece exatamente até onde se estende a "lei" do narcotráfico — até porque muitos traficantes delimitam claramente a área de sua "ronda" para constranger os moradores. Trata-se, podemos dizer, de uma contenção temporária, focada mais no controle do tempo (o horário em que a mobilidade

---

[130] Uma limitação de nossa investigação se refere à simples quantificação genérica dessas ocorrências, sem uma qualificação maior em relação à magnitude dos eventos, por exemplo, em termos de sua duração no tempo. Isso se deve à fonte utilizada, a imprensa escrita de dois dos principais diários da cidade, que, na maioria das vezes, restringe-se a registrar o fato no momento de sua ocorrência, sem se preocupar com o prosseguimento da cobertura em relação à duração e aos seus efeitos posteriores. Uma fonte que, a princípio, poderia ser considerada mais adequada, são as ocorrências policiais. Estas, no entanto, pecam, na maioria das vezes, por não detalhar em seus registros as implicações espaciais dos conflitos, ponto central de nossa pesquisa. De qualquer forma, a simples verificação da intensidade no número de ocorrências já demonstra que aquilo que poderia ser visto apenas como ocasional ou temporário acaba por se tornar permanente, no sentido da "normalidade" de sua recorrência — uma marca das sociedades de in-segurança em que condições sociopolíticas que deveriam constituir exceção acabam por se tornar a regra.

é restringida) do que do espaço (embora, obviamente, este também seja delimitado).

Como tática de controle da circulação, o toque de recolher tem diversas funções e modalidades conforme a situação e os sujeitos envolvidos. Surpreendentemente, essa prática comum dos traficantes pode ser adotada também pela polícia, mesmo no caso de favelas que já receberam Unidades de Polícia Pacificadora. Em várias dessas favelas do Rio de Janeiro foram reportadas ameaças ou efetivação de toques de recolher (por exemplo, em São Carlos, Jacarezinho, Pavão e Pavãozinho), mas os mais emblemáticos ocorreram na favela do Borel e no Complexo do Alemão. Nessas duas áreas, inspirados no movimento "Ocupa", que se expandiu de Wall Street para vários lugares do mundo, muitos moradores, articulados com outras organizações sociais, promoveram, em dezembro de 2012, as manifestações "Ocupa Borel às 9" e "Ocupa Alemão às 9". Os protestos foram efetuados exatamente no horário definido pelos policiais para o toque de recolher, 9 horas da noite. Mônica Simões, em discurso durante as manifestações do "Ocupa Borel às 9", assim se pronunciou:

> *O projeto de segurança nas favelas do Rio de Janeiro tem como discurso do governo e do secretário de Segurança Pública a devolução dos territórios aos favelados; então, se o território é dos favelados, o território é nosso (...), a rua é do povo, a rua é nossa.*[131]

Thamyra de Araújo, por sua vez, no "Ocupa Alemão às 9", também se refere à manifestação como "um ato simbólico de reconhecer e legitimar os moradores da favela como donos de seu próprio território". Fica evidente nesses pronunciamentos a importância de mobilizar a categoria "território" não apenas como um instrumento de poder do Estado e numa leitura de cima para baixo ("o Estado retomando o território", como comumente é propalado pelos políticos e pela imprensa), mas também como uma reapropriação por parte daqueles que de fato o vivenciam e produzem em seu cotidiano — envolvido, nesse caso, pela imposição do toque de recolher pela polícia.

---

[131] Disponível em http://www.youtube.com/watch?v=WK2t7Q-ZIkw (acessado em fevereiro de 2013).

Essas mobilizações acabaram se organizando também em torno de uma luta mais ampla contra a segregação socioespacial e pela ocupação do espaço público da cidade, como acontece com os desdobramentos do movimento "Ocupa Alemão". Não é de hoje, por exemplo, que medidas de contenção da circulação são propostas objetivando restringir o acesso à Zona Sul da cidade por moradores de subúrbios ou favelas da Zona Norte. Desde a inauguração da primeira linha de ônibus através do túnel Rebouças, que liga as zonas Norte e Sul da cidade, nos anos 1980, passando pelos "arrastões" de 1992, pela inauguração do metrô até Ipanema e pelos distúrbios nas praias ocorridos em 2013, várias medidas discriminatórias são propostas a fim de restringir a livre circulação dos moradores da Zona Norte, especialmente em relação à identificação e ao controle de passageiros em linhas de ônibus que têm sua origem nesses locais ou em suas proximidades.

Como essas estratégias são muito complexas, há ainda casos em que os próprios favelados, coagidos pela violência, fazem uso de uma espécie de toque de recolher às avessas ou autoimposto como forma de proteção e, ao mesmo tempo, de protesto contra essas condições. Pesquisas realizadas em São Paulo demonstram um percentual expressivo de pessoas, especialmente nas áreas mais pobres, que, por precaução, simplesmente não saem de casa à noite após determinado horário.[132] Casos de menor duração temporal e com mais nítido caráter de protesto também são frequentes, como o que ocorreu na favela Santa Cruz, em São José dos Campos (SP), em dezembro de 2013, quando os moradores decidiram não sair à rua após as 22 horas, depois de uma chacina e em protesto contra a carência de iluminação pública.[133]

---

[132] Ver: www1.folha.uol.com.br/folha/especial/problemas_sp14.htm (acessado em 2/1/2014).
[133] Fonte: www.ovale.com.br/nossa-regi-o/acuados-moradores-de-favela-recorrem-a-toque-de-recolher-1.474450 (acessado em 2/1/2014).

Contenção simbólica

Retomando o pensamento de Brown (2009), podemos afirmar que ações como a construção de muros pelo Estado são efetivadas em termos de torná-lo (ainda) visível, no bojo de sua debilitação em termos de políticas sociais (processo que tem origem, em muitos países centrais, na crise do Estado-previdência ou do bem-estar social). Assim, essas construções físicas, apesar de todas as especificidades conforme o contexto geo-histórico em que estão inseridas, acabam tendo mais um papel simbólico, pela visualização de um Estado ausente que, por meio dessas construções, consegue ainda afirmar seu poder, sua presença — pelo menos junto aos grupos hegemônicos, que são os principais demandantes das políticas de segurança, setor-chave nessa reconfiguração do Estado contemporâneo. Temos que reconhecer, assim, junto com o cerceamento físico da mobilidade (tentativamente, pelo menos, dada a força das dinâmicas de "contornamento", como veremos no próximo capítulo), a dimensão simbólica que essas contenções carregam.

Devemos acrescentar, entretanto, outros mecanismos que se colocam, de forma ainda mais estrita, no campo simbólico, em termos de distintas representações ou concepções de espaço que permeiam o discurso dominante. Como nossa análise se estendeu para muito além dos dados quantitativos anteriormente comentados e, a partir de setembro de 2009, em levantamento cotidiano durante um ano, pôde ser feita a comparação entre dois órgãos de imprensa distintos. Obtivemos, assim, alguns resultados muito interessantes no que diz respeito à cobertura geográfica da mídia, traduzindo representações distintas da cartografia dos "fechamentos" na teia da cidade. Os mapas elaborados permitem visualizar claramente a distinta percepção do espaço urbano, ou seja, a diferente visualização espacial do fenômeno dos conflitos ou, mais especificamente, da ação policial nas favelas, através de jornais dirigidos para públicos claramente distintos.

Assim, pelos Mapas 3 e 4 podemos perceber que a cidade retratada por cada um no que se refere à ocorrência de intervenções efetuadas pela polícia nas favelas, em nome do "combate ao narcotráfico", tem uma cartografia claramente distinta. Enquanto *O Globo* prioriza as ações ou confrontos ocorridos na zonas Sul e no Centro da cidade, onde está localizada a maior parte do seu público leitor, *O Dia* mostra com maior ênfase as ações nas zonas Norte e Oeste. Ao se direcionarem a públicos de classes distintas[134] e que tendem a se concentrar em áreas diferentes da cidade, esses jornais acabam elaborando duas representações cartográficas visivelmente distintas do espaço urbano carioca.

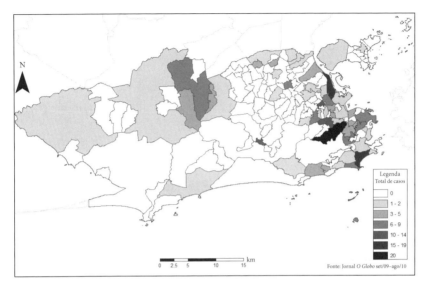

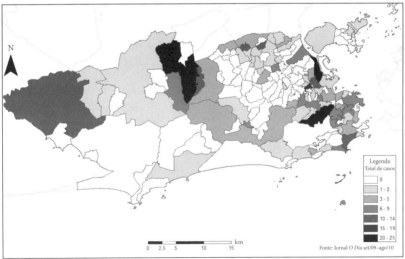

MAPA 3 e 4. Conflitos armados envolvendo polícia e narcotráfico nas favelas cariocas segundo os jornais "O Globo" (Mapa 3) e "O Dia" (Mapa 4).

---

[134] Isso fica evidente pelo próprio preço que cada jornal cobra — *O Dia* era vendido por R$ 1,20, equivalente a menos da metade do preço de *O Globo* (R$ 2,50).

Os dois mapas mostram as ações policiais em favelas, geralmente em nome do combate ao narcotráfico. Embora a legenda se reporte a bairros inteiros, ela se refere, na verdade, às favelas neles localizadas, pois não foi possível trabalhar digitalmente com um *shape* relacionado apenas às áreas faveladas. Como mostra o mapa das favelas cariocas (Mapa 5), sua representação, pelas áreas muitas vezes difusas, pontuais (nesta escala) e fragmentadas que ocupam, dificultaria em muito sua visualização. Com raras exceções (como Rocinha, Complexo da Maré e Complexo do Alemão), áreas faveladas não correspondem a bairros na divisão oficial da prefeitura da cidade.

Dessa forma, na leitura dos mapas aparecem bairros inteiros, como a Tijuca e Copacabana, quando na verdade os dados se referem fundamentalmente ao espaço das favelas aí localizadas. Isso de forma alguma, entretanto, altera a conclusão da análise pela visualização proposta: a representação cartográfica da ação policial de combate ao narcotráfico pelo jornal popular *O Dia* (Mapa 4) não só é mais detalhada, abrangendo um número maior de espaços favelados, como se estende prioritariamente para as áreas habitadas pela maior parcela da população pobre da cidade, nas zonas Norte e Oeste.

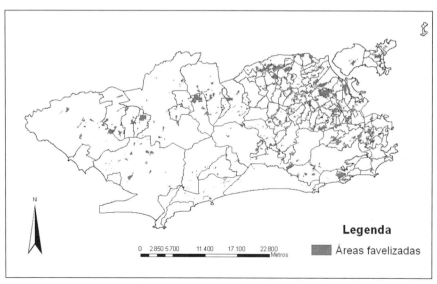

MAPA 5. Áreas favelizadas do município do Rio de Janeiro.
(Fonte: Instituto Municipal de Urbanismo Pereira Possat)

Tomando-se os registros numéricos gerais, também se percebe uma espécie de ocultamento de *O Globo*, agora em relação à intervenção policial em sentido amplo. Poderíamos também falar aqui de uma contenção territorial, agora "da informação", no campo mais propriamente simbólico, referido à própria criação de representações sobre a violência e as intervenções policiais no espaço urbano. É claro que não queremos com isso afirmar que *O Dia* proporciona uma visão "mais fiel" daquilo que ocorre na cidade, até porque a forma de veiculação da notícia pode ter tendências mais sensacionalistas. A questão que estamos priorizando não é de qual representação é "mais" ou "menos" verdadeira, mas de, uma vez disseminadas, que efeito essas representações podem ter nas relações de poder construídas dentro do espaço urbano, isto é, os efeitos de poder que a elas se encontram relacionados.

Sem dúvida, ao ocultar uma parte expressiva da vida metropolitana, a mídia hegemônica acaba por estimular uma visão do urbano segmentada, privilegiando certos espaços e negligenciando outros, como se fosse promovida uma contenção que invisibiliza simbolicamente e contribui para depreciar ainda mais as áreas mais pobres da cidade. Mas, como qualquer espaço concebido (para utilizar o termo lefebvreano), esse nunca aparece dissociado do âmbito das ações concretas, materialmente construídas.

Nesse sentido, não resta dúvida de que *O Globo*, ao invisibilizar ou minimizar as ocorrências em boa parte do espaço urbano, pode trazer também sérias implicações no direcionamento das políticas públicas. Enquanto principal jornal diário formador de opinião no Rio de Janeiro — especialmente em relação às classes mais favorecidas e influentes —, ele de alguma forma direciona o olhar do Estado para aquilo que, midiaticamente, é produzido e veiculado como sendo a informação, o problema e/ou o espaço mais relevantes da cidade. Se a representação das questões básicas privilegia ou aparece vinculada apenas a algumas áreas, é para elas, "naturalmente", que se dirigirá, de forma prioritária, a ação do Estado.

Não é à toa também que o principal projeto de política de segurança dos últimos anos no Rio de Janeiro, envolvendo a criação das Unidades de Polícia Pacificadora (UPPs), estendeu-se, pelo menos até aqui, às áreas prioritárias formadoras do "cinturão de segurança" das zonas Sul e Central da cidade. Essas são justamente as áreas associadas diretamente à "cidade dos megaeventos", junto aos eixos fundamentais de mobilidade de turistas, dos principais pontos de visitação e/ou de realização dos jogos (da Copa do Mundo e das Olimpíadas).

O narcotráfico, por seu lado, pode-se dizer, também efetiva suas táticas de contornamento dessa contenção territorial imposta pelo Estado através das UPPs. Frente àquilo que o próprio discurso oficial considera um circuito ou "cordão" de segurança concentrado na metade sul da malha urbana, os narcotraficantes se realocam na periferia da cidade, especialmente em áreas da região metropolitana, como a Baixada Fluminense, São Gonçalo e Niterói, que têm manifestado considerável aumento nos índices de violência.[135]

Considerações finais

Não há dúvida de que o Rio de Janeiro, como várias outras cidades brasileiras com histórico semelhante de segregação (diretamente associada ao poder do capital imobiliário) e violência (direta ou indiretamente vinculada ao Estado), manifesta de forma flagrante múltiplas tentativas de controle, contenção ou simples monitoramento de seus principais "riscos", num conceito ampliado que vai desde a insegurança cotidiana até as tragédias ditas naturais. Algumas dessas iniciativas, como o monitoramento estrito de grande parte da cidade pelo COR (Centro de Operações Rio), parecem "fora do lugar", um imenso *big brother* ou "pós-panóptico" (para utilizar uma expressão de Bauman, 2001), que, aliando câmeras fixas e móveis, tenta realizar a utopia de uma vigilância indiscriminada e permanente.

Numa aparente contradição com a parafernália tecnológica de centros de controle informacional como o COR, discutimos também as políticas de contenção territorial pela construção de muros. Nesse sentido, sintetizando, podemos afirmar que a alegada "proteção" ou "segurança" proporcionada pelos muros — ou, na nossa abordagem, a contenção territorial

---

[135] Processo semelhante parece acontecer, em outra escala, em nível internacional, com o fortalecimento das redes do crime e do tráfico de drogas em países da América Central diante das políticas de repressão (principalmente com o apoio dos Estados Unidos) levadas a efeito na Colômbia.

das populações subalternas — envolve, em sentido geral, dois grandes discursos biopolíticos legitimadores, ambos vinculados à questão da segurança e dos riscos:

- A biossegurança dos "ecolimites", na medida em que os muros (ou caminhos, planos inclinados e parques) aparecem associados ao controle da expansão horizontal das favelas, em nome tanto da preservação ambiental das áreas circunvizinhas quanto da "proteção" dos favelados frente aos deslizamentos de terra por ocasião de grandes tempestades.[136]
- A segurança em sentido mais estrito, ligada à violência urbana (localizada pelo poder e pela opinião públicos preferencialmente nas favelas, vistas como "espaços do crime" e/ou "espaços perigosos"), discurso que aparece acoplado ao da noção de "risco", visivelmente ampliada em relação a suas conotações técnicas.

Assim, tanto o ecolimite dos muros-barragem quanto a barreira acústica ou "contra a violência" e o "risco de acidentes, assaltos e balas perdidas" dos muros-dutos envolvem uma ampliação da noção de risco que, partindo de uma base técnica, se projeta para o social em sentido mais amplo. Naturalizado e tomado de forma não relacional e política, o risco "serve de carapuça para questões sociais serem tratadas de maneira mecânica, ou urbanística, como diria Lefebvre" (Ribeiro, 2006:74). Nossas "sociedades de risco", nos termos de Ulrich Beck, envolvem, assim, uma espécie de ideologia ampliada do risco.

Risco que pode ser redefinido principalmente a partir da valorização ou desvalorização simbólica de "espaços perigosos" pela mídia, como vimos para o caso das representações das intervenções policiais nas favelas, feitas pelos jornais *O Dia* e *O Globo*. Transformado numa questão meramente técnica, o risco e, com ele, a insegurança, impõem tanto muros visíveis

---

[136] Esse discurso ecológico encontra-se hoje tão difundido, "ambientalizando" as mais diversas esferas da vida social, de iniciativas empresariais a movimentos e lutas sociais (Leite Lopes, 2006; Acselrad, 2010), que se pode falar até mesmo na invenção de "favelas ecológicas", como no caso das favelas Chapéu Mangueira e Babilônia, na Zona Sul do Rio de Janeiro, analisadas por Moraes (2013).

quanto invisíveis na trama constituidora da cidade. Envolvem-se aí tanto sujeitos ligados ao Estado e às empresas formalmente constituídas quanto grupos como os dos narcotraficantes e das milícias. Muitas táticas e estratégias de controle hegemônicas se mesclam com aquilo que denominamos processos de contornamento, espécie de contraface indissociável dos processos de contenção territorial, e que serão analisados no último capítulo deste livro.

Esse exemplo de processo que denominamos "contenção simbólica" envolve, como vimos, o papel decisivo da mídia na formação da opinião pública (especialmente dos públicos — e espaços — específicos a que se dirige) e a força política de sua ação. Lazzarato (2006) chega mesmo a reconhecer, ao lado da biopolítica, a "noopolítica", envolvida com as questões mais diretamente vinculadas à gestão e potencialização da vida, em suas múltiplas dimensões. Assim como a biopolítica visa o controle da população, a noopolítica teria como objetivo o controle do "público":

> O que diferencia o público da população é que sua constituição nada tem a ver com a gestão de processos biológicos, mas com a modulação (através do marketing) dos desejos, afetos, volição e crenças compartilhadas por uma comunidade de consumidores *interconectados a distância*. Falamos então de controle da opinião (Lazaratto, 2006:75, destaque do autor).[137]

Na verdade, o próprio Foucault, em *Segurança, território e população*, já dá indicações para a consideração da população para além de uma entidade biológica quando considera que "público" corresponde à população quando esta é tomada a partir de suas opiniões. "Opiniões" que, obviamente, são pautadas em grande parte pelo poder dos meios de comunicação hegemônicos.

De alguma forma, a mídia também "modula" os espaços através de sua leitura altamente seletiva, privilegiando algumas áreas e deixando outras

---

[137] Convém lembrar que, no caso da população favelada, seu fortalecimento como "comunidade de consumidores" fica evidente a partir da instalação das UPPs, quando até mesmo antes dos serviços públicos o que ingressa em seus territórios são empresas vendedoras de serviços (como telefonia móvel e televisão a cabo) e produtos, de bancos a grandes redes comerciais (começando pelas de venda em domicílio).

completamente invisibilizadas. Isso significa, sem dúvida, que a contenção territorial não ocorre apenas no âmbito das práticas materiais, mas se estende também pelo campo ambivalente da (re)invenção de símbolos espaciais que re-apresentam e re-configuram a cidade.

A verdade é que essa cidade, móvel e imóvel, vigiada e subvertida, murada e fluida, dividida e costurada, é uma cidade que, como bem demonstrou Telles (2010), corroborada por Lucca (2011), apresenta-se ao mesmo tempo bloqueada e fissurada:

> (...) o foco nas mobilidades e nos regimes de circulação, com seus bloqueios, desvios e formas de acesso contrapõe e desloca a imagem da cidade partida ou da cidade de muros,[138] para outra que reside nas tramas da cidade e que preenche justamente o "entre" dos espaços fronteiriços. Contudo, longe de negar a existência de dispositivos de controle, barragem ou mesmo contenção na cidade, a análise buscou atentar para o fato de que as fortificações e os cercos da vida urbana são, todos eles, muito mais prenhes de fissuras e porosidades do que se imagina (Lucca, 2011:182).

E é por esses poros e fissuras que podem ser empreendidas, de formas as mais diversas e em meio a opressões que também provêm de várias fontes, dinâmicas de contornamento e reinvenção das sempre múltiplas tramas da cidade.

---

[138] O autor se refere aqui a duas obras bem conhecidas, de Caldeira (2000) e Ventura (2003).

10

VIVER NO LIMITE: DA TRANSTERRITORIALIDADE AO CONTORNAMENTO[139]

Um morador de favela do Rio de Janeiro, mesmo sob o controle de uma Unidade de Polícia Pacificadora (UPP), pode estar subordinado às novas condições impostas por essa territorialidade estatal, que lhe proporciona determinada segurança (relativa) e alguma infraestrutura (passando a pagar taxas de serviços ao Estado, por exemplo), mas, ainda assim, ao mesmo tempo, pode recorrer periodicamente a circuitos de comercialização de drogas comandados por facções do narcotráfico, como forma de garantir uma (única ou suplementar) fonte de renda. É como se, nesse caso, ele transitasse entre diferentes territórios (amplamente imbricados, materialmente indistinguíveis, muitas vezes) como uma forma de "contornar" a situação de precarização e os limites uniterritoriais, pretensamente exclusivistas, a que está submetido. Ele, de alguma forma, transita entre diferentes territorialidades ao mesmo tempo que busca contornar alguns dos constrangimentos a que está subordinado.

---

[139] A parte inicial deste capítulo tomou como referência o artigo "Multi/transterritorialidade e 'contornamento': do trânsito por múltiplos territórios ao contorno dos limites fronteiriços", publicado em Fraga, N. (org.): *Territórios e Fronteiras: (re) arranjos e perspectivas*. Florianópolis: Insular, 2011.

Num sentido mais literal de contornamento territorial, um migrante brasileiro que, com muito custo, alcança a fronteira estadunidense pelo México e, lá chegando, se depara com o "muro" (de maior ou menor controle físico e/ou informacional) que representa a imposição de uma última barreira, vê-se obrigado a buscar formas de contornar esse derradeiro obstáculo, seja pela mudança de última hora em sua rota, seja pelo retardo de sua entrada — muitas vezes é preciso esperar um determinado dia, uma determinada hora da noite, vagar pela madrugada por zonas menos vigiadas, ainda que com outros perigos, no meio das áreas mais desoladas do deserto.[140]

Um migrante brasileiro no Leste paraguaio, um "brasiguaio", pode estar residindo num município paraguaio dirigido por um prefeito brasileiro, cultivando numa propriedade agrícola que paga impostos ao Paraguai, assistindo à Rede Globo todas as noites, falando mais português do que espanhol ou desconhecendo uma das duas línguas oficiais nacionais, o guarani, torcendo por times de futebol brasileiros, como o Internacional ou o Grêmio, realizando determinado tipo de compra, utilizando periodicamente serviços (como os médico-hospitalares) e votando (pois não transferiu seu título) do outro lado da fronteira. Esse "ir e vir" ou esse trânsito entre diferentes territórios — e territorialidades, enquanto referências simbólicas — pode representar, no fim das contas, a construção de uma espécie de multi ou mesmo transterritorialidade. Isso tanto no sentido mais estritamente político de usufruir de dois ou mais territórios ao mesmo tempo quanto no sentido do poder simbólico proporcionado por sua condição "transidentitária" (Haesbaert e Silveira, 2001) — a ambígua condição de "brasiguaio" permitindo-lhe acionar mais de uma identidade territorial, dependendo das estratégias de poder que estiverem em jogo.

Essa possibilidade — ou, em alguns casos, o próprio caráter compulsório — do trânsito entre diferentes territórios e/ou da vivência, concomitante, de múltiplas territorialidades, de certa forma representa também a chance de contornamento de certos limites ou fronteiras territoriais. Nesse caso,

---

[140] Cabe lembrar que em 15 anos, de 1998 a 2012, morreram 5.595 pessoas na tentativa de cruzar a fronteira do México com os Estados Unidos (cf. artigo "La Línea, a fronteira que divide dois mundos", do jornal *O Estado de São Paulo*, 24 de novembro de 2013).

conforma-se aquilo que, mais até do que o que focalizamos no capítulo 2 como *multi*territorialidade, pode ser denominado de *trans*territorialidade, dinâmicas territoriais complexas que cada vez mais parecem compor experiências concretas na contemporaneidade. Como afirmávamos ainda nos anos 1990:

> (...) *ora somos requisitados a nos posicionar perante uma determinada territorialidade, ora perante outra, como se nossos marcos de referência e controle espaciais fossem perpassados por múltiplas escalas de poder e de identidade. Isto resulta em uma geografia complexa, uma realidade multiterritorial (ou mesmo transterritorial) (...)* (Haesbaert, 1996:35).
> (...) pode-se dizer que as "identidades pós-modernas" [em alusão a Stuart Hall] *são também, num sentido geográfico, "transterritoriais"* (Haesbaert, 1999:183).

Inspirávamo-nos em Canclini (1996), para quem, numa distinção moderno/pós-moderno às vezes demasiado simples, enquanto "as identidades modernas eram territoriais e quase sempre monolinguísticas", com base na subordinação de regiões e etnias ao espaço comum do Estado-nação, "as identidades pós-modernas são transterritoriais e multilinguísticas" (p. 35), estruturadas mais pela lógica do mercado (e do consumo) que pela lógica dos Estados. Embora Canclini às vezes tenda a entender "transterritorial" como "desterritorializado", é evidente que não se pode equiparar transterritorialidade com a simples destruição de territórios. Trata-se, como já percebemos, de uma reconfiguração territorial em novas bases, muito mais múltiplas.

Este texto, apesar de constituir o último capítulo, tem como intuito mais problematizar e lançar novas frentes de investigação do que construir proposições efetivamente conclusivas. Abordamos assim a ideia de um "viver no limite" (Haesbaert, 2011) que tem a dupla conotação de, primeiro, num sentido mais abstrato, experimentar uma situação limite, viver no limiar do novo — seja para melhor, seja para pior —, e, segundo, num sentido mais concreto, vivenciar uma condição de passagem constante entre fronteiras, entre limites espaço-socialmente reconhecidos, isto é, entre diferentes territórios — pois o limite, como já indicava Heidegger, não é onde algo termina, mas onde "começa a ser" (Heidegger, 1958:183).

Nesse sentido, também pode significar uma realidade distinta, a daqueles que fazem do "viver no limite" não algo provisório e passageiro, mas, praticamente, sua condição de existência, um permanente ou contornar de situações difíceis, perigosas, ou transpor/ir e vir de/entre diferentes territórios, quase como se vivessem continuamente nas fronteiras. Para muitos, hoje, a própria fronteira enquanto limite, especialmente no caso dos migrantes, que podem ser monitorados e detidos em diversos locais, "está em todo lugar" (Lyon, 2005). As lógicas políticas de exceção, a que aludimos diversas vezes neste livro, em sua capacidade de "capturar o fora", simultaneamente dentro e fora (da jurisdição territorial do Estado, por exemplo), permitem falar também numa "vida no limite", constantemente recolocado nesse jogo de geografias dinâmicas e múltiplas.

Breves considerações sobre mobilidade e fronteira para entender a transterritorialidade

De certa forma, se vivemos hoje "no limite" ou "nas fronteiras", provavelmente é porque, além da ambiguidade de nossa condição política, tantas vezes na "dobra" entre o legal e o ilegal, a exceção e a regra, o capitalismo também, depois de praticamente conquistada toda a Terra, se reproduz pela recriação da diferença e, com ela, de novos limites e fronteiras no interior dos próprios territórios por ele incorporados (daí, por exemplo, a agilidade com que se apropria e re-cria novos nichos de mercado). Viver no limite significa, em primeiro lugar, ser dotado de mobilidade, pois o limite-fronteira, nesse caso, não é estabelecido apenas para controlar, conter, deter, mas também (e às vezes sobretudo) para ser transposto, contornado, transgredido, enfim, "usufruído", já que, de algum modo, muitas vezes pode tornar-se o próprio *locus* central da nossa vida e, ao propor diferenças, incita-nos mais diretamente a enfrentá-las e/ou partilhá-las.

Mas essa mobilidade, em suas múltiplas geometrias de poder (da compressão espaço-tempo), como afirmou Doreen Massey, está atrelada a inúmeros condicionantes sociais, econômicos, políticos, culturais e mesmo naturais. Para Massey, é fundamental ressaltarmos não simplesmente quem é mais ou menos móvel, mas quem, especialmente nos pontos de conexão, detém o poder de deslanchar ou de impor — e/ou de interromper ou suspender — o movimento.

Se viver no limite ou nas fronteiras implica mobilidade, de que mobilidade estamos falando? Não se trata, obviamente, de mobilidade no sentido de mero deslocamento físico ou, como já ressaltamos, abstraído das relações econômicas e/ou de poder em que estamos inseridos. Não nos movemos simplesmente entre "locais" (localizações genéricas, abstratas), mas entre "lugares", dotados de significação, e "territórios", moldados no interior de específicas relações de poder.

Para o geógrafo Tim Creswell, em seu livro *On the Move*, a mobilidade pode ser traduzida como um "movimento socialmente produzido entendido através de três momentos relacionais":

1. "mobilidade como fato bruto, puro, (...) uma realidade empírica";
2. "um arranjo diverso de estratégias representacionais estendendo-se do filme à lei, da medicina à fotografia e da literatura à filosofia" (onde se enfatiza a mobilidade através da "produção de significados, frequentemente ideológicos");
3. como algo praticado, experimentado e corporificado, "um modo de estar no mundo" (Creswell, 2006:3).

Assim, a mobilidade não pode ser abordada somente pelo campo abstrato de suas representações lógico-formais, nem apenas enquanto experiência material, bruta. Ela se desenha num jogo complexo envolvendo todas essas dimensões. Mover-se implica sempre uma relação, ao mesmo tempo funcional-tecnológica e cultural-simbólica, com a distância — outro conceito que, obviamente, não se restringe, assim, a uma leitura padronizada e universal, como na distância (quilo)métrica que toma por base o espaço como espaço homogêneo, absoluto, de matriz euclidiana. A distância depende profundamente dos sujeitos e das relações socioeconômicas e culturais em que se contextualiza.

Ainda que experimentado de maneira extremamente desigual, como já enfatizamos, viver *on the move*, mudando de lugar e/ou de território, parece ser uma marca distintiva do nosso tempo, a ponto de podermos considerar que até mesmo as fronteiras, hoje, mesmo aquelas que estão sendo muradas, são feitas para serem transpostas — ou pelo menos contornadas.

A mobilidade humana, nesse sentido, seria uma das marcas fundamentais da modernidade capitalista e do liberalismo político-econômico (moldado pelo mote *laissez-faire, laissez-passer*), a ponto de alguns autores a associarem com a própria ideia de liberdade.[141]

Se nos primórdios do capitalismo "o ar da cidade liberta" é porque na urbe o camponês, liberado da servidão no espaço rural feudal, imagina usufruir da livre circulação e da oferta "livre" de sua força de trabalho. Migrar seria um imperativo do mundo regido pela ética capitalista da ascensão social pelo trabalho (e pela *mobilidade* do trabalho) e representaria uma "opção" manifestada a partir da própria "liberdade individual" (que é também uma liberdade de ir e vir). A essa visão liberal-individualista de migração opõe-se, numa leitura diametralmente contrária, aquela que joga todo o peso na sociedade, e não no indivíduo. Aí, seríamos impelidos a migrar em função das contradições inerentes à lógica estrutural do mercado ou da soma de conjecturas da dominação político-econômica capitalista. Nesse caso, é claro, dependendo do contexto social-histórico, poderíamos também ver nosso "direito à mobilidade" substancialmente restringido.

Tomando como referência um tratamento multifacetado e multiescalar das relações de poder, podemos dizer que a organização espacial/territorial do mundo moderno começa, em primeiro lugar, por colocar a questão da soberania estatal/territorial que, ao mesmo tempo, estimula e restringe a mobilidade. Estimula, por exemplo, ao criar toda uma rede "nacional" de transportes e comunicações, integrando o território como um todo, e restringe ao delimitar sua esfera espacial de atuação através de um "pacto territorial" de controle a partir do monitoramento de suas fronteiras e, assim, também, do gerenciamento de um "mercado nacional" de trabalho e consumo e de reprodução de uma "população".[142]

---

[141] Ideia equivocada, obviamente, quando associada à aceleração, à crescente velocidade, pois, como alerta um dos "teóricos da velocidade", Paul Virilio, "quando você vai depressa demais, você é inteiramente despojado de si mesmo, torna-se totalmente alienado. É possível, portanto, uma ditadura do movimento" (1984:65).

[142] Veja-se o caso emblemático da China, segunda potência econômica e país mais populoso do mundo, onde até mesmo a mobilidade interna da força de trabalho é objeto de rígido controle estatal, permanecendo ainda hoje (mesmo sob forte questionamento) os cartões de residência ou "huku", especialmente para as populações rurais.

Por outro lado, esse controle da população, típico do que aqui discutimos como biopoder, apareceria no bojo do temor das massas ou das multidões, constituídas majoritariamente de pobres, "classes perigosas", indesejáveis, e sua potencial mobilidade incontrolada, muito visível em alguns processos revolucionários, como a famosa Comuna de Paris e as reformas urbanas que a sucederam. Dentro da própria cultura iluminista que enaltecia a mobilidade e seus benefícios físicos e mentais[143] surge seu contraponto, diretamente relacionado à estrutura de classes e ao aumento das desigualdades sociais no ambiente urbano, já que "os pobres circulavam livremente nos espaços da riqueza inacessível" (Sennett, 1997:231).

Tentativas de repressão a essa "livre circulação" dos pobres pelos "espaços da riqueza" a que eles só têm acesso, hoje, de forma parcial e pelo constante endividamento, são um fenômeno recorrente ao longo da história do capitalismo e que se revelou recentemente no controle dos chamados "rolezinhos" pelos shoppings do Brasil. A multidão, assim, "possuía uma identidade própria, que deu à palavra 'movimento' um significado coletivo", não mais ligado à "liberdade individual", mas ao "perigo" ou mesmo à "resistência" (Sennett, 1997:234).

Nesse contexto, "ir e vir agravava as dores da penúria. O povo desejava que a intervenção governamental se intensificasse, em prol de estabilidade e segurança. A incerteza inspirada pelo deslocamento tornou-se mais evidente na mais provocativa das capitais europeias — Paris — às vésperas da Grande Revolução" (Sennett, 1997:229).[144] Aparecem aí as raízes, enaltecidas por Foucault, da "sociedade biopolítica" ou "de segurança" (discutida no capítulo 6), em nome da qual o Estado intervém a ponto de poder até mesmo decretar "estados de exceção", pois, em nome do desejo de segurança, estes podem acabar por ser amplamente demandados.

Paradoxalmente, nas atuais sociedades de (in)segurança em que vivemos, ao mesmo tempo que somos (ou podemos ser) mais móveis, nossa mobilidade pode também ser muito mais vigiada e monitorada.

---

[143] Incluindo aí as viagens, que começam a ser estimuladas no século XVIII, aliando movimento, exploração e ampliação da sensibilidade (Sennett, 1997:228).

[144] "(...) ao sentir a dor aguda da desigualdade, o povo foi buscar alívio não na circulação de trabalho e capital, mas junto ao governo, única forma de estabilidade visível" (Sennett, 1997:231-232).

Gradativamente, "lugares abertos" enquanto espaços públicos[145] passaram a significar não só a liberdade de circulação e de manifestação, mas também a eficácia da vigilância e do controle sociais, em que um "espaço de liberdade" manifesta, ao mesmo tempo, um espaço de "máxima vigilância policial" (Sennett, 1997:242)[146] — de alguma forma, nesse sentido, pode-se afirmar que, nessas condições, o "público" também é "privado", o "fora" também está "dentro", o "aberto" também é "fechado" e, por extensão, as "fronteiras" territoriais são também, cada vez mais, espaços que incitam ao trânsito e/ou ao contornamento.

Como já vimos em outros momentos ao longo deste livro, temos, muitas vezes, uma enorme dificuldade de perceber com clareza quem/o que está dentro e quem/o que está fora de um território ou, em outras palavras, não é fácil distinguir quais são os limites territoriais de ação de uma ou outra modalidade de poder. As fronteiras parecem perder seu sentido tradicional de definição do *in* e do *out*, ou dos *insiders* e dos *outsiders*, dos "estabelecidos" e dos "de fora", para fazer alusão ao clássico trabalho de Norbert Elias (2000).

Em muitos contextos de precarização e instabilidade (de quem domina e/ou de quem está mais na situação de subordinado), já mal sabemos também, para retomar Elias, quem são os "estabelecidos", aqueles que, por residirem há mais tempo em um território, representam a "população fixa" e (pretensamente) com mais poder, e quem são os "de fora", aqueles que, mais recentemente chegados, tentam forjar uma territorialidade minimamente estável no mesmo local. Grupos do narcotráfico em favelas cariocas, por

---

[145] Gomes (2002) define espaço público em seu sentido "físico" (e, de certo modo, também, geográfico), como, "antes de mais nada, o lugar, praça, rua, shopping, praia, qualquer tipo de espaço *onde não haja obstáculos* à possibilidade de acesso e participação de qualquer tipo de pessoa" (p. 162; os grifos são nossos para enfatizar a condição de não conter obstáculos ao acesso, impedimentos que, de diversas formas, especialmente no contexto latino-americano, acabam surgindo em shoppings, ruas e até mesmo praças).

[146] Por outro lado, não devemos esquecer que os grandes espaços públicos ditos "livres" podem também desempenhar o papel de espaços de encenação, de espetacularização e das celebrações do poder hegemônico, apaziguadoras das multidões (grandes projetos urbanísticos foram concebidos justamente nesse sentido, inclusive durante o regime nazista).

exemplo, há algum tempo não valorizam a incorporação de "laços firmes" (inclusive de parentesco) com a "comunidade" para o fortalecimento de seu poder, pois não mantêm mais, obrigatoriamente, "raízes locais" e podem assim revezar-se com incrível rapidez no poder sobre um determinado território. O próprio fato de não manterem relações fortes com a população residente faz com que se sintam mais livres para "contornar" ações repressoras, sair e disputar novas áreas — ou simplesmente "pontos" (como os de venda no varejo) — que lhes conferem fortalecimento de poder.

Esse viver no limite, numa situação de multi/transterritorialidade imbricada a dinâmicas de contornamento, não significa, assim, estancar o movimento pela presença de uma fronteira — até porque "fronteira", no nosso ponto de vista, muito mais do que uma linha divisória que separa (no sentido mais estrito de limite),[147] é um lugar de encontro (ou, em outras palavras, de com-front[o] e de des-encontro, como destacam Martins, 1997a[148] e Porto-Gonçalves, 2003a),[149] o espaço em que, ao nos depararmos com um Outro, realizamos o movimento mais explícito de sua subjugação ("colonização") e/ou de (re)definição de nós mesmos (transculturação) — seja pelo aprofundamento do próprio olhar sobre nossa singularidade, seja pela indagação colocada pelo olhar do Outro que nos impõe, ao mesmo tempo,

---

[147] Sobre esse debate conceitual entre fronteira e limite, ver por exemplo, Machado (1998), para quem "a fronteira está orientada *para fora* (forças centrípetas), enquanto os limites estão orientados *para dentro* (forças centrípetas)" (p. 42).

[148] A visão sociológica de fronteira de Martins, pautada especialmente nas fronteiras de expansão do capitalismo brasileiro, enaltece sua condição conflitiva, onde "a fronteira é essencialmente o lugar da alteridade. (...) À primeira vista é o lugar do encontro dos que por diferentes razões são diferentes (...). Mas o conflito faz com que a fronteira seja essencialmente, a um só tempo, um lugar de descoberta do outro e de desencontro" (Martins, 1997:150).

[149] Porto-Gonçalves adverte que "fronteira deriva de *front*, expressão do campo militar que significa um espaço que ainda está sendo objeto de luta nos limites espaciais de duas forças em confronto aberto por afirmar seu controle. Definido quem controla o *front*, este se transforma em fronteira que, depois, passa a ser naturalizada. (...) A palavra fronteira tem como raiz *front*, que indica que por trás das fronteiras sempre está a política, seja por meios diplomáticos, seja por meio da guerra" (2003a:5, disponível em http://bibliotecavirtual.clacso.org.ar/ar/libros/osal/seoane/porto.rtf).

questionamentos e conflitos, re-afirmações e relativizações. É um pouco o que podemos verificar através do exemplo dos brasileiros migrantes nos países vizinhos do Mercosul.

Trânsito entre territórios: migração e transterritorialidade

Diretamente vinculados à ideia de mobilidade e fronteira, os processos migratórios são, sem dúvida, emblemáticos nesse debate sobre a transterritorialidade e o contornamento.[150] Um bom exemplo decorre de investigação que realizamos na passagem dos anos 1990 para os de 2000 (Haesbaert e Santa Bárbara, 2001 e 2007), em que abordamos um fenômeno muito relevante de mobilidade e trânsito entre territórios, aquele que envolve os migrantes brasileiros nos vizinhos do Mercosul, notadamente os migrantes denominados "brasiguaios" (muito genericamente, brasileiros residentes no Paraguai)[151] — mas também "brasentinos" (brasileiros na Argentina, especialmente na província de Misiones) e agricultores gaúchos (notadamente rizicultores) no Pampa uruguaio.

O jogo territorial desenhado por grande parte desses migrantes — embora, obviamente, de modo amplamente diferenciado conforme os grupos e classes sociais envolvidos — constitui um emaranhado de redes de múltiplas dimensões que, sinteticamente, podemos caracterizar como:

- redes econômicas: tanto de caráter legal quanto ilegal, envolvendo o trânsito fronteiriço para o Brasil de produtos, como a soja paraguaia, o arroz argentino e uruguaio e, em todos eles, em diferentes intensidades, também o gado; no caso da soja, há vários casos de contrabando de soja brasileira para ser exportada pelo porto de Paranaguá via território paraguaio, pela diminuição de taxas alfandegárias proporcionadas por acordo entre Brasil e Paraguai; no setor

---

[150] Outros autores, como Canclini (1992, 1996), também realizaram investigações nessa linha, focalizando a transterritorialidade migratória em áreas de fronteira (no caso de Canclini, para a fronteira de Tijuana, entre México e Estados Unidos).

[151] Entre as diversas investigações sobre o espaço da migração brasileira no Paraguai destacamos Sprandel (1992) e Souchaud (2002).

de serviços, há a frequente utilização de serviços médicos e educacionais brasileiros por residentes no outro lado da fronteira (não só migrantes brasileiros, nesse caso), o que leva algumas prefeituras a demandarem condição especial no repasse de verbas aos municípios, por atenderem a uma população muito maior do que aquela registrada nos recenseamentos brasileiros.[152]

- redes político-sociais: milhares de migrantes, ao não transferirem seus títulos, continuam votando em território brasileiro,[153] onde diversos candidatos (especialmente no caso da fronteira paraguaia) fazem até mesmo campanha oferecendo benefícios aos migrantes, como assistência médico-hospitalar e vagas em escolas; muitos movimentos e organizações sociais originárias do Brasil estendem sua atuação para áreas de migração do outro lado da fronteira, como o Movimento dos Agricultores Sem-Terra (MST), que articula camponeses "brasiguaios" com acampamentos no Oeste do Paraná e no Mato Grosso do Sul, e da Pastoral do Migrante, que, no caso de Foz do Iguaçu, a partir do Paraná, atua na obtenção de carteiras de imigração e apoio jurídico para migrantes brasileiros ilegais.
- redes ideológico-culturais: elementos culturais brasileiros — ou mesmo de regiões brasileiras, como no caso dos gaúchos — são transladados para o outro lado da fronteira, via mídia televisiva (captação da programação da Rede Globo), radiofônica (rádios paraguaias com programas em português, por exemplo) etc.; Centros de Tradições Gaúchas são criados no Paraguai como extensão de "região tradicionalista" paranaense.

O fato de poder usufruir de dois territórios ao mesmo tempo pode ser considerado um "recurso" ou "trunfo espacial"[154] e também uma forma de

---

[152] Essa condição ficou ainda mais evidente quando de nossa pesquisa com o Grupo Retis (disponível on-line em: http://www.mi.gov.br/publicacoes/programasregionais/livro.asp), especialmente durante o trabalho de campo junto aos municípios da fronteira Brasil-Paraguai do Paraná ao Mato Grosso do Sul.

[153] No caso de Foz do Iguaçu, no Paraná, segundo dados da *Gazeta do Iguaçu*, à época da pesquisa, estimava-se em 10 mil o número de votantes "brasiguaios".

[154] Ma Mung (1999) utiliza essa expressão para se referir à capacidade dos migrantes chineses em diáspora de acionarem ou de recorrerem a outros componentes de sua

"contornamento" em condições transfronteiriças, sobretudo nas estratégias econômicas dos grupos sociais, como quando a manutenção formal da cidadania no Brasil garante benefícios sociais pelo Estado brasileiro e que, no contexto de outros países, não seriam obtidos. É o caso de migrantes que, mesmo residindo em território paraguaio ou argentino, aposentam-se no Brasil. Ou os que, dispondo de dupla cidadania e dependendo da conjuntura econômica de cada país, demandam financiamentos ora em instituições bancárias brasileiras, ora do país em que residem.

Há ainda o caso mais específico dos indígenas guaranis, habitantes da região de fronteira entre Paraguai, Brasil, Argentina e Bolívia, e que recentemente passaram a reivindicar uma condição "transterritorial". Muitos guaranis paraguaios próximos ao Brasil ignoram a fronteira internacional e se deslocam com frequência, passando temporadas com seus familiares ou amigos de um lado e de outro do limite fronteiriço. Apesar da situação extremamente precária em que vivem nos dois países, alguns benefícios sociais assegurados pelo Estado brasileiro (e não pelo paraguaio, por exemplo) podem ser também usufruídos por indígenas paraguaios que efetuam esses circuitos.

Aqui é muito importante destacar como todo o conjunto da autoatribuída "nação" guarani passou a acionar politicamente o termo "transterritorial", especialmente para defender sua liberdade de trânsito entre as fronteiras internacionais de Brasil, Paraguai, Argentina e Bolívia. Assim, o "Documento Final do III Encontro Continental do Povo Guarani", realizado em Assunção entre 15 e 19 de novembro de 2010, explicita como primeira exigência em relação aos governos desses quatro países "o reconhecimento como Nação Guarani e sua condição de Transterritoriais e Transfronteiriços e que por esta razão devem ter os mesmo direitos de saúde, educação e trabalho nos quatro países".[155]

Convém lembrar também a discussão que travamos no primeiro capítulo sobre a imbricação entre categorias analíticas, categorias da prática

---

rede migratória residentes em Estados distintos quando, por exemplo, uma crise econômica afeta mais um país do que outro.

[155] O texto completo do documento está disponível em http://www.ecodebate.com.br/2010/11/24/documento-final-do-iii-encontro-continental-do-povo-guarani/ (acessado em fevereiro de 2012).

e categorias normativas. É evidente, aqui, a utilização de uma determinada concepção de transterritorialidade — nesse caso, diretamente relacionada à aparentemente paradoxal condição de "nação transnacional" dos guaranis (em relação aos Estados-nações formalmente instituídos) e à capacidade de transitar entre fronteiras internacionais. Trânsito que implica a garantia do reconhecimento político dessa mobilidade inter (ou "sobre") fronteiriça, isto é, os guaranis acionam sua transterritorialidade não apenas como um discurso autoatribuído disseminado no senso comum, mas também como uma categoria normativa, no sentido de seu potencial estratégico em termos das reivindicações políticas que, através dela, estão sendo enunciadas.

Finalmente, é interessante perceber como, a partir do contexto migratório, muitos intelectuais, hoje, propõem discutir uma condição "transmigratória" especialmente para grupos migrantes que vivem quase todo o tempo "em trânsito", circulando por diferentes lugares e atividades, principalmente em função da precarização e instabilidade nas condições de trabalho, envolvidos frequentemente em circuitos ilegais da economia. Embora a introdução do termo não seja tão recente (ver, por exemplo, Schiller et al., 1995), alguns autores têm retomado o debate para enfatizar o caráter instável, transitório e transnacional da mobilidade migratória, e não apenas a partir do caráter provisório de quem está "passando" por um terceiro (ou quarto) país dentro de um processo migratório com outro destino (como no caso de centro-americanos no México visando alcançar os Estados Unidos). Tarrius, Missaoui e Qacha (2013) propõem a noção de transmigração para compreender um fluxo de migrantes que se intensifica, principalmente circulando entre Estados europeus, onde se estima que 600 mil migrantes, em geral pobres, servem sobretudo como uma espécie de "ambulantes" articuladores "por baixo" do capitalismo globalizado.

Esse ir e vir transterritorial, embora ainda faça referência primeira ao clássico território estatal moderno e suas fronteiras, é uma prática que se acelerou ou que, tudo indica, tende a se incrementar ainda mais no futuro, na medida em que as facilidades proporcionadas pelas redes técnico-informacionais de mobilidade também aumentam. A densificação da rede de rodovias asfaltadas interligando distintas regiões transfronteiriças como aquelas do Mercosul e o barateamento dos meios de transporte são elementos importantes na alteração do tempo e da frequência de deslocamento, especialmente dos mais pobres, sem falar da "mobilidade virtual" que, apesar de menos intensa, eles também compartem.

Acompanhando essa mobilidade espacial, física, e a imbricação territorial concreta que ela envolve, encontramos também a complexificação e a mescla das relações identitárias, na formação de figuras profundamente híbridas, como a de "brasiguaio", acionada de formas muito distintas, conforme o grupo/classe social e o momento histórico em que se coloca enquanto estratégia política. Embora o termo brasiguaio tenha sido originalmente acionado a partir de uma situação de precarização entre os migrantes mais pobres que, ao não conseguirem acesso à terra no Paraguai, retornavam e alimentavam acampamentos de sem-terra no Brasil, acabou sendo reapropriado também por grandes proprietários brasileiros no Paraguai, inclusive frente a situações ocasionais de "ameaças de expulsão" sugeridas no contexto sociopolítico paraguaio. Podemos afirmar, assim, que, diante dessa "multiplicidade de redes transfronteiriças, o migrante brasileiro manifesta, objetivamente, uma condição 'trans-identitária'" (Haesbaert e Santa Bárbara, 2001:58).

Essas redes de relações geográficas, socioespaciais, dão-nos uma clara ideia de como a migração brasileira nas áreas fronteiriças dos vizinhos do Mercosul, especialmente no caso paraguaio, transgride os limites oficiais do Estado-nação e projeta-se para uma condição nitidamente transfronteiriça ou, em outras palavras, multi e, nesse caso, também transterritorial — para enfatizarmos a ideia de trânsito entre territórios e o acionar simultâneo de múltiplas territorialidades.

Dependendo dos grupos e classes sociais, uma infinidade de redes transfronteiriças se desdobra, colocando em xeque ou relativizando a própria ideia de fronteira internacional. É como se muitos desses migrantes também, de alguma forma, estivessem vivendo mais "na" fronteira do que "em dois" territórios estatais, tamanha a familiaridade com que vivenciam os dois lados do limite internacional e com que usufruem das vantagens — e, ao mesmo tempo, também, dos desafios e conflitos — proporcionados por essa dupla territorialidade.

Por isso enfatizamos a condição do "estar-entre" no debate sobre a transterritorialidade:

> (...) a transterritorialidade é a manifestação de uma multiterritorialidade em que a ênfase se dá no estar-entre, no efetivamente híbrido, produzido através dessas distintas territorialidades. (...). Destaca-se a própria

transição, *não no sentido de algo temporário, efêmero e/ou de menor relevância, mas no sentido de "trânsito", movimento e do próprio "atravessamento" e imbricação territorial — não um simples* passar-por, *mas um* estar-entre (Haesbaert e Mondardo, 2010:35, destaques dos autores).

Goettert e Mondardo (2009) enfatizam o caráter inerentemente conflitivo e/ou contencioso da transterritorialidade, sempre em tensão, diálogo e entrecruzamento. Os autores propõem assim uma distinção — problemática — entre transterritorialidades "abertas" e "fechadas". As transterritorialidades seriam fechadas quando "marcadas por relações de poder, (...) negadoras da territorialidade do Outro" (p. 121) e quando nelas predominam "imposições, restrições, constrangimentos, preconceitos (...), hierarquias e violências" (p. 124). Nas "transterritorialidades abertas", "passíveis de incorporação pelo menos parcial da territorialidade 'estranha', do Outro" (p. 121), dominariam "relações de mediação e de negociação" (p. 124).

Na verdade, tornando mais precisa a ideia do complexo jogo de poder e do aspecto conflitivo na construção de transterritorialidades, não se trata simplesmente de "negação da territorialidade do Outro", pois nesse caso somente o que poderia ocorrer seria uma multiterritorialidade em seu sentido basicamente funcional, com um mínimo de interação cultural com outras territorialidades (como em geral ocorre entre capitalistas e suas "bolhas" de deslocamento ao redor do mundo, que vimos no capítulo 2).

Mais importante, talvez, seria distinguir entre uma transterritorialidade *imposta* ou *forçada*, em que a transculturação[156] e/ou o trânsito entre diferentes territorialidades (o "intercâmbio com o Outro", enfim) se dá de modo compulsório — como ocorreu na maior parte do processo colonizador latino-americano (uma "hibridação" tantas vezes marcada por profunda violência), e uma transterritorialidade mais *espontânea* ou, de certo modo, *voluntária*, desdobrada a partir de relações sociais mais igualitárias e/ou dentro de uma estratégia (muitas vezes implícita) de resistência de grupos subalternos. É claro que, de fato, os processos de transterritorialização são sempre resultado de um amálgama entre o "forçado" e o "voluntário",

---

[156] Sobre essa dimensão "transcultural" e, no caso brasileiro, "antropofágica" da transterritorialidade, ver Haesbaert e Mondardo, 2010 (disponível on-line em www.uff.br/geographia).

e variam conforme o grupo ou classe social que estivermos focalizando. Nesse sentido, como nas distintas geometrias de poder das transformações espaço-tempo, aqui reiteradamente enfatizadas, o que aparece como mais aberto e/ou "voluntário" para uns pode ser percebido como mais fechado e/ou "forçado" para outros.

Como a transterritorialidade, portanto, não se resume à multiterritorialidade em seu sentido mais estritamente funcional, a vivência de múltiplos territórios não basta para a sua consecução. É preciso efetivamente a partilha de distintos referenciais territoriais simbólicos de algum modo acumulados ao longo do processo de (multi)territorialização. Por outro lado, podemos sugerir a possibilidade, ainda que de forma muito mais sutil, de "transterritorializar" espaços sem que seus sujeitos, obrigatoriamente, transitem fisicamente por múltiplos territórios.

Uma espécie de transterritorialidade mais branda, *in situ*, pode se instituir na medida em que, por exemplo, circuitos migratórios acabam exercendo grande influência sobre os processos locais de territorialização. Nesse sentido, temos o exemplo de entidades envolvendo migrantes e não migrantes de diferentes origens étnicas, como a "Frente Indígena de Organizaciones Binacionales", articulada entre localidades mexicanas (Oaxaca, Tijuana...) e norte-americanas (Los Angeles, Fresno). Mesmo sem terem deixado seus países, muitos não migrantes participam ativamente da organização, sofrendo de diferentes formas a influência dessas redes de solidariedade transnacionais, de algum modo também transterritorializadas. Mas mesmo nesse caso não podemos esquecer que é necessário que um grupo se desloque geograficamente para que outro sofra influência de transformações que só se efetivam devido à existência desse deslocamento.

Transitar por múltiplos territórios e/ou territorialidades passa a ser uma realidade cada vez mais presente, embora não uma regra, como já destacamos, pois diversos contextos nos mostram que a mobilidade, enquanto se acelera para alguns, diminui relativamente para outros. Acentuam-se na verdade as desigualdades com que vivenciamos esses distintos deslocamentos/velocidades e, sobretudo, a desigualdade da condição de, efetivamente, optar por partilharmos esse ou aquele movimento, essa ou aquela velocidade de deslocamento e, consequentemente, mudança e transformação em termos territoriais.

Em outras palavras, alguns transitam por diversos territórios porque puderam optar por um tipo de trabalho — e/ou de lazer — que só se realiza via mobilidade constante, mas segura, sempre dentro de uma espécie de bolha onde têm todas as suas necessidades básicas (e suas práticas culturais) garantidas — aquilo que, no capítulo 2, denominamos uma multiterritorialidade mais funcional do que simbólica. Outros estão "em trânsito" quase o tempo inteiro, pressionados justamente pela precarização de suas condições sociais dentro da ordem capitalista hegemônica: contratos temporários, trabalho precário, laços efêmeros com locais de residência ou simples trânsito (no seu extremo, acampamentos onde a condição de provisório e temporário acaba por se tornar "permanente"), segregação cultural (e ao mesmo tempo potencial abertura à transculturação com distintos grupos identitários, em geral de mesma condição socioeconômica) etc. A multi e/ou transterritorialidade de uns pode ser completamente distinta e, por meio dessa distinção, afetar profundamente a multi e/ou transterritorialidade de outros.

Na verdade, como viemos observando ao longo deste trabalho, as situações de des-territorialização e, consequentemente, de multi e/ou transterritorialidade contemporâneas são muito diversas e complexas. Nelas, entrecruzam-se abertura, mobilidade e trânsito, fechamento e relativa fixação/imobilidade, com diferentes níveis de articulação conforme as classes socioeconômicas, os grupos étnico-culturais, as condições de gênero e os contextos geracionais e de capacitação física.

Podemos dizer então que um mundo de tantos fluxos e redes, cercas e muros é também um mundo onde, em muitas situações, mais do que em espaços estanques e/ou rigidamente delimitados, vivemos "no limite" ou, se quisermos, como comentamos no capítulo 4, em limites que devem ser vistos, mais do que como linhas demarcatórias ou divisórias, como "dobras", concomitantemente separadas e articuladas, o "vinco" como marca ao mesmo tempo dessa separação e dessa articulação. Além do exemplo das migrações, aqui abordado, também as grandes cidades contemporâneas, especialmente em suas periferias, como tão bem nos mostra Telles (2010), manifestam uma miríade de experiências socioeconômicas e políticas que demonstram claramente essa situação multi e/ou transterritorial, ao mesmo tempo contraditória e ambivalente e cuja vulnerabilidade, se não é possível exatamente "superar", trata-se, pelo menos, de "contornar".

Dinâmicas de contornamento e resistência

Ao mesmo tempo que a fronteira sugere a transgressão e parece hoje ser muito mais porosa e ambígua em relação às práticas sociais de abertura e fechamento que aí se travam, alguns limites passaram a ser reforçados, inclusive apelando-se, como já vimos, para o velho recurso do emuramento, em processos que denominamos contenção territorial (analisada especialmente no capítulo 8). Frente a iniciativas de contenção, como no caso da maioria dos novos muros fronteiriços, os processos que podemos considerar, em parte, como contraposição — ou mesmo resistência — são aqueles que, inspirados na leitura sociológica mais ampla de Telles (2007), denominamos de "contornamento".[157] Assim, definimos o contornamento como a "contraface indissociável" da *contenção*:

> (...) o ato de circundar, de rodear, é também uma "arte" (...), usada por aqueles que, como afirma Telles (2007), desenvolvem uma habilidade especial em "transitar entre fronteiras" (do legal e do ilegal, do "deter-se" e do "avançar"...). Subordinados ao que Francisco de Oliveira denominou mera "administração da exceção", são populações que vivem "contornando" dois grandes riscos, o da morte violenta e o de ficar subordinado à caridade ou ao assistencialismo alheio (Telles, 2007) — incluída aí (...) a chamada "intervenção humanitária", tão em voga na sociedade biopolítica de segurança (...) (Haesbaert, 2008:43).

A contenção territorial, como já foi abordado, envolve um conjunto de técnicas hegemônicas (estatais ou paraestatais) mais de evitação "no meio do percurso" do que de efetivo enfrentamento "na fonte", dentro de um cálculo de probabilidades visando sempre remediar uma situação em nome da "evitação do pior". Do mesmo modo, o contornamento territorial envolveria um conjunto de táticas e/ou estratégias[158] de desvio na intenção

---

[157] Telles, por sua vez, busca a expressão "arte do contornamento" na obra de Marion Fresia, "'Frauder' lorsqu'on est refugié", publicada em *Politique Africaine*, Paris, nº 93, março de 2004.

[158] Não estamos aqui nos referindo a uma "tática" dos "de baixo" (a "arte do fraco") e uma "estratégia" dos hegemônicos, como indica De Certeau (1996), mas apenas

de contornar, ou seja, de escape ou fuga "lateral", sem enfrentar a questão em suas bases. Talvez pudéssemos afirmar que, frente à des-ordem capitalista em que vivemos, profundamente marcada pela problemática da insegurança, há uma "dialética reformista" implícita envolvendo, num mesmo conjunto, a contenção e o contornamento.

Podemos falar de diversas técnicas ou, de modo mais amplo, de dispositivos de contornamento que, de certa forma, derivam de uma condição multi ou transterritorial, como alguns já exemplificados no início deste texto: desde o contornar ou circundar muito concreto de uma fronteira murada ou intensamente vigiada até contornamentos geograficamente menos visíveis, como o dos que recorrem a circuitos ilegais da economia como estratégia de sobrevivência. Na medida em que fazem frente a processos de contenção, dirigidos sobretudo às populações mais pobres, são formas muitas vezes consideradas "ilegais", "informais" ou, muito genericamente, "alternativas", resistindo ou se rearticulando, de algum modo (para pior ou para melhor, não importa), diante dos constrangimentos impostos pela ordem territorial hegemônica.

Telles (2010), diante da complexidade desses processos de des-territorialização, destaca a impossibilidade de distinções claras entre legal e ilegal, lícito e ilícito, ajudando assim, também, a pensar o embaralhar de nossas fronteiras territoriais. Para a autora, essas demarcações são tênues, e aqueles a quem cabe basicamente a "sobrevivência na adversidade" (para utilizar a expressão a que ela recorre, de Daniel Hirata), sabem muito bem "transitar entre fronteiras diversas, deter-se quando é preciso, avançar quando é possível, fazer o bom uso da palavra certa no momento certo, calar-se quando é o caso" (p. 169).

Para Telles a condição de "vida nua" (subordinada à "morte matada") a que são relegados os subalternos das periferias urbanas "não é o vazio, mas é justamente aí que o jogo da vida está sendo jogado e as tramas do mundo estão sendo tecidas" (p. 170). Há todo um emaranhado de tramas entre "a pobreza cativa dos expedientes gestionários e a violência letal", tecidas "no

---

a uma diferença, especialmente de escala e grau de formalização, na produção de ações calculadas visando um confronto e/ou transformação prática — enfatizando, no caso, sua condição espacial/territorial.

fio da navalha" ou, em outras palavras, como propomos aqui, "no limite". Como não se trata, contudo, de "exclusão" e de um "lado de fora", essas margens devem ser tomadas como constituintes da estruturação social:

> (...) o próprio dessa "arte do contornamento" é justamente saber transitar entre fronteiras sociais, lidar com os códigos, jogar com as identidades, passando de um lado (o mundo "oficial" dos programas sociais e mediações públicas) e do outro (o "mundo bandido"), e mais por entre todas as outras mediações sociais (a família, o trabalho, a igreja, as associações comunitárias...), um "saber circulatório" que se transforma em recurso para inventar possibilidades de vida e de formas de vida (Telles, 2010:170).

Essas táticas cotidianas, ressaltamos, devem ser lidas muitas vezes, não apenas enquanto formas de sobrevivência, mas também, em parte, como processos de resistência. Assim, soam um pouco como aquilo que James Scott (2000 [1990]), inspirado em autores como Foucault, denominou "artes da resistência". Nessa "infrapolítica dos desvalidos" somam-se a "oposição ideológica velada" e a "resistência física discreta" em torno do "discurso oculto" (*hidden transcript*, em inglês) — discurso no sentido amplo de práticas culturais e que se distingue do discurso público, aberto. Embora ambos os discursos estejam presentes tanto entre os grupos dominantes quanto entre os dominados, as relações de poder entre eles comumente são definidas nos campos dos seus respectivos discursos públicos. Mas é somente na imbricação entre eles que podemos entender os labirintos dessa formulação da resistência:

> Cada grupo subordinado produce, a partir de su sufrimiento, un discurso oculto que representa una crítica del poder a espaldas del dominador. El poderoso, por su lado, también elabora un discurso oculto donde se articulan las prácticas y exigencias de su poder que no se pueden expresar abiertamente. Comparando el discurso oculto de los débiles con el de los poderosos, y ambos con el discurso público de las relaciones de poder, accedemos a una manera fundamentalmente distinta de entender la resistencia ante el poder (p. 21). Creo que la idea de un discurso oculto nos ayuda a entender esos raros momentos de intensidad política en que, con mucha frecuencia por

primera vez en la historia, el discurso oculto se expresa pública y explicitamente en la cara del poder (Scott, 2000:22).[159]

Ao contrário da leitura gramsciana de hegemonia, onde o conformismo supõe a aceitação inconsciente da ideologia hegemônica, para Scott o consentimento e a submissão seriam estratégicos e liberados pelo discurso oculto subalterno. Esse discurso-prática de resistência se desenha nas "dobras", podemos dizer, do poder do senhor e do poder do subordinado:

> *Lejos de ser valvulas de escape que ocupan el lugar de la resistencia real, las prácticas discursivas fuera de escena mantienen la resonancia (...). El subordinado pasa constantemente, por decirlo así, de un mundo a otro: el mundo del amo y el mundo marginal, donde se reúne con los otros subordinados* (Scott, 2000:226).

O discurso oculto, para Scott, não é um substituto, mas uma condição para a efetivação da resistência prática. Trata-se das "formas que adota a luta política quando a realidade do poder torna impossível qualquer ataque frontal" (p. 227). A acumulação de "milhares desses atos 'insignificantes' de resistência" traz profundos efeitos na economia e na política — como "flocos de neve no declive de uma montanha" podem "provocar uma avalanche". Poderíamos afirmar, então, em nossos termos que, de "contornamento em contornamento", o discurso-prática oculto reserva sempre um potencial para gerar transformações mais contundentes.

A força do discurso oculto (que, como vimos, é também prática), enquanto efetiva "arte de resistência", depende, é claro, sobretudo, da sua capacidade de eclodir na forma de discurso-prática público, explícito — de certa maneira, depende da "territorialização" que envolve o enfrentamento direto. Em sentido mais amplo, a intensidade e a eficácia das diferentes formas de contornamento e/ou resistência são diretamente proporcionais à criatividade dos grupos subalternos em recomporem seus discursos

---

[159] A partir de Foucault, podemos questionar essa distinção muitas vezes sem nuanças entre "poderosos" e "débeis" (ou "frágeis") e da resistência "frente ao poder", como se todos não fossem detentores de algum poder e como se, assim, a resistência não fosse inerente a toda relação de poder.

(ocultos e/ou públicos) e suas práticas territoriais em meio à maior ou menor multiplicidade de territórios/territorialidades em que se situam e/ou pelas quais transitam. Isso se refere, como já destacamos, à intensificação do trânsito entre territórios, este, literal ou metafórico, "viver no limite" que caracteriza a vida dos mais precarizados — ao mesmo tempo manifestação de sua fragilidade e de sua força.

Contornar, nesse sentido, seria uma das implicações desse "viver no limite", nas próprias fronteiras, como se, na impossibilidade de superá-las, fosse inventada uma condição de liminaridade, de ambivalência, como se pudéssemos "estar dos dois lados" do limite fronteiriço ao mesmo tempo — ou, em outras palavras, "em cima da linha". Como no campo de Agamben, porém aqui, de maneira invertida, a partir dos movimentos de resistência, essa situação ambígua não define claramente o dentro e o fora, o legal e o ilegal, permanecendo numa espécie de limbo.

O próprio Agamben (2008), num diálogo com Bauman, propõe pensar o campo de refugiados, além de uma espécie de laboratório do poder, como um "contra-laboratório", diante da obstinação do refugiado em continuar vivendo e mantendo a ilusão do retorno. Apesar de partir de caracterizações profundamente equivocadas sobre as favelas do Rio de Janeiro, encontrando nelas "algo similar" aos campos de refugiados, ele, de modo amplamente idealizado, enumera alguns aspectos que poderiam servir como "modelo muito interessante" de cidades no futuro, "sem direitos de propriedade, onde não se pagam aluguéis e não há polícia" [como se em qualquer favela, alguma vez, isso tenha ocorrido] (Agamben, 2008:110).

Ao contrário do campo, estabelecido a partir da política dominante de Estados de exceção, enfatizam-se aí estratégias alternativas, ainda que nada impeça que algumas delas possam degenerar para novas posições tão ou mais autoritárias que suas predecessoras — como no caso do narcotráfico e das milícias em favelas brasileiras. Como afirmou Deleuze em seu livro sobre Foucault, a vida pode se tornar resistência ao poder quando este tem por objeto, justamente, a própria vida. Para Mendiola (2009):

> *La experiencia problematizadora de la liminalidad en tanto que entrecruzamiento de poderes y resistencias, de líneas de codificación y de fuga, de* espacios lisos y estriados, *nombra así el escenario en donde acontece una forma de vida que no quiere dejarse capturar* (p. 41, destaque nosso).

Contornamento, de qualquer forma, é um termo que tem forte conotação espacial, e é esta dimensão, pouco explorada por outros autores, que gostaríamos de enfatizar. Contornamento está intimamente ligado à ideia de barreira de contenção, que, como já ressaltamos, pelo menos em tese não realiza um pleno confinamento, deixando sempre a possibilidade de um desvio, pois ao mesmo tempo em que contém, também (re)direciona os fluxos dominantes.

O próprio discurso oculto que comentamos há pouco também sugere "espaços ocultos" de contornamento. Enquanto "discurso-prática", ele não se encontra na esfera exclusiva do pensamento, mas "só existe na medida em que é praticado, articulado, manifestado e disseminado dentro dos espaços sociais marginais" (Scott, 2000:149). Assim, o espaço geográfico, ou, se quisermos, diferentes formas de território, é um de seus constituintes fundamentais. Junto ao discurso oculto existem, portanto, "espaços ocultos" — ou pelo menos espaços que podem, sob determinadas condições ou temporalidades, assumir a condição de espaços do discurso-práticas ocultos e que, hoje, se transformam também em espaços de contornamento. Scott irá sugerir até mesmo "nichos" de autonomia, como o bar (a taberna), o mercado, lugares isolados, ou tempos específicos, como a noite, os dias de descanso, o carnaval — sempre lugares-momentos menos vigiados e/ou frequentados pelos grupos dominantes. Assim, diz ele:

> *Los espacios sociales del discurso oculto son aquellos lugares donde ya no es necesario callarse las réplicas, reprimir la cólera, morderse la lengua y donde, fuera de las relaciones de dominación, se puede hablar con vehemencia, con todas las palabras. Por lo tanto, el discurso oculto aparecerá completamente desinhibido si se cumplen dos condiciones: la primera es que se enuncie en un espacio apartado donde no alcancen a llegar el control, ni la vigilancia, ni la represión de los dominadores; la segunda, que ese ambiente social apartado esté integrado por confidentes cercanos que comparten experiencias similares de dominación (p. 149).*

Em uma "sociedade de controle" como a nossa fica cada vez mais difícil encontrar "espaços apartados", separados e/ou distanciados dos dispositivos de vigilância. Obviamente, trata-se de um *continuum* espacial, desde os espaços mais controlados pelos grupos hegemônicos (como em geral ocorre na esfera do trabalho em sentido mais direto) até aqueles mais exclusivos dos grupos subalternos. O fato de esses grupos serem também bastante heterogêneos e inclusive, muitas vezes, hierárquicos, com alguns mais próximos do ideário dos dominantes (ou ocupando cargos de "sub-dominação" como chefes intermediários, por exemplo), é importante que esses espaços reúnam, como diz Scott, "confidentes próximos que compartilham experiências similares de dominação".

A relevância desses territórios é percebida sobretudo pela preocupação frequente dos grupos hegemônicos em "eliminá-los ou controlá-los" (p. 154). É claro que são raros os espaços efetivamente "autônomos" (nos termos de Scott) e/ou marcados especificamente pelo discurso oculto. Este comumente faz uso de espaços de múltiplas ou de outras funcionalidades para, em determinados momentos e condições, aí se articular. Isso é ainda mais evidente em países marcados por uma identidade mais enfaticamente híbrida e pela cultura do "jeito" (Barbosa, 2006 [1992]; Borges, 2006) ou mesmo da "gambiarra" (Rosas, 2008), como é o caso do Brasil — ou, pelo menos, de modo mais visível, do Rio de Janeiro para o norte.

A "arte do contornamento" em sua dimensão espacial parece se tornar nesse caso, em muitos lugares, uma arte do "jeitinho territorial brasileiro", quando se entra em espaço alheio como se estivesse na própria casa, quando se transita com relativa facilidade por diferentes modalidades de poder territorial ou quando se burla a lei para sobreviver construindo uma "cultura da gambiarra" ou, em termos mais amplos, "da malandragem". Em conjunto, a ambivalência do "jeitinho" e o desvio e improviso da "gambiarra" constituem uma de nossas referências culturais de contornamento mais significativas, traduzindo, sobretudo, um "circular entre distintos territórios" — especialmente entre os territórios legais e ilegais — e o contornar situações em que as fronteiras, em outros contextos, poderiam se impor com maior rigidez.

Essa aversão aos limites claros, ao "sim *ou* não", ao "público *ou* privado" (ou à "casa" e à "rua", como diria DaMatta [1991]), esse nosso "falar verdades brincando", que poderia, por um lado, enaltecer o polêmico "brasileiro cordial" de Sergio Buarque de Holanda (1988 [1936]), revela-se também nos espaços da improvisação, do descompromisso com o formal/legal e de uma certa "arte da dissimulação". Importante, aqui, é perceber que até na avaliação do senso comum o "jeitinho" transita, e muito, entre a positividade e a negatividade. Como afirma Barbosa (2006), numa das principais obras sobre o "jeitinho", que ela considera um "elemento paradigmático de nossa identidade social":

> *Sintetizando os nossos múltiplos lados, ele promove, dependendo de onde o utilize, homogeneizações positivas e negativas de nosso universo social, sem nunca impor escolhas excludentes e definitivas. Muito pelo contrário, ele sempre promove opções parciais, definições específicas. Usamo-lo como símbolo de nossa desordem institucional, incompetência, ineficiência e da pouca presença do cidadão no nosso universo social (...) ou como emblema de nossa cordialidade, espírito matreiro, conciliador, criativo, caloroso, reafirmando nosso eterno casamento com uma visão de mundo relacional* (Barbosa, 2006:174-175).

Para Borges (2008), "gambiarra" (que ele também associa à "bricolagem", proposta por Lévi Strauss) é concebida no senso comum como desvio ou improvisação em relação a certos "usos de espaços, máquinas, fiações ou objetos antes destinados a outras funções, ou corretamente utilizados em outra configuração", isso tudo movido pela "falta de recursos, de tempo ou de mão de obra". Mais do que isso, entretanto, o autor, vinculado ao meio artístico, destaca seu forte sentido cultural, usada "para definir uma solução rápida e feita de acordo com as possibilidades à disposição" (p. 39). Para além da mera instrumentalidade, alguns elementos estão quase sempre presentes se entendemos a gambiarra "não apenas como prática, criação popular, mas também como arte ou intervenção na esfera social":

> *(...) a precariedade dos meios; a improvisação; a inventividade; o diálogo com a realidade circundante local, com a comunidade; a possibilidade de sustentabilidade; o flerte com a ilegalidade; a recombinação tecnológica pelo reuso ou novo uso de uma dada tecnologia (...)* (p. 39).

Descontada uma às vezes implícita e muito perigosa positividade genérica desses elementos, cabe destacar a capacidade da "arte da gambiarra" em subverter funções e adaptar espaços a novas configurações e usos. Nesse sentido, uma forma simples de contornamento territorial é a que se dá com o crescimento vertical nas favelas através dos populares "puxadinhos".

A finalização (nunca efetiva) das construções por uma "laje" é uma estratégia não só para garantir uma pequena área de serviços ou de lazer, mas também para que, no futuro, seja facilitada a expansão vertical da moradia. Pode tratar-se de uma forma de contornar políticas territoriais que restringem o crescimento horizontal das favelas, como a de construção de "ecolimites" nas favelas do Rio de Janeiro (analisada no capítulo 9). Frente a essa densificação da ocupação, entretanto, a prefeitura do Rio de Janeiro tem reagido através do chamado "choque de ordem", que tenta aplicar em favelas como a de Santa Marta leis reguladoras do número máximo de pisos das habitações.

Em outras palavras, várias formas daquilo que denominamos de contornamento dos grupos subalternos envolvem, no caso brasileiro, um "jeitinho territorial" que depende diretamente da capacidade de adaptar espaços, de encontrar "desvios" ou de transitar entre múltiplos territórios, ou melhor, de "transterritorializar-se" no sentido não apenas de trânsito, mas também de transgressão dos domínios e das regras territorialmente posicionadas (e, muitas vezes, mais formalmente delimitadas). A figura emblemática desse contornamento e dessa transterritorialidade, no caso brasileiro, é o "malandro". Segundo Lichote (2009), "a dubiedade, o ato de trançar fronteiras, faz parte da ética e da estética da malandragem — e, mais do que isso, de seu senso de sobrevivência" (p. 1), que, para Dealtry (2009), está em jogo diante das transformações pelas quais vem passando recentemente o Brasil e, em especial, seu berço, o Rio de Janeiro.

Espaços da informalidade, "terreno do malandro", estariam em xeque frente à definição mais clara de fronteiras, tanto aquelas dos "choques de ordem" oficiais quanto aquelas impostas pelas facções do narcotráfico. O malandro "trafega em territórios maleáveis, de limites fluidos — ora ele é o vilão, ora é o herói, ora ambos" (Lichote, 2009:1). Embora não se crie num espaço sem leis, o malandro "também não se cria num espaço onde elas sejam imperativas a ponto de não poderem ser contornadas" (p. 2), pois, para Roberto DaMatta, citado pelo autor, "o malandro (...) finge que não sabe a lei e não rompe com ela, ficando por cima ou por baixo das normas". Já para o escritor Alberto Mussa, também no mesmo artigo, para que certas políticas sejam bem-sucedidas no Brasil "as autoridades é que têm que ser malandras", deixando, "disfarçadamente, pontos de fuga", pois "se não se consegue dar emprego às pessoas, não se pode reprimir completamente o trabalho ilegal dos ambulantes. Basta reprimir de vez em quando, mansamente", numa "repressão malandra" (p. 2) e também, de algum modo, "contornativa".

A malandragem dos grupos hegemônicos, contudo, é muito distinta da típica malandragem "de contornamento" dos que não têm acesso aos recursos básicos da sociedade. O que não significa, entretanto, de modo algum, romantizar e, unilateralmente, positivar o "malandro subalterno", enaltecendo apenas sua esperteza e sua astúcia. Ao lado dessa "informalidade malandra" como parte essencial da "inteligência popular brasileira, extraordinária, desconcertante, vital", na visão de Ivana Bentes (citada no artigo de Leonardo Lichote), há também o "lado bandido" ou da violência que, para Dealtry (2009), sempre foi intrínseca ao espaço do malandro — e, mais amplamente, podemos afirmar, ao próprio espaço capitalista brasileiro.

Num raciocínio mais amplo, comentando o constante trânsito entre o "mundo oficial" e o "mundo bandido" em condições de contornamento, Telles (2010) afirma:

> (...) *não se trata aqui de reeditar qualquer visão ingênua ou romântica sobre as supostas virtudes do mundo popular. Esse não é um mundo em si virtuoso, não é um mundo povoado por santos e almas angelicais, e a catástrofe, além do mais, instaura-se nessas mesmas constelações sociais. (...) Será preciso interrogar esse campo social que vem se constituindo nessas zonas de indiferenciação entre o lícito e o ilícito, entre a norma e a exceção, entre o direito e a força. É aí que se joga a partida entre a vida nua, quer dizer, vida matável, e as formas de vida, quer dizer: possibilidades e potências de vida* (pp. 170-171).

Diante de um Estado omisso, cada um pode promover suas próprias formas de contornamento, criando espécies de contra-territorialidades de exceção, nas quais se admite permanecer constantemente num limbo entre territórios da legalidade e da ilegalidade.

Para manter um maior rigor em nossa concepção de contenção e contornamento, entretanto, e como já foi possível observar, preferimos restringir seu uso à condição e às dinâmicas dos grupos subalternos — no caso do contornamento, em suas iniciativas próprias de superar e/ou subverter, das mais diversas formas, a situação de subordinação e/ou de precariedade a que estão condicionados.

Precisam, entretanto, superar as formas mais correntes de contornamento, formas essas que, em geral, como a própria contenção, não permitem atacar a raiz, a fonte dos problemas, mas apenas seus efeitos. Trata-se, na maior parte das vezes, de técnicas de evitação (do pior) cuja eficácia, muito relativa, refere-se exclusivamente a atacar os problemas, uma vez que já ocorreram, apenas minimizando efeitos que poderiam ser ainda mais perversos.

É preciso que a "arte do contornamento" — retrabalhando ou não o "jeitinho", no caso brasileiro — seja estimulada, como toda arte, em seu caráter efetivamente criativo e transformador, apontando para algo mais profundo em termos de transformação socioespacial — como, de alguma forma, fazem movimentos aqui anteriormente apontados, como o dos "povos tradicionais" ou "originários" e o dos sem-terra e sem-teto no caso latino-americano. Como efetiva resistência, entretanto, ela não pode converter-se, como ocorre muitas vezes, em formas ainda mais autoritárias e segregadoras de territorialização, como aquelas dos grupos milicianos e do narcotráfico nas grandes cidades latino-americanas.

Promover (trans)territorialidades efetivamente de resistência, transformadoras, para além dessas práticas mais sutis de contornamento, significa não simplesmente combater a mobilidade indiscriminada (a "ditadura do movimento", no dizer de Paul Virilio), mas, sobretudo, lutar por territórios mais autônomos que, como nas sociedades autônomas propostas por Cornelius Castoriadis (1983), abertas permanentemente a sua própria avaliação e/ou julgamento, sejam territórios cujas demarcações, apesar de estabelecerem limites, distinções (reconhecendo nossa multiplicidade), permanecem suficientemente flexíveis para serem reavaliados, reconstruídos e recolocados sempre que uma nova configuração sociopolítica mais democrática e justa o demandar.

"Viver no limite" tem assim duas possibilidades de leitura, pois envolve o sentido contraditório de estar numa situação ao mesmo tempo de impulsionamento e excesso, e de fragilidade e risco. Mas ímpeto para assumir riscos significa também desafio, antessala do novo — melhor ou pior, mas que implica buscar, arriscar. Numa perspectiva mais geográfica, já que a metáfora do limite/fronteira está sempre colocada, podemos afirmar que adquire outra dupla conotação: viver no limiar de um espaço, transpondo suas fronteiras — ou viver em e através delas — e viver refazendo, reconstruindo ou repondo limites, vistos concomitantemente como término e (re)começo.

Nosso tempo, assim, longe de ser um tempo "sem limites" — que seria, em última instância, um "tempo sem espaço", destituído de todo território e fronteira —, é um mundo que, talvez, acolha a maior diversidade de manifestações territoriais já conhecida na história humana e, contraditoriamente, o que vive o maior risco de perda dessa diversidade. Daí a frequência com que se refazem limites, se reconstroem fronteiras, mas geralmente em benefício de padrões impostos e/ou defendidos pelos grupos hegemônicos e envolvendo disputas internas a frações da classe dominante. Joga-se o tempo todo com (noss)os limites, tanto no sentido de redefinir linhas e zonas demarcatórias quanto de redirecionar, acelerando ou retardando fluxos.

Torna-se cada vez mais importante também propor novas modalidades de limite, frear a fluidez e a aceleração crescentes que, impulsionadas pela acumulação e o consumo capitalistas, criam uma descartabilidade ilimitada, inclusive dos recursos naturais. É evidente que se torna cada vez mais estratégico o controle das fontes de energia, do abastecimento de água, dos solos cultiváveis... O modelo ilimitado de exploração hegemônico promoveu, paralelamente, a rápida expansão do discurso da segurança em relação às próprias condições ecológicas que garantem nossa sobrevivência no planeta. A discussão dos limites do uso (e abuso) desses recursos acabou tornando-se cada vez mais imperativa, não apenas no sentido de "conter" o que já se encontra aí instalado (em benefício de alguns grupos), mas, sobretudo, na própria contestação *in toto* do modelo até aqui produzido e difundido.

Não se pode, portanto, admitir que a saída seja apenas a da contenção, como até aqui tem predominado: uma vez reconhecido e calculado o "risco", impor técnicas de evitação ou de contornamento do pior, que acaba afetando prioritariamente o espaço dos já fragilizados. Precisamos olhar com muito mais cuidado para as lições do passado e, ao mesmo tempo, para as virtualidades abertas, aqui e ali, no enunciar de um outro futuro. Ao reler esse passado, por outro lado, não podemos desconsiderar (nem também superestimar) positividades historicamente acumuladas. Como nos ensinava Marx, para bem combater é preciso reconhecer (e às vezes até, estrategicamente, assimilar) méritos do inimigo. "Caso contrário", dirá Lagasnerie em seu comentário de Marx:

> (...) *vemo-nos condenados, como os social-democratas, a confundir revolução e reação — isto é, a apresentar como revolucionária uma política que tende a restaurar e restabelecer realidades desarticuladas e superadas pela burguesia, isto é, retroceder. É o que Marx chama de "crítica pré-capitalista do capitalismo". (...) A revolução comunista não se define como reação à revolução burguesa. De certa forma ela se inscreve na herança desta e se esforça para radicalizá-la, isto é, busca partir do que a revolução burguesa inventou para reativar essa herança, regenerá-la — e, portanto, transformá-la radicalmente* (Lagasnerie, 2013: 33 e 34).[160]

O grande dilema de muitos "comunistas" foi, ainda que considerando conquistas já incorporadas (pelo menos teoricamente), propor um único grande caminho de "progresso" para a história (moldado nos padrões europeus) e, às vezes, revelar certo saudosismo por um idealizado mundo "comunitário", "pré-capitalista" (risco em que podemos novamente incorrer, hoje, ao simplificarmos importantes contribuições do pensamento pós ou decolonial).

Princípios como o da multiplicidade sociogeográfica (inclusive na formulação dos saberes) e o da distinção entre as "boas e más circulações" (como na biopolítica foucaultiana), contextualizados e problematizados, precisam ser reconsiderados — especialmente num mundo de mercantilização contábil generalizada. O que se torna imperioso, assim, é um novo tempo-espaço de incisiva minoração das desigualdades socioeconômicas e fortalecimento (sem segregação e/ou exclusivismo) das diferenças, naturais e culturais, um tempo-espaço de limites passíveis de serem constantemente repensados e recolocados. Não exatamente para dividir e hierarquizar, como promove a lógica dominante, mas para "dobrar" e articular, pois, afinal, todos neste planeta, de distintas formas, acabam arcando com

---

[160] "Em certo sentido, o comunismo tal como Marx o definiu em alguns de seus textos poderia parecer uma maneira de concretizar um dado número de ideais emancipadores prometidos e encampados pela revolução burguesa, mas que esta não conseguiu tornar efetivos e cujo advento ela própria impediu, ao reinstaurar por intermédio do mercado um sistema de exploração e determinação coletivas (as relações de classe)" (Lagasnerie, 2013:34).

o ônus de uma profunda descartabilidade do legado histórico e de um brutal desprezo pela diferenciação geográfica.

A imbricação espaço-tempo a que aludimos no início deste livro tem importantes implicações políticas. Para Doreen Massey, é o espaço que coloca a questão fundamental da coexistência humana, do "viver juntos" (e não só de humanos, devemos ressaltar). Para ela, "o espaço nos oferece o desafio (e o prazer e a responsabilidade) da existência de 'outros'" (Massey, 2006:13). Da mesma forma que devemos incorporar essa "responsabilidade a distância", de um longínquo coetâneo que hoje, num mundo globalizado, se entrelaça com nossos "locais", temos também responsabilidade histórica com nosso passado, que continua no presente. Como afirmaram Gatens e Lloyd (1999), lembradas por Massey:

A determinação de nossas múltiplas identidades envolve tanto o passado como o presente — tanto memória e imaginação quanto percepção presente. Ao entender como nosso passado continua em nosso presente entendemos também as exigências por responsabilidade pelo passado que levamos conosco, o passado no qual nossas identidades são formadas. Somos responsáveis pelo passado não pelo que fizemos como indivíduos, mas por aquilo que somos (p. 81).

As autoras se inspiram na "transindividualidade" spinoziana, que nos ajuda a compreender essa dimensão temporal da responsabilidade coletiva, pois "a multiplicidade 'interior' da identidade cultural reflete a multiplicidade 'externa' [e espacial] das relações entre corpos" (Gatens e Lloyd, 1999:81). Difícil pensar em responsabilidade coletiva num mundo marcado por tamanha dominação/exploração individualista e violência/barbárie, mas nada nos impede de imaginar, e sonhar. O imaginário pode ser fonte de exclusão e silenciamento, mas também de compromisso, articulação e luta na busca por um futuro melhor.

Como disse certa feita o grande poeta Manoel de Barros:

É preciso transver o mundo.

Pensando assim, quem sabe, não sejamos pessimistas e possamos repetir, com Marx (corroborado por Débord e Agamben), que:

A situação desesperada da sociedade em que vivo me enche de esperança.

BIBLIOGRAFIA

ACOSTA, A. 2012. Extractivismo y neoextractivismo: dos caras de la misma maldición. In: Lang, M. *Más allá del desarrollo*. Quito: Fundación Rosa Luxemburg e Ediciones Abya Yala.

ACSELRAD, H. 2010. Ambientalização das lutas sociais: o caso do movimento por justiça ambiental. *Estudos Avançados*, nº 68.

AGAMBEN, G. 2002a. *Homo Sacer: o poder soberano e a vida nua I*. Belo Horizonte: Ed. da UFMG.

_____. 2002b. Sobre a segurança e o terror. In: Cocco, G. e Hopstein, G. (orgs.) *As multidões e o império: entre globalização da guerra e universalização dos direitos*. Rio de Janeiro: DP&A.

_____. 2004. *Estado de exceção*. São Paulo: Boitempo.

_____. 2008. Comentários de Giorgio Agamben e debate final. In: Bauman, Z. *Archipiélago de excepciones*. Buenos Aires: Katz.

AGNEW, J. 1987. *The United States in the world economy*. Cambridge: Cambridge University Press.

_____. 1999. Regions on the mind is not equal regions of the mind. *Progress in Human Geography*, 23 (1).

ALLIÈS, P. 1980. *L'invention du territoire*. Grenoble: Presses Universitaires de Grenoble.

ALMEIDA, A. W. 2004. Terras tradicionalmente ocupadas, processos de territorialização e movimentos sociais. *Revista Brasileira de Estudos Urbanos e Regionais*. ANPUR, vol. 6, nº 1.

AMARAL, C. e QUEIROZ, L. O design vernacular nos espaços contemporâneos. In: *Anais do IX Simpósio Interdisciplinar do LaRS*. Disponível em: http://www.simposiodesign.com.br/wp-content/uploads/2011/09/Anais_IXSimposio_LaRS.pdf (acessado em 15 de março de 2013).

AMIN, S. 2004. Regions unbound: towards a new politics of place. *Geografiska Annaler, series B: Human Geography*, março, vol. 86, n° 1.

ANDERSON, B. 1989. *Nação e consciência nacional*. São Paulo: Ática.

_____. 2010. Preemption, precaution, preparedness: anticipatory action and future geographies. *Progress in Human Geography*, 34 (6).

ANDRADE, O. 1995. *A utopia antropofágica*. São Paulo: Globo.

ARENDT, H. 2004. *Crises da República*. São Paulo: Perspectiva.

ARRIGHI, G. 1996. *O longo século XX*. Rio de Janeiro: Contraponto, São Paulo: Editora da UNESP.

_____. 2009. *Adam Smith em Pequim: origens e fundamentos do século XXI*. São Paulo: Boitempo.

BADIE, B. 1995. *La fin des territoires*. Paris: Fayard (edição portuguesa: *O fim dos territórios*. Lisboa: Piaget. s/d).

BAKER, A. 2003. *Geography and History: bridging the divide*. Cambridge: Cambridge University Press.

BALANDIER, G. 1997 (1988). *A desordem: elogio do movimento*. Rio de Janeiro: Bertrand Brasil.

BARBOSA, L. 2006 (1992). *O jeitinho brasileiro: a arte de ser mais igual do que os outros*. Rio de Janeiro: Elsevier.

BAREL, Y. 1986. Le social et ses territoires. In: Auriac, F. e Brunet, R. (orgs.) *Espaces, jeux et enjeux*. Paris: Fayard e Fondation Diderot.

BATISTA, V. M. 2003. *O medo na cidade do Rio de Janeiro: dois tempos de uma história*. Rio de Janeiro: Revan.

BAUMAN, Z. 1999. *Globalização: as consequências humanas*. Rio de Janeiro: Jorge Zahar.

_____. 2001. *Modernidade líquida*. Rio de Janeiro: Jorge Zahar.

_____. 2003. *Comunidade: a busca por segurança no mundo atual*. Rio de Janeiro: Jorge Zahar.

BECK, U. 1996. Teoria de la sociedad del riesgo. In: Beriain, J. (org.) *Las consecuencias perversas de la modernidad: modernidad, contingencia y riesgo*. Barcelona: Anthropos.

_____. 1999. *O que é globalização*. Rio de Janeiro: Paz e Terra.

_____. 2010 (1986). *Sociedade de risco: rumo a uma outra modernidade*. São Paulo: Editora 34.

BERMAN, M. 1986. *Tudo o que é sólido desmancha no ar*. São Paulo: Companhia das Letras.

BLACKBURN, R. 1992 (1989). *O vampiro da razão: um ensaio de filosofia da história*. São Paulo: Editora UNESP.

BONNEMAISON, J. 1997. *Les gens des lieux: histoire et géosymboles d'une société enracinnée: Tanna*. Paris: Éditions de l'ORSTOM.

BONNEMAISON, J. e CAMBRÈZY, L. 1996. Le lien territorial: entre fronteires et identités. *Géographies et Cultures* (Le Territoire), n.º 20. Paris: L'Harmattan.

BORGES, F. 2006. *A filosofia do jeito: um modo brasileiro de pensar com o corpo*. São Paulo: Summus.

BOURDIEU, P. 1989. *O poder simbólico*. Lisboa e Rio de Janeiro: Difel e Bertrand Brasil.

BOURDIN, A. 2001. *A questão local*. Rio de Janeiro: DP&A.

BRAGA, R. 2013. *A política do precariado: do populismo à hegemonia lulista*. São Paulo: Boitempo e USP-Programa de Pós-Graduação em Sociologia.

BRAUDEL, F. 1983 (1946). *O Mediterrâneo e o mundo mediterrânico na época de Filipe II*. Lisboa: Martins Fontes.

BROWN, W. 2009. *Murs: les murs de séparation et le déclin de la souveraineté étatique*. Paris: Les Prairies Ordinariez.

BRUNET, R.; FERRAS, R. e THÉRY, H. 1993. *Les mots de la géographie: dictionnaire critique*. Montpellier e Paris: GIP Reclus e La Documentation Française.

BURGOS, M. 2006. Dos parques proletários ao Favela-Bairro: as políticas públicas nas favelas do Rio de Janeiro. In: Zaluar, A. e Alvito, M. (orgs.) *Um século de favela*. Rio de Janeiro: Fundação Getúlio Vargas (5ª ed.).

CALDEIRA, T. 2000. *Cidade de muros: crime, segregação e cidadania em São Paulo*. São Paulo: Editora 34 e Edusp.

CAMARGO, J. C. 2012. *Ecolimites ou sócio-limites? Da "preservação ambiental" à segregação socioespacial*. Disponível em: http://web.observatoriodasmetropoles.net/index.php?option=com_k2&view=item&id=147:ecolimites-ou-sócio-limites?&Itemid=165&lang=pt (acessado em julho de 2013).

CANCLINI, N. 1992. *Culturas híbridas: estrategias para entrar y salir de la modernidad*. Buenos Aires: Editorial Sudamericana (ed. brasileira: São Paulo, Editora da USP, 1997).

_____. 1996. *Consumidores e cidadãos: conflitos multiculturais da globalização*. Rio de Janeiro: Editora da UFRJ.

CASEY, E. 1993. *Getting back into place: toward a renewed understanding of the Place-World*. Indianápolis: Indiana University Press.

_____. 1998. *The fate of place: a philosophical history*. Berkeley, Los Angeles e Londres: Berkeley University Press.

CASTEL, R. 1983. Da la dangerosité au risque. *Actes de la Recherche en Sciences Sociales*, vol. 47, nº 1.

_____. 1996. *As metamorfoses da questão social*. Petrópolis: Vozes.

_____. 2006. Et maintenant, le "précariat". *Le Monde*, 29 de abril (disponível em: http://doc.sciencespobordeaux.fr/France2006/Fr.450.I.Emploi/Maintenant.precariat.M.29.04.06.pdf).

CASTORIADIS, C. 1983. *Socialismo ou barbárie — o conteúdo do socialismo*. São Paulo: Brasiliense.

_____. 1992 (1990). *O mundo fragmentado: encruzilhadas do labirinto III*. Rio de Janeiro: Paz e Terra.

CASTRO-GÓMEZ, S. 2007. Michel Foucault y la colonialidad del poder. *Tabula Rasa* (Bogotá), nº 6, jan-jun.

CHÁVEZ, F. H. 2007. *Presentación del Proyecto de Reforma Constitucional ante la Asamblea Nacional, por parte del presidente Hugo Chávez*. Palacio Federal Legislativo, Caracas, 15 de agosto de 2007. Disponível em: http://www.rebelion.org/noticia.php?id=55013 (acessado em outubro de 2011).

CHRISTALLER, W. 1966 (1933). *Central places in Southern Germany*. Englewood Cliffs: Prentice-Hall.

CRESWELL, T. 2004. *Place: a short introduction*. Oxford: Blackwell.

_____. 2006. *On the move: mobility in the modern western world*. Nova York: Routledge.

CRUZ, V. C. 2010. Uma proposta metodológica para o uso/operacionalização dos conceitos na pesquisa em Geografia. *Anais XVI Encontro Nacional dos Geógrafos*. Porto Alegre.

DAMATTA, R. 1991. *A casa e a rua*. Rio de Janeiro: Guanabara Koogan.

DEALTRY, G. 2009. *No fio da navalha: malandragem e literatura no samba*. Rio de Janeiro: Casa da Palavra/FAPERJ.

DEAN, M. 2008 (1999). *Governmentality: power and rule in modern society*. Londres: Sage.

DÉBORD, G. 1997. *A sociedade do espetáculo*. Rio de Janeiro: Contraponto.

DE CERTEAU, M. 1996. *A invenção do cotidiano*. Petrópolis: Vozes.

DELEUZE, G. 1988 (1986). *Foucault*. São Paulo: Brasiliense.

_____. 1992 (1990). "Post-Scriptum" sobre as sociedades de controle. In: *Conversações*. São Paulo: Editora 34.

_____. 1999 (1966). *Bergsonismo*. São Paulo: Editora 34.

DELEUZE, G. e GUATTARI, F. s/d (1972). *O anti-Édipo: capitalismo e esquizofrenia*. Lisboa: Assírio & Alvim.

_____. 1992. *O que é a filosofia*. São Paulo: Editora 34.

_____. 1996 (1980). *Mil platôs: capitalismo e esquizofrenia* (vol. 2). São Paulo: Editora 34.

_____. 1997 (1980). *Mil platôs* (vol. 5). São Paulo: Editora 34.

DIAS, R. 2009. Bob Jessop e a abordagem relacional-estratégica. *Cadernos Cemarx*, nº 6.

DIEGUES, A. C. 1996. *O mito moderno da natureza intocada*. São Paulo: Hucitec.

DIKEN, B. e LAUSTSEN, C. 2005. *The culture of exception: sociology facing the camp*. Londres: Routledge.

DUARTE, A. 2013. Poder soberano, terrorismo de Estado e biopolítica: fronteiras cinzentas. In: Branco, G. (org.) *Terrorismo de Estado*. Belo Horizonte: Autêntica.

ELDEN, S. 2007. Governmentality, calculation, territory. *Environment and Planning D: Society and Space*, vol. 25, pp. 563-580.

ELIAS, N. 2000. *Os Estabelecidos e os Outsiders: sociologia das relações de poder a partir de uma pequena comunidade*. Rio de Janeiro: Jorge Zahar.

EWALD, F. 1991. Insurance and risk. In: Burchell, G. et al. (org.) *The Foucault effect: studies in governamentality*. Chicago: The University of Chicago Press.

FALEIROS, V. 2006. *A política social do Estado capitalista*. São Paulo: Cortez.

FLORES, C. e CORTÉS, C. (orgs.) 2013. *La crisis global y el capital fictício*. Santiago: CLACSO.

FONSECA, A.; PERTILE, N.; CALDAS, A. e BRITO, C. (orgs.) 2013. *Estado, território e a dinâmica das fronteiras: reflexões e novos desafios*. Salvador: JM Gráfica e Editora.

FOUCAULT, M. 1984. *Vigiar e punir*. Petrópolis: Vozes.

_____. 1985. *História da sexualidade I — A vontade de saber*. Rio de Janeiro: Graal.

_____. 1986 (1967). Of Other Spaces. *Diacritics*, vol. 16, n? 1. (ed. brasileira: Outros espaços. In: *Ditos e Escritos III: Estética: literatura e pintura, música e cinema*. Rio de Janeiro: Forense Universitária, 2001).

_____. 1994 (1978). *Dits et écrits: 1954-1988* (vol. III). Paris: Gallimard.

_____. 2000 (1985). A Vida: a experiência e a ciência. In: *Ditos e Escritos II: Michel Foucault — Arqueologia das ciências e história dos sistemas de pensamento*. Rio de Janeiro: Forense Universitária.

_____. 2002 (1976). *Em defesa da sociedade*. São Paulo: Martins Fontes.

_____. 2003 (1973). *A verdade e as formas jurídicas*. Rio de Janeiro: NAU Editora.

_____. 2004a. *Naissance de la biopolitique*. Paris: Gallimard, Le Seuil.

_____. 2004b. *Securité, territoire, population* (Cours au Collège de France, 1977-1978). Paris: Gallimard, Le Seuil.

_____. 2004c. *Ditos e Escritos V: Ética, sexualidade, política*. Rio de Janeiro: Forense Universitária.

_____. 2008a (2004). *Segurança, território, população*. São Paulo: Martins Fontes.

_____. 2008b (2004). *Nascimento da biopolítica*. São Paulo: Martins Fontes.

_____. 2011 (1976). O saber como crime. In: *Ditos e Escritos VII: Arte, epistemologia, filosofia e história da medicina*. Rio de Janeiro: Forense Universitária.

_____. 2012 (1981). As malhas do poder. In: *Ditos e Escritos VIII: Segurança, penalidade e prisão*. Rio de Janeiro: Forense Universitária.

FOUCHER, M. 2009. *Obsessão por fronteiras*. São Paulo: Radical.

FRAILE, P. 1990. Literatura geográfica y control social. In: Capel, H. (org.) *Los espacios acotados: Geografía y dominación social*. Barcelona: UPP.

FUKUYAMA, F. 1992. *O fim da história e o último homem*. Rio de Janeiro: Rocco.

GALLO, S. 2003. *Deleuze e a educação*. Belo Horizonte: Autêntica.

GATENS, M. e LLOYD, G. 1999. *Collective imaginings: spinoza, past and present*. Londres e Nova York: Routledge.

GIDDENS, A. 1991. *As consequências da modernidade*. São Paulo: EdUNESP.

GOETTERT, J. e MONDARDO, M. 2009. O "Brasil migrante": gentes, lugares e transterritorialidades. *GEOgraphia*, nº 21. Niterói: Programa de Pós-Graduação em Geografia.

GOLD, J. R. e REVILL, G. 2000. *Landscapes of defense*. Harlow: Pearson.

GOMES, P. C. 2006. *A condição urbana*. Rio de Janeiro: Bertrand Brasil.

GONÇALVES, C. W. 2003. *Geografando: nos viradouros do mundo*. Brasília: Edições IBAMA.

GOTTMAN, J. 1973. *The significance of territory*. Charlottesville: University of Virginia Press.

GROSSBERG, L. 1993. Cultural studies and/in new worlds. *Cultural studies in mass communication*, 10.

_____. 1996. The space of culture, the power of space. In: Chambers, L. e Curti, L. *The pos-colonial question: common skies, divided horizons*. Londres e Nova York: Routledge.

GUNDYNAS, E. 2009. Diez tesis urgentes sobre el nuevo extractivismo: contextos y demandas bajo el progresismo sudamericano actual. In: Schuldt, J. et al. *Extractivismo, política y sociedad*. Quito: CAAP e CLAES.

GUSMÃO, L. 2012. *O fetichismo do conceito: limites do conhecimento teórico na investigação social*. Rio de Janeiro: Topbooks.

HAESBAERT, R. 1988. *RS: Latifúndio e identidade regional*. Porto Alegre: Mercado Aberto.

_____. 1993. Redes, territórios e aglomerados: da forma = função às (dis)formas sem função. *Anais do III Simpósio de Geografia Urbana*. Rio de Janeiro: AGB, UFRJ, CNPq.

_____. 1994. O mito da desterritorialização e as "regiões-rede". *Anais do V Congresso Brasileiro de Geografia*. Curitiba: AGB, pp. 206-214.

_____. 1995. Desterritorialização: entre as redes e os aglomerados de exclusão. In: Castro, I. et al. (org.) *Geografia: conceitos e temas*. Rio de Janeiro: Bertrand Brasil.

_____. 1996. O binômio território-rede e seu significado político-cultural. In: *A Geografia e as transformações globais: conceitos e temas para o ensino — Anais*. Rio de Janeiro: UFRJ.

_____. 1999. Identidades territoriais. In: Rosendahl, Z. e Corrêa, R. L. (orgs.) *Manifestações da cultura no espaço*. Rio de Janeiro: EdUERJ.

_____. 2002a. *Territórios alternativos*. Niterói e São Paulo: EdUFF e Contexto.

_____. 2002b. A multiterritorialidade do mundo e o exemplo da Al Qaeda. *Terra Livre*, n° 7. São Paulo: Associação dos Geógrafos Brasileiros.

_____. 2004. *O Mito da desterritorialização: do "fim dos territórios" à multiterritorialidade*. Rio de Janeiro: Bertrand Brasil.

_____. 2006. Muros, "campos" e reservas: os processos de reclusão e "exclusão" territorial. In: Silva, J. et al. (orgs.) *Panorama da Geografia brasileira 1*. São Paulo: Annablume.

_____. 2008. Sociedades biopolíticas de in-segurança e des-controle dos territórios. In: Oliveira, M. et al. (org.) *O Brasil, a América Latina e o mundo: espacialidades contemporâneas*. Rio de Janeiro: Lamparina, FAPERJ, ANPEGE.

_____ 2009. Dilema de conceitos: espaço-território e contenção territorial. In: Saquet, M. e Sposito, E. (orgs.) *Territórios e territorialidades: teorias, processos e conflitos*. São Paulo: Expressão Popular.

_____. 2010a. *Regional-global: dilemas da região e da regionalização na geografia contemporânea*. Rio de Janeiro: Bertrand Brasil.

_____. 2010b. Território, insegurança e risco em tempos de contenção territorial. In: Póvoa Neto, H. et al. (org.) *A experiência migrante: entre deslocamentos e reconstruções*. Rio de Janeiro: Garamond, FAPERJ.

_____. 2011. Viviendo en el límite: los dilemas del hibridismo y de la multi/transterritorialidad. In: Haesbaert, R. et al. (eds.) *Geografías culturales: aproximaciones, intersecciones y desafíos*. Buenos Aires: Universidad de Buenos Aires.

_____. 2012. Vidal e a multiplicidade de abordagens regionais. In: Haesbaert, R. et al. (org.) *Vidal, Vidais: textos de geografia humana, regional e política*. Rio de Janeiro: Bertrand Brasil.

_____. 2013. China na nova dinâmica global-fragmentadora do espaço geográfico. In: Haesbaert, R. (org.) *Globalização e fragmentação no mundo contemporâneo*. Niterói: Editora da UFF.

HAESBAERT, R. e RAMOS, T. 2006. O mito da desterritorialização econômica. *GEOgraphia*, nº 12.

HAESBAERT, R. e SANTA BÁRBARA, M. 2001. Identidade e migração em áreas transfronteiriças. *GEOgraphia*, nº 5. Niterói: Programa de Pós-Graduação em Geografia.

_____. 2007. Des-ordenamento territorial e migração brasileira nos vizinhos do Mercosul. In: Heidemann, D. e Silva, S. (orgs.). *Coletânea de textos do Simpósio Internacional "Migração: nação, lugar e dinâmicas territoriais"*. São Paulo: Humanitas e UGI-USP.

HARD, M. 2000. A sociedade mundial de controle. In: Alliez, É. (org.) *Gilles Deleuze: uma vida filosófica*. São Paulo: Editora 34.

HARTSHORNE, R. 1939. The nature of Geography. *Annals of the Association of American Geographers*, n. XXIX.

_____. 1978 (1959). *Perspectivas sobre a natureza da geografia*. São Paulo: Hucitec.

HARVEY, D. 1980. *A justiça social e a cidade*. São Paulo: Hucitec.

_____. 1992. *A condição pós-moderna*. São Paulo: Loyola.

_____. 2012 (2006). O espaço como palavra-chave. *GEOgraphia*, vol. 14, nº 28.

HEIDEGGER, M. 1958 (1954). Bâtir, habiter, penser. In: *Essais et conférences*. Paris: Gallimard. (Tradução para o português disponível em: http://www.prourb.fau.ufrj.br/jkos/p2/heidegger_construir,%20habitar,%20pensar.pdf)

HOLANDA, S. B. 1988 (1936). *Raízes do Brasil*. Rio de Janeiro: José Olympio.

HOLLAND, E. 1996. Schizoanalysis and Baudelaire: some illustrations of decoding at work. In: Patton, P. (org.) *Deleuze: a critical reader*. Oxford: Blackwell.

INGRAM, A. e DODDS, K. (orgs.) 2009. *Spaces of security and insecurity: geographies of war on terror*. Aldershot: Ashgate.

JAMMER, M. 1993. *Concepts of space: the history of space in physics*. Nova York: Dover.

JESSOP, B. 1985. *Poulantzas: marxist theory and political strategy*. Londres: Macmillan.

_____. 2008. *State power: a strategic-relational approach*. Cambridge: Polity.

KLEIN, N. 2008. *A doutrina do choque: a ascensão do capitalismo de catástrofe*. Rio de Janeiro: Nova Fronteira.

KRUCKEN, L. 2009. *Design e território*. São Paulo: Studio Nobel.

LACOSTE, Y. 1988 (1976). *A Geografia — isso serve, em primeiro lugar, para fazer a guerra*. Campinas: Papirus.

LAGASNERIE, G. 2013. *A última lição de Foucault*. São Paulo: Três Estrelas.

LALANDE, A. 1993. *Vocabulário técnico e crítico da filosofia*. São Paulo: Martins Fontes.

LAZZARATO, M. 2006. *Politicas del acontecimiento*. Buenos Aires: Tinta Limón.

LEFEBVRE, H. 1986 (1974). *La production de l'espace*. Paris: Anthropos.

LEITE LOPES, J. 2006. Sobre processos de "ambientalização" dos conflitos sobre dilemas da participação. *Horizontes Antropológicos*, nº 25.

LÉVY, J. 1994. *L'espace légitime: sur la dimension géographique de la fonction politique*. Paris: PFNSP.

LÉVY, J. e LUSSAULT, M. (orgs.) *Dictionnaire de la géographie et de l'espace des sociétés*. Paris: Belin.

LÉVY, P. 1996. *O que é virtual*. São Paulo: Ed. 34.

_____. 1999 (1997). *Cibercultura*. São Paulo: Ed. 34.

LICHOTE, L. 2009. O lugar do malandro. *Suplemento Prosa e Verso, O Globo*, 24 de outubro.

LIFSCHITZ, J. A. 2011. *Comunidades tradicionais e neocomunidades*. Rio de Janeiro: Contra-capa.

LITTLE, P. 2005. Territórios sociais e povos tradicionais no Brasil: por uma antropologia da territorialidade. *Anuário Antropológico*, Rio de Janeiro, 2003.

LUCCA, D. 2011. As dobraduras da cidade. *Novos Estudos CEBRAP*, n°. 90.

LYON, D. 2005. The border is everywhere: ID cards, surveillance and the other. In: Zureik, E. e Salter, M. B. (orgs.) *Global surveillance and policing*. Cullompton: Willan.

_____. 2013. Introdução. In: Bauman, Z. *Vigilância líquida: diálogos com David Lyon*. Rio de Janeiro: Zahar.

MACHADO, A. 2013. Ecolimites e gestão das descontinuidades internas da cidade do Rio de Janeiro. Disponível em: http://www.anpur.org.br/revista/rbeur/index.php/anais/article/download/4314/4184 (acessado em novembro de 2013).

MACHADO, L. 1998. Limites, fronteiras, redes. In: Strohaecker, T.; A. Damiani; Schäffer, N. (orgs.). *Fronteiras e espaço global*. Porto Alegre: AGB Porto Alegre.

MACHADO, L. et al. 2005. *Bases de uma política integrada de desenvolvimento regional para a faixa de fronteira*. Brasília: Ministério da Integração Nacional.

MALPAS, J. E. 1999. *Place and experience: a philosophical topography*. Cambridge: Cambridge University Press.

MA MUNG, E. 1999. Autonomie, migration et alterité. *Dossier pour l'obtention de l'habilitation à diriger des recherches*. Poitiers: Université de Poitiers.

MARCANO, L. C. 2009. From the neo-liberal barrio to the socialist commune. *Human Geography: a new radical journal*, vol. 2, n°. 3 (disponível em: http://www.hugeog.com/index.php?option=com_sectionex&view=category&id=5&Itemid=64).

MARTINS, J. S. 1997a. *Fronteira: a degradação do Outro nos confins do humano*. São Paulo: Hucitec.

_____. 1997b. *Exclusão social e a nova desigualdade*. São Paulo: Paulus.

MARX, K. 1984. *O capital: crítica da economia política*, vol. 1, tomo 2. São Paulo: Abril Cultural.

_____. 2012. *Crítica do programa de Gotha*. São Paulo: Boitempo.

MASSEY, D. (No prelo.) Las geometrias del poder en el contexto de la Reforma Constitucional. *Territorios insurgentes*. Caracas: Centro Internacional Miranda e Clacso.

_____. 1993. Power-geometries and a progressive sense of place. In: Bird, J. et al. (eds.) *Mapping the futures: local cultures, global changes*. Londres e Nova York: Routledge.

_____. 1994. *Space, place and gender*. Minneapolis: University of Minnesota Press.

_____. 2000 (1991). Um sentido global do lugar. In: Arantes, O. (org.) *O espaço da diferença*. Campinas: Papirus.

_____. 2004. Filosofia e política da espacialidade. *GEOgraphia*, n° 12.

_____. 2005. *For space*. Londres: Sage.

_____. 2006. La conceptualización del espacio y la cuestión de la política en un mundo globalizado. In: Silva, J. et al. (orgs.) *Panorama da Geografia brasileira 1*. São Paulo: Annablume.

_____. 2008a. *Pelo espaço*. Rio da Janeiro: Bertrand Brasil.

_____. 2008b. *World city*. Cambridge e Malden: Polity.

MASSEY, D. et al. 1998. *Rethinking the region*. Londres: Routledge.

MENDIOLA, I. 2009. La bio(tanato)política moderna y la producción de disponibilidad. In: Mendiola, I. (org.) *Rastros y rostros de la biopolítica*. Barcelona: Anthropos.

MENDOZA, J.; JIMÉNEZ, J. e ORTEGA, N. (orgs.) 1982. *El pensamiento geográfico: estudio interpretativo y antología de textos (de Humboldt a las tendencias radicales)*. Barcelona: Alianza Editorial.

MERLEAU-PONTY, M. 1999. *Fenomenologia da percepção*. São Paulo: Martins Fontes.

MIGNOLO, W. 2004. Espacios geográficos y localizaciones epistemológicas: la ratio entre la localización geográfica y la subalternización de conocimientos. *GEOgraphia*, 13 (7). Niterói: Revista da Pós-Graduação em Geografia da UFF.

MISSE, M. 2006. *Crime e violência no Brasil contemporâneo: estudos de sociologia do crime e da violência urbana*. Rio de Janeiro: Lumen Juris.

MONDARDO, M. L. 2012. *Territórios migrantes: transterritorialização e identidades em Francisco Beltrão/PR*. Dourados: Editora da UFGD.

MONTAIGNE, M. 2001. *Os ensaios*. Livro III. São Paulo: Martins Fontes.

MOORE, A. 2008. Rethinking scale as a geographical category: from analysis to practice. *Progress in Human Geography*, 32 (2).

MORAES, A. C. 2000. *Bases da formação territorial do Brasil: o território colonial brasileiro no "longo" século XVI*. São Paulo: Hucitec.

MORAES, C. 2013. A invenção da favela ecológica: um olhar sobre turismo e ambiente no Morro da Babilônia. *Estudos Sociológicos*, n°. 35.

MORIN, E. e KERN, A. 1995. *Terra pátria*. Porto Alegre: Sulina.

MUSSO, P. 2003. *Critique des réseaux*. Paris: PUF.

NEGRI, A. e HARDT, M. 2001. *Império*. Rio de Janeiro e São Paulo: Record.

NUN, J. 1969. Superpoblación relativa, exército industrial de reserva y masa marginal. *Revista Latinoamericana de Sociología*, vol. 5, n°. 2.

OHMAE, K. 1990. *The borderless world: power and strategy in the interlinked economy*. Londres: Collins.

_____ 1996. *O fim do Estado-Nação: a ascensão das economias regionais*. Rio de Janeiro: Campus.

OLIVEIRA, F. 2003. *Crítica da razão dualista/o ornitorrinco*. São Paulo: Boitempo.

_____. 2007 (2003). Política numa era de indeterminação: opacidade e reencantamento. In: Oliveira, F. e Rizek, S. (orgs.) *A era da indeterminação*. São Paulo: Boitempo.

OLIVEIRA, L. 2012. O sentido de lugar. In: Marandola, E.; Holzer, W. e Oliveira, L. (orgs.) *Qual o espaço do lugar? Geografia, epistemologia, fenomenologia*. São Paulo: Perspectiva.

OLIVEIRA, M. et al. (org.) 2008. *O Brasil, a América Latina e o mundo: espacialidades contemporâneas.* Rio de Janeiro: Lamparina, Faperj e ANPEGE.

ONG, A. 2006. *Neoliberalism as exception: mutations in citizenship and sovereignty.* Durham e Londres: Duke University Press.

ORTIZ, F. 1973 (1940). *Contrapunteo cubano del tabaco y el azúcar.* Barcelona: Ariel.

PATTON, P. 2013 (2000). *Deleuze y lo político.* Buenos Aires: Prometeo Libros.

PECQUEUR, B. e ZIMMERMANN, J. 2005. Fundamentos de uma economia da proximidade. In: Diniz, C. e Lemos, M. (orgs.) *Economia e território.* Belo Horizonte: Editora da UFMG.

PHILO, C. 2012. Security of Geography/Geography of Security. *Transactions of the Institute of British Geographers,* 37.

PINÇON, M. e PINÇON-CHARLOT, M. 2000. *Sociologie de la Bourgeoisie.* Paris: La Découverte.

_____. 2001. La dernière classe sociale: sur la piste des nantis. *Le Monde Diplomatique,* set., pp. 24-25.

PORTO-GONÇALVES, C. 2003a. A geograficidade do social: uma contribuição para o debate metodológico sobre estudos de conflito e movimentos sociais na América Latina. In: Seoane, J. (org.) *Movimientos sociales y conflictos en América Latina.* Buenos Aires: CLACSO, Consejo Latinoamericano de Ciencias Sociales.

_____. 2003b. *Geografando: nos varadouros do mundo: da territorialidade seringalista (o seringal) à territorialidade seringueira (a reserva extrativista).* Brasília: IBAMA.

POULANTZAS, N. 2000 (1978). *O Estado, o poder, o socialismo.* São Paulo: Graal.

PÓVOA NETO, H. 2010. Barreiras físicas como dispositivos de política migratória na atualidade. In: Póvoa Neto, H. et al. (org.) *A experiência migrante: entre deslocamentos e reconstruções.* Rio de Janeiro: Garamond, FAPERJ.

PRIGOGINE, Y. 1996. *O fim das certezas: tempo, caos e as leis da natureza.* São Paulo: Editora da Unesp.

RAFFESTIN, C. 1993 (1980). *Por uma geografia do poder.* São Paulo: Ática.

RANCIÈRE, J. 2003. O princípio da insegurança. *Folha de São Paulo,* 21 de setembro de 2003.

RELPH, E. 1976. *Place and placelessness*. Londres: Pion.

_____. 2012. Reflexões sobre a emergência, aspectos e essência do lugar. In: Marandola, E.; Holzer, W. e Oliveira, L. (orgs.) *Qual o espaço do lugar? Geografia, epistemologia, fenomenologia*. São Paulo: Perspectiva.

RIBEIRO, C. 2006. *O Muro da Maré: risco e vizinhança no planejamento urbano*. Rio de Janeiro: UFRJ-IPPUR (dissertação de mestrado).

RODRIGUES, T. 2013. Ecopolítica e segurança: a emergência do dispositivo diplomático-policial. *Ecopolítica*, nº 5 (disponível em http://www.pucsp.br/ecopolitica/revista_ed5.html, acessada em 7/1/2014).

ROSAS, R. 2008. The Gambiarra: considerations on a recombinatory technology. *Digital media and democracy:tactics in hard times*. Cambridge (EUA): MIT.

SACK, R. 1986. *Human territoriality*. Cambridge: Cambridge University Press.

SAÏD, E. 2003 (2001). *Reflexões sobre o exílio e outros ensaios*. São Paulo: Companhia das Letras.

SANTOS, L. G. 2007. Brasil contemporâneo: estado de exceção? In: Oliveira, F. e Rizek, S. (orgs.) *A era da indeterminação*. São Paulo: Boitempo.

SANTOS, M. 1978. *Por uma Geografia nova*. São Paulo: Hucitec.

_____. 1996. *A natureza do espaço: técnica e tempo, razão e emoção*. São Paulo: Hucitec.

_____. 1999. O território e o saber local: algumas categorias de análise. *Cadernos IPPUR*, Rio de Janeiro, ano XII, nº 2.

SANTOS, M. et al. 2000. *O papel ativo da Geografia: um manifesto*. São Paulo: Lapoplan/Universidade de São Paulo.

SANTOS, M. C. 2005. *O botequim na era da reprodutibilidade das filiais: estudo de caso do Belmonte*. Rio de Janeiro: UFRJ/ECO.

SCHILLER, N.; BASCH, L. e BLANC, C. S. 1995. From immigrant to transmigrant: theorizing transnational migration. *Anthropological Quarterly*, vol. 68, nº 1.

SCOTT, J. 2000 (1990). *Los dominados y el arte de la resistencia*. México: Era.

SENELLART, M. 2004. Situations du cours. In: Foucault, M. *Naissance de la Biopolitique*. Paris: Gallimard, Le Seuil.

SENNETT, R. 1997. *Carne e pedra*. São Paulo e Rio de Janeiro: Record.

SILVA, J. B. et al. (orgs.) 2006. *Panorama da Geografia brasileira 1*. São Paulo: Annablume.

SOUCHAUD, S. 2002. *Pionniers brésiliens au Paraguay*. Paris: Karthala.

SOUZA, D. 2005. A atualidade dos conceitos de superpopulação relativa, exército industrial de reserva e massa marginal. *Cadernos Cemarx*, nº 2.

SOUZA, M. 1995. O território: sobre espaço e poder, autonomia e desenvolvimento. In: Castro, I. et al. (orgs.) *Geografia: conceitos e temas*. Rio de Janeiro: Bertrand Brasil.

_____. 2000. *O desafio metropolitano*. Rio de Janeiro: Bertrand Brasil.

_____. 2008. *Fobópole: o medo generalizado e a militarização da questão urbana*. Rio de Janeiro: Bertrand Brasil.

SOUZA SANTOS, B. 1998. Os fascismos sociais. In: *Folha de São Paulo*, 6 de setembro de 1998, p. 3.

_____. 2006. *A gramática do tempo: por uma nova cultura política*. São Paulo: Cortez.

SPIVAK, G. 2010. *Pode o subalterno falar?* Belo Horizonte: Editora da UFMG.

SPRANDEL, M. 1992. *Brasiguaios: conflito e identidade em fronteiras internacionais*. Rio de Janeiro. (Dissertação Mestrado) — PPGAS, Museu Nacional.

STANDING, G. 2013 (2011). *O precariado: a nova classe perigosa*. Belo Horizonte: Autêntica.

STORPER, M. e VENABLES, A. 2005. O burburinho — a força econômica das cidades. In: Diniz, C. e Lemos, M. (orgs.) *Economia e território*. Belo Horizonte: Editora da UFMG.

TARRIUS, A.; MISSAOUI, L. e QACHA, F. 2013. *Transmigrants et nouveaux étrangers*. Toulouse: PU du Mirail.

TELLES, V. 2007. Transitando na linha de sombra: tecendo as tramas da cidade. In: Oliveira, F. e Rizek, S. (orgs.) *A era da indeterminação*. São Paulo: Boitempo.

_____. 2009. Ilegalismos urbanos e a cidade. *Novos Estudos CEBRAP*, nº 84.

_____. 2010. *A cidade nas fronteiras do legal e do ilegal*. Belo Horizonte: Argvmentvm.

TUAN, Y. F. 1983 (1977). *Espaço e lugar: a perspectiva da experiência*. São Paulo: Difel.

VAINER, C. 2011. Cidade de exceção: reflexões a partir do Rio de Janeiro. *Anais dos Encontros Nacionais da ANPUR*, vol. 14.

VALLAUX, C. 1929. *Les sciences géographiques*. Paris: Felix Alcan.

VENTURA, Z. 2003. *A cidade partida*. São Paulo: Companhia das Letras.

VIDAL DE LA BLACHE, P. 2012 (1888). As divisões fundamentais do território francês. In: Haesbaert, R.; Pereira, S. e Ribeiro, G. (orgs.) *Vidal, Vidais: textos de geografia humana, regional e política*. Rio de Janeiro: Bertrand Brasil.

VIRILIO, P. 1984. *Guerra pura*. São Paulo: Brasiliense.

_____. 1997. Fin de l'histoire, ou fin de la Géographie? Un monde surexposé. *Le Monde Diplomatique*, agosto.

WACQUANT, L. 2003. *Punir os pobres: a nova gestão da miséria nos Estados Unidos*. Rio de Janeiro: Revan.

WERLEN, B. 2002. Regionalismo e Sociedade Política. *GEOgraphia*, nº 4, ano 2. Niterói: Revista de Pós-Graduação em Geografia da UFF.

WHATMORE, S. 2002. *Hybrid geographies: natures, cultures, spaces*. Londres: Sage.

ZAMBRANO, C. 2001. Territorios plurales, cambio sociopolítico y gobernabilidad cultural. *Boletim Goiano de Geografia*, 21 (1): 9-49, jan.-jul.

ZIZEK, S. 2005. Sobre homens e lobos. *Folha de São Paulo (Caderno Mais)*, 23 de outubro.

Este livro foi composo nas tipologias Verlag e Minion Pro corpo 11,5 e impresso em papel offset 75g/m² na Prol Gráfica e Editora.